KB194336

하나로 합하여지는 일합상의 세계를 위하여

"아아, 新天地(신천지)가 眼前(안전)에 展開(전개)되도다.
威力(위력)의 時代(시대)가 去(거)하고 道義(도의)의
時代(시대)가 來(내) 하도다."

- 독립선언서 중에서 -

종교의 목적 성취 노정

- 서양의 성서, 동양의 성서, 불경의 예언 성취 -

1. 서양의 성서 성취시작: 예수님과 일곱별의 출현
2. 동양의 성서 성취시작: 여덟 명의 성인 출현
3. 불경의 예언 성취시작: 여덟 부처님의 출현

	서양의 성서	동양의 성서	불경	설명
출전	신약성서 데살로니카후서 2장	격암유록(52장 삼풍론,三豊論)	불설인선경 (佛說人仙經) 장아함경	각 경서에 동일한 내용이 예언되어 있음
출현	예수님과 일곱별의 출현	여덟 명의 성인 출현	여덟 부처님의 출현	창조주가 여덟 사람을 택하여 신의 역사를 시작하심
명칭1	일곱금촛대장막 교회	사답칠두(寺畓七斗) 절	계두말성(鷄頭末城) 절	창조주가 택한 장소명
사건1	배도(背道)	악화(惡化), 위선(僞善)	악업(惡業)	제 1법칙
사건2	멸망(滅亡)	비운비우심령변화 (非雲非雨心靈變化)	불선법(不善法)	제 2법칙
사건3	구원자(救援者) 출현	유로진로(有露眞露) 십승자(十勝者) 출현 탈겁중생(脫劫重生)	감로개문(甘露開門) 시일승(示一乘) 회환본궁(回還本宮)	제 3법칙
명칭2	새 하늘 새 땅	신천신지(新天新地)	시두말성(翅頭末城)	종교목적 달성
명칭3	천국	무릉도원	불국토, 극락	
	내세(來世)	후천(後天)	내세(來世)	
인성	성령(생령)의 사람	성인	불타(부처)	거듭난 사람, 신선, 진인

계시와 법화 제2권

유불선 경전 비교연구를 통한 보고서

일합상 세계

(새 하늘 새 땅)

감수: 나옹 대종사
편저: 천 봉

고글

하나로 합하여지는 일합상의 세계를 위하여

제 2권은 제 1권의 책명 『일합상세계』에서 '유불선 경전 비교연구를 통한 새 하늘 새 땅'으로 부제를 달았습니다. 새 하늘 새 땅이란 요한계시록 21장에서 성경의 최종 목적으로 세워지는 하늘나라의 이름입니다.

창세기에 세워졌던 에덴동산이 뱀에 의하여 패망한 후, 이 땅은 영적으로 뱀의 나라[용의 나라]가 되어버렸습니다. 계시록 12장 7절 이하에서는 세상에서 한 사람이 나타나, 뱀, 용과 싸워 이긴 후, 용을 잡아 가두게 되는데, 그 후 세워지는 나라가 '새 하늘 새 땅'입니다.

정감록에 소개 된 동양의 성서 격암유록에서는 후천 세계가 세워진다고 예언을 해두었는데, 그 후천 세계의 이름을 신천신지라고 해두었습니다. 이 신천신지를 요약하면 신천지고, 이 나라를 요한계시록 21장에서는 '새 하늘 새 땅'이라고 명명하고 있습니다. 미륵경에서는 이 새 하늘 새 땅을 '시두말성'이라고 예언하고 있습니다.

서양의 성서 '요한계시록'과 불서의 '미륵경'과 그리고 '동양의 성서 격암유록'에 이르기까지 최종결과로 세워진다는 나라이름이 새 하늘 새 땅 곧 신천지입니다.

제 1권을 통하여 불교의 대표적 성전인 법화경 7품까지와 기독교의 대표적 예언서인 요한계시록 7장까지를 서로 비교하면서 살펴보았습니다만 그 과정들을 통하여 세워지는 나라가 한 마디로 신천지입니다. 그래서 이 두 경전의 비교는 매우 희유한 경우입니다.

이 두 경전의 비교를 통하여 두 종교간 이질감을 없애고 이웃 종교에 대한 이해를 통하여 공감대를 형성 할 수 있으리라 기대합니다. 또 두 경전이 지금으로부터 약 3천 5백년 전~2천년 전에 걸쳐서 쓰였습니다만 서로 공통점이 많다는 사실에 놀라지 않을 수 없었습니다.

두 경전 공히 미래에 있게 되는 천국과 극락에 대해서 예언하고 있으나 우리 중 대부분은 아직까지 천국과 극락이 어떤 공통점이 있고, 어떤 차이가 있는지 아는 사람은 많지 않을 것입니다. 필자가 두 예언을 비교해 본 바, 기록방법에 있어서도 매우 유사한 점들이 발견됐습니다.

두 경전 모두 예언에 있어서 그 기록 방법은 비유, 방편, 빙자, 은유법, 중의법 등 각종 수사법을 다 동원해서 기록되었다는 사실을 발견하였습니다. 그래서 두 경전의 예언에 대해서 그 정확한 뜻을 오늘날까지 알 수 없었다는 것도 공통점으로 확인되었습니다.

그 결과 신앙인들이 천국과 극락을 목적으로 신앙을 했으나 천국과 극락이 구체적으로 어떤 것인지 오늘날까지 몰랐던 것으로 판단이 되었습니다. 이러한 현실에서 두 경전을 비교해 보는 것은 매우 흥미로운 작업이라고 생각합니다.

본 비교 책자를 통하여 두 종교에 대하여 깊이 있는 이해가 되었으면 하는 기대가 적지 않습니다. 필자가 연구한 바로는 법화경이나 계시록의 주제는 다르지 않다는 결론을 얻게 되었습니다.

두 경전 모두 이상 세계에 대한 예언입니다. 불경의 수기(예언)는 천상의 계획을 석존께서 선정이나 삼매를 통하여 천상으로부터 받은 내용입니다.

성경의 예언 또한 하느님의 감동을 받은 선지자들이 천상으로부터 받아 기록한 내용입니다.

불경과 성경의 예언이 천상으로부터 받은 것이라면 그 내용은 당연히 서로 달라서는 안 될 것입니다. 글자의 의미면에서도 천국낙원(天國樂園)과 극락(極樂)은 다르지 않습니다. 천국낙원을 해석하면 우리가 살고 있는 지금 세상이 아닌 다른 차원의 나라가 곧 천국이고, 그 나라는 즐거운 동산 즉 극락세계란 의미입니다. 극락 또한 우리가 살고 있는 나라와는 다른 극히 즐거운 나라란 뜻이죠?

즐거운 나라에서 살게 되는 사람은 당연히 사람이겠죠. 법화경의 핵심은 성불이고, 계시록의 핵심은 사람의 영혼의 거듭남입니다. 법화경과 계시록에서 예언한 대로 사람이 성불 또는 성령으로 거듭나게 된다면 그 나라가 곧 부처의 나라 불국토, 극락이 될 것이며, 천국낙원이 될 것입니다.

천국과 극락은 곧 사람의 심성(心性)이 만드는 새로운 정신세계입니다. 불교의 색즉시공(色卽是空)과 유식무경(唯識無境)이라는 용어가 이 내용 모두를 포함하고 있습니다. 세상은 물질이 아니라, 인간의 의식이 만든 정신세계라는 사실이죠.

성경의 기본 지식은 우리 인간세계의 재료가 육체나 물질이 아님을 비밀리에 알려주고 있습니다. 사람은 영(靈)이며 신(神)인 하나님의 형상으로 만들어졌고, 만 물질은 말씀으로 창조됐다는 사실입니다. 따라서 육체와 물질의 재료는 말씀이요, 영임을 알 수 있습니다. 우리가 살고 있는 물질세상, 육체세상도 깨닫게 되면 정신세계임이 밝혀집니다.

데카르트의 "나는 생각한다. 그러므로 나는 존재한다"의 필자의 해석은 나의 생각이 나와 모든 것의 존재를 인지하고 판단한다는 것입니다. 달리 표현하면 나의 생각이 없으면 나 자신도 만물의 존재도 인지할 수 없으니, 존재하지 않는 것입니다. 그러나 생각은 존재합니다. 그 생각의 생산처가 곧 정신입니다.

천국도 극락도 인간의 마음이 만드는 세상입니다. 천국도 극락도 인간 안에 존재한다는 사실이죠. 인간 세상이 이러한 형태로 존재하고 있으므로 천국 극락은 분명이 오고 있으며, 천국 극락 세상은 '오는 세상' 곧 내세(來世)가 되면 볼 수 있게 됩니다.

그 오는 세상을 요한계시록에는 '새 하늘 새 땅'이라고 미리 작명을 해둔 것이고, 동양의 성서 격암유록에는 '신천신지 곧 신천지'라고 작명을 해두었고, 불경에는 '시두말성'이라고 작명을 해둔 것입니다. 이 나라가 곧 천국, 극락, 무릉도원, 신세계, 유토피아입니다.

이 유토피아는 물질, 공간의 세상이 아니라, 인간의 영혼이 거듭남으로 세워집니다. 불경의 예언은 곧 중생들이 부처로 성불하게 되어 일체 고통이 없어지면 그 나라가 곧 극락이 되고, 불국토가됨을 예언하고 있습니다. 또 사람이 성령으로 거듭나면 아픔 고통 애통 애곡 사망이 없게 되는데 그곳이 곧 천국입니다.

결국 거듭남은 중생(重生; 다시 삶)이죠? 탈겁(脫劫)한 후, 중생(重生)합니다. 구원(救援)된 후, 거듭나게 됩니다. 무엇으로부터 탈겁이고, 무엇으로부터 구원입니까?

사망으로부터, 악으로부터의 탈겁, 구원입니다. 사망의 영혼을 사령(死靈)이라고 하고, 생명의 영혼을 생령(生靈)이라고 합니다. 불경의 탈겁중생(脫劫重生)도, 성경의 구원과 거듭남도 결국 사령(死靈)에서 생령(生靈)으로의 갱생(更生)임을 알 수 있습니다.

이렇게 각기 서로 다른 시대에 다른 사람들에 의하여 쓰인 이두 경전의 주제가 다르지 않다는 것은 우리들이 주목해봐야 할 사항이 아닐까요? 성서와 불서의 주제는 천국과 극락입니다. 그런데 그렇게 예언한 천국과 극락은 언제 어떻게 누구에 의하여 이루어지며 우리가 갈 수 있을까요?

본 저서 《유불선 경전비교를 통한 보고서, 신천지》는 여러분들께 천국과 극락에 대해서 육하원칙으로 분석하고 알아갈 수 있는 좋은 길잡이가 되기를 희망합니다. 제 2권을 통하여 그 길을 발견하시기를 발원해봅니다.

목 차

1. 법화경 제 8편 5백제자 수기품(五百弟子授記品)

　불교도 예언의 종교입니다! 그 예언 중 최대의 것은 사람이 부처(여래; 如來)로 성불하는 일일 것입니다. 성불과 성령으로 거듭남은 법화경과 요한계시록을 통하여 이루어지게 됩니다!

　5백제자 수기품은 5백 아라한들도 여래가 될 것이란 예언을 중심으로 기록되었습니다. 부처님은 이제까지의 법문을 듣고 기뻐하는 부루나가 전생에서도 설법의 제 일인자였다고 알리면서 미래에는 법명이 여래가 될 것이라고 수기합니다. 이어서 교진여를 비롯한 1천 2백의 아라한과 우루빈라가섭을 비롯한 5백 아라한도 보명 여래가 될 것이라고 수기합니다. 이에 감동한 5백 아라한들은 자신들의 과오를 반성하고 '옷 속의 구슬'을 비유로 들어 그간 깨우친 것을 토로합니다.

　본 내용은 석존께서 아라한들이 여래로 성불한다고 예언을 하는 장면입니다. 따라서 이 부분이 수 천 권의 불서들 중, 또 28품 법화경 중, 가장 중요하고 핵심적이며, 최고요, 최대의 예언의 장면이라고 말할 수 있습니다. 석존께서 5백 아라한도 부루나도 미래에 여래로 성불한다고 분명이 예언하고 있습니다.

　제 1편에서 불서에서의 성불(成佛)은 곧 성서에서의 부활(復活)이라고 설명을 한바가 있습니다. 불서에서 미래세에 사람들이 여래로 성불할 수 있다고 예언하고 있는바, 성서에도 예수께서 다시

오시면 사람들이 부활을 할 수 있게 된다고 예언하고 있습니다.

이것만으로도 불서가 미래세에 여래로 성불할 것을 예언한 예언서임이 증명되지 않습니까? 따라서 불교의 목적은 사람들이 여래로 성불하는 것임을 알 수 있습니다. 그리고 이 예언은 최고의 예언입니다.

사람이 여래로 성불하는 세상이 도래해서 많은 사람들이 여래로 성불하게 되면 비로소 불교의 예언은 성취된 것입니다. 그런 세상을 또 극락이라고 합니다. 사람들이 여래가 되어 무량수불(無量壽佛)이 되면 생사(生死)의 윤회가 끝나게 되니 그 세상이 바로 '극도로 즐거운 세상'이란 의미의 극락세상이 되는 것입니다.

그런데 대부분의 사람들은 부처나 여래나 성불이 구체적으로 어떤 실체인지를 알고 있는 사람이 많지 않습니다. 그래서 본 필자는 불교의 성불을 깊이 있게 이해하기 위하여 기독교의 교리인 부활을 소개하고자 합니다.

성불(成佛)은 사람이 부처로 변한다는 의미입니다. 부활(復活)은 '다시 살아난다, 거듭난다'는 의미입니다. 이 때 다시 '살아난다', '거듭난다'고 하는 의미는 어떤 것일까요?

부활하면 세상 모든 사람들이 생각나는 한 분이 있을 것입니다. 예수 그리스도입니다. 예수는 2천 년 전에 유대 땅 베들레헴에서 태어나 갈리리 나사렛이란 동네에서 살았던 실존인물이었습니다. 예수는 30세 이후에 공생을 시작하여 33세에 빌라도 법정에서 십자가형을 받게 되는데 예언처럼 죽었다가 3일 만에 부활하여 40일간 제자들과 동거동락(同居同樂)하면서 지내다가 40일 후 승천하였다고 전하여지고 있습니다.

그 증거로 이스라엘 땅에 예수의 시체를 찾을 수가 없다고 합니다. 이러한 사실을 믿을 수 있는 것은 그 모든 사실들을 보고 겪은 제자들과 역사가들에 의하여 증거 되기 때문입니다. 본 장에서는 그 사실의 진위를 논하기보다 성서에 기록된 부활에 대하여 깨닫는 시간이 되었으면 합니다.

동서고금을 통하여 사람의 몸이 죽었다가 다시 살아나 40여 일 간을 지속하여 살았다는 사실은 세상 사람들을 놀라게 할 충분한 이야기꺼리가 될 수 있는 것 같습니다. 기독교를 흔히 부활의 종교라고 하는 이유는 예수 그리스도의 부활의 사건으로 말미암습니다. 그리고 그리스도 신앙을 하는 신앙인들에게 그 부활이 중요한 것은 그리스도인들이 참다운 믿음을 통하여 그와 같은 부활에 참여할 수 있다는 희망을 가지고 있기 때문입니다.

고린도 전서 15장 2~29절까지에는 그리스도처럼 그리스도를 믿는 사람들에게 있을 부활을 잘 설명하고 있습니다. 이 부활의 의미는 사실 기독교의 근본 목적이라고 할 수 있는 구원과 천국과 영생과도 매우 밀접합니다. 이것은 부활의 전모를 완전히 깨달음으로 알 수 있을 것입니다.

먼저 사람에게 부활이 있을 수 있는 근거는 사람이 영적인 생명체란 사실입니다. 사람의 육체가 살 수 있는 근원은 영혼입니다. 영혼에는 크게 두 종류가 존재합니다. 한 종류는 성령이고, 또 한 종류는 악령입니다.

그런데 로마서 8장 11절을 참고하면 예수 그리스도가 부활을 할 수 있었던 이유는 하나님의 성령이 예수의 몸 안에 있었기 때문이라고 기록하고 있습니다. 예수가 죽었다가 다시 살 수 있었던 것은 성령의 능력이라는 것입니다.

그렇다면 현재 모든 사람들이 죽고 부활을 하지 못하는 이유는 성령의 능력이 미치지 못하였기 때문이라고 말할 수 있을 것입니다. 그런데 모든 사람들에게도 영혼이 있습니다. 그런데도 계속 살지 못하고 죽으며 부활을 하지 못하고 있는 이유는 현재의 사람들에게 있는 영혼은 성령이 아니란 것을 증거 합니다.

창세기는 비유로 기록되었다고 제 1편에서 말씀드렸습니다. 창세기 1-2장에 기록된 내용을 자세히 살펴보면 하나님은 자기의 형상 곧 하나님의 형상으로 남자와 여자를 창조하셨다고 했으며, 여호와 하나님이 흙으로 사람을 지으시고 생기를 그 코에 불어넣으니 사람이 생령이 되었다고 기록하고 있습니다.

요한복음 4장 24절에는 하나님은 형상이 없는 영이라고 소개하고 있습니다. 따라서 하나님의 형상으로 남자와 여자를 만든 것은 우리가 알고 있는 그런 형상이 아닌 것을 알 수 있습니다. 이 때, 형상이란 성령의 형상 곧 두 종류의 영들 중에 한 종류인 성령으로 창조하셨다는 것을 알 수 있습니다.

그리고 '흙으로 사람을 지으시고'라고 할 때는 중의법(重意法)과 비유법(比喩法)이 적용되어 있습니다. 흙은 사람의 육체가 물과 단백질이란 것을 생각할 때, 흙에서 육체가 되었음을 나타내면서 동시에 흙에는 생명이 없다는 것을 중의적으로 나타낸 기법인 것입니다. 이 때 흙은 비유로 생명이 없는 육체(악령)로 비유된 것입니다. 흙 같은 악령이 깃든 사람을 택하여 생기를 불어넣었다는 말도 비유입니다.

이것은 부활에 대한 예언서인 에스겔서 37장 5절을 보면 죽은 뼈들에게 말씀하시길 "내가 생기로 너희에게 들어가게 하리니 너희가 살리라"고 합니다. 그리고 11~12절에는 "또 내게 이르시되 인자야 이 뼈들은 이스라엘 온 족속"이라고 하며 그곳을 무덤으로 비유하며 내 백성아 거기서 나오라고 예언하고 있습니다.

에스겔서는 구약의 예언서입니다. 이 예언은 이후 약 5백 년 후, 예수께서 유대 땅에 오셔서 성취가 됩니다. 이 무덤은 곧 예루살렘 성전으로 나타납니다. 예수께서는 예루살렘 성전의 대제사장들과 서기관 바리세인들에게 뱀, 독사라고 하면서 마태복음 23장 27절에서 예수께서 예루살렘 성전을 회칠한 무덤이라고 하였습니다. 요한복음 5장 25~28절에서 무덤인 예루살렘에서 하나님의 음성을 듣고 거기서 나오는 자들은 살아나리라고 말씀하고 있습니다.

구약 에스겔 37장을 통하여 성취된 내용은 마태복음 23장 27절과 요한복음 5장 25~28절을 통하여 예언이 실상으로 이루어졌습니다. 그 실상의 현장은 예루살렘 성전이었고, 그곳을 무덤으로 비유한 이유는 예루살렘 성전 안에 죽은 영을 가진 사람들만 가득하였기 때문입니다. 그러나 그 때 예루살렘 성전 안에 육체가 죽은 사람들은 없었습니다. 이것 역시 비유적 표현입니다.

이 비유의 실체는 예루살렘 안에 있던 유대인들의 영이 죽어있었다는 암시입니다. 사람은 육체와 영으로 이루어졌습니다. 고린도전서 3장 16절에는 사람의 육체를 성령이 거하는 성전이라고 하였습니다.

사람의 육체에 성령이 거하면 성전이 되는데 만약 악령이 거하면 무엇이라 할 수 있을까요? 성령은 거룩한 영이란 말이고, 성령은 곧 생령(生靈)이고, 생령은 곧 산 영이란 말입니다. 그런데 반해 악령은 사악한 영이란 말이고, 사악한 영은 사령(死靈)입니다. 사령이란 죽은 영이란 뜻입니다.

사람의 육체 안에 성령이 거하면 육체는 성전(聖殿)이 되고,

사령(死靈)이 거하게 되면 귀전(鬼殿)이 됩니다. 사람의 육체에 생령이 거하면 산 사람의 집이 될 것이고, 사령이 거하면 무덤이 될 것입니다.

예수께서 예루살렘 성전을 무덤으로 표현한 것은 예루살렘 성전 안에 있던 유대인들의 영이 죽었음을 암시한 것입니다. 사람의 육체 안에 죽은 영이 살고 있으니 육체는 작은 무덤이 된 것이고, 예루살렘 성전에는 작은 무덤들이 많이 있었으니 큰 무덤 곧 공동묘지 같은 곳입니다.

요한복음 5장 25~28절까지는 그 무덤을 향하여 하나님의 아들의 음성으로 외치기를 그곳은 무덤이니 내 말을 듣고 거기서 나오라고 외쳤던 것입니다. 거기서 나온 자들은 예수의 제자들과 소수의 무리들이었습니다. 그들은 원래 무덤이었고, 흙 같은 존재였습니다. 그들이 하나님의 아들의 음성을 듣고 나오니 생명으로 부활되었다고 성경은 기록하고 있습니다.

성경은 예루살렘 성전에 있던 유대인들의 영이 죽어있다고 기록하고 있습니다. 그들 중에 하나님의 아들인 예수의 음성을 듣고 나온 자들은 생명의 부활을 받은 자라고 소개하고 있습니다. 죽은 영에서 산 영으로 변화한 것을 부활(復活)이라고 표현하였던 것입니다.

그런데 에스겔 37장에서 그 무덤의 뼈들에게 생기를 주니 살아나더란 것입니다. 이 예언이 요한복음 5장 25~28절로 이루어지니 예수님의 음성이었던 것입니다. 따라서 하나님의 아들 예수의 음성은 죽은 영을 살릴 수 있는 능력의 말씀이었고 그 말씀을 비유하여 생기라고 창세기와 에스겔서에서 비유로 기록해둔 것입니다.

따라서 6천 년 전의 아담이 과학적으로나 고고학적으로나 역사적으로 최초의 인류가 될 수 없다고 할 때, 아담이란 생기로 생령이 된 첫 사람이란 사실을 유추할 수 있습니다. 아담은 그 시대에 최초로 생기를 받아 생령이 된 첫 사람이었던 것입니다. 그리고 그 생기의 실체는 하나님의 음성이었음을 알 수가 있습니다. 따라서 아담은 하나님의 음성 곧 생기로 거듭난 이스라엘백성들의 시조라는 의미로 첫 사람임을 이해할 수 있습니다.

따라서 흙 같은 악령의 영혼을 가진 사람이 성령으로 다시 나려면 예수의 말씀을 듣고 깨달아야 된다는 것입니다. 예수의 말씀이 곧 생기이기 때문입니다.

아담은 흙에서 생기를 받아 생령이 된 사람인데 선악과를 먹고 다시 흙으로 돌아 가버렸습니다. 아담은 신앙의 시조라 할 수 있으며 믿음의 시조가 악령으로 떨어져버렸으니 그의 영적 후예들도 악령을 유전으로 받아 오늘에 다다른 것입니다.

부활의 참 의미는 아담으로부터 악령으로 변질된 인류의 영혼을 성령으로 회복하는 것입니다. 사람의 영혼이 언제 성령으로 부활되게 될까요?

오메가 때입니다. 알파는 인간이 악령으로 변질 된 때이며 이에 대한 기록이 창세기입니다. 오메가 때 사람들이 성령으로 거듭나게 됩니다. 성령으로의 부활은 성경전서 66권 마지막의 일을 기록한 요한계시록 20-22장에서 실현됩니다.

요한복음 11장 25~26절에는 "예수께서 가라사대 나는 부활이요, 생명이니, 나를 믿는 자는 죽어도 살겠고 무릇 살아서 나를 믿는 자는 영원히 죽지 아니하리니 이것을 네가 믿느냐" 앞에서 본 바 예수는 사람들에게 부활을 일으킬 수 있는 능력자인 것을 알 수가 있고, 그 부활을 이룰 때, 참 생명을 얻을 수 있고, 그것을 위하여 예수를 믿다가 죽은 사람은 그 몸은 죽어도 그 영은 살수 있고, 혹자는 살아서 예수께서 다시 세상 오시는 것을 볼 수 있으되, 보고 믿는 사람은 육체까지도 죽지 않고 영원히 살 수 있다는 것입니다.

그리고 로마서 8장 11절에서도 예수를 살리신 성령이 사람들에게 임할 날이 있는데 이 때는 죽을 몸도 살린다고 기록하고 있습니다. 그리고 고린도 전서 15장 51절 이하에는 부활에 대한 구체적인 것까지 언급을 하고 있으며 그것에 대하여 비밀로 전해왔다고 기록하고 있습니다.

고린도전서 15장 51~54절에는 "보라 내가 너희에게 비밀을 말하노니 우리가 다 잠잘 것이 아니요 마지막 나팔에 순식간에 홀연히 다 변화하리니 나팔 소리가 나매 죽은 자들이 썩지 아니할 것으로 다시 살고 우리도 변화하리라 이 썩을 것이 불가불 썩지 아니할 것을 입겠고 이 죽을 것이 죽지 아니함을 입으리로다 이 썩을 것이 썩지 아니함을 입고 이 죽을 것이 죽지 아니함을 입을 때에는 사망이 이김의 삼킨바 되리라고 기록된 말씀이 응하리라"

여기서는 마지막 나팔이 불 때, 순식간에 홀연히 변화할 것이라하며 썩을 육체가 썩지 아니할 것으로 변화한다고 합니다. 썩을 것이 썩지 아니할 것으로 변화할 때, 사람에게 있던 죽음이 없으리라고 합니다.

이 마지막 나팔은 요한계시록 11장 15절에서 불려지고 있습니다. 그리고 이런 부활을 받게 되면 사람에게 죽음도 없어질 것을 예언하고 있습니다. 결국 부활을 이룰 때는 계시록 때이고, 계시록 때가 되면 부활에 대한 모든 비밀이 알려지고 사망이 없어진다고 합니다.

이러한 결과로 볼 때, 부활의 유형이 두 가지임을 알 수 가 있습니다. 첫째는 악한 영에서 성령으로 부활하는 영의 부활이고, 둘째는 육체안의 영이 악령에서 성령으로 거듭나는 부활임을 알 수가 있습니다.

성서에는 이렇게 구체적으로 부활에 대한 것을 제시하고 있으며 그 부활이 곧 법화경에 예언한 여래로의 성불을 의미합니다. 따라서 오늘 본 문에 석존께서 예언하고 있는 제자들의 여래로의 성불은 곧 성서에서 말하는 부활과 같은 의미입니다.

그 성불에 대한 예언은 요한계시록 11장 15절의 예언대로 이루어지게 되며 그 실체는 사람의 영이 성령으로 거듭나는 일입니다. 이런 것들을 종합해볼 때, 불교의 목적과 기독교의 목적은 동일한 것이며 그 목적이 이루어질 때, 비로소 하나로 합류될 수밖에 없음을 알 수가 있습니다. 그런 맥락에서 불교도 기독교도 예언의 종교라고 말할 수 있는 것입니다.

본 장에서는 이렇게 석존으로부터 예언한 것이 이루어지게 되는바, 5백 아라한들도 여래가 될 것이란 수기를 듣고 감동하고 기뻐하고 있습니다. 그러나 앞에서 언급한 것처럼 부활에도 두 종류가 있으니 죽은 영의 부활과 살아있는 육체의 부활이 있음을 알 때, 부루나를 비롯한 제자들은 영의 부활로 여래가 될 수 있음을 알 수가 있습니다.

"그때 부루나미다라니자는 부처님께서 이 지혜의 방편으로 마땅함을 따라 법설하심을 듣고, 또 여러 제자들에게 아뇩다라삼먁삼보리를 수기하심을 들었으며, 또 지난 세상의 인연으로 있었던 일들을 들었다. 또한 여러 부처님은 자유로운 큰 신통력이 있음을 듣고 '미증유'를 얻어 마음이 청정하고, 뛸 듯이 기뻐하며 자리에서 일어나 부처님께 머리 숙여 예배하고, 한쪽으로 물러나 부처님의 존안을 우러러 보되, 눈을 잠시도 깜박이지 않고 생각하기를 '세존께서는 매우 기특하시고 하시는 일이 또한 희유하시어 세간의 여러 가지 종성을 따라 방편과 지견으로써 법을 설하시어 중생의 집착하는 곳을 떠나게 해주시니 우리들은 그 부처님의 공덕을 말로 다할 수 없구나 오직 부처님 세존만이 우리들의 깊은 마음속 본래의 바라는 바를 아시리라"[1]고 하였다.

법화경을 공부함에 있어서 잊지 말아야 할 것은 법화경은 미래에 이룰 예언서란 사실입니다. 그런데 위 인용문을 보면 부루나와 부처님은 마치 현재 시제로 대화를 하고 있는 것 같습니다. 그래서 이것을 읽는 사람들은 마치 그것이 그 당시에 있었던 일처럼 착각을 하기 쉽습니다.

그러나 그것은 현세에서 말씀하는 것처럼 말했으나 미래세에 있을 수기를 중의적(重意的)으로 내포하고 있다는 사실을 명심해야 합니다. 그리고 그 증거는 위 인용문에 등장하는 아뇩다라삼먁삼보리에 대한 것으로 이는 석가모니 시대 때 나오는 진리가 아니란 것입니다. 아뇩다라삼먁삼보리에 대해서는 제 1권에서 자세히 다루어 잘 아시겠지만 아뇩다라삼먁삼보리는 미륵보살이 미륵부처로 성불하면서 생기는 세 과정의 프로세스(process)입니다.

그래서 위 인용문도 아뇩다라삼먁삼보리에 대한 내용을 주제로 다루고 있기 때문에 이것은 의심할 여지없이 미륵부처의 세상 출세와 관련이 있는 미래에 있을 예언이란 것을 단번에 알 수가

---

1) 동국대 역경원 법화경 201쪽

있습니다.

또 본 문의 내용을 읽어보아도 이것이 예언이 아니면 말이 안 되는 내용으로 이루어져 있습니다. 이런 기본적 지식 위에 다음 인용문을 보시겠습니다.

부루나는 부처님께서 여러 제자들에게 아뇩다라삼먁삼보리를 수기하심을 듣고 그것을 의심 없이 믿었다고 합니다. 여기서도 이 내용을 잘 음미해 보면 석가모니 부처님은 부루나에게 아뇩다라삼먁삼보리의 진리를 주니까 의심 없이 믿었다는 말이 아니라, 아뇩다라삼먁삼보리에 대하여 수기를 주시니 부루나가 그 수기를 믿었다고 합니다.

즉 부처님은 부루나에게 미래세에 아뇩다라삼먁삼보리라는 진리가 세상에 나올 것이라고 예언을 하시니 부루나가 그 예언을 믿었다는 의미임을 알 수가 있습니다.

그리고 부루나는 부처님께서 설하시는 전생에 대한 인연들도 듣고 믿었다고 합니다. 이 때 부루나와 부처님의 대화는 미래의 어떤 시점에서 대화를 하고 있습니다. 그래서 여기서 말씀하시는 전생이란 시점 또한 미래의 어떤 시점 이전의 어떤 세상을 의미함을 알 수 있고, 그 이전의 세상이란 내세(來世)가 오기 전의 시대였던 사바세상의 인연들을 말하고 있음을 알 수가 있습니다.

또 여러 부처님은 자유로운 큰 신통력이 있음을 듣고 그것은 처음 있는 '미증유'한 일이지만 듣고 의심 없이 믿었습니다. 그리고 세존만이 사람들의 깊은 마음 속 본래의 바라는 바를 아신다고 깨달았습니다.

사람들의 깊은 마음속의 본래의 바라는 일은 무엇일까요? 이것은 모든 중생들은 불성이 있다는 것이고, 불성이 있다는 것은 부처가 될 수 있는 씨가 중생들에게 있다는 것입니다.

중생들에게 불성이 있는 이유를 알고 보면 본래 과거에는 중생이란 존재가 없었고, 모두가 부처였기 때문입니다. 중생이란 부처에서 무명으로 말미암아 불성을 상실한 상태의 명칭입니다.

그래서 사바세상이 되기 전 모든 사람들은 부처들이었으므로 다시 부처로 성불하는 것만이 중생들의 깊은 마음속의 바라는 일일 것입니다.

그리고 여러 부처님은 자유로운 큰 신통력이 있다는 '미증유'를 얻었다는 말은 어떤 의미일까요? 그리고 여기서 말씀하신 여러 부처들은 누구를 지칭하는 것일까요?

신통력(神通力)이란 육신통(六神通)2)을 의미하겠죠? 사람이 여래로 성불을 하게 되면 사람의 모습은 32상으로 변화하며 여섯 가지의 신통력을 발휘할 수 있다고 합니다. 부루나는 부처님께서 미래세에 부처로의 성불로 신통력을 얻게 된다는 것은 미증유 곧 전무한 일이지만 그것도 듣고 의심 없이 믿었다고 합니다.

그리고 인용문에서 부처님이 여러 분이 계신다고 하는 바, 부루나에게 수기하시는 분은 석가모니 부처님을 의미합니다. 그럼 그 외의 여러 부처님은 누구를 지칭하는 말일까요? 부처님이 여러분이 있다는 사실을 앞에서도 설한 바 있습니다만, 부처란 존재를 두 가지로 살펴볼 수 있습니다. 이것을 확연히 구별하기 위하여

---

2) (1) 신족통(神足通): 마음대로 갈 수 있고 변할 수 있는 능력.
   (2) 천안통(天眼通): 모든 것을 막힘없이 꿰뚫어 환히 볼 수 있는 능력.
   (3) 천이통(天耳通): 모든 소리를 마음대로 들을 수 있는 능력.
   (4) 타심통(他心通): 남의 마음 속을 아는 능력.
   (5) 숙명통(宿命通): 나와 남의 전생을 아는 능력.
   (6) 누진통(漏盡通): 번뇌를 모두 끊어, 내세에 미혹한 생존을 받지 않음.
   ※ 사문과경(장아함경 제 27경)과 삼국유사 권제3, 43장 뒤쪽.

먼저 앞에서 말씀 드린 부처의 개념을 성서적으로 다시 한번 조명 해보는 시간을 가져봄이 큰 도움이 될 것입니다.

성서에는 신들의 세계를 보여주고 있습니다. 신들의 세계는 크게 두 가지 존재합니다. 하나는 요한계시록 4장에 소개된 성령 의 나라입니다.

요한계시록 4장 "내가 곧 성령에 감동하였더니 보라 하늘에 보좌를 베풀었고 그 보좌 위에 앉으신 이가 있는데 앉으신 이의 모양이 벽옥과 홍보석 같고 또 무지개가 있어 보좌에 둘렸는데 그 모양이 녹보석 같더라 또 보좌에 둘려 이십 사 보좌들이 있고 그 보좌들 위에 이십 사 장로들이 흰 옷을 입고 머리에 금 면류관을 쓰고 앉았더라 보좌로부터 번개와 음성과 뇌성이 나고 보좌 앞에 일곱 등불 켠 것이 있으니 이는 하나님의 일곱 영이라 보좌 앞에 수정과 같은 유리 바다가 있고 보좌 가운데와 보좌 주위에 네 생물(천사장=사천왕)이 있는데 앞뒤에 눈이 가득 하더라 그 첫째 생물은 사자 같고 그 둘째 생물은 송아지 같고 그 셋째 생물은 얼굴이 사람 같고 그 넷째 생물은 날아가는 독수리 같은데 네 생물이 각각 여섯 날개가 있고 그 안과 주위에 눈이 가득 하더라 그들이 밤낮 쉬지 않고 이르기를 거룩하다 거룩하다 거룩하다 주 하나님 곧 전능하신 이여 전에도 계셨고 이제도 계시고 장차 오실 자라 하고…"

이곳은 거룩한 성령들의 나라를 소개하고 있습니다.

그러나 또 다른 한 나라는 이사야 14장 12~17절과 유다서 1장 6절과 요한계시록 9장에 기록된 것처럼 성령의 나라에서 욕심으 로 변질, 분리, 타락한 악령들의 나라가 있습니다. 그 나라를 베드 로전서 3장 19~20절에서 잘 소개 하고 있습니다.

"너 아침의 아들 계명성이여 어찌 그리 하늘에서 떨어졌으며 너 열국을 엎은 자여 어찌 그리 땅에 찍혔는고 네가 네 마음에 이르기를 내가 하늘에 올라 하나님의 뭇별 위에 나의 보좌를 높이리라 내가 북극 집회의 산 위에 좌정하리라 가장 높은 구름에 올라 지극히 높은 자와 비기리라 하도다 그러나 이제 네가 음부 곧 구덩이의 맨 밑에 빠치우리로다 너를 보는 자가 주목하여 너를 자세히 살펴보며 말하기를 이 사람이 땅을 진동시키며 열국을 경동시키며 세계를 황무케 하며 성읍을 파괴하며 사로잡힌 자를 그 집으로 놓아 보내지 않던 자가 아니뇨 하리로다"[3]

"또 자기 지위를 지키지 아니하고 자기 처소를 떠난 천사들을 큰 날의 심판까지 영원한 결박으로 흑암에 가두셨으며"[4]

"저가 또한 영으로 옥에 있는 영들에게 전파하시니라 그들은 전에 노아의 날 방주 예비할 동안 하나님이 오래 참고 기다리실 때에 순종치 아니하던 자들이라 방주에서 물로 말미암아 구원을 얻은 자가 몇 명 뿐이니 겨우 여덟 명이라"[5]

"다섯째 천사가 나팔을 불매 내가 보니 하늘에서 땅에 떨어진 별 하나가 있는데 저가 무저갱의 열쇠를 받았더라 저가 무저갱을 여니 그 구멍에서 큰 풀무의 연기 같은 연기가 올라오매 해와 공기가 그 구멍의 연기로 인하여 어두워지며 또 황충이 연기 가운데로부터 땅 위에 나오매 저희가 땅에 있는 전갈의 권세와 같은 권세를 받았더라 저희에게 임금이 있으니 무저갱의 사자라 히브리 음으로 이름은 아바돈이요 헬라 음으로 이름은 아볼루온이더라

---

3) 성령에서 타락하는 과정-이사야
4) 성령에서 타락하는 과정-유다서
5) 불순종하고 타락한 영들이 모여 있는 옥-베드로전서

마병대의 수는 이만만이니 내가 그들의 수를 들었노라"6)

여기에 등장하는 여러 명칭들은 비유적인 표현이므로 깊이 있는 성찰을 통하여 이해할 필요가 있습니다. 예를 든다면 여기서 황충이라고 하였지만 여기서는 곤충으로서 황충을 나타내고자 한 것이 아니라, 곤충이 곡식을 갉아 먹듯 여기서는 사람들의 영혼을 멸망시키는 마귀 신을 비유한 것입니다.

베드로전서 3장 19절에서 말하는 옥에는 수천 년 전에 노아의 시대부터 세상에 인간으로 태어났던 불순종하던 영들도 모여 있다고 하니 오늘날까지 세상을 살다가 죽은 모든 자들의 영들이 여기 모여 있음을 알 수가 있습니다.

또 그 중에는 여러분들의 조상의 영들과 세계인들의 조상의 영들도 모여 있을 것입니다. 그래서 우리들은 장례식장에 가서 '삼가 명복(冥福)을 빕니다', '소천(所天)하셨다', '돌아가셨다' 등으로 위로의 인사로 표현을 합니다.

명복이란 어두운 곳에서 복을 받으란 의미이며, 소천은 육체는 땅에 있지만 그 영은 하늘에 올라갔다는 말이며, 돌아가셨다는 말도 육체는 눈앞에 있지만 그 영은 하늘로 돌아갔다는 의미를 가지기 때문입니다.

어두운 곳과 사람들이 하늘이라고 하는 곳과 사람이 죽어서 육체는 땅에서 썩고 영이 돌아간 곳은 모두 베드로전서 3장 19절에 기록된 옥입니다. 그러나 만약에 죽은 자들 중 성령으로 거듭난 자들이 있다면 그 영들은 그곳으로 가는 것이 아니라, 요한계시록 4장으로 갈 것입니다.

---

6) 무저갱-요한계시록 9장

그러나 경전을 깨닫고 보면 성령으로 거듭난 후 죽은 사람들이 그리 많지 않다 하니 대부분의 죽은 영들이 베드로전서 3장 19절에 소개된 곳에서 심판을 기다리고 있을 것입니다.

그래서 어두운 데서도 복을 받기 위해서는 베드로전서 3장 19절에 기록된 말씀처럼 성서의 주인공이라 할 수 있는 하나님의 아들인 예수께서 그 옥에 가서도 영들에게 진리로 구원할 때, 그 말씀을 믿고 거듭나야 만이 어두운 데서 복을 받게 될 것이고 비로소 복을 받은 영들은 요한계시록 4장의 성령의 나라 곧 천국으로 옮겨갈 수 있을 것입니다.

이렇게 성서를 통하여 보면 영들의 세계를 한 눈으로 볼 수가 있습니다. 따라서 성서의 영의 나라는 창조주의 성령의 나라와 마귀의 악령의 나라로 구분되어 있음을 알 수가 있습니다.

그렇다면 이것을 불서로 해석해 보면 말만 바꾸면 됩니다. 즉 성서의 성령의 나라는 부처님이 통치하시는 부처님의 나라라고 할 수 있고, 그 나라는 요한계시록 4장에 소개된 나라임을 알 수가 있습니다. 마귀의 나라는 마왕이 주관하는 마구니의 나라라고 할 수 있고, 베드로 전서 3장 19절에 있다고 할 수 있습니다.

그리고 오늘날 지구촌에서 살고 있는 사람들 중에서도 육체가 죽게 되면 그 나라로 각각 가게 될 것입니다. 살아서 진리를 깨달아 구원을 받은 상태라면 요한계시록 4장으로 갈 것이고, 그렇지 못하면 베드로전서 3장 19절로 갈 것입니다.

그래서 앞에서 부처님들이 많다는 말은 요한계시록 4장의 성령 곧 천사들이 많다는 말과 동일한 말인 것을 알 수 있습니다.

영계는 이와 같이 두 종류의 나라가 있습니다. 흔히 사람이 죽으면 천국간다고 하나 천국이 무엇인지, 어디에 있는지 아는 분이 계시나요?

천국의 정의는 창조주 하나님이 계신 곳입니다. 또 극락도 부처님(법신; 眞如)이 계신 곳입니다. 하나님, 부처님은 어디에 계시죠? 중요한 것은 그곳을 확실히 알아야 가든 오든 할 수 있다는 사실입니다.

그래서 오늘 이렇게 생각해보니 죽는다고 모두 천국으로 가는 것이 아님을 알 수가 있습니다. 또 죽는다고 모든 사람들이 극락 가는 것도 아님을 깨달을 수가 있습니다.

오직 죽은 자의 영이 요한계시록 4장으로 갈 때, 비로소 천국 또는 극락 갔다고 말할 수가 있을 것입니다. 또 베드로전서 3장 19절에 기록된 대로 옥에 있는 영들에게 예수의 영이 찾아가서 진리로 구원할 때, 받아드리고 깨닫게 되면 그 영들도 천국 또는 극락으로 옮겨 갈 수 있을 것입니다.

장례식에서 하는 상식적인 인사인 '명복을 빕니다'란 인사의 구체적인 내용은 '어두운 옥에서도 진리로 깨달아 성령으로 거듭나라'는 의미인 것을 알 수 있습니다. 몸은 죽었지만 그 영만은 깨달아 성령으로 거듭나면, 성령의 나라 즉 천국으로 갈 것이고, 깨닫지 못하여 거듭나지 못하면 그 영은 악령이니 악령의 나라 곧 지옥으로 갈 것이 당연할 것입니다. 이것이 죽은 자에게 주어지는 두 가지의 선택일 것입니다.

흔히 사찰에서 죽은 사람을 위하여 거행하는 천도제(遷度祭)도 본래는 그런 목적으로 생긴 것입니다. 즉 악령의 나라에서 성령의 나라로 천도(遷度) 하는 것을 기원한 제사임을 알 수가 있습니다. 그러나 과연 오늘날 절에서 지내는 그 천도제로 옥에서 있는 영들이 천국이나 극락으로 갈 수 있을까요?

무엇보다 중요한 것은 당사자가 중요합니다. 왜냐하면 당사자가 깨달아야 그 영이 변화될 수 있기 때문입니다. 옥에 있던 그 영들이 구원받을 기회는 성서나 불서에 예언된 말세 때까지입니다. 요한복음 12장 48절에는 마지막 때에 육체 가진 사람들과 육체가 없는 영들이 어떻게 심판 받게 되는지 잘 기록해두었습니다. 옥에 있던 영들이 그 정한 시한까지 구원받아 성령의 나라로 가지 못하게 되면 그들은 심판을 받게 된다고 기록되어 있습니다.

"또 내가 보매 천사가 무저갱 열쇠와 큰 쇠사슬을 그 손에 가지고 하늘로서 내려와서 용을 잡으니 곧 옛 뱀이요, 마귀요, 사단이라 잡아 1천년 동안 결박하여 무저갱에 던져 잠그고 그 위에 인봉하여 천년이 차도록 다시는 만국을 미혹하지 못하게 하였다가 그 후에는 반드시 잠간 놓이리라"[요한계시록 20장 1~3절]

"이제 하늘과 땅(영과 육체를 비유한 것임)은 그 동일한 말씀으로 불사르기 위하여 간수하신 바 되어 경건치 아니한 사람들의 심판과 멸망의 날까지 보존하여 두신 것이니라… 주께서 경건한 자는 시험에서 건지시고 불의한 자는 형벌 아래 두어 심판 날까지 지키시며"[베드로후서 3장 7절, 2장 9절]

"또 내가 크고 흰 보좌와 그 위에 앉으신 자를 보니 땅과 하늘이 그 앞에서 피하여 간 데 없더라 또 내가 보니 죽은 자들이 무론 대소하고 그 보좌 앞에 섰는데 책들이 펴 있고 또 다른 책이 펴졌으니 곧 생명책이라 죽은 자들이 자기 행위를 따라 책들에 기록된 대로 심판을 받으니 바다가 그 가운데서 죽은 자들을 내어주고 또 사망과 음부도 그 가운데서 죽은 자들을 내어주매 각 사람이 자기의 행위대로 심판을 받고 사망(악령)과 음부도 불 못에 던지우니 이것은 둘째 사망 곧 불 못이라 누구든지 생명책에 기록되지

못한 자는 불 못에 던지우더라"[요한계시록 20장 11~15절]

요한복음 12장 48절에도 "나를 저버리고 내 말을 받지 아니하는 자를 심판할 이가 있으니 곧 나의 한 그 말이 마지막 날에 저를 심판하리라"

이와 같이 천국과 극락의 개념의 확실한 구분은 그곳에 어느 신의 소속이냐는 것입니다. 하나님의 소속인 성령의 소속은 천국이요, 사단 마귀의 소속인 악령의 소속은 지옥입니다. 이 기준은 영들의 나라나 인간들의 나라에도 동일하게 적용됩니다.

영들의 나라에서나 지상의 인간 세상에서나 그들의 영적 소속이 성령이면 그곳이 천국이고, 극락이며, 영적 소속이 악령이면 그곳이 곧 지옥입니다.

그리고 영들의 나라나 인간 세상에서도 사단 마귀에 속한 영들은 심판 때, 모두 불 못에 던져서 심판을 받게 된다고 기록되어 있습니다.

그러나 요한계시록 4장에는 하나님의 형상의 영인 성령들만 있고, 사단 마귀의 영은 전혀 없으므로 그곳이 온전한 천국, 극락이라고 할 수 있고 이 나라는 영원한 나라입니다.

그런데 이 나라는 장차 요한계시록 21장 2절의 기록대로 새 하늘과 새 땅이라고 정해놓은 새 세상에 오게 되어 3~4절의 기록처럼 창조주와 함께 이별도, 아픔도, 근심과 고통도, 죽음도 없이 영원히 살게 된다고 기록되어 있습니다. 요한계시록 21장 1~5절입니다.

"또 내가 새 하늘과 새 땅을 보니 처음 하늘과 처음 땅이 없어졌고 바다도 다시 있지 않더라 또 내가 보매 거룩한 성 새 예루살렘이 하나님께로부터 하늘에서 내려오니 그 예비한 것이 신부가 남편을 위하여 단장한 것 같더라 내가 들으니 보좌에서 큰 음성이 나서 가로되 보라 하나님의 장막이 사람들과 함께 있으매 하나님이 저희와 함께 거하시리니 저희는 하나님의 백성이 되고 하나님은 친히 저희와 함께 계셔서 모든 눈물을 그 눈에서 씻기시매 다시 사망이 없고 애통하는 것이나 곡하는 것이나 아픈 것이 다시 있지 아니하리니 처음 것들이 다 지나갔음이러라 보좌에 앉으신 이가 가라사대 보라 내가 만물을 새롭게 하노라 하시고 또 가라사대 이 말은 신실하고 참되니 기록하라 하시고"

이렇게 요한계시록 4장에 있던 성령들이 하늘에서 이 땅, 곧 새 하늘 새 땅에 내려온다고 하니, 내려오게 되면 내려온 이 땅이 비로소 천국, 극락이 될 수 있다는 것입니다.

그리고 앞장에서 부처는 두 개념의 부처가 존재한다고 한 바, 이제 본 문에서 부처님이 여러 분이 계신다고 한 말에 대하여 다루어보겠습니다. 인용문에서 부처님이 여러분 계신다는 말은 영으로서의 부처를 의미하며 영으로서의 부처는 결국 성령과 동의어이며 이 성령들은 요한계시록 4장에 있다는 것을 알 수가 있습니다. 의미면에서도 이를 뒷받침하고 있습니다. 부처란 원래 '깨달은 자'란 의미인데 성령도 '진리의 영'이라고 하니 의미상 동일한 것을 알 수 있습니다.

그렇다면 또 한 개념의 부처는 무엇일까요? 그것은 육체를 가진 부처를 의미합니다. 법화경 및 여러 경전에는 보살들과 중생들이 부처로 성불하게 된다고 수기되어 있습니다. 만약 보살들과 중생들이 부처로 성불하게 되면 성불된 사람에게도 부처라고 부른다는 것입니다.

그래서 부처를 말할 때, 두 종류의 부처가 있음을 알 수 있습니다. 한 부류의 부처는 영만으로 존재하는 것이고 또 하나의 부류는 육체를 가진 부처가 존재하는 것입니다.

영의 나라에 계시는 부처님들을 소개한 것이 요한계시록 4장이라고 말할 수 있다면 육체를 가진 부처님들이 장차 모여 살 곳이 바로 앞에서 소개한 요한계시록 21장 1절의 새 하늘과 새 땅인 것을 깨달을 수가 있습니다.

본 문 서두에는 부처님이 5백 아라한들도 여래가 될 것이라고 수기를 주었습니다. 여래란 부처의 열 가지 이름 중 하나입니다. 여래가 된다는 말은 곧 부처로 성불한다는 말입니다.

그럼 보살들과 중생들은 언제 어디서 어떻게 여래가 될 수 있을까요? 참고로 여래(如來)란 '이와 같이 지상에 온다'는 의미입니다. 어떻게 오게 될까요?

이것 또한 성서의 예를 들면 이해가 쉬울 것 같습니다. 신약성서 요한복음 3장 5절에는 "예수께서 대답하시되 진실로 진실로 네게 이르노니 사람이 물과 성령으로 나지 아니하면 하나님 나라에 들어갈 수 없느니라"고 했습니다.

사람이 물과 성령으로 거듭나지 않으면 하나님의 나라에 들어갈 수 없다고 합니다. 물은 진리를 비유한 말입니다. 그리고 성령으로 거듭나야 한다고 합니다. 이 말은 사람이 진리로 깨달아 성령으로 새롭게 변화 된다는 의미입니다. 성령으로 변화되는 것이 바로 불교에서는 부처로 성불하는 것입니다. 이 말은 불가에서 사람이 깨달으면 부처가 될 수 있다는 말과도 계합됩니다.

이 여래나 부처로 성불하게 되는 실체에 대한 이러한 설명은 또 기독교인들에게 성령으로 거듭남에 대해서 깨닫게 할 수 있는 중요한 요소가 될 수 있음을 알 수가 있습니다. 보통 기독교인들이 성령으로 거듭나는 일에 대하여 매우 쉽고 단순하게 생각하고 있는 것으로 보입니다.

성서를 깨닫고 보면 사람이 성령으로 거듭나는 것이 그렇게 쉽게 될 수 있는 일이 아님을 알 수 있습니다. 사람이 성령으로 거듭나는 일은 곧 사람이 부처 또는 여래로 성불하였다는 의미와 같기 때문입니다. 경전들을 섭렵하고 깨닫게 되면 이 시대의 모든 사람들의 영은 성령으로 구성된 것이 아님을 깨달을 수가 있습니다. 만약 사람이 성령으로 온전히 거듭났다고 하면 그 사람은 곧 부처로 성불된 사람입니다. 따라서 이 시대에 부처가 된 사람이 없다면 성령화 된 사람 역시 없다는 것으로 이해해도 무방할 것입니다.

알고 보면 기독교의 목적인 천국의 개념도 성령으로 거듭나는 일과 무관하지 않습니다. 또 불교의 목적인 극락 역시 부처로 성불하는 일과 무관하지 않습니다. 확실한 것은 이 땅에 부처로 성불한 사람들이 나타났다고 한다면 극락은 이미 이 땅에서 세워지고 있다는 증거가 될 것 입니다. 마찬가지로 이 땅에 성령으로 거듭난 사람들이 나타났다면 이미 천국은 이 땅에 세워지고 있다고 할 수 있습니다.

기록된 성경을 조목조목 진리로 살펴보면 창세기는 성령으로 거듭난 사람들이 육체로 돌아간 사건을 다룬 내용임을 깨달을 수가 있습니다. 그리고 요한계시록은 육체로 돌아간 사람들이 성령으로 거듭나는 사건을 다루고 있다는 사실을 알 수 있습니다. 따라서 사람이 성령으로 거듭나는 일은 요한계시록을 통하지 아니하면 있을 수 없는 일임을 깨달아야 합니다.

불경의 법화경도 사람이 부처로 성불하는 일에 관하여 기록되어 있습니다. 따라서 법화경에 기록된 부처로 성불하는 일에 관한 일은 법화경에 기록된 대로 이루어지게 됩니다.

그래서 요한계시록이나 법화경의 기록대로 이루어지지 아니하는 날까지는 이 땅 위에 성령으로 거듭난 사람도 여래로 성불한 사람도 없다는 말이 당연할 것입니다.

그런데 이 땅 위에 그런 일이 있으려면 반드시 먼저 선행 되어야할 전제사항이 하나 있습니다. 그것이 무엇일까요? 본 필자가 알기로는 요한계시록과 법화경 등 종교경서는 종교의 목적을 기록한 설계도 같은 것입니다.

그 목적이란 앞에서 언급한 사람이 부처되는 일과 사람이 성령으로 거듭나는 일입니다. 그런데 사람이 여래가 되고, 성령을 받으려면 반드시 세상의 진리가 아닌 하늘의 진리로 깨달아야 합니다. 그런데 하늘의 진리를 누가 어디서 가져 와서 땅의 사람들에게 깨닫게 하여 여래로 성불시키고 성령으로 거듭나게 한단 말입니까?

그래서 성경에도 불경에도 하늘의 진리를 가지고 이 땅에 내려올 구세주를 예언해두고 있습니다. 성경에는 그 분을 예수(메시야)라고 하였으며 불경에는 그 분을 미륵부처(메시야)라고 예언한 것입니다. 그런데 묘하게도 메시야의 어원은 같다는 학자들의 견해가 나와 있습니다. 메시야의 어원은 모두 미트라입니다.

그것은 그렇고 성경에서는 메시야를 '기름 발리운 자'로 해석하고 있습니다. 기름 발리운 자는 히브리어로 구세주란 의미를 가지며 구세주는 진리를 가진 자를 의미합니다. 메시야를 헬라어로 그리스도입니다.

기름 발리운 자를 임마누엘이라고도 합니다. 임마누엘이란 하느님의 영이 함께 하는 자를 의미합니다. 예수가 임마누엘이라는 것에서 예수의 육체에는 하느님의 영이 들어온 화신체란 사실을 내포하고 있습니다.

불경에도 같은 의미의 구세주를 예언해두었는데 그 이름이 미륵부처이며 어원은 역시 미트라입니다. 미륵부처나 메시야가 구세주(救世主)라면 메시야도 미륵부처도 세상을 구원할 주인이란 의미를 가집니다.

화엄경에는 석가는 현세불로 온 화신불이며 미륵은 미래불로서 오게 되는 화신불이라고 소개를 하고 있습니다. 석가와 미륵은 비로자나부처님의 화신불이라는 뜻입니다. 화신불(化身佛)에게는 구원의 부처인 비로자나부처님(법신불)이 임한 육체라고 표현하고 있습니다.

비로자나부처님은 성경의 창조주 격의 이름입니다. 따라서 미륵이 구원(久遠)의 부처님의 화신불이라는 것을 성경으로 말하면 임마누엘이라고 할 수 있으며, 성경의 임마누엘을 불경식으로 표현하면 비로자나부처님의 화신불이라고 할 수 있습니다. 그러다 보니 구세주의 실상이 무엇인지 확실히 증거가 되게 되는 것을 확인 할 수 있습니다.

이런 식으로 앞에서 등장한 단어들을 연결해보면 이렇습니다. 사람들이 성령으로 거듭나거나 여래로 성불을 하려면 먼저 깨달아야 하는데 사람들이 깨달으려면 하늘의 진리가 필요합니다. 그런데 그 진리는 예수그리스도가 가지고 온다고 성경은 기록하고 있습니다.[7] 성경에는 그를 메시야 또는 그리스도라고 하며 그가

---

7) 요한복음 1:17: "율법은 모세로 말미암아 주신 것이요 은혜와 진리는 예수 그리스도로 말미암아 온 것이라"

진리를 가지고 온다고 합니다.

또 미륵부처도 하늘에서 정법(正法)을 가지고 오는 분이라고 합니다. 그래서 두 분의 이름은 각각 다르지만 이명동인(異名同人)임을 알 수가 있습니다. 결국 불경과 성경에 예언한 구세주의 신분은 창조주란 사실입니다.

미륵도 예수도 창조주가 택한 한 육체를 의미함을 알 수 있습니다. 창조주는 누구입니까? 창조주는 인간에게 영혼을 주신 분입니다. 인간에게 영혼을 주신 분이 바로 창조주입니다. 그런데 성경에서는 예수를 '임마누엘'이라고 이름 하였습니다. 예수의 육체 안에 창조주의 영이 임하였다는 의미죠?

화엄경에서는 미륵부처님을 비로자나부처님의 화신불(化身佛)이라고 하였습니다. 이는 곧 비로자나부처님이 미륵의 육체에 화현(化現)되어 나타난다는 의미죠?

예수께도 미륵에게도 창조주가 임하여 오셨고, 또 오신다는 의미죠? 그런데 창조주가 오시는 이곳을 알 수 있는 방법은 경전의 예언을 깨달아야 합니다. 경전의 예언을 깨닫기 위해서는 경전의 예언이 예언대로 성취 돼야 할 것입니다.

결국 이곳에 들어올 수 있는 자는 경전의 예언과 경전의 예언이 예언대로 성취된 것을 깨닫고, 믿는 자밖에 들어갈 수 없을 것입니다. 따라서 물과 성령으로 거듭난 자만 들어갈 수 있다는 말입니다. 물이 곧 경전의 예언이 성취될 때의 깨달음임을 알 수 있습니다. 이것을 깨달은 자가 곧 부처고, 진리의 성령이 아닙니까?

그래서 천국, 극락에 들어올 수 있는 존재는 성령과 부처들뿐입니다. 따라서 예수와 미륵이 온 곳은 곧 창조주 하나님이 오신 곳이고, 이곳에는 이 분의 형상을 한 성령과 부처들밖에 들어올 수 없으니 이곳이 곧 천국이요, 극락이죠?

그래서 불경 성경의 목적은 천국과 극락이고, 이곳에는 성령으로 거듭난 분들과 깨달은 자만 거하게 됩니다.

그래서 창조주는 성령의 모체고, 부처의 모체입니다. 창조주가 자신의 형상으로 사람을 창조하였던 바, 인간 영혼의 본성은 성령입니다.

그런데 왜 성불이 필요하고 거듭나야 할 필요가 있을까요? 왜 해탈(解脫)이 필요하고 구원(救援)이 필요할까요?

인간 영혼이 변질, 고장났다는 의미가 아닐까요? 그런데 그 사실을 사람들은 모릅니다. 그래서 오늘날까지 인간은 천국과 극락을 찾지 못했고, 성령으로 거듭나지 못했고, 부처로 성불하지 못했습니다.

그러나 그것을 깨닫는 것이 정법(正法), 진리(眞理), 정도(正道)입니다. 인간 세상에 영혼의 변질사건이 있었고, 그래서 해탈, 구원을 시킬 수 있는 정법, 진리, 정도가 필요했습니다.

그러나 그 사실을 알고 있는 자는 오직 인간을 만든 창조자이고, 그것의 해결법은 창조주만 가지고 있는 비밀이며, 창조주만 그것들을 해결할 수 있습니다.

미륵도 예수도 이 땅에 임하여 진리로 사람들을 구원시키고, 사람들을 성령으로 거듭나게 하고, 여래로 성불할 수 있다고 함은 그에게 창조주의 영이 임재하기 때문입니다.

그런데 불교에서는 미륵부처가 이 땅에 가지고 오는 정법(正法)을 아뇩다라삼먁삼보리라고 하였습니다. 따라서 천상에 있던 정법은 미륵부처님이 세상에 출세할 때에 비로소 이 땅에 나오는 정법입니다. 그래서 이 땅에 있는 사람들이 미륵부처가 강림하였다는 사실을 알 수 있는 때는 이 땅에 사람들이 아뇩다라삼먁삼보리의 참 의미가 무엇인지를 알게 될 때입니다.

그런데 지금 아뇩다라삼먁삼보리의 참 의미를 알고 있는 자가 세상에 있을까요? 아뇩다라삼먁삼보리란 무상등정각 곧 위없는 최상의 깨달음으로 해석을 합니다. 그러나 그것은 아뇩다라삼먁삼보리의 참 의미라고 할 수는 없습니다. 다만 아뇩다라삼먁삼보리란 의미를 설명할 수 있는 하나의 실마리정도일 것입니다.

즉 '무상등정각' 또는 '위없는 깨달음'이란 말에서 '정각', '깨달음'이란 도대체 어떤 정각을 의미하며, 어떤 깨달음을 뜻하는가 하는 것입니다. 이 때 정각은 곧 이것을 통하여 중생이 성불하게 되고, 성불하게 할 수도 있는 정각을 의미하고, 깨달음 또한 이것을 통하여 사람이 부처로 성불할 수 있고, 또 타인에게 깨달음을 주어 타인도 성불시킬 수 있게 하는 그 깨달음을 말한다는 것입니다.

다시 말하면 '아뇩다라삼먁삼보리'를 깨달은 자는 이미 부처로 성불한 자이면서 이것을 가지고 중생들을 성불시킬 수 있다는 것입니다. 또 아뇩다라삼먁삼보리란 정법이 세상에 생기면 그때는 이미 중생들의 성불이 시작된 것으로 판단할 수 있다는 것입니다.

불설인선경(佛說人仙經)[8]이란 경전에서는 삼종법(三種法)으로 말미암아 일불승이 나타나고 비로소 정법이 세상에 나와서 중생들의 성불이 이루어진다고 소개하고 있습니다.

그런데 앞에서 말씀드린 바와 같이 중생이 깨달아 부처로 성불

---

8) T0009_.01.0215c24-T0009_.01.0216a22: 生喜。彼人悦樂亦復如是。此謂第一種法。復次有人。先受五慾作不善業。復如是。此謂第二種法。復次有人。於不善 法。如實了知。亦於善法。如實了知。乃至苦T 者亦復如是。此謂第三種法。復次大梵天王 又告諸天及護世等。諸聖者當一心聽開甘露門。示一乘法。令諸衆生咸得清淨。離憂悲苦。證妙法理。

한다고 할 때, 중생의 외모가 깨닫는 것이 아니라, 중생의 내면이 깨닫게 됩니다. 그렇다면 바뀌는 것 또한 외면이 아니라, 내면일 것입니다. 인간의 내면을 심령(心靈)이라고 할 수 있습니다.

　그렇다면 변하기 전의 심령과 변한 후에 달라진 것은 오직 심령일 것입니다. 이렇게 될 때, 중생과 부처의 차이는 당연히 심령의 차이일 것입니다. 그렇습니다. 중생의 심령과 부처의 심령은 분명 다릅니다. 따라서 성불은 이전 심령의 상태에서 변화한 심령임을 알 수 있습니다. 이것이 불경에서 말하는 성불의 실상입니다. 그런데 성서에서도 인간 내면의 거듭남을 핵심으로 말하고 있습니다. 성서에서 말하는 인간의 내면 또한 심령(心靈)입니다. 성서의 최종 목적은 모든 사람들의 심령이 '성령으로 거듭나는 것'입니다.

　여기서 더 큰 깨달음을 가져옵니다. 즉 심령에는 성령이 있고, 또 다른 종류의 심령이 하나 있다는 것을 유추할 수 있다는 것입니다. 그렇다면 사람이 성령으로 거듭나기 전에는 어떤 종류의 심령이겠느냐는 것입니다. 성서에는 성령 외에 악령(마귀영, 사단영, 귀신영)있다고 소개하고 있습니다.

　그렇다면 성서에서 심령이 거듭난다함은 악령에서 성령으로의 변화를 의미합니다. 여기서 불교의 성불을 대입하면 불교의 성불 역시 사람의 심령이 악령에서 성령으로 거듭나는 것이 곧 불교에서 말하는 성불임이 드러납니다.

　그런데 사람이 어떻게 성령으로 거듭나게 될까요? 그 방법이 신약성서 요한계시록에 나열되어 있습니다. 따라서 불교의 성불을 알고자 하면 반드시 성서의 계시록을 깨달아야 한다고 필자는 강조하고 싶습니다.

　그래서 결국 성불에 대한 최고의 진리를 나타내는 용어인 아뇩다라삼먁삼보리의 비밀은 결국 성서에서 찾을 수 있다는 놀라운 사실을 발견할 수 있습니다.

그것은 데살로니가후서 2장 1~3절까지에서 배도 멸망 후에 구원자가 온다고 하는 내용입니다.

이 기록처럼 신약성서의 예언으로 기록된 요한계시록 제 2-3장과 13장에서는 심령이 성령으로 거듭난 택한 선민들이 배도(背道)하게 되고, 그 배도의 결과로 요한계시록 13장에서는 용(악령)이 택한 우두머리 목자(일곱 머리 열 뿔 짐승)들이 배도한 선민들의 심령 즉 성령을 멸망시켜서 다시 악령화 시키는 사건이 전개되어 배도, 멸망의 예언을 이루게 됩니다.

인간 세상에서 구원과 해탈하는 일이 있기 위해서는 구원자 곧 구세구가 세상에 출현해야 합니다. 그 구원자가 세상에 출현하는 과정 과정을 예언한 것이 곧 계시록 전장입니다. 구원자가 세상에 오는 노정순리는 어떤 정한 장소에서 예언이 실상으로 이루어지는 일이 생기면서 시작됩니다.

그리고 그곳에서 정한 역할자가 언약을 하게 되고, 그 언약을 배도(背道)하는 일이 있어야 배도한다고 한 그 예언은 이루어진 것입니다. 배도란 도를 등지는 일이고, 그것은 언약을 지키지 않는 행위입니다. 성경에서 언약의 대상은 창조주(대언자; 대행자)와 선민 간에 세워집니다.

창조주와 아담 간의 언약이 그러했고, 언약 내용은 선악과를 먹지 말라는 언약이었습니다. 이 언약을 지키지 않았던 자는 아담과 하와였습니다. 이런 행위를 성경에서는 배도라고 합니다.

성경의 법상 배도한 선민은 멸망을 받게 됩니다. 그래서 아담의 세계는 홍수로 멸망을 받게 되죠. 그것이 성경에서 말하는 멸망입니다. 그리고 난 후, 노아로부터 구원이 시작됩니다. 노아란 구원자가 출현하는 과정에서 그 이전에 필수적으로 배도의 사건과 멸망의 사건이 있었습니다.

그 다음 창조주께서 언약을 한 대상은 모세와 이스라엘선민들이었습니다. 하느님께서는 모세를 대언자, 대행자로 위임하시고, 이스라엘 백성과 언약을 하게 됩니다. 십계명이 그것이고, 출애굽 제 19장 5~8절9)이 그 내용입니다.

언약의 당사자는 하느님(대언자; 모세)과 이스라엘 백성이었습니다. 언약의 내용은 십계명을 지키라는 내용이었습니다. 언약의 결과는 이스라엘이 솔로몬 때, 이방신을 섬겨 또 언약을 어겼습니다.

이방신을 섬긴 것은 다른 신을 섬긴 것입니다. 언약을 어긴 이스라엘은 북이스라엘 11지파와 남유다 1지파로 나누어지더니 결국 이스라엘은 멸망당하였습니다. 이 때, 구원자 예수께서 오시게 되었습니다.

이 처럼 계시록에서 구원자의 출현도 이와 같이 배도 멸망 후에 온다는 예언이었습니다. 그것이 데살로니가 2장의 내용입니다. 배도의 일이 있으려면 먼저 배도할 당사자가 어떤 장소에 출현해야 합니다.

그 장소가 계시록 1장 20절의 일곱 금 촛대교회입니다. 그들이 요한계시록 2-3장에서 배도하자, 요한계시록 13장에서 멸망 받게 됩니다. 그 후, 요한계시록 12장에서 멸망 집단을 이기고, 요한계

---

9) 세계가 다 내게 속하였나니 너희가 내 말을 잘 듣고 내 언약을 지키면 너희는 열국 중에서 내 소유가 되겠고 너희가 내게 대하여 제사장 나라가 되며 거룩한 백성이 되리라 너는 이 말을 이스라엘 자손에게 고할찌니라 모세가 와서 백성의 장로들을 불러 여호와께서 자기에게 명하신 그 모든 말씀을 그 앞에 진술하니 백성이 일제히 응답하여 가로되 여호와의 명하신대로 우리가 다 행하리이다 모세가 백성의 말로 여호와께 회보하매

시록 14장에 구원자가 출현하게 됩니다.

이 구원자에게 요한계시록 3장 12, 21절처럼 창조주의 영이 임하여 임마누엘이 됩니다. 이 때, 배도한 자들은 멸망을 받게 되는데 이들을 멸망시킨 자들은 요한계시록 13장에서 용에게 권세를 받은 자들입니다.

용은 악령의 왕입니다. 배도한 자들은 악령에 의하여 심령이 멸망 받고, 구원자는 용에게 권세를 받은 멸망자들을 진리로 잡아 이기게 됩니다.

이 때 용은 악령의 왕이고, 이 악령이 세상 목자들에게 들어와 역사하였던 것입니다. 그리고 악령의 왕을 이긴 구원자에게는 하느님의 영이 임하여 구원을 이루어 가게 됩니다.

이 때, 구세주에게 와서 진리로 깨달음 받은 사람들은 성령으로 거듭나게 됩니다. 성령으로 거듭나는 일이 곧 불교에서의 성불이라고 하였습니다.

따라서 배도, 멸망, 구원 이것이 바로 미륵부처가 가지고 온다는 아뇩다라삼먁삼보리임을 깨달을 수가 있습니다. 아뇩다라삼먁삼보리는 무상등정각이란 뜻으로 더 이상 높은 깨달음이 없는 최상의 깨달음을 의미합니다. 불교에서 최상의 깨달음을 줄 수 있는 정법은 자신이 성불하고 다른 이들도 성불하게 하는 것입니다.

제 1권에서 불교의 미륵부처는 곧 요한계시록 12장 7절 이하에서 용을 이긴 요한과 동일인이라고 한 바가 있습니다. 이 요한은 요한계시록 10장 10절 이하에서 하나님 → 예수님 → 천사 → 요한 순서로 봉함된 요한계시록의 책을 펼친 상태에서 받게 됩니다. 이것은 땅에는 없던 하늘의 진리입니다.

신약성서의 대표적 예언서인 요한계시록 3장 12절과 21절에는 그리스도의 영이 요한과 하나 되었음을 알리고 있습니다. 이것은 구약의 예언을 이루기 위하여 오신 예수의 육체에 하나님의 영이 임하여 하나 된 것과 같은 이치입니다.

그때는 예수의 육체에 하나님의 영이 오셔서 땅의 사람들께 진리를 듣게 했습니다.

신약의 예언을 이룰 때에는 요한의 육체에 그리스도의 영이 임하여 세상 사람들께 진리를 듣게 합니다. 이 때 요한의 육체에 임한 예수의 영은 진리의 영이고, 성령입니다.

이 진리의 영을 불교식으로 표현하면 부처입니다. 사람의 육체에 부처의 영이 임하였으니 이 사람은 곧 미륵부처님이 되는 것입니다. 이 미륵부처는 일정한 노정순리를 가지고 사람들께 나타납니다. 이 노정순리가 곧 아뇩다라삼먁삼보리의 진리입니다.

이리하여 이 땅에 모든 것을 깨달은 미륵부처님이 등장을 하게 됩니다. 그리고 이 분이 나타나시므로 말미암아 아뇩다라삼먁삼보리란 진리가 이 땅에 있게 되는 것입니다. 이때부터 사람들이 미륵부처님께 아뇩다라삼먁삼보리의 진리를 듣고 깨닫게 되면 사람들이 부처나 여래로 성불하게 됩니다.

따라서 법화경에서 미륵부처님에게 아뇩다라삼먁삼보리의 진리를 듣고 깨달아 보살들과 중생들이 부처로 성불하게 된다는 말은 결국 요한에게 계시의 말씀을 듣고 깨달아 성령으로 거듭난다는 말과 동일한 말입니다.

따라서 요한복음 3장 5절에서 물과 성령으로 거듭나지 아니하면 하나님의 나라에 들어가지 못한다는 말은 성령으로 거듭나면 하나님의 나라에 들어갈 수 있다는 말이고 하나님의 나라는 곧 한자로 표현하면 천국(天國)이 됩니다.

결국 이 말은 성령으로 변화 받은 사람들이 천국에 들어갈 수 있다는 말입니다. 그리고 성령으로 거듭난 사람들이 모이는 천국은 바로 요한계시록 21장 1절의 새 하늘과 새 땅인 것을 깨달을 수가 있습니다.

　　또 하나 덧붙인다면 새 하늘 새 땅에는 성령으로 거듭난 자가 아니면 들어오지 못한다는 말이 됩니다. 또 새 하늘 새 땅에는 깨달아 부처로 성불하지 못한 사람이 들어올 수 없는 곳임도 알 수 있습니다.

　　마태복음 4장 17절과 3장 16절을 이해하면 사람이 어떻게 성령으로 거듭나느냐를 이해할 수가 있습니다. 즉 사람이 성령으로 거듭난다고 할 때, 성령은 하나의 실체입니다.

　　영에는 성령류와 악령류가 별개로 존재합니다. 사람들이 성령으로 거듭나지 못했을 때는 악령이 그 몸에 임하여 있다는 말입니다. 육안으로 보이지는 않지만 우리 각각에게도 영혼이 있습니다.

　　그런데 그 몸 안에 들어있는 영의 종류가 성령이냐 악령이냐 하는 문제는 종교적인 측면에서는 매우 중요한 의미를 가집니다. 사람의 육체 안에 들어있는 영은 하나의 허상이 아니라 실체입니다. 사람의 영혼이 성령으로 이루어져 있느냐 악령으로 이루어져 있느냐에 대한 문제는 마치 집안에 설치된 티비(TV)가 아날로그 시스템이냐 디지털 시스템이냐는 것과 같은 차이입니다. 성서에서 첫 사람 아담이 생기를 받아 생령이 되었다 함의 의미는 아날로그만 있던 시대에 처음으로 디지털 시스템으로 개발된 첫 번째 디지털 티비(TV)가 등장했다는 것과 같습니다.

　　아담을 첫 사람이라고 한 것은 바로 이런 이치에서입니다. 그리고 난 후에 예수께서 유대 땅에 와보니 성령으로 존재하는 사람이

한 사람도 없었습니다. 그때 유일하게 성령으로 잉태한 자가 태어났으니 예수그리스도였던 것입니다. 이것을 창세기 식으로 표현하면 예수를 첫 사람이라고 표현할 수가 있을 것입니다.

성서의 기록방식은 이런 식이기 때문에 이런 의미를 모르고 성서를 천 번 만 번을 읽어도 깨달음은 없는 것입니다. 그렇게 깨닫지 못한 결과 6천 년 밖에 안 된 아담이 인류의 첫 조상이란 우스운 해프닝을 만들고 말았던 것입니다.

예수는 이렇게 성령으로 태어났으므로 부활(거듭남)의 능력을 일으킬 수 있었습니다. 그리고 예수는 다시 오겠다는 약속을 남기고 승천하였습니다. 그리고 다시 온 곳은 요한계시록이고, 요한계시록에서 자신에게 와서 배우고 깨달은 자들은 부활을 경험하게 된다고 한 것입니다.

이때도 이렇게 부활을 하게 되는 바, 처음 부활을 이루는 자를 계시록에서는 요한이라 가칭하였습니다. 옛날에 예수의 육체에 하나님의 성령이 임한 것처럼, 계시록 때는 요한의 육체에 그리스도의 영이 임하여 첫 성령의 사람이 지상에 나타나게 되는 것입니다.

그를 또 창세기의 표현을 빌어 말하면 첫 사람이라고 할 수 있는 것입니다. 그리고 계시록 7장에서 요한에게 와서 하늘의 인을 맞을 때, 그들도 하나 둘 성령으로 거듭나게 되는 것입니다. 그런 일이 있기 전에는 지상의 사람들에게는 성령이 없습니다. 그러나 요한에게는 그리스도의 영이 임하여 성령으로 거듭납니다. 하지만 다른 사람들에게는 어떤 성령들이 어디서 와서 성령으로 거듭나게 될까요?

요한계시록 4장에 있는 성령들이 요한계시록 21장 2절 처럼 사람들의 육체에 임하여 성령으로 거듭나게 되는 것입니다. 그래서 요한계시록 21장 3절에서는 사람들과 하늘의 영들과 하나 되어 함께 거하는 장면이 등장하는 것입니다.

그런데 흔히 하늘을 천국이라고 하고 땅을 천국이라고 하지 않는 이유는 오늘날까지 땅에 하나님과 성령이 없었기 때문입니다.

그 하나님과 성령들이 땅에서 떠난 때가 창세기 6장 3절입니다. 그리고 완전히 돌아오는 때는 요한계시록 21장 2~3절입니다. 그래서 요한계시록 21장의 예언이 이루어지기 전에는 땅에 하나님도 성령도 없다고 말할 수 있을 것입니다.

그 성령은 요한계시록의 예언이 성취될 때, 땅으로 강림을 하게 됩니다. 이 내용이 신약성서의 핵심 주제입니다. 그 성령들이 내려오려면 사람에게 죄가 없어야 합니다. 그 죄는 요한복음 16장 9절 이하의 죄입니다.

그 죄는 하나님을 믿지 않는 죄입니다. 믿으려면 하나님을 알아야 합니다. 그런데 마태복음 11장 27절에는 계시를 받지 아니한 사람은 하나님과 예수를 알지 못한다고 못 박아 두고 있습니다.

그 계시를 받는 사람은 유일하게 요한계시록 12장 7절 이하에서 용을 이긴 요한이고, 10장 10절 이하에서 계시를 받는 요한입니다. 그리고 요한은 계시를 받은 최초의 사람이 되기 때문에 요한으로부터 계시를 받은 사람들은 계시를 아는 자들입니다.

그러니 요한복음 3장 5절에서 물 곧 진리로 깨달았을 때, 성령으로 거듭난다는 말은 요한에게 그 계시를 받아 깨달으면 성령으로 거듭날 수 있다는 말입니다.

진리로 깨달은 사람은 마태복음 13장 31~32절의 큰 나무가 되어 새가 앉게 되는 깨달은 사람이 되고 이들이 요한계시록 21장

2절에서 하늘에서 내려오는 거룩한 성령을 받게 되는 신부 같은 육체들입니다.

이 신부들에게 임하는 성령들은 요한계시록 4장에 있던 성령들입니다. 그러므로 물과 성령으로 거듭난다고 할 때, 성령의 출처는 바로 요한계시록 4장입니다.

또 마찬가지로 성령은 곧 불교용어로 부처라고 하였으니 보살들과 중생들이 여래가 된다는 것은 부처님의 세계인 요한계시록 4장에서 내려온 부처의 심령이 중생들과 하나로 영육이 합일 된 보살들과 중생들입니다. 그리고 부처의 영이 임하는 이치는 마태복음 13장 31~32절에 비유로 명백히 그 답을 해 두었습니다.

"또 비유를 베풀어 가라사대 천국은 마치 사람이 자기 밭에 갖다 심은 겨자씨 한 알 같으니 이는 모든 씨보다 작은 것이로되 자란 후에는 나물보다 커서 나무가 되매 공중의 새들이 와서 그 가지에 깃들이느니라"

이렇게 천국도 극락도 오늘날까지 비유로 감추어두었습니다. 그러나 계시록의 계시를 통하여 그 비밀의 문은 열리게 됩니다. 여러분들은 이 계시를 통하여 천국과 극락의 개념을 확실히 이해할 수가 있을 것입니다.

천국은 자기 밭에 갖다 심은 한 알의 씨와 같다고 합니다. 씨는 계시의 말씀이라고 했습니다. 자기 밭은 사람의 마음입니다. 나물보다 컸다는 것은 그 마음에 계시의 말씀이 믿음으로 조금씩 조금씩 자라난다는 의미입니다. 그리고 나물보다 커서 나무가 되니 공중의 새가 앉게 된다고 합니다.

그 사람은 천국이 된 것입니다. 사람의 깨달음이 큰 나무처럼 커지면 그 때, 공중의 새가 앉는다고 한바, 새는 곧 성령을 비유한 것입니다.

　이렇게 되었을 때, 사람이 곧 천국이 된 것입니다. 결국은 사람의 영혼에 하늘의 성령이 임한 상태를 천국이라고 한 것이고 이것은 곧 불교의 부처의 영이 사람에게 임하였을 때, 그 사람을 부처라고 하고, 부처가 된 사람들이 사는 곳을 극락이라고 할 수 있습니다.

　결국 천국도 진리의 말씀으로 깨달을 때, 사람이 성령의 사람이 되므로서 만들어진다는 것을 알 수가 있습니다. 극락도 역시 사람들이 진리로 깨달아서 부처가 되었을 때, 만들어지는 것입니다.

　그런데 그 성령들은 앞의 요한계시록 4장에 모여 있었습니다. 그 성령들이 지상에 새롭게 세워진 새 하늘 새 땅에 요한계시록 21장 1~4절처럼 내려와 사람의 육체들에 임하게 되니 하늘의 천국이 땅에 왔으니 새 하늘 새 땅은 비로소 지상천국이 된 것이고, 지상극락이 된 것입니다.

　"또 내가 새 하늘과 새 땅을 보니 처음 하늘과 처음 땅이 없어졌고 바다도 다시 있지 않더라 또 내가 보매 거룩한 성 새 예루살렘이 하나님께로부터 하늘에서 내려오니 그 예비한 것이 신부가 남편을 위하여 단장한 것 같더라 내가 들으니 보좌에서 큰 음성이 나서 가로되 보라 하나님의 장막이 사람들과 함께 있으매 하나님이 저희와 함께 거하시리니 저희는 하나님의 백성이 되고 하나님은 친히 저희와 함께 계셔서 모든 눈물을 그 눈에서 씻기시매 다시 사망이 없고 애통하는 것이나 곡하는 것이나 아픈 것이 다시 있지 아니하리니 처음 것들이 다 지나갔음이러라"

　새 하늘 새 땅이란 곳에 있는 신부들에게 요한계시록 4장에 있던 거룩한 영들의 나라가 내려와 사람들과 함께 거한다고 합니다. 신부는 진리의 말씀의 씨를 받아 나무가 된 육체 가진 사람을 비유한 것이고, 하늘에서 내려오는 거룩한 성 예루살렘나라의 영들은 남편으로 비유한 것입니다.

　새 하늘 새 땅의 육체는 신부로 비유하였고, 요한계시록 4장의 영들은 신랑으로 비유하여 영은 육체 안에 장가들고, 육체는 영을 받아 시집[氏; 種]을 온 것입니다. 영적 결혼을 했으니 영육이 서로 하나로 합하여 지게 됩니다. 이렇게 땅의 육체들과 하늘의 성령들이 하나 된 상태를 천국이라고 했던 것이고, 그렇게 실현된 곳이 바로 새 하늘 새 땅인 것입니다.

　이 내용에 성령대신 부처로 대입하고 천국 대신 극락으로 대입하면 이것이 바로 불교에서의 성불과 극락이 되는 것입니다.

　이리하여 하늘과 땅이 하나 되고 부처님의 세상이 땅의 사람과 하나 되게 되니 이렇게 보살들과 중생들이 부처로 성불하게 되고 여래가 되게 되는 것입니다.

　지상에 이런 나라가 세워지면 지상은 곧 극락이 되는 셈입니다. 부루나에게 여래가 될 것이라고 석가모니께서 수기를 주신 것은 부루나가 이렇게 성불을 하여 영으로 새 하늘과 새 땅에 와서 어떤 육체에 임하게 될 것이란 것을 미리 알려 주신 것입니다.

　그래서 지상에 새 하늘 새 땅이 세워지기 이전에 부처님의 나라라고 하면 그것은 요한계시록 4장을 시사한 것이라고 할 수 있습니다. 그리고 지상에 새 하늘 새 땅이 세워지고 난 후에 부처님의 나라라고 하면 새 하늘 새 땅이 바로 부처님의 나라 극락이 되는 것입니다. 이렇게 말할 수 있는 근거는 새 하늘 새 땅에 부처님들이 모두 와 계시는 불국토[10]이기 때문입니다.

---

10) 불국토(佛國土): 부처들로 이루어진 부처님의 땅.

성서에서는 영계에서 악의 신들도 진리로 깨닫게 되면 성령으로 다시 날 수 있다고 기록되어 있습니다. 이 말은 마구니 영들도 진리로 깨닫게 되면 부처의 영으로 화할 수 있다는 이야기입니다.

따라서 위 본문에서 여러 부처란 육체가 없는 성령으로서의 부처를 의미하고 있음을 알 수 있습니다. 하늘 영계에는 성령들이 무수히 많다고 했습니다. 지구촌 사람들의 수보다 더 많습니다.

불가에서는 보통 죽는 것을 열반이라고들 합니다. 그리고 죽어서 가는 세계를 내세(來世)로 잘못 알고 있습니다. 그러나 여기서는 그에 대하여 자 잘못을 가르기 전에 그것들이 시사 하는 열반과 내세가 뭣이냐에 대하여 논해볼 필요가 있을 것 같습니다.

불가에서 열반되어 가는 세상을 내세라고 하는 것은 사후 세계를 말하는 것으로 생각됩니다. 그 사후 세계는 육체가 없는 영들의 세상을 의미합니다.

앞에서 요한계시록 4장을 소개하였습니다. 요한계시록 4장에는 창조주의 영과 일곱 영과 네 천사장과 24장로들과 순교한 영들과 천천만만의 눈들이라고 표현한 천사들이 살고 있었습니다. 이 나라가 성령들의 세계입니다.

그리고 데살로니가전서 4장 13~17절에서는 예수께서 순교한 자신의 제자들의 영에 대하여 자는 자라고 하며 때가 되면 자는 제자들의 영을 데리고 세상에 올 것이라고 기록하고 있습니다.

그리고 그 나라를 제자인 베드로에게 때가 되면 영으로 다시 올 나라라고 소개하고, 그곳에 베드로의 영이 다시 올 것이라고 약속을 했습니다.

"형제들아 자는 자들에 관하여는 너희가 알지 못함을 우리가 원치 아니하노니 이는 소망 없는 다른 이와 같이 슬퍼하지 않게 하려 함이라 우리가 예수의 죽었다가 다시 사심을 믿을 찐대 이와 같이 예수 안에서 자는 자들도 하나님이 저와 함께 데리고 오시리라 우리가 주의 말씀으로 너희에게 이것을 말하노니 주 강림하실 때까지 우리 살아남아 있는 자도 자는 자보다 결단코 앞서지 못하리라 주께서 호령과 천사장의 소리와 하나님의 나팔로 친히 하늘로 좇아 강림하시리니 그리스도 안에서 죽은 자들이 먼저 일어나고 그 후에 우리 살아남은 자도 저희와 함께 구름 속으로 끌어올려 공중(끌어올린 공중은 새 하늘 새 땅을 의미함11))에서 주를 영접하게 하시리니 그리하여 우리가 항상 주와 함께 있으리라"[데살로니가전서 4장]

"예수께서 저희를 보시며 가라사대 사람으로는 할 수 없으되 하나님으로서는 다 할 수 있느니라 이에 베드로가 대답하여 가로되 보소서 우리가 모든 것을 버리고 주를 좇았사오니 그런즉 우리가 무엇을 얻으리이까 예수께서 가라사대 내가 진실로 너희에게 이르노니 세상이 새롭게 되어 인자가 자기 영광의 보좌에 앉을 때에 나를 좇는 너희도 열 두 보좌에 앉아 이스라엘 열 두 지파를 심판하리라"[마태복음 19장]

이 말을 불교용어로 바꾸면 부처님의 나라에서 수많은 부처님들이 시두말대성(계두말성)12)이란 나라에 내려와서 사람의 육체에 임하여 부처로 성불한다고 할 수 있습니다. 그런데 오늘날까지 사람이 사는 세상은 어떤 상태였을까요?

오늘날까지 세상 사람의 육체에는 악령인 마구니 신이 임하여

---

11) 구름 속 공중은 성령의 나라를 의미하고 차원이 높은 하늘나라라는 의미임. 새 하늘 새 땅에는 창조주와 모든 성령들이 내려온 곳이므로 높은 공중에 비유한 것임.
12) 불교에서 예언한 새 하늘 새 땅.

있었다고 앞에서 말했습니다. 그러니 베드로전서 3장 19절의 옥에 있던 영들 중에 많은 영들이 한 때는 세상의 사람의 영혼이 되어 육체 안에 머물렀던 것입니다.

그러나 정한 때가 되어 미륵부처가 세상에 임하게 되면 사람들이 진리의 말씀으로 깨달아 자신 속에 있던 마구니 영은 떠나고 그 안에 부처님의 영(성령)이 임하게 되는 것입니다.

그러면 세상에서 마구니 영들은 하나 둘 없어질 것이고, 마구니가 있던 자리에는 성령들이 하나 둘 사람의 육체를 차지하고 들어가게 됩니다.

이렇게 해서 모든 세상 사람들에게 마구니가 없어지고 성령이 들어가게 된다면 세상에는 마구니는 한 놈도 없게 되고, 대신 성령들로 가득 찰 것입니다. 이런 나라를 천국 또는 극락, 또는 낙원이라고 합니다. 그러나 끝끝내 구원받지 못하고 성령으로 거듭나지 못하는 자들은 모두 불 못에 던지워 진다고 예언되어 있습니다.

이 때 영계의 영들을 이해하기 위하여 세상의 영들을 살펴볼 필요가 있습니다. 세상 모든 사람의 육체에는 각각의 영이 있습니다. 미국 대통령 트럼프에게도 그의 고유한 영이 있고 유엔사무총장에게도 고유한 그의 영이 존재합니다.

그리고 문재인 대통령에게도 그의 고유한 영이 있습니다. 저와 여러분들에게도 각각 고유한 영이 있습니다. 세상에는 70억 이상의 사람들이 살고 있지만 서로 똑 같은 모습을 가진 사람이 없습니다. 그 처럼 세상의 모든 사람들 안에 있는 그 영도 각각 다릅니다. 세계 인구가 73억이라고 하면 영(靈)도 73억 영이 존재하는 것입니다.

그런 것처럼 영계 하늘에도 각각의 영이 있습니다. 창조주의 영도 있고, 예수의 영도 있고, 석가모니의 영도 있습니다. 소크라테스나 공자의 영도 있습니다. 성철스님의 영도 있고 한경직 목사의 영도 있고 김수환 추기경의 영도 있습니다. 그리고 저와 여러분의 조상의 영들도 각각 있습니다.

그 영들은 육체가 살아 있을 때는 그 육체에 임하여 있다가 그 육체가 죽으면 그 영들은 종류별로 구별되어 영의 세계로 가게 됩니다.

만약에 살아생전 성서가 정의한 대로 성령으로 구원을 받은 사람이라면 요한계시록 4장으로 갔을 것이고, 그 대표적 존재는 예수입니다.

그렇지 아니한 자들은 베드로전서 3장 19절의 지옥으로 갔을 것입니다. 그래서 그 영의 세계가 성령의 세계와 악령의 세계로 나누어져 있다고 한 것입니다. 그리고 악령들은 육체가 살아있을 때에는 세상의 사람 안에 살고, 육체가 죽으면 그 영은 베드로전서 3장 19절로 가게 됩니다.

그리고 세월이 흘러 정한 때가 되어 새 하늘 새 땅의 시대가 되면 하늘의 성령들이 세상의 사람 안에 들어와 살게 되고 악령들은 모두 쫓겨 가서 무저갱으로 갇히게 될 것 것입니다.

자, 이런 지식의 바탕 위에서 생각해 보면 위 본문에 기록된 여러 부처님들은 바로 영계의 성령들을 말한 것임을 깨달을 수 있습니다.

그런데 성서에는 성령은 진리의 영으로서 하늘의 깊은 것까지도 통달하는 존재라고 소개하고 있습니다.[13] 그 성령이 사람에게

---

13) 고전 2:10: 오직 하나님이 성령으로 이것을 우리에게 보이셨으니 성령은 모든 것 곧 하나님의 깊은 것이라도 통달하시느니라

임할 때, 사람에게도 비로소 진리가 있게 되어 큰 신통을 얻을 수 있게 되는 것입니다. 그러니 깨달은 영이라고 할 수 있는 것이죠. 깨달은 영을 곧 불교용어로 부처라고 할 수 있는 것입니다.

위 문장에서 그들이 부처고 또 부처는 곧 성령들이기 때문에 자유로운 큰 신통력이 있다고 합니다. 그리고 그런 이야기를 처음 듣게 되니 그것을 '미증유'한 일이라고 했습니다.

우리민족은 예로부터 입춘대길(立春大吉) 건양다경(建陽多慶)이란 숙어를 옛날부터 대문에 붙이는 관습이 있었습니다. 건양이란 양의 나라가 세워지는 것을 의미합니다. 다경이란 양이 세워지면 기쁜 일이 많다는 의미입니다.

그 양의 본체가 신명(神明)이고 성령(聖靈)입니다. 그리고 공자는 도(道)가 음의 시대에서 양의 시대로 흘러가는 것을 연구하는 것이라고 정의를 내렸습니다. 여기서 음은 마구니의 시대를 의미하고, 양은 성령의 시대를 의미합니다.

하늘 영의 세계에는 악령의 세계와 성령의 세계로 나누어져 있다고 전술하였습니다. 그리고 땅에서 음의 세계는 창세기 아담의 범죄 때부터 시작되었습니다. 그리고 양의 세계로의 회복은 요한계시록 21장에서입니다.

이것을 재미있게 표현하면 오늘날까지 인류 세상에서 여당으로 집권한 세력은 음(용; 악령)의 나라였습니다. 그리고 성령의 나라는 야당신세였습니다. 그 오랜 음의 시대 끝에 건양(建陽)이 되니 요한계시록 21장의 새 하늘 새 땅인 것입니다. 따라서 새 하늘 새 땅은 성령들이 진리로 악령들을 물리치고 압승[14]을 하여 여당

---

14) 요한계시록 12장 7절 이하.

으로 등극하는 위대한 새 나라입니다.

이 기록은 성서에 있는 내용입니다. 새 하늘 새 땅을 불서에서는 시두말대성이라고 예언하여 두었습니다. 성서와 불서는 세계 3대 종교 안에 드는 세계를 대표하는 종교 경전입니다.

공자는 유교의 창시자입니다. 그도 양래음퇴(陽來陰退)[15]를 예언하였습니다. 모두가 천국 극락을 예언한 것입니다.

그런데 우리 조상들도 건양(建陽)이라고 매년마다 집 대문에 붙여왔습니다. 우리 조상들이 건양이라고 매년 붙인 목적은 세상에 천국이 임하여 달라는 염원의 기도였습니다. 또 극락을 이루어 달라는 기도였습니다. 그러니 우리한민족의 꿈은 범 세계적이고, 범 인류적이고, 범 종교적인 것이었습니다. 우리한민족 참 위대하지 않습니까?

다음을 보겠습니다.

"부루나는 이런 방편으로써 한량없는 백 천 중생을 이익케 하며, 또 한량없는 아승지의 사람들을 교화하여 아뇩다라삼먁삼보리에 이르도록 하였으나 부처님의 국토를 청정하게하려고 항상 불사를 하고 중생을 교화하느니라 …중략… 또 미래에도 한량없고 가없는 많은 부처님의 법을 받들어 가지고 도와 선설하고 아뇩다라삼먁삼보리에 이르게 하지마는 부처님의 국토를 청정하게 하기 위하여 부지런히 항상 정진하고 중생을 교화하여 보살의 도를 점점 구족하느니라 그가 한량없는 아승지겁을 지나 이 땅에서 아뇩다라삼먁삼보리를 얻으리니… 그 부처님께서 항하의 모래같이 많은 삼천대천의 세계를 하나의 부처님국토로 만드니 칠보로 땅이

---

15) 음은 가고 양이 선다.

되고 그 땅은 손바닥처럼 평평하여 산이나 계곡이나 구릉이 없으며 칠보로 된 누각이 그 가운데 가득하며, 여러 가지 악도란 것이 없고, 또 여자도 없으며 일체 중생이 다 화생하므로 음욕이 없느니라. 또한 큰 신통력을 얻어 몸에서 밝은 광명이 나고 공중을 자유로이 날아다니며 뜻과 생각이 견고하고 정진하며 지혜들이 있어, 널리 황금색의 삼십이상을 스스로 다 장엄하느니라. 또 그 나라 중생은 항상 두 가지 음식을 지니나니, 첫째는 법 듣기를 기뻐하는 것이요, 둘째는 선정에 드는 것을 기뻐하는 것이니라… 그들도 큰 신통과 사무지애를 얻어 중생들을 교화하며 그 나라의 성문 대중도 숫자로 헤아릴 수 없이 많으나, 다 여섯 신통과 세 밝음과 여덟 해탈을 얻어 구족하니 그 부처님의 국토는 이와 같이 한량없는 아승지겁이니라."[동국대 역경원 법화경 202쪽]

부루나는 방편으로써 한량없는 백 천 중생을 아뇩다라삼먁삼보리에 이르도록 하여 이익케 하며, 부처님의 국토를 청정하게 하려고 항상 불사를 하고 중생을 교화하였다고 합니다.

부처님께서 칭찬을 하신 부루나에게서 오늘날 스님들과 승려들이 행해야 할 큰 교훈을 발견할 수 있습니다. 그것은 일불승에 대한 것입니다. 그리고 일불승으로 이끌 수 있는 도구는 아뇩다라삼먁삼보리입니다.

오늘날 많은 불교 지도자들이 있지만 지도자는 모름지기 가르칠 만한 것을 가르쳐야 한다는 것입니다. 불교 지도자들이 지도해야 할 것은 세상 처세술 따위도 아니요, 이승도 아니고, 삼승도 아닙니다.

오직 일불승 곧 부처님의 핵심 가르침인 아뇩다라삼먁삼보리를 가르쳐야 합니다. 설혹 아뇩다라삼먁삼보리의 진리를 깨닫지 못했다고 하더라도 그것이 모든 불자들에게 필요한 것임을 분명히 신도들에게 인식시켜야 할 것입니다.

부루나는 다른 제자들이 하지 못한 일을 하여 부처님으로부터 칭찬을 듣고 있는 것입니다. 부루나는 가르칠 것을 가르친 것입니다. 부루나는 부처님의 가르침의 핵심을 이해했고, 그것은 소승이 아니라, 중생들이 부처로 성불한다는 대승입니다.

부처님의 가르침은 둘도 아니고 오직 하나 중생들이 부처로 성불하여 부처가 되는 것입니다. 부루나는 부처님의 그 핵심가르침을 바로 실천하였으므로 부처님으로부터 칭찬을 들은 것입니다.

그가 한량없는 아승지겁을 지나 '이 땅에서 아뇩다라삼먁삼보리를 얻으리라'라고 한 것은 한량없는 세월을 의미하는 것은 아닙니다.

정한 때를 의미하며 지상에 팔 부처의 출현으로 시작되는 계두말성이 세워질 때를 의미합니다. 이 때 계두말성에서 세상과 중생들을 구속하고 있던 마구니의 왕을 파쇄하게 되는데 이때가 되면 세상에 아뇩다라삼먁삼보리의 진리가 등장하게 됩니다.

그 부처님께서 항하의 모래같이 많은 삼천 대천의 세계를 하나의 부처님 국토로 만드니 칠보로 땅이 되고 그 땅은 손바닥처럼 평평하여 산이나 계곡이나 구릉이 없으며 칠보로 된 누각이 그 가운데 가득하며, 여러 가지 악도란 것이 없다고 합니다.

그때부터 항하의 모래 같이 많은 세계를 하나로 만들게 되는데 그 나라이름이 불국토이며 불국토에는 마구니를 이기고 벗어난 부처들만이 사는 세상입니다. 그래서 그곳에는 마구니가 없습니다.

마구니가 없으므로 삼악도도 없습니다. 그 곳에는 영계나라에 있던 일곱 영16)이 내려와 함께 하니 비유하여 칠보로 된 땅이라고 했습니다.

그 땅은 손바닥처럼 평평하여 산이나 계곡이나 구릉이 없다는 말은 여기는 모든 중생들이 부처가 되었으므로 지위의 높고 낮음이 없고 빈부나 귀천이 없는 세상이라는 말입니다.

이런 나라가 바로 일합상의 세계입니다. 이 나라는 세 가지의 밝은 지혜로서 생기게 됩니다. 그 세 가지 밝은 지혜가 바로 아뇩다라삼막삼보리입니다.

또 그 나라에는 여자도 없으며 일체 중생이 다 화생(化生)하므로 음욕이 없다는 말은 이 때 여자는 음녀(淫女)를 말하며 음녀는 마구니 편의 승려로 거짓 승려를 비유한 말입니다. 일합상의 세계에는 마구니가 없는 부처의 나라입니다. 그곳에 마구니가 없으니 마구니의 신과 접한 거짓 승려가 있을 리 만무하니 그것을 은유하여 여자가 없다한 것입니다.

또 스님은 중생들을 성불하게 하기 위하여 존재한 바, 중생들이 모두 성불을 했다면 더 이상 영적 아이를 낳는 여자인 승려가 필요 없게 될 것입니다. 요한계시록 18장에는 음녀란 존재가 나오는데 음녀란 마귀신과 접한 거짓 목자라고 정의를 내리고 있습니다.

이곳의 나라를 바벨론이라고 비유하고 있는데 바벨론이란 귀신의 나라를 은유하고 있습니다. 이 나라를 불교에서 사바세상 곧 차안(此岸)17)의 세계라고 하였던 것입니다. 그 바벨론에는 모두 귀신을 신랑으로 모시고 있다고 기록되어 있습니다. 사람은 모름

---

16) 보좌로부터 번개와 음성과 뇌성이 나고 보좌 앞에 일곱 등불 켠것이 있으니 이는 하나님의 일곱 영이라[요한계시록 4장 5절]

17) 나고 죽는 생사의 고통이 있는 이 세상. 차토(此土)라고도 한다. 고통이 많은 인간이 사는 현실세계를 가리키는 말. 열반의 세계·생사해탈의 세계를 저 언덕(彼岸)이라고 하고, 생사 윤회하는 고통의 현실세계를 이 언덕(此岸)이라고 한다. (원불교대사전)

지기 영과 육체로 이루어졌는데 그 육체가 어떤 영과 접하여 있는 가에 따라 그 신분이 달라집니다.

요한계시록 18장은 모두 귀신과 접한 나라인데 이 나라가 무너지고 요한계시록 19장에는 창조주의 나라의 백성이 만들어집니다. 그래서 19장을 하나님의 혼인 잔치집으로 소개를 하고 있습니다.

귀신과 신접한 사람 중에서 불러내고 빼냄 받은 사람들18)이 19장에서 성령을 신랑으로 모시는 작업이 진행됩니다.

악령을 입고 살던 사람들 중에서 선택받은 사람들이 거기서 성령으로 거듭나는 장면입니다. 그래서 세상에서 여자에게 남자가 장가들어 같은 집에서 동거동락 하는 것을 비유하여 지상의 육체에게 성령들이 장가들어 영육이 하나 되어 함께 사는 것을 혼인이라고 하고 육체를 여자 또는 신부라고 하고, 영을 남자 또는 신랑이라고 비유한 것입니다.19)

이곳에는 음욕(淫慾)이 없다는 말도 육체간의 음욕이 아니라, 육체 간의 음욕을 비유하여 성령과 짝이 된 육체가 악령과 교제하는 것을 말하며, 스님들이나 목자들이나 사람들이 마귀 신의 거짓 진리에게 미혹되면 마구니와의 음욕하게 됩니다. 그 나라에는 마귀가 없기 때문에 미혹할 장본인이 없으니 누가 누구를 미혹하겠습니까? 영과 육체가 서로 본부(本夫; 本婦)를 만났으니 천생연분입니다. 더 이상 음욕은 일어나지 않습니다.

그리고 중생이 다 화생(化生)한다는 말은 중생이 다 부처의 모습으로 변화된다는 의미입니다. 화생은 곧 부활(復活)이란 말과

---

18) 요한계시록 17장 14절, 18장 4절
19) 호세아 2장 19절, 예레미야 31장 32절

동의어입니다. 화생과 부활은 사람 누구에게나 있는 영이 성령으로 거듭난다는 말이며 오늘날까지 함께 하던 악령인 자신의 영과는 이별하고 새롭게 성령과 결혼한다는 말입니다.

또한 큰 신통력을 얻어 몸에서 밝은 광명이 나고 공중을 자유로이 날아다니며 뜻과 생각이 견고하고 정진하며 지혜들이 있어, 널리 황금색의 32상으로 스스로 다 장엄하다는 말은 이들이 모두 부처의 모습으로 환생하였다는 말입니다. 부처가 되면 육신통을 가지며 모습 또한 32가지의 특징을 가지게 됩니다.

이들의 모습은 도교의 신선의 모습과 같으며 신약성서 마태복음 17장 1~9절까지의 성령으로 거듭난 사람의 모습과 동일합니다. 그리고 고린도전서 15장 51~54절까지의 마지막 나팔 소리를 듣고 변화 받은 모습과도 같습니다.

또 그 나라 중생들은 항상 두 가지 음식을 지니나니, 첫째는 법 듣기를 기뻐하는 것이요, 둘째는 선정에 드는 것을 기뻐하는 것이라고 합니다. 이때부터 중생들은 육적 음식을 먹는 것이 아니라, 영적 진리를 음식으로 들으며 선정으로 기쁨을 누리는데, 그것이 바로 신선놀음입니다.

부처님은 앞날에 이런 일이 있을 것을 부루나에게 전하였고, 부루나는 그 말들을 모두 의심 없이 믿었다고 합니다.

그들이 미래에 큰 신통과 사무지애를 얻어 중생들을 교화하며 그 나라의 성문 대중도 숫자로 헤아릴 수 없이 많으나, 다 여섯 신통과 세 밝음과 여덟 해탈을 얻어 구족하니 그 부처님의 국토는 이와 같이 한량없는 아승지겁이라고 합니다.

이곳이 바로 불교가 추구하는 나라입니다. 이곳이 바로 극락입니다. 이곳을 이름 하여 미륵경에는 시두말성이라고 하였습니다.

이곳의 사람들은 부처가 된 사람들만 살며 부처가 된 사람이 곧 신이고 신선입니다. 이곳의 모든 사람들은 마구니의 그늘을 벗어난 사람들입니다. 그래서 진정한 해탈, 열반, 성불은 이곳에서만 이루어집니다.

이곳이 곧 아제아제 바라아제 바라승아제[20]라고 주문하던 깨달음의 세계 곧 피안(彼岸)[21]의 세계입니다.

"여러 비구들아 잘 들을지니라. 불자가 행하는 여러 가지 도(道) 방편으로 익혀서 잘 배운 까닭 너희들의 힘으로는 불가사의라. 어리석은 중생들 소승법 즐겨 큰 지혜를 두려워 할 새 이런 줄 미리 아는 여러 보살들 성문이나 연각으로 다시 되어서 한량없고 가없는 방편으로 여러 중생들을 교화할 적에 나는 진실한 성문인데 부처님의 크신 도 매우 멀구나… 한량없는 중생을 제도시키어 모두 다 그들이 성취케 하며 마음이 비록 게을러도 점점 닦아 부처를 청정하게 하려는 뜻 삼독(三毒)의 무서움을 드러내 뵈주고 사뙨 견해 모양들을 나타내는 것 나의 제자들은 이러한 일로 방편 써서 중생을 제도하나니 내가 만일 구족함을 나타내어서 갖가지 변화된 말을 하면 이를 들은 모든 중생 마음에 의혹을 품을 것이라.

---

20) 《반야심경》의 마지막 주문 구절: '아제아제바라아제바라승아제모지사바하(揭諦揭諦波羅揭諦波羅僧揭諦菩提娑婆訶)'. 이것은 싼스끄리뜨인 '가떼가떼 바라가떼 바라상가떼 보디 스바하(gate gate pāragate pārasaṃgate bodhi svāhā)'를 한역한 음 그대로 읽고 번역하지는 않는다. 굳이 번역한다면 흔히 '가자, 가자, 저 피안의 세계로 가자. 모두 함께 저 피안의 세계로 가자. 오, 깨달음이여, 축복이어라' 정도로 해석할 수 있다. (원불교대사전)

21) 현세를 차안(此岸)이라 한다면 피안은 불교에서 해탈에 이르는 것을 의미한다. 즉 인간 존재는 미혹(迷惑)과 번뇌(煩惱)의 세계에서 생사유전(生死流轉)하는 상태라고 보는 불교의 교의(教義)에서는 미혹한 생존을 차안(此岸)이라 부르고 이에 대하여 번뇌의 흐름을 넘어선 깨달음(涅槃)의 세계를 피안(pāra)이라 부른다. 미혹의 차안에서 깨달음의 피안에 도달하는 것이 도피안(到彼岸)으로 산스크리트어로는 pāramitā라고 하며 바라밀다(波羅密多)라고 음역되고 있다. (철학사전, 2009.)

이제 여기 있는 부루나는 옛날부터 천억의 부처님한테 부지런히 도를 행하고 닦아 모든 불법을 잘 연설하며 위없는 지혜를 구하기 위해 여러 부처님이 계신 곳에서 큰 제자로 있을 때에도 많이 들어 지혜가 있었으며 법을 설하는 바 두려움이 없어 중생들 듣는 대로 환희하니 피곤함도 권태로움도 일찍이 없어 부처님의 하시는 일 잘 도우며 일찍이 크나 큰 신통을 얻고 사무지애의 지혜를 모두 갖추며 영리하고 우둔한 근기에 따라 항상 청정한 법 설하노라. 이와 같이 깊은 뜻 밝게 설해 천억의 여러 중생들 교화하여 대승법에 머물게 하니 불국토가 스스로 청정해지며 미래에도 한량없이 많은 부처님 친견하고 받들고 공양하면서 바른 법 보호하고 선설하나니 불국토가 스스로 청정해지며 항상 여러 가지 방편으로써 두려울 바 없는 법을 설하며 많고 많은 중생을 제도하여서 모든 지혜 성취케 하리. 모든 여래 찾아뵙고 공양하며 법보장을 받들어 가지나니 뒷세상에 반드시 성불하면 그 이름 이르기를 법명이라. 그 부처님 나라 이름 선정이니 모든 것이 칠보로 이루어지며 겁의 이름은 보명이리니 그 나라 보살 대중 많기도 하리. 그 수가 한량없는 억 보살들 모두 다 큰 신통을 얻어 가지며 위덕의 힘 또한 두루 갖추니 나라 안의 곳곳마다 충만한 무리. 삼명과 팔해탈과 사무지애를 얻어 가진 성문도 헤일 수 없어 이와 같은 무리가 승려가 되니 그 부처님 국토의 모든 중생들 …중략… 지금 여기 있는 부루나 비구 공덕을 원만하게 다 이루어서 맑고 깨끗한 이 정토 안에 거룩한 성인들을 많이 얻으리니 부루나 비구 앞으로 올 세상에 범행 닦아 도 이루고 성불할 때에 한량없는 이런 일이 있으리라고 내가 지금 간략하게 말하였노라."[동국대 역경원 법화경 203쪽~]

여러 비구들이 불자가 행하는 여러 가지 도(道)를 방편으로 익혀서 잘 배운 까닭에 너희들이 성불을 하게 되지만 그것은 너희의 힘으로는 불가사의한 일이라고 게송을 합니다.

세상의 중생들은 하나 같이 어리석어 스스로 성불할 수는 절대 없습니다. 오로지 부처님이 출세하여 그의 진리인 아뇩다라삼먁삼보리를 통해서만 성불이 가능하기 때문입니다. 그래서 성불은 대승으로만 이루어지기 때문에 불교는 대승을 통하여 목적을 이루게 됩니다. 그래서 불교를 의타(依他) 종교라고도 합니다. 부처로 성불하여야 할 자들이 귀의(歸依)해야 할 분은 미륵부처님뿐입니다.

그래서 미륵부처님이 세상에 오시지 아니하면 아뇩다라삼먁삼보리의 진리는 없고, 아뇩다라삼먁삼보리의 진리 없이는 사바 세상에 득세하고 있는 마군(魔軍; 마구니)을 이겨 잡을 수 없고, 마구니를 이기지 못하면 중생들 속에 기생하는 마구니를 쫓아내지 못합니다.

그러면 대승은 절대로 이루어지지 않습니다. 대승이 이루어지지 아니하면 사람이 부처로 성불할 수 있는 방법은 없습니다. 그래서 모름지기 불자들은 미륵부처의 지상 출세(出世)를 염원 기도하여야 합니다. 모름지기 승려라면 그것을 불자들에게 가르쳐야 할 것입니다.

그래서 부처님은 어리석은 중생들이 소승법만을 즐겨 큰 지혜를 두려워한다고 합니다. 소승법이 무엇입니까? '착하게 살면 복 받는다는 것'을 가르치는 것 아닙니까?

그러나 대승법은 불법을 깨달아 미륵부처님을 친견하여 제도받아 '너희들이 부처 되라'는 것 입니다. 그러나 이 시대에 누가 참 열반과 참 성불을 전하고 있습니까? 그저 현실에 안주 시키며

편하고 윤택하게 사는 것만을 가르치며 기복신앙에 치우치게 하고 있는 것이 현실이 아닙니까?

그러나 석가모니께서 6년 고행과 깊은 선정 끝에 깨달은 바는 소승이 아니라 대승입니다. 세계의 모든 신앙계가 그렇지만 불교계 또한 이렇게 타락하고 세속화 된 이유가 무엇이겠습니까?

모두 부처님의 참 가르침을 멀리하고 소승에 치우쳐 있기 때문입니다. 그 당시의 대부분의 부처님의 제자들도 그런 신앙을 했음을 본과를 통해서도 잘 알 수 있습니다.

그러나 부루나는 그렇지 않고 부처님의 참 가르침인 대승을 잘 이해하고 부처님께 배운 대로 잘 행하였던 것입니다.

그래서 부처님은 한량없고 가없는 방편으로 여러 중생들을 교화하였지만 부처님의 크신 도(道)와는 매우 멀리 있다고 한탄하고 계신 것입니다. 그래도 부처님께서는 자비하셔서 한량없는 중생들을 끝까지 제도시키어 모두에게 다 성불을 성취케 하며 마음이 비록 게을러도 점점 닦아 부처 되는 길을 청정하게 하시겠다고 하십니다.

그것을 위하여 부처님은 삼독(三毒)의 무서움을 드러내 뵈주고 사뙨 견해 모양들을 나타내는 것을 제자들을 통하여 방편 써서 중생을 제도한다고 합니다.

부처님께서는 부처님이 이루실 "사람이 반드시 성불하여 부처가 되고 부처가 된 사람들은 32상과 육신통을 가지며 부처가 된 사람들만으로 이루어진 불국토를 이루어 살게 되는 날이 있다"고 합니다.

그뿐만 아니라, 그때는 변화된 일들이 수없이 많은데 이것을 충분히 그대로 말을 하면 이를 들은 모든 중생의 마음에 의혹을 품을 것이라고 염려하셔서 그것에 대하여 사실대로 말도 못하고 그저 방편으로 설하였다고 합니다.

그런데 오늘날 이 시대가 그렇지 않습니까? 누가 이 시대에 부처가 되어 32상을 가지며 육신통을 가지고 축지법을 써서 만리를 순간에 도달할 수가 있고, 나비처럼 하늘을 나를 수도 있고, 천리안을 가지고 천리를 볼 수 있게 되고 벽과 벽을 뚫고 드나들 수 있으며, 사람의 마음 안을 훤히 볼 수 있는 타심통을 가지는 등 신의 능력과 같은 세상이 현실적으로 펼쳐진다고 말하면 누가 그것을 제대로 믿겠습니까?

이렇게 된다고 하면 누구나 의혹과 의심의 눈초리로 바라 볼 것입니다. 그러나 이것은 분명 석가모니께서 선정을 통하여 천상의 세계에서 알려준 것을 그대로 전했던 진리입니다. 이것이 불경이고 불교의 진리입니다.

그런데 제자들 중에 부루나는 부처님한테 부지런히 도를 행하고 닦아 모든 불법을 잘 연설하였다고 칭찬을 아끼지 않습니다. 그는 부처님의 대승의 진리를 바르게 이해하였으며 의혹도 의심도 하지 않았기 때문입니다.

또 그 법을 설하는 바 두려움이 없어 중생들에게 잘 전하였다고 합니다. 그래서 그는 일찍이 크나 큰 신통(神通)을 얻고 사무애의 지혜를 모두 갖추며 영리하고 우둔한 근기에 따라 항상 청정한 법 설하였다고 합니다. 오늘날에도 부루나 같은 선지자가 있으면 불교계가 다시 살아나지 않겠습니까?

부루나는 이와 같이 부처님의 깊은 뜻을 밝게 설해 천억의 여러 중생들을 교화하여 대승법에 머물게 하여 불국토가 청정해지도록 노력했다고 합니다. 여러 가지 방편으로써 두려울 바 없는 법을 설하며 많고 많은 중생을 제도하여서 모든 지혜 성취케 하리라고 합니다.

이 공덕으로 모든 여래(영계의 성령)를 찾아뵙고 공양하며 법보장을 받들어 가지니 뒷 세상에 반드시 성불하면 그 이름을 법명이라고 한답니다. 뒷 세상이란 내세(來世)로서 미륵부처의 새 세상입니다. 즉 부처님의 목적이 다 이루어진 새 나라인 불국토요, 극락입니다. 그 나라에서 부루나는 부처로 성불하여 법명이라는 이름을 가지게 된다고 합니다.

그 부처님의 나라의 이름이 선정이라고도 하니 모든 것이 칠보로 이루어지며 겁의 이름은 보명이니 그 나라에는 보살 대중이 많다고 합니다. 그 나라의 별칭이 시두말성이요,[22] 보명이요, 피안의 세계요, 불국토요, 극락입니다.

그곳에는 부처님의 나라(천상세계)를 다스리던 관리인 일곱 부처[23]님이 내려와 가르치며 치리하는 곳이라고 일곱 보석이라고 비유하였습니다. 그곳에는 부처가 될 보살들과 부처가 될 대중들도 많다고 합니다.

그곳은 불교의 목적을 다 이룬 삼명과 팔해탈과 사무지애를 얻어 가진 성문도 헤일 수 없이 많은데 이들의 무리가 승려가 되어 그 부처님 국토의 모든 중생들을 가르친다고 합니다.

지금까지 가르친 승려들 대신에 이제 새 시대에는 부처로 성불한 새로운 승려들이 새 세상의 백성들을 가르친다고 합니다.[24] 이렇게 불국토를 이룰 수 있음은 부루나 비구 공덕이 크다고 합니

22) 새 하늘 새 땅[계시록 21장 1절]
23) 영계의 일곱 신[계시록 4장]
24) 왕 같은 제사장[베드로전서 2장 9절, 계시록 1장5-6절, 5장 9-10절, 20장 4절]

다. 그 결과 다 이루어서 맑고 깨끗한 이 정토 안에 거룩한 성인들을 많이 얻으리라고 합니다.

거룩한 성인(聖人)이란 정의는 '거룩한 성령으로 거듭난 사람들'입니다. 성령으로 거듭난 사람이 곧 부처들입니다. 부루나 비구는 앞으로 올 세상에 범행 닦아 도 이루고 성불할 때에 한량없는 이런 일이 있으리라고 내가 지금 간략하게 말하였다고 합니다.

부루나에게 예언한 것처럼 앞으로 올 세상에는 한량없는 사람들이 부처로 성불하게 됩니다. 이 처럼 이 수기는 반드시 이루어짐을 의심 없이 믿는 것이 불자들의 올바른 신앙심일 것입니다. 그리고 불자들이 믿어야 할 것은 사람의 말이 아니라, 경전에 기록된 부처님의 참 진리를 바로 깨닫고 난 후 깨달은 그것을 믿어야 할 것입니다.

그때 1천 2백의 마음이 자재함을 얻은 아라한들은 생각하기를 "우리들은 지금 일찍이 없었던 기쁨을 얻었도다. 만일 세존께서 다른 큰 제자들처럼 우리에게도 수기를 하시면 얼마나 기쁘겠는가!" 하였다. 이 때 부처님께서는 그들의 마음에 생각하는 바를 아시고 마하가섭에게 말씀하셨다.

"이 1천 2백의 아라한들에게 지금 내 앞에서 아뇩다라삼먁삼보리의 수기를 차례대로 주리라. 이 가운데 있는 내 큰 제자 교진여 비구는 앞으로 6만 2천 억의 많은 부처님을 공양한 뒤에 부처를 이룰지니 그 이름은 보명여래 …중략… 또 5백의 아라한인 우루빈나가섭, 가야가섭, 나제가섭, 가루다이, 우다이, 아누루타, 이바다, 겁빈나, 박구라, 주다, 사가다 등도 반드시 아뇩다라삼먁삼보리를 모두 얻으리니 그 이름 또한 모두 보명이리라."[동국대 역경원 법화경 207쪽]

그때 1천 2백의 아라한들도 우리들은 지금 일찍이 없었던 기쁨을 얻었다는 이유는 부루나에게 수기를 내리는 것을 보았기 때문에 자신들에게도 수기를 내릴 수 있을까 하는 기대감이 들었기 때문입니다.

아니나 다를까 이 때 부처님께서는 그들의 마음에 생각하는 바를 아시고 마하가섭에게 1천 2백의 아라한들에게도 아뇩다라삼막삼보리를 내릴 것이라고 수기를 차례대로 준다고 합니다.

이리하여 또 5백의 아라한인 우루빈나가섭, 가야가섭, 나제가섭, 가루다이, 우다이, 아누루타, 이바다, 겁빈나, 박구라, 주다, 사가다 등도 반드시 아뇩다라삼막삼보리를 모두 얻으리라고 수기를 하신 것입니다.

이와 같이 점차로 수기하거늘 내가 장차 멸도한 후에는 누구든 반드시 성불하리니 그 부처님 교화하는 여러 세계도 큰 제자 부루나를 비롯하여 5백 제자들에게 아뇩다라삼막삼보리를 주어질 것이라 수기한 후, 점차로 수기하여 가로되, 부처님의 멸도 후에는 누구든지 반드시 성불한다고 수기를 하고 있습니다.

이것이 부처님의 뜻입니다. 부처님은 자비하셔서 모든 중생들을 성불시키는 것이 목적입니다. 그러나 부처님의 뜻은 그러하지만 과연 누구든 성불하게 될까요?

조건이 있습니다. 성불은 저절로 되는 것이 아니고, 먼저 성불을 원하는 사람들은 미륵부처님을 친견하여야 하고, 그 다음은 미륵부처님이 설하는 아뇩다라삼막삼보리를 깨달아야 한다는 조건이 있습니다. 그것을 깨닫고 자신 안에 있던 마구니의 영이 나가야 비로소 자신이 부처로 성불될 수 있기 때문입니다.

그때 5백 아라한은 부처님 앞에서 수기를 받고 그 마음이 환희하여 뛸 듯이 기뻐하며 자리에서 일어나 부처님께 머리 숙여 예배하고, 자기들의 잘못을 뉘우치고 자책하여 말하였다.

"세존이시여, 저희들은 항상 이런 생각을 하였나이다. 저희들도 구경의 열반을 얻었노라 했더니, 이제 알고 보니 무지한 일이었나이다. 왜냐하면 저희들이 얻어야 할 것은 여래의 지혜이었거늘, 다만 작은 지혜를 얻고 만족했기 때문입니다."[동국대 역경원 법화경 209쪽]

5백 아라한은 부처님 앞에서 수기를 받고 뛸 듯이 기뻐하며 부처님께 머리 숙여 예배하고, 자기들의 잘못을 뉘우치고 자책하여 말하였다고 합니다.

그 이유는 연이어 나옵니다.

"세존이시여, 저희들은 항상 구경의 열반을 얻었노라"했더니, 이제 알고 보니 무지한 일이었다고 합니다. 왜냐하면 제자들이 얻어야 할 것은 여래의 지혜이었거늘, 다만 작은 지혜를 얻고 만족했기 때문이라고 고백하고 있습니다.

다른 제자들은 부루나와 달리 부처님의 설법을 잘못 이해하여 참 열반인 구경열반을 얻지 못하였으면서도 구경열반을 얻었노라고 착각하고 있었다는 말입니다. 그렇게 착각했던 이유는 불법에 무지했기 때문입니다. 부처님은 제자들이 대승 곧 부처가 될 수 있다는 설법을 하였으나 제자들은 그것을 현실 위주의 소승으로 만족했습니다.

이러한 현실은 오늘날도 다르지 않다고 느껴집니다. 아니 오늘날은 아예 구경열반이니 성불이니 하는 것은 전설 속의 이야기처럼 생각하고 있다는 표현이 맞을 것입니다. 그래서 부처님은 사람이 부처되는 구경열반이 수십억겁의 뒤에 오는 것처럼 설하였습니다. 그러나 그것 또한 방편입니다. 분명히 사람이 부처되는 일은 그렇게 멀리에 있지 않습니다.

문제는 오늘날 대부분의 신앙인들이 석가모니부처님께서 말씀하신 구경열반을 실제로 믿지 않고 있다는 사실입니다. 오늘날도 육신이 죽는 일 따위가 열반이라고 착각하고 있습니다. 석가모니부처님은 분명 생사(生死)의 윤회(輪回)를 끊고자 출가하여 도를 득하였습니다. 사람이 육체로 태어났다가 죽는 것이 참 열반이라면 석가모니부처님의 설법은 거짓말에 불과할 것입니다.

왜냐 하면 석가모니께서는 사람들이 태어나서 늙고 병들고 죽는 공통을 해결하려고 출가를 하셨기 때문입니다. 그리고 그것을 해결할 수 있는 답을 얻었기 때문에 부처가 되었다고 한 것입니다. 그 깨달음의 핵심은 사람이 죽어서 어디로 간다는 것이 아니라, 때가 되면 이 세상에 미륵부처가 오셔서 아뇩다라삼먁삼보리의 진리로 사람들을 정각(正覺)하게 하여 부처로 성불하게 한다는 내용입니다.

그때가 되면 태어남도 없고, 늙는 것도 없고, 병드는 일도 없고, 죽는 일도 없게 됩니다. 그곳에는 슬픔과 괴로움이나 눈물이나 이별이 없습니다. 그래서 그곳을 '지극히 즐거운 곳'이란 의미로 극락(極樂)이라고 표현했던 것입니다. 부처님은 오로지 그것을 수기하였고 그 핵심은 사람이 사는 세상에 마구니가 하나도 없게 된다는 것입니다. 인간 영혼 속에 마구니가 살면서 생사와 눈물 고통 슬픔 이별을 주었기 때문입니다.

석가모니부처님은 이것을 위해 대승불인 미륵부처가 다시 세상에 출세하게 된다고 가르친 것입니다. 그리고 아뇩다라삼먁삼보리의 진리로 마구니들을 다 내어 쫓고 극락을 만들어 영원히 사람들과 함께 영원히 살겠다는 것입니다.

그 당시의 제자들도 부처님의 이런 큰 뜻은 헤아리지 못하고 소승에 다 만족하였다고 합니다. 그러나 부처님은 대승을 말씀하셨으며 고로 사람이 부처되어 무량수를 살면서 모든 고통 이별을 여의고 영원히 더불어 사는 세상인 극락정토(極樂淨土)에 대하여 제자들에게 가르친 것입니다.

성서도 목적은 이와 동일합니다. 그리고 성서를 가지고 신앙을 하는 신학자나, 선지자나, 목자나 성도들의 현실도 불교계와 동일합니다. 기독교 신앙인들에게 왜 기독교 신앙을 하느냐고 물으면 이구동성으로 '구원받기 위해서', '천국 가기 위해서', '영생을 얻기 위해서' 등으로 대답합니다.

그러나 가르치고 배우는 모든 분들에게 '왜 구원을 받아야 되며', '언제 어떻게 구원을 받게 되는지', '구원 받았다는 증거는 무엇인지'에 대해서 질문하면 대답하지 못합니다. 그리고 천국이 '어디에 있으며', '어떤 곳인지', '언제 천국이 있게 되는지' 등에는 아는 내용이 없습니다. 물론 영생에 대해서도 영생이 '언제 어디서 어떻게 이루어지는지' 등에 대해서도 아는 바가 없습니다.

그러면서 '나는 구원 받았네', '너가 구원 받았네', '내가 성령 받았네', '네가 성령 받았네' 착각을 하고 있는 실정입니다. 이것은 불교인들이 참 열반을 받지 못하고서 '열반을 얻었네' 하고 착각하는 것과 같은 현실입니다.

그러나 모든 사람들이 구원 받아야 하는 이유는 자신의 영이 마귀 영에 의하여 구속되어있기 때문이고, 구원을 받게 되는 때는 신약의 예언이 이루어질 때, 메시야가 출현하여 진리를 가지고 올 때이며, 구원 받는 방법은 자신이 그 진리로 깨달아야 하며 그 깨달음을 통하여 자신 안에 있는 마귀 신이 자신에게서 떠나야 됩니다.

그리고 자신의 마음속에 존재하던 마귀 신이 물러가고 다시 성령이 그 마음속에 자리 잡아 들어오면 비로소 성령을 받은 것입니다. 이렇게 구원이라고 하면 딱 부러지게 정의를 내릴 수 있어야 될 것입니다. 그런 깨달음 없이 '구원 받았다', '열반을 얻었다'고 하는 것은 엉터리입니다.

사람들이 성령을 받았을 때, 세상은 천국이 되고 비로소 사람들은 죽지도 아니하며 근심 고통 아픈 것, 배고픈 것, 눈물, 애통, 애곡, 이별이 없는 세상에서 영원히 안식을 하게 되는 바, 즐거움만 가득한 세상이 지속됩니다.

이것을 불교식으로 말하면 모든 사람들이 해탈(解脫) 해야 하는 이유는 중생들 안에 있는 영이 마구니 영에 의하여 구속되어 있기 때문이고, 해탈(解脫)을 하게 되는 때는 석가모니부처님의 수기대로 미륵부처가 세상에 출현하여 정법(아뇩다라삼먁삼보리)을 가지고 올 때이며, 해탈 받는 방법은 자신이 그 정법으로 깨달아야 하며 그 깨달음을 통하여 자신 안에 있는 마구니 신이 자신에게서 떠나야 됩니다.

그리고 부처는 자신의 마음속에 존재하던 마구니 신이 물러가고 다시 성령이 그 마음속에 자리 잡아 들어오면 비로소 부처로 성불한 것입니다.

이렇게 사람들이 부처로 성불했을 때, 세상은 극락이 되고 비로소 사람들은 죽지도 아니하며 번뇌, 욕심, 고통, 아픈 것, 배고픈 것, 눈물, 애통, 애곡, 이별이 없는 세상에서 영원히 열반에 드는 바, 즐거움만 가득한 세상이 지속됩니다.

기독교의 성서나 불교의 불서에는 이런 극도로 높고 고귀한 세상이 예언되어 있고 성서의 선지자들이나 석가모니께서는 미래에 펼쳐질 천국(극락) 세계를 하늘에서 보고 도를 득하여 경전에 기록한 것이건만 사람들이 어리석어 작은 일 곧 소승인 현세에 만족하면서 그것이 열반이고 구원인양 착각하며 신앙을 해 왔다는 것입니다.

아래 인용문의 비유 또한 자신이 성불할 수 있는 불성을 가진 존엄한 존재이지만 그것을 망각하고 소승에 머물고 있는 안타까운 현실을 암시하고 있습니다.

"세존이시여, 비유하면 어떤 사람이 친구의 집을 찾아가 술이 만취되어 누웠는데, 그때 그 집 친구는 볼 일이 있어 집을 나가면서 값도 모를 보배 구슬을 그의 옷 속에 넣어두고 갔지만, 술이 취한 친구는 그것도 알지 못하고 잠을 깨어 일어나 멀리 다른 나라에까지 이르렀나이다. 그곳에서 의식을 찾느라 무척 많은 고생을 하면서 조그만 소득이 있어도 그것으로 만족하며 살았나이다. 그 후 얼마가 지난 뒤에 친구가 그를 만나보고 말을 하되 '졸장부야, 의식 때문에 퍽 구차하게 사는구나! 내가 옛날 너로 하여금 안락하고 오욕에 즐기도록 어느 해 어느 달 어느 날 네가 찾아 왔을 때, 값도 모를 보배 구슬을 너의 옷 속에 넣어 주었으니 지금도 그대로 있을 것이다. 너는 그것도 모르고 의식을 구하기 위해 고생을 하고 번뇌하며 구차하게 살고 있으나 참으로 어리석구나. 너는 이제 이 보물로써 소용되는 것들을 사들인다면, 항상 뜻과 같이 되어 모자람이 없으리라'고 하였나이다.

부처님께서도 또한 이와 같아 보살로 계실 때에 저희들을 교화하시어 일체지의 마음을 내도록 하셨지만, 그것을 잊어 알지도 깨닫지도 못하며 이미 아라한의 도를 얻어 멸도했다고 스스로 생각하였나이다. 그러나 본래 자생이 가난하여 작은 것만 얻어도 만족하게 생각하였으나, 일체지를 바라는 마음은 아직 잃지 아니하였나이다.

지금 세존께서 저희들을 깨닫게 하시려고 말씀하시기를 '여러 비구들 너희들로 하여금 부처님의 선근을 심도록 하였고, 방편으로써 열반의 모양을 보였으나, 너희들은 그것으로 진실한 멸도를 얻었다고 하노라'고 하시었다. 세존이시여, 이제야 저희들은 보살로서 아뇩다라삼먁삼보리의 수기를 받을 수 있음을 알았으며, 이런 인연으로 마음이 매우 크게 환희하여 미증유를 얻었나이다."
[동국대 역경원 법화경 209쪽 보배구슬의 비유]

이 때 보배를 준 친구는 미륵부처님이고 보배구슬을 받은 친구는 도를 구족(具足)하는 자들입니다. 보배구슬은 아뇩다라삼먁삼보리의 진리를 비유한 것입니다. 술이 만취되었다는 말은 대승의 깨달음이 없는 무명의 상태라는 의미입니다. 그런 불자들에게 진리인 아뇩다라삼먁삼보리를 주었으나 깨닫지 못함을 말하고 있습니다.

그 친구들은 그것을 충분히 가질 수 있으나 자신은 그것을 가질 수 있다는 사실을 깨닫지 못하고 있었습니다. 그런데 그 친구는 자기 자신에게 대승의 큰 비전이 있음도 모르고 멀리 다른 나라에까지 가서 궁색하게 소승을 구하고 그것으로 만족하게 생각하고 있었습니다.

그 후 얼마가 지난 뒤에 친구가 그를 만나보고 말을 하되 "졸장부야, 의식 때문에 퍽 구차하게 사는구나! 하면서 내가 옛날에 너를 위하여 값도 모를 보배 구슬 같은 귀한 아뇩다라삼먁삼보리

를 너에게 주었으나 네가 깨닫지 못했다고 하였습니다. 너는 그것
도 모르고 작은 소승을 위하여 고생을 하고 번뇌하며 구차하게
살고 있다고 나무랐습니다. 그리고 너는 이제 이 보물로써 소용되
는 것들을 사들인다면, 항상 뜻과 같이 되어 모자람이 없으리라"고
하였습니다.

부처님께서도 또한 이와 같아서 보살로 계실 때에 저희들을
교화하시어 일체지의 마음을 내도록 하셨지만, 그것을 잊어 알지
도 깨닫지도 못하며 이미 아라한의 도를 얻어 멸도 했다고 스스로
생각하였다고 합니다. 그러나 본래 중생들은 태생이 가난하여 소
승의 것만 얻어도 만족하게 생각하였으나, 그래도 대승의 것을
받고 일체지를 바라는 마음은 아직 잃지 아니하였다고 합니다.

그리고 세존께서는 저희들을 깨닫게 하시려고 여러 비구들로
하여금 방편으로써 열반의 모양을 보였으나, 저희들은 그것을 진
실로 생각하고 멸도를 얻었다고 착각을 한다고 합니다.

그러니 오늘날을 살아가는 우리들은 어찌 해야 할까요? 오늘날
까지 방편으로 기록한 것을 진실로 알고, 모두들 '성불하였다',
'열반을 득했다', '해탈하였다'고 착각한 것이 아닙니까?

그래서 인용문에서도 이런 것들을 깨닫고 난 후, 저희들도 보살
로서 아뇩다라삼먁삼보리의 수기를 받을 수 있음을 알게 되었으
며, 이런 인연으로 마음이 매우 크게 환희하여 미증유를 얻었다고
기뻐하였습니다.

이렇게 부처님은 모든 사람에게 아뇩다라삼먁삼보리의 예언은
주어지지만 사람들의 마음이 졸장부라서 그것을 과감히 받기가
어렵다는 것을 비유를 들어 설하신 것입니다.

5백제자 수기품은 5백 아라한들도 여래가 될 것이란 예언을

중심으로 기록되었습니다. 여래가 된다는 것은 곧 부처가 된다는 것입니다. 이것이 일불승이고 대승불의 결과요 목적입니다. 부루나는 이러한 대승을 깨닫고 5백 아라한들과 자신도 여래가 될 것이란 수기를 듣고 감동한 것은 이 모든 것을 듣고 믿었기 때문이고, 그러지 못했던 지난날의 과오를 반성하고 깨우쳤기 때문입니다.

불교도 예언의 종교란 것을 망각하는 사람들이 많습니다. 그렇지 않다면 우리는 불교 속에서 바랄 소망은 없을 것입니다. 그러나 불교도 예언의 종교입니다. 일불승이 최고의 예언입니다. 이 예언은 후일에 사람이 부처가 될 수 있는 날이 온다는 것입니다. 그리고 그 예언을 이루기 위하여 미륵보살이 세상에 등장할 날이 있으며 미륵보살이 최초로 보살에서 부처로 성불하게 됩니다. 그 성불의 재료는 바로 아뇩다라삼먁삼보리입니다.

2. 요한계시록 제 8장

6천 년 간 봉함시켰던 일곱 나팔의 비밀이 불리기 시작하니 하늘과 땅과 사람들과 그 아래의 모든 비밀이 만천하에 드러나게 됩니다. 이것이 곧 '열어서 보이다'는 의미를 가진 계시(啓示)입니다. 비밀의 나팔이 사람의 입으로 공개되면서 하늘과 땅 아래 모든 비밀의 문이 열리게 됩니다.

본 장은 나팔에 관한 주제로 기록된 예언서입니다. 성서 곳곳에는 나팔에 대한 내용이 나옵니다. 본 장에 들어가기 전에 먼저 나팔에 대한 기본적인 지식을 알아보기로 하겠습니다.

성서의 예언은 예언대로 이루어지기 전에는 천상천하의 그 누구도 그 뜻을 알 수가 없다고 강조한 바가 있습니다.

이유는 예언이 이루어지기 전에는 그 실체가 없기 때문입니다. 예언은 글자에 불과하며 그 글자는 비유나 비사로 감추어져있기 때문에 그 실상이 나타나기 전에는 사람들이 알 수 없기 때문입니다. 또 예언을 비유나 비사로 기록한 이유는 악인들의 방해 때문입니다.

그래서 예언은 모두 비밀로 기록되어 있습니다. 그 기법은 마치 암호 같은 것입니다. 암호라는 것은 작전 수행 때까지는 비밀로 보관되며 때가 되어 작전에 참여하는 아군들에게만 열어줍니다. 계시도 마찬가지입니다.

군대에서 암호가 필요할 때는 극비의 작전을 구사할 때이며, 비밀로 해야 할 대상은 적군입니다. 성서의 경우 암호를 필요로 할 때는 예언을 기록하는 때와 그 예언을 이루기 전까지이고, 암호로 해야 할 대상은 마귀소속의 거짓 목자와 그를 따르는 신도들입니다. 그리고 암호의 방법은 비유, 빙자, 은유, 중의법, 풍자법 등 여러 방법입니다. 본 장의 나팔도 비유이며, 은유법이며, 중의법이며, 암호입니다.

그럼 본 장의 주제인 나팔의 비밀을 풀려면 암호를 풀어야 합니다. 그런데 성서의 암호는 사람의 힘으로 풀 수 없습니다. 왜냐하면 성서의 암호는 창조주께서 성령에 감동한 자들에게만 알려주신다고 약속하였기 때문입니다.[25] 기록 할 때도 성령의 감동자를 통하여 하였고, 비밀을 풀어줄 때도 성령에 감동한 자들에게만 알려주는 것입니다.

결국 예언을 기록하는 것도 비밀이 풀어지는 것도 사람에 의하여 진행되는 듯 하지만, 사실 그 예언을 하신 분은 창조주라는 사실입니다. 그러나 예언도 계시도 사람들에게 전할 것이기 때문에 대언자가 필요합니다.

그래서 창조주께서 예언에 기록한 암호는 예언대로 이루어졌을 때, 그 예언을 하신 하나님께서 대언자에게 먼저 알려주게 됩니다. 그 다음 대언자는 그것을 백성들에게 알려주게 됩니다. 결국 창조주는 그 암호를 성령을 통하여 계시로 사람들에게 알려준다는 사

---

25) 아모스3:7: 주 여호와께서는 자기의 비밀을 그 종 선지자들에게 보이지 아니하시고는 결코 행하심이 없으시리라. 베드로후서 1:20-21: 먼저 알 것은 경의 모든 예언은 사사로이 풀 것이 아니니 예언은 언제든지 사람의 뜻으로 낸 것이 아니요 오직 성령의 감동하심을 입은 사람들이 하나님께 받아 말한 것임이니라

실입니다.

그 순서가 요한계시록 1장 1절의 계시의 전달 과정입니다. 계시의 순서는 이렇습니다. 안팎으로 쓰인 계시록은 일곱 인(印)으로 봉함되어 있었습니다. 그 봉함된 책은 창조주의 오른 손에 있었습니다. 그런데 그 책이 예수께로 전달되면서 비로소 계시가 됩니다. 계시된 책은 천사에게로 배달됩니다.

천사는 받은 책을 지상에 살고 있는 한 사람, 곧 가칭 요한이란 사람에게 배달합니다. 이 때 비로소 지상에 하늘의 비밀이었던 묵시가 열려 계시되기 시작합니다. 요한은 지상에 살고 있는 사람들에게 계시를 전달합니다. 그 중 듣는 자들과 지키는 자들도 있고, 그렇지 않은 자들도 있다고 합니다.

이 계시는 그 중 지키는 자들을 통하여 계속 배달됩니다. 처음은 12사람에게 12사람은 각각 1만 2천 명에게 배달됩니다. 이렇게 끊임없이 전하였더니 드디어 지키는 자들의 총합이 14만 4천 명이 됩니다.

이때부터는 14만 4천 명이 전 세계를 향하여 계시를 배달합니다. 성서에는 그 14만 4천 명을 그 나라의 왕이며 또한 제사장이라고 칭호하였습니다.

또 이 왕들에게 다시 계시 받게 되는 사람들을 흰무리라고 하며 이들은 계시를 통하여 새롭게 창조된 새 나라의 새 민족들입니다. 이렇게 봉함된 계시록이 만천하의 사람들에게 배달됩니다.

이 때 성서 계시록에서는 성령으로부터 그것을 인간세계에 처음으로 받는 자를 요한이란 가명으로 부르고 있습니다.

이 자를 미륵경에서는 미륵부처란 가명으로 등장합니다. 또 동양의 성서 격암유록에서는 이 자를 십승자(十勝者) 또는 정도령이란 가명으로 출현시키고 있습니다.

이 자를 옛 중국의 천자(天子)라 칭하던 황제로 비유할 수 있고, 우리 옛 조선의 단군으로 비정시킬 수 있습니다. 오늘날 우리 옛 역사를 새롭게 조명한 내용들을 참고하면 대조선의 단군이 곧 천자요, 황제고 그 대조선의 제후국들의 왕들이 14만 4천 왕 격이 되는 것입니다.

그리고 이 십사만사천의 왕들에 의하여 다스림을 받게 되는 백성들을 흰무리라고 할 수 있는 것이죠. 흰무리란 백의민족과도 연관을 가질 수 있는 성격입니다. 이들이 요한계시록 7장에서 만들어지는데

"이 일 후에 내가 보니 각 나라와 족속과 백성과 방언에서 아무라도 능히 셀 수 없는 큰 무리가 흰 옷을 입고 손에 종려 가지를 들고 보좌 앞과 어린 양 앞에 서서…"

그런데 이들이 '해 돋는 곳' 즉 동방에서 만들어진다는 것입니다.

"다른 천사가 살아계신 하나님의 인을 가지고 해 돋는 데로부터 올라와서…"

'해 돋는 곳'은 곧 동방입니다. 정리하면 제사장과 흰무리는 동방에서 만들어진다는 결론을 얻을 수 있다는 것입니다. 그런데 그 동방이 지구촌 어디일까요?

본 필자는 계시록과 법화경이 같은 내용의 예언이란 것과 동양의 성서 격암유록 또한 같은 내용의 예언이란 결론을 얻을 수 있었습니다.

따라서 계시록의 동방은 곧 동양의 성서 격암유록의 동방으로 결국 한반도민을 의미한다는 것입니다. 단군신화에 보면 환웅은

하느님 격인 환인의 아들로 상정이 되어 있습니다. 그 하느님의 아들과 곰에서 여자가 된 웅녀가 결혼을 하여 태어난 황제가 단군 황제입니다.

이 때 단군신화도 비유로 봉함한 신화이며, 예언적 성격도 있습니다. 곰은 성서의 양으로 비견됩니다. 성서에는 예수를 목자로 비유하고, 양을 신앙인으로 비유하고 있습니다. 성서에서 말한 양과 염소는 문자대로 짐승이 아닙니다.

이 처럼 신화에서의 곰과 호랑이도 문자대로 짐승이 아니라, 신앙인을 비유한 것입니다. 성서에서는 "먼저 된 자로 나중 되고, 나중 된 자로서 먼저 될 자가 많다"는 말이 있습니다.

이 때 먼저 되고 나중 된다는 것이 무슨 의미일까요?

성서에는 양 같은 신앙인이 있고, 염소 같은 신앙인들이 있습니다. 양 같은 신앙인은 예수님을 신랑으로 맞이하여 영적 결혼을 하는 자고, 염소 같은 신앙인은 그렇지 못한 자입니다.

이 때 예수는 하나님의 아들이고, 이 때 예수의 의미는 육체의 의미가 아니라, 성령입니다. 결국 양 같은 신앙인은 성령과 결혼을 하여 요한계시록 20장처럼 첫째 부활을 이루는 자들임을 알 수 있습니다. 이들을 새 나라의 왕 같은 제사장이라고 부르고 있습니다.

단군신화의 틀도 여기서 벗어나지 않습니다. 곰과 호랑이는 곧 양과 염소로 비견됩니다. 환웅은 하느님의 아들이고, 성령입니다. 이 중 양 같은 신앙인은 곰 같은 자들입니다. 또 염소 같은 신앙인들은 호랑이입니다. 이들 중, 양 같은 신앙인이 환웅과 결혼을 하여 단군이 됩니다. 환웅은 하느님의 아들로서 성령입니다. 단군은 곧 나라의 제사장이요, 왕입니다.

곰과 호랑이 중, 사람[진인] 곧 성령으로 환생하는 존재는 곰입니다. 먼저 된 자로 나중 된다는 말을 곧 동굴에 먼저 들어간 자 중에 호랑이 같은 신앙인들이 많을 수 있고, 나중 들어간 자 중에 곰과 같은 신앙인들이 많다는 것입니다.

이렇게 볼 때, 동양의 성서는 우리민족의 미래를 예언한 예언서입니다. 단군신화와 연결할 때, 단군신화는 성서의 창세기에 비견할 수 있고, 격암유록은 성서의 계시록에 비유할 수 있습니다.

창세기에는 에덴동산과 생명나무와 뱀이 등장하고 단군신화에는 신시(神市)와 신단수(神檀樹)와 호랑이가 등장합니다. 계시록에도 제사장이 등장하고, 동양의 성서 격암유록에도 등장합니다.

오늘날 예언이 계시된 결과를 보니 격암유록과 동양의 성서 격암유록은 동일한 시기 동인한 장소 동일한 사건 동일한 결과를 기록하였음이 파악됩니다.

따라서 단군, 왕 같은 제사장은 격암유록과 계시록과 법화경을 통하여 오늘날 출현하게 된다는 기이한 사실에 직면하게 됩니다. 이 모든 것은 창조주의 계획에 따라 계시를 통하여 펼쳐지고 있습니다.

그래서 본 필자도 저의 자의로 이것을 계시하는 것이 아니라, 요한으로부터 배웠기 때문에 배운 것을 그대로 풀 수가 있습니다.

이와 같이 지구촌에 살고 있는 모든 분들도 암호를 알고 싶으면 요한을 만나든지 요한께 배운 사람을 만나야만이 그 암호를 터득할 수가 있을 것입니다. 그래서 신약성서의 최종의 예언서의 이름도 요한계시록이라고 이름을 붙인 것입니다. 그렇다고 해서 요한이 과거의 어떤 역사적인 시점에서 있었던 그 요한은 아닙니다.

이 요한은 요한계시록의 예언이 성취되면서 일곱 금 촛대교회가 세상에 세워질 때에 일곱 금 촛대교회에 등장하면서부터 나타나는 새로운 인물입니다. 그래서 신앙의 목적을 이룰 사람들은 성서의 노정에 따라 나타나는 요한이란 인물을 찾아야만 됩니다.

그리고 이 요한에 대해서 확인하기를 원하는 분들은 오직 성서에 기록된 내용을 기준으로 찾아야 할 것입니다. 그리고 판단해야 합니다. 많은 사람들이 이 요한의 진위를 왜곡하고 있기 때문입니다.

신약의 예언에 약속한 암호해독 자를 옛날 예수님의 제자 요한이란 이름으로 한 것은 예언으로 기록할 때는 그 실상의 인물이 나타나지 않은 상황이기 때문입니다. 그래서 계시록에 등장하는 요한은 제자 요한과는 다른 존재입니다. 다만 그 이름을 빌려서 사용하였을 뿐입니다.

이것은 불교에서 미래부처로 약속된 미륵 역시 동일한 선상에서 이해되어야 합니다. 미륵보살도 석가모니의 제자였습니다. 제자이지만 미래부처로 올 이의 이름을 미륵으로 수기한 것은 이 역시 미래에 나타날 부처는 미래에 가서 실제로 실물로 등장하기 때문입니다.

동양의 성서 격암유록에도 이와 같은 인물의 이름이 예언되어 있습니다. 정도령입니다. 삼경전에 예언한 이 인물의 정의는 '창조주의 영'이 임한 화인(化人)이라는 것입니다.

계시록의 요한, 불전의 미륵, 격암유록의 정도령은 각각 이름이 다릅니다. 그러나 경전의 해설상 이 삼경전에서 예언한 분에게 임한 영은 '동일의 영인' 창조주의 영, 하느님의 영이란 사실입니다.

요한계시록 3장 12절과 20~21절에는 요한을 이기는 자로 표현하였고, 그에게는 하나님의 영이 함께 하는 자로 설명되고 있습니다.

"이기는 자는 내 하나님 성전에 기둥이 되게 하리니 그가 결코 다시 나가지 아니하리라 내가 하나님의 이름과 하나님의 성 곧 하늘에서 내 하나님께로부터 내려 오는 새 예루살렘의 이름과 나의 새 이름을 그이 위에 기록하리라 볼찌어다 내가 문밖에 서서 두드리노니 누구든지 내 음성을 듣고 문을 열면 내가 그에게로 들어가 그로 더불어 먹고 그는 나로 더불어 먹으리라 이기는 그에게는 내가 내 보좌에 함께 앉게 하여주기를 내가 이기고 아버지 보좌에 함께 앉은 것과 같이 하리라"

그런데 화엄경에도 미륵부처는 비로자나부처님의 화신불(化身佛)로 설명하고 있습니다. 비로자나부처님은 청정법신불로서 성서에는 창조주로 표현된 존재입니다. 이를 성서적으로 해석하면 미륵부처는 창조주의 영이 임한 말씀이 육체가 되어 온 사람으로 해석이 가능합니다.

따라서 위의 사실로 미루어 짐작 컨데 요한도 미륵도 정도령도 창조주의 영이 임할 육체로 이해할 수 있습니다. 계시록에서는 이 요한이 백성과 나라와 방언과 임금들에게 다시 전하는 사람으로 설정되어 있습니다. 이는 하늘에서 받은 암호를 만민들에게 계시하여 주는 사명자임을 알 수 있습니다.

이와 동일하게 미륵부처도 인간 세상에 하생하면 세계만민들을 제도하게 된다고 기록되어 있습니다. 이렇게 전하는 천상의 소식을 성서에서는 하나님의 나팔소리라고 암호로 전한 것입니다.

그럼 나팔에 대한 암호를 요한의 가르침대로 풀어보겠습니다. 먼저 나팔에 대한 성서 전반에 기록된 것을 참고 문으로 사전

지식 차원에서 살펴보겠습니다.

"크게 외치라 아끼지 말라 네 목소리를 나팔 같이 날려 내 백성에게 그 허물을 야곱 집에 그 죄를 고하라" 이사야서 58장 1절입니다.

여기서 내 목소리를 날려라고 합니다. 목소리는 사람의 것입니다. 그리고 목소리로 날릴 것은 창조주에게 죄를 지었으므로 그 허물과 죄를 세상 사람들에게 알려란 것입니다.

"세상의 모든 거민, 지상에 거하는 너희여 산들 위에 기호를 세우거든 너희는 보고 나팔을 불거든 너희는 들을 찌니라" 이사야서 18장 3절입니다.

여기서는 세상 모든 거민들에게 나팔을 불게 되니 세상 모든 사람들은 그것을 보고 들으라고 합니다. 기호란 세상에 하나님의 나라가 세워졌다는 표식이고 나팔은 그 사실을 알린다는 의미입니다.

"그 때에 인자의 징조가 하늘에서 보이겠고 그 때에 땅의 모든 족속들이 통곡하며 그들이 인자가 구름을 타고 능력과 큰 영광으로 오는 것을 보리라 저가 큰 나팔소리와 함께 천사들을 보내리니 저희가 그 택하신 자들을 하늘 이 끝에서 저 끝까지 사방에서 모으리라" 마태복음 24장 30~31절입니다.

이 나팔이 불려지는 때는 인자 곧 예수가 다시 세상에 왔을 때입니다. 인자가 구름타고 온다는 것은 영으로 온다는 말입니다. 이렇게 예수께서는 영으로 오시게 되니 사람들이 육안으로 볼 수는 없겠죠? 구약에서는 하나님이 구름을 타고 온다고 예언하셨습니다.[26]

그런데 그 하나님은 예언대로 오셨습니다. 어디에 오신 것일까요? 예수님의 육체에 온 것입니다. 그래서 예수님은 자신의 육체 안에 하나님의 영이 계신다고 하신 것입니다. 그런데 이스라엘 사람들이 하나님을 볼 수 있는 방법은 무엇이었을까요? 성경을 통하여 영으로 오신 하나님을 볼 수 있었습니다.

그런데 예수님도 신약에서 구름을 타고 오신다고 예언하였습니다.27) 이 예언대로 예수께서는 영으로 요한의 육체에 임하게 됩니다. 그렇다면 오늘날 신앙인들은 영으로 오시는 예수를 어떻게 볼 수 있겠습니까?

역시 성경을 통하여 볼 수 있습니다. 성경을 통하여 찾아보면 예수님의 영이 요한이란 한 육체에 임하여 있음을 발견할 수 있습니다. 그때에 지상의 모든 족속들이 통곡하며 예수께서 이렇게 오신 것을 본답니다. 그리고 오셔서 나팔을 부는데 이 나팔은 요한의 입이 되고, 요한의 육체 안에서 나팔을 부는 분은 예수의 영입니다. 이 때 천사들도 눈으로 보이지는 않지만 함께 와있음을 말씀하고 있습니다. 그리고 택하신 자들을 하늘 이 끝에서 저 끝까지 사방으로 모은다고 합니다. 하늘 이 끝에서 저 끝까지란 어디겠습니까?

바로 우리들이 지금 살고 있는 모든 세계입니다. 그런데 지금 세계로 나팔 불어 택한 자들을 모은다고 합니다. 택한 자가 되려면 어떻게 해야 할까요?

이 나팔은 분명 이 기록대로 이 지구촌 어디선가 와 있는 요한에

---

26) 이사야 19장 1절: 애굽에 관한 경고라 보라 여호와께서 빠른 구름을 타고 애굽에 임하시리니 애굽의 우상들이 그 앞에서 떨겠고 애굽인의 마음이 그 속에서 녹으리로다

27) 볼지어다 그가 구름을 타고 오시리라 각 사람의 눈이 그를 보겠고 그를 찌른 자들도 볼 것이요 땅에 있는 모든 족속이 그로 말미암아 애곡하리니 그러하리라 아멘

의하여 불려 질 것입니다. 그런데 세상의 모든 사람들이 요한을 찾아야 그 나팔소리를 들을 수 있을 것이 아닙니까? 어찌 하면 찾을 수 있을까요?

분명한 것은 어떤 사람이든 오늘날 신앙하는 것처럼 해서는 요한을 절대로 찾을 수 없다는 사실입니다. 오늘날처럼 신앙을 해서는 그 나팔 소리도 들을 기회를 가지지 못합니다.

왜냐하면 자신이 다니는 교회나 절에서는 이러한 사실을 가르쳐 주지 못할 뿐 아니라, 성도들을 자신의 재산처럼 단으로 묶어서 나팔소리를 듣지 못하게 막기 때문입니다. 나팔 소리는 마치 뉴스와 같은 것입니다. 이 소식을 듣기 위해서는 그 뉴스를 들은 사람을 통하지 않으면 그 뉴스의 내용을 알 수 없을 것입니다. 요한에 대한 뉴스를 듣지 못한 사람은 영원히 요한을 만날 수 없을 뿐 아니라, 나팔소리도 듣지 못합니다.

그런데 마지막 나팔소리를 듣지 못하면 구원을 얻지 못합니다. 왜냐하면 마지막 나팔은 구원의 나팔소리이기 때문입니다. 그래서 세계의 모든 신앙인들은 오늘날과 같은 신앙의 모습을 중지하고 새로운 방법을 찾아야 합니다.

새로운 방법이란 예수님의 재강림에 대한 예언이 기록된 신약성경을 깨달아 요한을 찾는 것입니다. 모든 신앙인들은 이렇게 새로운 모색을 통하여 요한을 찾아야 하며 그래야만이 일곱 째 나팔 소리를 듣고 구원을 받을 수 있을 것입니다.

자 그럼 요한계시록 8-11장에 걸쳐서 기록되어 있는 여섯째 나팔까지와 구원의 나팔인 마지막 나팔의 내용은 무엇이며 언제 어떻게 마지막 나팔 소리가 세상에 등장하는지 알아보도록 하겠습니다.

이 모든 것은 예수님의 재강림에 대한 기록입니다. 이 기록된 참 의미를 깨닫지 못하고는 결코 예수님을 만날 수 없을 것입니다. 따라서 신앙인들에게 가장 중요한 것은 경서를 깨닫는 것입니다.

오늘날 기독교인들은 목사님을 하나님처럼 받들고 있습니다. 그러나 목사(牧師)란 말은 가르치는 직분이란 의미입니다. 따라서 목사란 모름지기 신앙인들에게 성경을 가르쳐 구원 받게 해야 하는 신앙선배이지 믿음의 대상이 될 수는 없습니다.

그런데 그 신앙선배가 구원에 대한 핵심적인 예언인 마지막 나팔에 대하여 정확히 가르치지 못하면서도 신앙인들의 절대적인 존재로 군림한다면 그 목사는 이미 사단의 자격으로 서 있다는 사실을 알아야 할 것입니다.

약 2천 년 전에 이스라엘 사람들에게 예수가 오셨을 때도 그 당시 가르치던 제사장들이 구약성경을 정확히 가르치지 못하였습니다. 그 결과 하나님이 보내신 하나님의 아들에게 십자가를 지게 하는 엄청난 과오를 저질렀습니다.

오늘날의 목사님들도 신약성경을 정확히 가르치지 못하면 다시 오시는 예수를 또 한 번 십자가 지게 할 것입니다. 그런 면에서 신앙인들이라면 경서를 자세히 정확히 가르쳐주는 목자를 만나야 할 것이며 성경을 정확히 배워야 구원의 길로 갈 수 있을 테니까요.

요한계시록 8장 본문입니다.

"일곱째 인을 떼실 때에 하늘이 반시 동안쯤 고요하더니 내가 보매 하나님 앞에 시위한 일곱 천사가 있어 일곱 나팔을 받았더라"

정한 때가 되어 하나님의 오른 손에 있던 일곱인으로 봉함된 비밀 책인 요한계시록을 예수께서 여시고, 예수는 열린 책을 천사를 통하여 요한에게 전달하게 됩니다. 그 책은 원래 하나님에게 있던 것인데 때가 되어 지상의 육체를 가진 한 사람인 요한이란 사람에게 전달됩니다. 이 책을 전달받은 요한은 이것을 세상 사람들에게 공개하여야 합니다.

그래서 요한은 요한계시록 5장에서 예수께서 일곱인으로 봉함되었던 책을 열어, 제 6장에서 첫째 인부터 여섯째 인까지 떼게 되고 떼고 보니 뗄 때마다 각각 사건이 생깁니다.

그 사건을 기록한 것이 요한계시록 6장이고, 6장의 내용은 대부분 말세에 창조주와 한 언약을 어긴 일곱 금 촛대교회를 심판하는 내용이었습니다.

창조주와 예수께서는 6장의 심판 후에 요한계시록 7장을 미리 보여주셨습니다. 7장은 6장의 심판 후에 세워질 창조주의 나라인 지상천국에 대한 설계도였습니다. 지상천국의 주인공은 사람입니다.

그런데 오늘날의 사람과 같은 종류의 사람 됨됨이로는 지상천국이 될 수 없습니다. 그래서 인간의 영혼을 근본부터 뜯어고치는 인간의 영혼의 혁명을 이루어야 합니다.

혁명을 이룬 그 영은 성령으로서 오늘날까지의 사람의 영과는 차원이 다른 종류의 영입니다. 차원이 다른 영은 성령입니다. 그 성령을 창세기 때 아담이 잠시 받았었고, 초림 때는 예수께서 그것을 받았습니다.

흔히 기독교인들이 잘 알지 못한 가운데 "성령 받았다" "성령 받았다" 하지만 그것은 성령의 맛보기 또는 성령과의 잠깐의 만남일 뿐, 성서에서 말하는 성령으로 거듭난 것은 아닙니다.

성서에서 시사하고 있는 성령으로 거듭난다함은 그런 잠시의 교제나 맛보기가 아니라, 예수가 받았던 그런 거룩하고 성스런 영을 온전히 받아 육체와 하나 되어 영육일체가 되었을 때를 성령을 받았다라고 할 수 있습니다.

성령과 육체가 영육이 하나로 일체가 되기 위한 일의 시작은 요한계시록 7장에서 비로소 시작되어 요한계시록 20장에서 완성됩니다. 그때 신앙인들이 진짜 예수께로부터 거룩한 영인 성령을 받는 일이 있게 됩니다.

따라서 요한계시록 7장의 주 핵심은 사람들을 거룩하고 거룩한 새로운 성령으로 재창조 하는 일입니다. 그 창조의 일을 하시는 분은 창조주와 예수시며, 창조주와 예수께서 지상의 육체를 가진 요한이란 사람과 하나 되어 사람들에게 영혼의 혁명을 이루게 됩니다.

이 일은 6장에서 여섯째 인까지 떼고 난 후, 일곱 금 촛대교회의 지도자들과 성도들을 심판하고 난 이후에 시작됩니다.

이 심판을 하던 도중 그 심판을 잠시 멈추게 하고, 세상 사람들 중에 의로운 자들을 불러 인간 내면 혁명을 시켜주게 됩니다. 계시록에서는 그것을 '하나님의 인을 친다'는 표현으로 남기고 있습니다. 그리고 그렇게 재창조한 정한 사람들을 세워, 새 나라의 기둥 곧 지상천국의 지도자로 등용을 하게 됩니다.

그 새 나라는 12지파로 구성되며 12지파 당 각 1만 2천 명을 선착순으로 선발하여 영혼의 개조가 완성되면 그들을 천국의 지도자로 쓸 것이라고 미리 예언으로 남겼습니다.

그 수를 곱하면 총 14만 4천이란 수가 나옵니다. 세상 사람들 중에서 의로운 자 14만 4천 명을 먼저 택하여 인간 개조를 하여 하늘나라의 지도자로 기용하는 것입니다. 그들은 먼저 성령으로 거듭나게 됩니다. 그런 내용으로 된 것이 요한계시록 7장 8절까지입니다.

그리고 그 일이 완성되면 세계 중에서 많은 사람들이 이곳으로 몰려오게 된다고 예언하고 있습니다. 몰려오면 이미 성령으로 창조되어 있는 14만 4천 명의 지도자들은 세계에서 몰려오는 사람들에게 또 진리로 깨닫게 하여 세상의 모든 사람들을 대상으로 인간 내면 혁명을 도모하게 됩니다.

그렇게 될 때, 요한계시록 7장에서 6장의 심판을 잠시 중단하였으나 다시 그 심판이 세계의 사람들을 향하여 재개됩니다. 요한계시록 8장에서는 일곱째 인이 떼어지고 난 후, 일곱 천사가 일곱 나팔을 들고 등장합니다. 나팔은 사람을 비유한 것이고, 나팔소리는 6장에서 인을 뗀 심판의 내용을 세상 사람들께 공개하는 천사의 목소리입니다.

이리하여 8장에서 11장에 걸쳐서 첫째 나팔부터 일곱째 나팔까지 불려 지게 됩니다. 여섯째 나팔까지는 심판의 내용이고, 마지막 나팔인 일곱째 나팔은 구원을 알리는 가장 귀한 나팔소리입니다. 이 나팔소리는 6천 년 간 인간 세상에서 비밀이었습니다. 그 비밀은 어떤 비밀일까요?

이 비밀을 받는 사람들은 6천 년 만에 처음으로 한 번도 누구에게 듣지도 보지도 못한 비밀을 알게 됩니다. 이 비밀을 받는 세대들은 시편 78편 1절 이하에 예언한 인류의 후생 자손들입니다. 그리고 요한계시록 10장 7절과 11장 15절에서 그 나팔을 불게 됩니다.

"내 백성이여 내 교훈을 들으며 내 입의 말에 귀를 기울일 찌어다 내가 입을 열고 비유를 베풀어서 옛 비밀한 말을 발표하리니 이는 우리가 들은 바요 아는 바요 우리 열조가 우리에게 전한 바라 우리가 이를 그 자손에게 숨기지 아니하고 여호와의 영예와 그 능력과 기이한 사적을 후대에 전하리로다 여호와께서 증거를 야곱에게 세우시며 법도를 이스라엘에게 정하시고 우리 열조에게 명하사 저희 자손에게 알게 하라 하셨으니 이는 저희로 후대 곧 후생 자손에게 이를 알게 하고 그들은 일어나 그 자손에게 일러서" 라고 시편 78편 1절~6절에 기록하고 있습니다.

그리하여 후생 자손이 그 비밀을 받게 됩니다. 그 후생 자손에 해당하는 때는 일곱 번째 나팔을 불 때, 그 소식을 듣는 사람들입니다. 시편을 기록한 때는 지금으로부터 약 3천 년 전입니다. 요한계시록의 나팔은 오늘날 불려지고 있습니다. 따라서 오늘날 요한계시록의 일곱 번째 나팔의 소리를 듣는 사람들은 약 3천 년 전에 시편에서 예언한 후생 자손에 해당합니다.

요한계시록 10장 7절 "일곱째 천사가 소리 내는 날 그 나팔을 불게 될 때에 하나님의 비밀이 그 종 선지자들에게 전하신 복음과 같이 이루리라"고 합니다.

시편을 비롯한 수많은 책에서 예언한 일들이 이 나팔소리가 세상에 퍼지면서 실상으로 이루어지게 됩니다.

요한계시록 11장 15절 "일곱째 천사가 나팔을 불매 하늘에 큰 음성들이 나서 가로되 세상 나라가 우리 주와 그리스도의 나라가 되어 그가 세세토록 왕 노릇 하시리로다 하니"

이상과 같이 나팔이란 경전에 기록된 비밀을 사람이 목소리를 내어 알릴 것을 은유한 것입니다. 창조주께서는 미래에 이룰 일을 성령에 감동한 선지자들을 통하여 경전에 약속을 해 두었습니다. 그 약속의 대상을 시편에서는 후생 자손이라는 것이었고, 때는 후손의 때라는 것이었고, 그 후손의 때는 곧 일곱 인을 떼는 일이 있고 난 후, 일곱째 나팔이 불릴 때라고 시간을 정해 두었던 것입니다.

그 일곱 나팔 중 마지막 째 나팔인 일곱째 나팔이 불리면 모든 비밀은 세상에 공개 되는 것입니다. 일곱째 나팔 내용은 하나님의 비밀인데 그 비밀을 성경에 성령의 감동함을 받은 선지자들을 통하여 오랫동안 전해왔다는 것입니다. 그렇게 예언으로 전해왔던 그것을 비로소 이루겠다는 것이고, 이룬 이것을 나팔 불어 알리겠다는 것이죠.

그 결과는 세상 나라가 우리 주와 그리스도의 나라가 되어 그가 세세토록 왕 노릇 한다고 합니다. 주와 그리스도의 나라란 어떤 나라입니까?

바로 천국이 아닙니까? 이 말을 통하여 오늘날까지 많은 신앙인들이 창조주를 믿는 신앙을 하고 있었지만 사실은 그 뜻을 몰랐거나 반대로 이해하고 있었다는 사실을 깨달을 수가 있습니다.

천국은 죽어서 가는 천국만 있는 줄 알았는데 오늘 이렇게 보니 세상나라가 우리 주와 그리스도의 나라가 된다는 것입니다. 세상이 그리스도의 나라로 변한다는 것입니다. 그렇다면 그리스도의 나라는 곧 하나님의 나라니 하나님의 나라는 천국입니다.

따라서 이 비밀이 열리면 성서에서 목적한 천국은 지상세상에서 세워진다는 사실을 알 수 있는 것입니다. 지금까지 천국은 다들 죽어서 가는 것으로 배웠고 그렇게 알고 있는데 천국이 지상에 세워진다고 하니 선지자들로부터 예언한 큰 비밀이 이렇게 열리고 있는 것이 아니겠습니까?

그리고 오늘날까지 우리는 신앙을 하고 있었으되 반대로 알고 있었던 것이 아니냐는 것입니다. 그렇게 된 이유는 신앙인들이 창조주께서 성령에 감동한 선지자들을 통하여 기록한 신서(神書)를 중심으로 신앙을 하지 않기 때문입니다.

그래서 비밀로 봉함되었던 신서(神書)가 이렇게 펼쳐지면 사람들이 생각한 것과 전혀 다른 것으로 나타나게 되며 이로서 나타난 사실을 믿지 못하거나 놀라거나 두려워하게 되는 것입니다.

오늘날 기독교인들도 성서를 잘 모릅니다. 어떤 목자들은 성도들이 성경을 너무 많이 알면 '교만해진다'라고 하면서 성경 공부를 하지 못하게 하는 목자들도 많이 있는 것으로 압니다. 이는 나라의 법관을 배출하기위하여 존재하는 법대교수가 학생들에게 육법전서를 보지 못하게 하면서 법관이 되라고 호통을 치는 이치와 같다고 하겠습니다.

세상의 법은 육법전서에 모두 실려 있고, 하늘의 법은 모두 성서를 비롯한 경서에 기록되어 있습니다. 법을 알지 못하는 사람이 세상의 법관이 된다면 어찌 되겠습니까? 죽일 사람은 살리고 살 사람은 죽이는 등 세상이 야단법석이 되어버리겠죠?

하늘 법을 모르는 사람이 목자가 되고 스님이 되도 결과는 마찬가지일 것입니다. 그 결과 2천 년 전에 예수께서 구원자로 오셨지만 하늘 법을 모르던 목자들이 예수를 죽여 버렸습니다. 법을 알지 못하여 살릴 사람은 죽이고 죽을 사람은 살린 좋은 예라고 할 수 있습니다. 오늘날도 하늘 법을 모르는 사람들이 목자가 되어있으니 성경 공부를 못하게 하는 일이 있어지는 것입니다.

본문의 하늘 법에서는 신약성서 제일 끝 장인 요한계시록 12장 10절 이하와 10장 7절과 11장 15절에 비로소 구원이 이루어져 그리스도의 나라가 세워지게 된다고 약속을 분명히 해놓았으나 그 일이 있기도 전에 이미 자신들은 구원 받았다고 가르치고 있었으니 이들이 가짜 구원을 진짜 구원으로 착각하고 있는 상황이 아닙니까?

진짜를 먹지 못하면 목숨이 끊어질 터인데 가짜를 먹고 진짜로 오해를 하니 어찌 이런 사람들이 살기를 바랄 수가 있겠습니까?

진실로 오늘날 모든 지구촌 그리스도인들은 예수께서 2천 년 전에 인류의 죄를 위하여 십자가 졌으므로 인간에게 이미 구원이 끝난 줄 알고 있습니다. 법은 그렇게 안 되어 있는데 신앙인들은 모두 그렇게 생각하고 있으니 안타까울 뿐입니다.

오늘 본문의 말씀을 보니 법에는 그렇게 약속한 것이 아니라, 오늘날 비로소 그리스도의 나라가 세워진다고 합니다. 그리스도의 나라가 세워진다는 것은 곧 그리스도로 말미암아 구원을 받게 된다는 의미입니다. 오늘날 비로소 그리스도의 나라가 세워진다 함은 오늘날까지 이 지상에 그리스도의 나라가 완성된 것이 아니란 사실입니다.

오늘날까지 이 세상이 그리스도의 세계가 아니란 말씀은 우리는 아직 온전한 구원을 얻지 못하고 있었다는 말도 됩니다. 그런데도 우리들은 이미 구원받았다고 배웠고 그렇게 알고 있었습니다.

오늘날에 이르게까지 우리가 구원을 이룬 완전한 상태가 아니었다는 사실은 우리 인간의 영혼을 차지하고 있던 영이 지금도 여전히 성령이 아니라, 악령이었다는 의미입니다.

어떤 나라에 간첩들이 잠입하였습니다. 그런데 누군가가 간첩을 잡지도 못하고선 간첩을 잡았다고 거짓말을 했다면 그 간첩은 활개를 치고 그 나라 안에서 스파이 노릇을 계속할 것입니다.

오늘날 목자들과 성도들이 공중 권세를 잡고 있는 사단 마귀를 잡지도 못해놓고 구원 받았다고 가르치고 배웠으니 사단 마귀는 마음 놓고 인간 세상에서 활개를 치고 있습니다.

인간 세상에 종교가 필요했던 이유는 사람과 세상을 괴롭히고 구속하는 악한 영을 잡기 위해서입니다. 그런데 그 악한 영이 요한 계시록을 통하여 오늘날 비로소 잡혀서 그리스도의 나라가 세워지는 것입니다.

마지막 나팔의 핵심비밀은 바로 이것입니다. 오늘날까지 이 세상과 지구촌 모든 사람들의 영혼은 마귀의 것이었다는 것이고, 비로소 마귀를 몰아내고 그리스도의 나라가 세워진다는 놀라운 사실입니다.

그렇다면 이제 마지막 나팔이 불려 졌으니 우리 주와 그리스도가 통치하는 나라로 변화하겠지요. 오늘날까지 마귀가 통치하던 나라였으니 욕심과 전쟁과 불화로 지구촌이 몸살을 앓아왔지만 이제 주와 그리스도의 나라로 변화되면 무엇인가 엄청나게 달라지는 세상이 되겠지요. 그러한 나라를 이사야 52장 7절이나 요한계시록 19장 6절에도 잘 예언되어 있습니다.

이사야 52장 7절입니다. "좋은 소식을 가져오며 평화를 공포하며 복된 좋은 소식을 가져오며 구원을 공포하며 시온을 향하여 이르기를 네 하나님이 통치하신다 하는 자의 산을 넘는 발이 어찌 그리 아름다운고" 요한계시록 19장 6절입니다.

"또 내가 들으니 허다한 무리의 음성도 같고 많은 물소리도 같고 큰 뇌성도 같아서 가로되 할렐루야 주 우리 하나님 곧 전능하신 이가 통치하시도다"

비로소 전능하신 하나님이 세상을 통치하신다고 분명히 기록되어 있습니다. 하나님이 통치한다고 하니 그 나라는 분명 천국이고 이 나라는 죽어서 가는 천국이 아니라, 이땅 이 세상에 세워지나 오늘날까지 죽어서 천국 간다고 가르치고 배워왔습니다.

마지막 나팔소리를 듣고 보니 이런 사실을 깨닫게 됩니다. 나팔

소리의 비밀을 알고 나니 이 지상에 하나님이 오셔서 통치하는 세상이 천국인 것을 비로소 알 수 있게 되는 것입니다. 이것이 마지막 나팔의 비밀이 아니고 무엇이겠습니까?

세상에서 종교지도자들이 똑 같은 경전을 가지고 설법하고 설교를 했지만 사실은 거짓을 가르친 것입니다. 경전에는 분명 이렇게 이 지상에 창조주가 오셔서 창조주께서 통치하는 나라를 세우겠다고 미리 전하여 기록해두었으나 땅에서 가르친 자들은 모두 그것이 죽어서 가는 천국 극락이라고 가르쳐왔습니다.

그렇게 잘 못 가르친 이유는 전술한바와 같이 창조주의 비밀인 경서를 깨닫지 못했기 때문입니다. 깨닫지 못한 이유는 경서가 비유나 비사로 봉함되어 있었기 때문입니다.

그리고 그렇게 잘 못 가르친 결과는 세상의 신앙인들에게 실제로 이 예언이 이루어질 때, 이 진리를 전하면 믿지 못하는 결과로 나타납니다. 왜냐하면 자신들은 교회나 절에서 지상에서 천국이 건설된다는 말을 들어본 적이 없기 때문입니다.

또 하나의 결과로서 이 예언이 실제 땅에서 이루어질 때, 기성의 세력으로 가르치는 자나 배우는 자가 모두 이단이니 사이비니 하며 하늘역사를 방해하게 됩니다. 하늘역사를 펼쳐가는 사람들에게 누명을 씌워 그 길을 훼방하게 되니, 이 땅에서 진리가 훼방을 받게 되는 요인이 됩니다. 이것이 땅의 나라와 하늘나라와의 영적 전쟁으로 전해졌던 것입니다.

이것이 결국 기득권 종교세계와 본 장에서 등장하는 창조주와 그리스도의 나라와의 영적 전쟁인 것입니다. 세상은 이 전쟁의 승패에 따라 이기는 편의 소유가 됩니다. 즉 기득권 종교가 이기면 세상은 오늘날까지와 같은 날들이 계속되어 언젠가 망하게 되고,

창조주와 그리스도의 나라가 이기면 세상은 새롭게 됩니다.

그런데 신약성서는 창조주의 계획과 약속을 기록한 책입니다. 요한계시록 12장 7절 이하에서 창조주와 그리스도의 나라가 결국 용의 나라였던 기성종교를 이기고 새로운 세상이 21장 1절에서 열린다고 예언하고 있습니다.

그 나라를 성서에서는 새 하늘 새 땅이라고 명명하고 있습니다. 여기서 하늘은 창조주를 의미하고, 땅은 창조주의 백성들을 의미합니다.

그럼 구 하늘과 구 땅은 무엇일까요? 구 하늘은 사단 마귀의 왕인 용왕이 통치하던 시대였고, 구 땅은 사단 마귀의 백성들입니다. 구 하늘, 구 땅의 특징은 모든 사람들의 영혼이 사단 마귀의 영으로 통치되고 있다는 것과 사람들의 영혼의 종류가 사단, 마귀 곧 악령이라는 것입니다.

그러나 새 하늘 새 땅의 사람들의 영혼은 하나님의 영의 통치하에 있고, 이 나라의 모든 사람들의 영혼은 성령으로 이루어져 있다는 차이입니다.

이것은 그리스도의 나라가 어떤 나라라는 것을 잘 나타내주고 있습니다. 즉 그리스도의 나라란 세상을 통치하는 신이 창조주와 그리스도라는 것이고, 그 아래 통치 받는 백성들은 창조주의 아들인 그리스도인들임을 알 수가 있습니다. 이 때 그리스도인이라고 함은 그들의 영혼이 그리스도와 동일한 성령으로 구성되어 있다는 구별입니다.

이 두 나라를 크게 구분할 수 있는 기준이 있는 바, 악의 나라와 선의 나라이며, 악의 나라는 악령 또는 악신의 세상이고, 선의 나라는 성령의 세계입니다. 여기서 깊이 있는 주의가 필요한데,

인간 세상은 사실 영혼으로 이루어졌고, 영혼에 의하여 운행되고 있고, 영혼이 없으면 세상은 존재할 수 없음을 인지할 때, 이러한 내용들을 잘 이해하게 될 것입니다.

"또 다른 천사가 와서 제단 곁에 서서 금향로를 가지고 많은 향을 받았으니 이는 모든 성도의 기도들과 합하여 보좌 앞 금단에 드리고자 함이라"

향의 실체가 성도들의 기도라고 해설을 하고 있습니다. 신약성서 히브리서 10장 1절에서는 율법을 장차 올 좋은 일의 그림자라고 했습니다. 이 말의 의미는 율법은 그림자고 율법으로 말한 실체는 별도로 존재한다는 의미입니다. 그래서 율법으로 사용한 향은 하나의 그림자 같은 것이었고 그 실체는 기도라는 것입니다.

또 향이 성도들의 기도라면 향로도 당연히 실체로서 의미가 있을 것입니다. 율법에서는 향로는 불을 담는 그릇입니다. 그런데 향이 성도들의 기도라면 그 향로의 실체는 사람의 마음이 될 것이며 향로 안에 담는 것은 불이고 사람의 마음에 담는 것은 하나님의 불같은 말씀일 것입니다. 향에 불을 붙이면 뜨겁게 타듯이 사람의 마음을 진리로 불태워 기도하면 그 기도가 열정으로 타서 하나님께로 올라가는 이치입니다.

"향연이 성도의 기도와 함께 천사의 손으로부터 하나님 앞으로 올라가는지라"

향연은 향을 피울 때, 나는 연기입니다. 향이 기도라면 사람이 말씀을 가지고 간곡히 기도를 하면 그 기도의 내용이 마치 연기가 하늘로 오르듯 그 기도가 천사를 통하여 창조주께로 올라가는 것을 의미하고 있습니다. 따라서 구약에서 향을 피운 것은 율법으로 그림자였고 이것의 실체는 때(계시록)가 되어 사람이 말씀을 가지고 기도를 하면 그 기도를 천사들이 받아 창조주께 상달하게 한다는 의미를 전한 것입니다.

여기서 하나 엿볼 수 있는 사실은 기도는 반드시 성경의 말씀을 근거로 해야 한다는 것과 말씀에는 사람의 뜻이 아니라, 창조주의 계획이 기록되어 있으므로 결국 성도들의 기도는 창조주의 계획을 이루기 위하여 해야 한다는 진리를 발견할 수 있는 것입니다. 그래서 예수께서는 주기도문을 가르쳐 주시면서 무엇을 먹을까? 무엇을 입을까? 를 위하여 기도하지 말고 하나님의 나라와 의를 위하여 기도하라고 한 것입니다.

"천사가 향로를 가지고 단 위의 불을 담아다가 땅에 쏟으매 뇌성과 음성과 번개와 지진이 나더라"

이 때 천사가 단 위에 있는 진리의 말씀을 담아서 땅 곧 일곱 금 촛대교회에 쏟는다고 합니다. 왜냐하면 일곱 금 촛대교회가 창조주와의 언약을 어겼기 때문입니다. 그래서 언약을 어긴 일곱 금 촛대교회를 창조주의 말씀으로 심판함을 비유로 표현한 것입니다.

이 때 천사는 영이라서 일곱 금 촛대교회의 선민들에게 심판의 말씀을 전할 수 없습니다. 그래서 천사는 요한과 함께 하는 몇몇 사람을 택하여 그 일을 대행하게 되는 것입니다. 따라서 나팔은 육체 가진 사람을 비유한 것이고, 나팔을 부는 이는 육체 안에 들어가 진리를 전하는 천사를 비유한 것입니다.

이 상황을 좀 이해하기 쉽게 설명을 하면 2천 년 전에 예수께서는 제자들 둘씩을 짝지어 유대 백성들에게 전도를 하라고 보낸 일이 있습니다. 이 때 예수께서는 제자들에게 당부하시기를 다음과 같이 하셨습니다.

"너희들이 총독들과 임금들 앞에 끌려가리니 어떻게 또는 무엇을 말할까 염려치 말라 그 때에 무슨 말할 것을 주시리니 말하는 이는 너희가 아니라 너희 속에서 말씀하시는 자 곧 너희 아버지의 성령이시니"라고 하셨습니다.

이 때 제자들은 나팔의 입장이 되는 것이고, 제자들의 육체 안에서 말씀하시는 아버지의 성령은 나팔을 부는 자의 입장이 되는 것입니다.

"일곱 나팔 가진 일곱 천사가 나팔 불기를 예비하더라"

그래서 일곱 나팔은 일곱 명의 육체고, 일곱 천사는 일곱 명의 육체 안에 들어있는 일곱 천사인 것을 알 수가 있습니다. 이렇게 영인 천사는 사람의 육체에 들어가 역사를 이루어감을 알 수 있습니다.

이것이 영육이 하나 되게 하여 일하게 하시는 하나님의 사역 방법임을 알아야 합니다. 따라서 일곱 나팔을 가진 일곱 천사들이 나팔을 불려고 기다리고 있다고 하는 것은 천사들이 육체를 시켜 일을 시키고 있음을 시사하고 있는 장면입니다.

"첫째 천사가 나팔을 부니 피 섞인 우박과 불이 나서 땅에 쏟아지매 땅의 삼분의 일이 타서 사위고 수목의 삼분의 일도 타서 사위고 각종 푸른 풀도 타서 사위더라"

드디어 일곱 천사 중 한 천사가 나팔을 붑니다. 그랬더니 피가 섞인 우박과 불이 나와서 땅의 삼분의 일이 타고, 수목의 삼분의 일도 타고 각종 푸른 풀도 타서 사위더라고 합니다. 여기서 피와 우박 불 땅 푸른 풀이 다 뭡니까?

이러한 것들 하나하나를 일일이 알지 못한다면 여기에 기록한 것이 무엇을 말하고 있는가를 도대체 알 방법이 없을 것입니다.

그러므로 이런 식으로 예언된 요한계시록은 사람의 능력으로는 해석이 불가능하다고 한 것입니다. 그럼 이 예언은 어떻게 사람들이 알 수 있게 되는 것입니까?

이 예언은 이 예언대로 이 땅에서 성취되었을 때, 그 성취된 사실들을 보고 비로소 그 예언의 참 의미를 깨달을 수가 있습니다. 따라서 요한계시록의 의미가 계시됐다는 사실은 곧 계시록의 예언이 실상으로 성취되고 있다는 증거입니다.

요한계시록을 예언한 분은 누구입니까? 하나님과 예수님입니다. 그렇다면 예언한 것을 이루려고 하면 이 땅에 누가 와야 되겠습니까?

네 그렇습니다. 예언을 이루기 위해서는 반드시 그것을 예언한 하나님과 예수님이 오셔야 마땅합니다. 그러므로 요한계시록은 신의 글이며 그런 연유로 계시록 첫 장부터 하나님과 예수님이 등장하고 있는 것입니다. 이렇게 신의 계획으로 기록한 요한계시록을 지상에서 그 어느 누구도 알 수 없었던 이유는 바로 여기에 있었던 것입니다.

예를 든다면 구약성서 이사야서 7장 14절에서는 "처녀가 아들을 낳으리니 임마누엘이라 하리라"고 예언하여 두었습니다. 그런데 이 예언이 실제로 이루어지지 아니하면 언제 어디서 어떤 처녀가 어떤 아들을 낳는지를 알 수가 없습니다.

이 예언은 마태복음 1장 18~25절까지에서 성취되었습니다. 성취될 때, 마태복음 1장 22절처럼 그 예언의 주인공이 그 사실을 알려주게 됩니다. 그때 그 사실을 직접 듣는 사람들은 그 예언의 의미를 모두 깨닫게 되는 것입니다.

요한계시록의 예언 역시 이렇게 예언대로 성취될 때, 그 현장에서 보고 들은 사람만이 알 수 있게 됩니다. 그래서 요한계시록 1장 3절에 이 예언을 읽는 자와 듣는 자들과 그 가운데 기록한 것을 지키는 자들이 복이 있다고 하였습니다.

요한계시록에서는 이렇게 듣고 본 자를 요한이라고 정하여 두었습니다. 요한이 보고 들은 것은 일곱 금 촛대 장막과 그 장막에서 일어난 일들입니다.

일곱 금 촛대 장막은 여덟 명의 사람이 창조주의 택함을 받아 성령으로 거듭난 곳입니다. 그리고 창조주와 피로 언약을 하게 됩니다. 그런데 그들이 배도를 합니다. 그것을 현장에서 본 자가 요한입니다.

그 결과 일곱 금 촛대 장막은 창조주의 법에 따라 심판을 받게 됩니다. 그런데 창조주는 영이시라 육체가 없습니다. 육체가 없으니 육체인 일곱 금 촛대교회의 성도들에게 그 말을 전할 수 있는 방법이 없습니다.

그래서 창조주께서는 일곱 금 촛대 장막에서 육체가 있는 요한과 몇 명의 사명자를 택합니다. 이 사명자들에게 천사의 영이 임하게 됩니다. 그래서 이 천사와 하나 된 일곱 명의 사자들이 일곱 금 촛대 장막에서 일어난 일들을 배도한 백성들에게 증거 하게 됩니다.

이렇게 하여 결국 배도한 그들을 말씀으로 심판을 하게 됩니다. 그러니 일곱 육체는 육성으로 소리를 내는 나팔의 입장이 되고 그 안에 있는 천사는 나팔을 부는 입장이 됩니다.

그 일곱 중 첫째 천사가 나팔을 부니 피 섞인 우박과 불이 나서 땅에 쏟아지매 땅의 삼분의 일이 타서 사위고 수목의 삼분의 일도 타서 사위고 각종 푸른 풀도 타서 사위더라고 합니다.

이 때 나팔을 부는 곳은 배도한 일곱 금 촛대 장막이고, 이 나팔소리를 듣는 사람들은 이곳에서 배도한 사명자들과 그 안에서 신앙을 하던 성도들입니다. 그리고 일곱 사자들이 나팔을 부는 내용은 죄를 지은 장막선민들이 받게 되는 재앙들입니다.

그 죄를 심판의 말씀으로 정죄를 하니 그들에게 임하였던 성령이 떠나면서 영적인 죽음을 맞이하게 됩니다. 창세기에서 아담도 이와 같이 언약을 배도하여 생령에서 흙으로 돌아가게 된 것입니다.

피 섞인 우박과 불도 이들을 심판하는 비유한 말씀이고, 땅에 쏟아진다고 하는 것은 일곱 금 촛대교회에 심판이 내려진다는 비유의 말입니다. 이 땅에 있는 수목과 풀은 일곱 금 촛대 장막의 중진들과 성도들입니다. 중진들과 성도들 중 삼분의 일이 심판의 말씀으로 성령에서 악령으로 심령이 변화 받아 영적으로 죽게 되었다는 의미입니다.

"둘째 천사가 나팔을 부니 불붙는 큰 산과 같은 것이 바다에 던지우매 바다의 삼분의 일이 피가 되고 바다 가운데 생명 가진 피조물들의 삼분의 일이 죽고 배들의 삼분의 일이 깨어지더라"

둘째 천사가 나팔을 부니 큰 산과 같은 것이 바다에 던져져서 바다의 삼분의 일이 피가 되고 바다 가운데 생명 가진 피조물들의 삼분의 일이 죽고 배들의 삼분의 일이 깨어지더라고 합니다.

큰 산은 일곱 금 촛대교회를 비유한 것이고, 바다는 세상의 기성교계를 비유한 것입니다. 피는 영적 죽음을 주는 성서의 해석을 자의로 하는 주석 등 비진리를 의미하고, 배들은 일곱 금 촛대교회에 소속된 지교회들을 비유한 것입니다.

지상에서 창조주의 택함을 받았던 유일무이한 일곱 금 촛대교회가 창조주와 한 언약을 어기는 죄를 짓자, 그들 가운데 삼분의 일이 영적인 죽음을 당하게 됩니다. 일곱 금 촛대교회의 성도들이 하나 같이 믿음이 흔들려 세상의 기성교계로 떨어져 세상 기성교계와 하나 되었다는 의미입니다.

그러자 일곱 금 촛대교회는 처음 산에서 창조주로부터 직접 진리를 듣고, 성령으로 거듭났던 생명을 가진 자들로 시작되었으나 기성교계로 다시 떨어져서 거기서 설하는 비진리를 듣고 미혹받아서 아담처럼 악령으로 되돌아갔으니 영적 죽임을 당하였던 것이고 멸망당한 것입니다.

일곱 금 촛대교회에서 각지로 뻗어나간 지교회들이 많았으니 그 교회들도 삼분의 일이 기성교계로 세속화 되었다는 말입니다.

"셋째 천사가 나팔을 부니 횃불 같이 타는 큰 별이 하늘에서 떨어져 강들의 삼분의 일과 여러 물샘에 떨어지니 이 별 이름은 쑥이라 물들의 삼분의 일이 쑥이 되매 그 물들이 쓰게 됨을 인하여 많은 사람이 죽더라"

셋째 천사가 나팔을 부니 큰 별이 하늘에서 떨어져 강들의 삼분의 일과 여러 물샘에 떨어졌다 함은 일곱 금 촛대교회는 곧 창조주께서 택한 곳이므로 이곳을 하늘이라고 한 바, 이 하늘에 거하던 큰 사명자 한 명이 타락한 천사와도 같이 땅[기성교계: 바벨론]으로 떨어졌음을 비유한 말입니다.

그리고 그는 마치 구약에서 발락을 가르쳐 이스라엘 선민에게 우상을 숭배하게 한 발람과 같은 거짓 목자로서 장막 성전에서 당을 지은 자입니다. 이를테면 솔로몬 같은 자입니다. 솔로몬은 이방여자들이 가져온 은금을 가지고 우상(666세겔)을 만들었으며 예루살렘 앞에 지은 이방산당에 제사한 변질자입니다.

샘이란 말씀의 근원이신 창조주와 예수의 진리 말씀을 비유한 것이고 물이 샘에서 흘러 강으로 흘러가는 것처럼 그 말씀을 전도자의 마음을 통하여 흘러감을 나타냅니다. 그래서 샘은 진리의 말씀의 근원인 예수님이나 요한 같은 목자를 비유한 것이고, 강은 전도자를 비유한 것입니다.

그런데 이들이 다시 그 샘을 떠나 바다라고 비유한 기성교단으로 다시 떨어졌습니다. 그곳에서는 쑥이라고 이름 한 당을 짓고 배신한 자가 자신의 거짓교리를 펼치고 있는 곳입니다. 변질자 쑥이라 이름 한 자는 금 촛대 선민들에게 쑥처럼 쓴 거짓 교리를 먹입니다.

그 교리를 창세기에서는 선악과로 표현하였습니다. 창세기에서 하와에게 선악과를 준 자는 뱀이었습니다. 뱀은 비유로 악령 소속의 목자입니다. 계시록에서 변질자를 비유하면 뱀이라고 표현할 수 있습니다.

창세기에서 아담과 하와가 선악과를 먹고 생령(生靈)에서 흙 즉 사령(死靈)으로 떨어진 것처럼, 계시록의 선민들이었던 그들도 변질자가 준 선악과를 먹고 영적인 죽음을 맞이한 것입니다.

이것은 하늘 장막의 목자들과 전도자들과 성도들이 이 세상 기성교계로 떨어졌음을 비유로 표현한 것입니다. 발락과 같은 거짓 목자도 처음 하늘에 소속 되어있었으므로 그를 별이라고 비유를 하였던 것입니다. 그런데 하늘인 일곱 금 촛대교회에서 당을 지어 나가서 세상 기성교계로 다시 떨어졌으니 아담과 같이 흙으로 돌아간 사람이 된 것입니다.

"넷째 천사가 나팔을 부니 해 삼분의 일과 달 삼분의 일과 별들의 삼분의 일이 침을 받아 그 삼분의 일이 어두워지니 낮 삼분의 일은 비췸이 없고 밤도 그러하더라"

넷째 천사가 나팔을 부니 해 삼분의 일과 달 삼분의 일과 별들의 삼분의 일이 침을 받아 그 삼분의 일이 어두워졌다는 말은 해는 일곱 금 촛대교회의 대표 목자였던 일곱 종들 중 한 사람을 지칭하고 있습니다. 달은 그 아래 전도자들을 비유한 것이고, 별들은 그 아래 성도들을 비유한 것입니다.

이들이 배도로 말미암아 진리의 빛을 잃어버림을 비유로 표현한 것입니다. 또 진리의 빛을 잃어버림은 곧 성령을 잃어버리는 결과로 이어집니다. 그리고 빛을 잃어버리는 과정을 침을 받았다고 한 것은 이들이 장막에 쳐들어온 이방 교권자들이 하는 거짓말에 미혹되어 자신이 가졌던 진짜 진리의 빛을 잃어버림을 나타내는 것입니다.

창세기에서는 아담에게 생기(生氣)를 넣어주니 생령(生靈)이 되었다고 합니다. 그러던 아담이 다시 사기(死氣)인 선악과를 먹고 죽게 되었다고 합니다. 생기(生氣)를 주니 살았던 것은 육체가 아니라, 영이었고 역시 생기 대신에 사기(死氣)를 주니 죽었던 것은 육체가 아니라, 영이었습니다.

일곱 촛대교회에서 처음 여덟 명이 창조주로 부터 받은 것은 생명을 주는 생기인 진리의 말씀이었습니다. 그 생명의 말씀을 듣고 깨달은 결과 생령이 되었던 것입니다. 따라서 창세기에서 아담에게 준 생기도 생명의 말씀이었음을 깨달을 수가 있습니다.

여기서 사람의 육체는 좋은 음식을 먹으면 건강해지고, 나쁜 음식을 먹으면 배탈이 나고, 독약을 먹으면 죽게 되지만, 사람의 영은 진리를 들으면 생령이 되어 살게 되고 거짓말을 들으면 사령이 되어 죽게 됨을 깨달을 수가 있습니다.

아담과 일곱 금 촛대교회의 여덟 목자들은 생명의 말씀을 듣고 깨달아 생령을 가지게 되었고, 생령은 곧 성령입니다. 아담이 생명의 말씀을 통하여 성령으로 거듭나게 되었고 성령은 로마서 8장 11절의 기록처럼 우리의 죽을 몸도 살린다는 기록처럼 예수는 성령으로 말미암아 십자가에 못 박혀 죽었으나 삼일 만에 다시 부활하여 승천하여 오늘날까지 예수의 시체는 이 세상에 없습니다.

그래서 아담의 육체가 죽게 된 과정은 먼저 생령이었던 영이 먼저 죽고 난 후, 그 몸에 다시 들어온 악령에 의하여 몸도 죽게 되었습니다.

요한계시록 21장 3~4절에 사람들이 거룩한 영과 하나 된 육체가 되면 눈물 사망이 없다고 한 것은 바로 사람들에게 거룩한 성령이 임하기 때문입니다.

그래서 사람에는 두 종류가 있는 바, 하나는 악령의 사람이고, 또 하나는 성령의 사람입니다. 인류에게 악령이 임한 것은 6천 년 전부터이고 그 때, 아담은 악령의 사람 가운데 유일하게 생령으로 재창조된 첫 사람이었습니다. 그 두 번째 성령의 사람이 바로 예수였습니다.

종교와 경전의 목적은 성령으로 재창조함 받는 것입니다. 인류가 성령으로 재창조함 받게 되면 종교의 목적은 그때 비로소 성취되는 것이고, 성령의 세상이 되면 육체의 영생도 시작되며 그래서 그 세상에는 눈물, 애곡, 애통, 아픈 것 및 죽음이 없는 세상이라고 예언하였던 것입니다.

그래서 그런 세상이 이 땅에 펼쳐지니 그것을 천국 극락이라고 예언을 하였던 것입니다. 그런데 지상의 모든 사람들은 그 사실을 믿지 않습니다. 왜냐하면 성서는 봉함되어 있었고, 가르치는 자들은 그와 반대로 가르쳐왔기 때문입니다.

그런데 그런 생명의 세계를 방해하는 존재가 항상 있었으니 마귀신입니다. 이 마귀신은 거짓의 목자에게 임하여 세상에 생명의 세상이 세워지는 것을 방해해 왔습니다.

이사야를 비롯한 구약의 선지자들과 예수가 그 좋은 예입니다. 창조주께서 이 세상에 새로운 세상을 건설하려고 선지자들을 택하여 그 일을 할 때마다 거짓 목자들은 세상의 교권을 가지고 매번 그들을 모두 죽여 버렸습니다.

구약의 선지자들과 예수는 모두 같은 신앙을 하던 유대 목자들에게 죽었습니다. 마귀신이 유대 목자들에게 임하여 세상에서 좋은 일하는 것을 훼방하고 막았던 것입니다. 그 말이 곧 호사다마(好事多魔)입니다.

그런데 마지막 때에도 그런 일이 있을 것을 예언하고 있습니다. 마지막 때 그런 일이 일어나는 곳은 어디일까요? 바로 요한계시록이 실현되는 지구촌 어디 한 곳일 것입니다.

일곱 금 촛대교회도 그와 같은 영향으로 성령을 잃고 말았던 것입니다. 성령을 잃고 만 것을 침을 받았다고 합니다. 마귀신의 침략을 받았다는 것입니다. 침을 받았다는 것은 곧 마귀의 미혹에 넘어갔다는 의미입니다.

그 대표가 하와입니다. 하와를 미혹한 것은 뱀입니다. 뱀이 가진 것은 선악과였습니다. 선악과는 동산 중앙에 있던 나무입니다. 이 모두가 비유적 표현이지만 비유가 암시하는 구체적인 의미를 파악하지 못하면 결코 성서를 이해할 수는 없습니다.

성서를 이해하지 못하면 결코 마귀도, 성신도, 참목자도, 거짓목자도 구별할 수 없습니다. 에덴동산은 하나님이 계시던 영적인 신성한 지역이었습니다. 그런데 그 중앙에 마귀의 음식이라고 할수 있는 선악나무가 버젓이 서 있었습니다.

이후 예수 초림 때도 하나님의 신성한 예루살렘 중앙에도 선악나무가 있었습니다. 그들은 사람이었습니다. 이름하여 서기관 바리새인들이었습니다. 예루살렘 성전은 하나님을 모신 거룩한 신전이었으나 그곳에서 숱한 영혼을 살려야 할 의무를 가진 제사장들이 오히려 성도들의 영혼을 좀먹고 결국은 자신들을 따르던 모든 신자들을 지옥으로 내몰고 말았던 것입니다.

그래서 예수는 그들을 뱀, 독사로 불렀고, 그 입에서 나온 말은 사람의 영을 생령으로 만드는 진리가 아니라, 생령을 사령으로 멸망시키는 선악과였습니다.

마지막 때도 현상은 같다고 성서는 밝히고 있습니다. 동산 중앙에 선악과가 있다는 말을 오늘날의 신앙세계에 비춰보면 기성교권 세계 가장 측근들이 뱀이고 선악나무란 사실을 암시하고 있습니다. 그 이유는 교활한 마귀신이 세상 교회의 교권을 잡은 자들에게 임하여 역사하고 있다는 말입니다.

그들은 교권과 세상의 권세를 가지고 하나님의 권능을 무력화시키고 겁박을 하는 것입니다. 그리고 갖은 거짓말을 다 만들어 하나님의 세력을 무능화 시키려고 부단히 노력합니다.

그래서 요한계시록 2-3장에서 예수께서는 이들을 상대로 이런 일이 있을 때 성령으로 '이겨라', '이겨라' 했던 것입니다. 그러나 대부분이 이기지 못하고 졌기 때문에 장막교회의 해와 같은 목자도, 달과 같은 전도자들도, 별과 같은 성도들도, 모두 선악과를 먹고 죽어갔던 것입니다.

해 삼분의 일과 달 삼분의 일과 별들의 삼분의 일이 침을 받아 그 삼분의 일이 어두워졌다는 말은 말일에 요한계시록이 이루어질 때, 에덴동산과 같고 예루살렘 성전 같은 교회가 하나 세워지는데 그 교회가 바로 일곱 금 촛대교회입니다.

그 교회의 대표 목자가 해 같은 존재였습니다. 달은 이 교회의 전도자들이었습니다. 별들은 일곱 금 촛대교회의 성도들이었습니다. 이들이 어두워졌다는 의미는 이들이 영적으로 멸망당하였다는 뜻입니다.

"내가 또 보고 들으니 공중에 날아가는 독수리가 큰 소리로 이르되 땅에 거하는 자들에게 화 화 화가 있으리로다 이 외에도 세 천사의 불 나팔소리를 인함이로다 하더라"

여기서 내라고 하는 사람은 이 사건을 모두 보고 들은 요한입니다. 그가 들으니 공중에 날아가는 독수리가 큰 소리로 일곱 금 촛대 장막에 있는 자들에게 아직 심판이 세 개나 더 남아 있다고 합니다. 독수리는 여기서 네 천사장 중 하나로 심판을 맡은 천사장을 비유한 것입니다. 자 그럼 이제 남은 세 개의 나팔소리를 기대해 볼까요?

3. 법화경 제 9편 수학무학인기품(授學無學人記品)

아난과 라후라를 비롯한 2천의 성문들도 성불할 것이라는 말씀을 부처님에게서 듣고자 합니다. 이에 부처님은 아난은 산해혜자재통왕(山海慧自在通王)여래, 라후라는 도칠보화(蹈七寶華)여래, 나머지 성문들은 보상(寶相)여래가 될 것이라고 수기합니다. 아난에게 수기한 것은 그가 미래에 출현할 부처들의 가르침을 받들어 보살들을 교화하겠다고 굳게 맹세했기 때문입니다. 라후라에게 수기한 것은 그가 현재도 그렇듯이 미래에도 모든 부처의 맏아들이 되어 불도를 구할 것이기 때문입니다. [동국대 역경원 법화경 213~217쪽]

그때 아난과 라후라가 이렇게 생각하였다. '우리들도 만일 이런 수기를 얻게 되면 또한 기쁘지 않겠는가'라고… 그리고는 곧 자리에서 일어나 부처님 앞으로 나아가 머리 숙여 예배하고 부처님께 여쭈었다.

"세존이시여, 저희들도 또한 마땅히 분수가 있사오니 오직 여래께 귀의하며 또한 저희들을 일체 세간의 하늘과 인간과 아수라[28]들이 보고 아나이다. 아난은 항상 시자(侍者)가 되어 법장[29]을

---

28) 아수라(阿修羅, 산스크리트어)는 인도 신화에 등장하는 인간과 신의 혼혈인 반신이다. 인드라와 같은 신에 대적하는 악한 무리로 나타난다.
29) 법장(法匠) 불법을 가르치는 스승.

받들어 가지고 있으며 라후라는 부처님의 아들이니 만일 부처님께서 아뇩다라삼먁삼보리의 수기를 주신다면 저희의 소원이 성취되며 대중들의 소망도 또한 만족하오리다.”

아난은 여래께 귀의하여 세상에 존재하는 하늘과 인간과 아수라를 보고 안다고 합니다. 이 때 하늘은 천신들인 성령들을 의미합니다. 그리고 아수라는 마구니 신인 악령을 의미합니다. 이것은 세상에 거하는 인간들에게는 성령과 악령이 공존하고 있음을 나타내는 말로서 사람의 육체에 따라서 성령의 인도를 받는 사람과 악령의 인도함을 받는 사람이 있음을 암시한 말입니다.

그리고 그것에 대한 진리인 아뇩다라삼먁삼보리의 수기를 받게 된다면 소원을 성취하게 되는 것이라고 말하고 있습니다. 그 소원은 인간에게 악령을 떨쳐버리고 부처로 성불할 수 있게 되는 길을 말합니다. 그 일이 이루어지게 되면 대중들 곧 중생들도 부처로 성불할 수 있는 길이 열리게 되니 만족할 만한 일인 것입니다.

그런데 공교롭게도 그 성불이 실제로 이루어지게 되는 현장은 본 법화경과 비교장인 요한계시록입니다. 법화경은 성불을 예언한 예언서고, 요한계시록은 그 예언이 계시되면서 실제로 성불을 이루는 시기, 장소, 과정, 방법, 결과를 적나라하게 기록한 책입니다. 본 장은 그 성불에 관하여 약속을 받고 있는 장면입니다. 법화경과 요한계시록이 이렇게 같은 성불을 다룬 예언서란 사실은 놀랍지 않을 수 없는 희귀한 주장일 것입니다. 그러나 그것은 분명 사실입니다. 그러니 각 독자님들께서는 이 두 경전의 상호관계를 인식하면서 본 서를 읽는 것은 매우 중요할 것입니다.

그때 배우는 이와 다 배운 이와 성문 제자 2천인이 모두 자리에서 일어나 오른쪽 어깨를 벗어 드러내고 부처님 앞에 나아가 합장하고, 일심으로 우러러 보기를 아난과 라후라가 원하는 것과 같이 하고, 한쪽에 물러나 앉아 있으니, 이 때 부처님께서 아난에게 말씀하셨다.

"너는 오는 세상에 반드시 성불하리니, 그 이름은 산해혜자재통왕(山海慧自在通王)여래 …중략… 불세존이리라. 마땅히 6십 2억의 여러 부처님을 공양하고, 법장을 받들어 가진 뒤에 아뇩다라삼먁삼보리를 얻고, 2십 천만 억 항하의 모래 같이 많은 보살들을 교화하여 아뇩다라삼먁삼보리를 얻게 하리라. 나라의 이름은 상립승번(常立勝幡)으로 국토가 청정하여 그 땅은 유리로 되며 겁의 이름은 묘음변만(妙音遍滿)이리라. 그 부처님의 수명은 한량없는 천만 억 아승지겁으로 만일 사람이 천만 억 한량없는 아승지겁 동안 수학으로 헤아린대도 그 수를 알 수 없으며, 정법이 세상에 머물기는 그 부처님 수명의 두 배이니라. 아난아 이 산해혜자재통왕불은 시방 세계 한량없는 천만 억 항하의 모래 같은 여러 부처님 여래께서 다 함께 그 공덕을 찬탄하시게 되리라." …중략…

이 때 부처님께서 아난에게 "너는 오는 세상에 반드시 성불하리니, 그 이름은 산해혜자재통왕(山海慧自在通王)여래"라고 칭호를 주셨습니다.

거듭되는 강조이지만 법화경은 예언서입니다. 여기서 아난이 오는 세상에 성불한다고 하는 말을 가벼이 들어서는 아니 됩니다. 이 예언은 싯다르타께서 6년 간의 모진 고행을 겪고, 보리수나무 아래에서 끝없는 선정에 들어 천상에서 들려준 말이었습니다.

그 소리는 싯다르타의 생각이 아니라, 하늘의 뜻이고 계획이었습니다. 따라서 본 장에서 아난 및 라후라에게 오는 세상에 부처로 성불할 것이란 예언은 천상의 계획이었습니다. 오는 세상이란 현세불 시대를 보낸 후, 미래불 시대를 의미합니다.

불서에서는 이렇게 단지 사람들이 부처로 성불할 것을 예언하고 있지만 성서에는 이 보다 더 구체적이고 논리적이며 계획적으로 사람의 성불에 대하여 예언해두었습니다.

본 저서에서는 각 장 별로 법화경과 요한계시록을 교대로 삽입 설명을 덧붙이는 형태로 글을 엮어가고 있습니다. 본 장에서는 아난이 부처로 성불한다고만 간단히 기술되어 있습니다.

하나 성서에서는 사람들이 언제 어떻게 누구에 의하여 어디서 사람들이 여래로 성불하게 되는가에 이르기까지 자세히 적나라하게 기록하고 있습니다.

따라서 본서를 통하여 법화경에 예언한 사람들의 여래로의 성불이 허언이 아님을 알 수 있고, 동시에 성불에 관한 구체적인 과정들을 요한계시록을 통하여 보증 받을 수가 있게 되는 것입니다.

그래서 본서를 읽어감에 있어서 각 장 별로 비교한 법화경과 요한계시록의 내용을 별개의 것으로 구분치 말고 서로 하나로 연관 시켜며 동일한 연장선상에서 생각을 하면 이해에 많은 도움을 줄 수 있을 것입니다.

두 경전을 서로 합집합해보기도 하고 교집합해보기도 하면 명확한 교집합 된 하나의 결과가 도출될 것입니다. 불교적인 측면에서 기록을 해 보면 결국 불서도 성서도 사람이 여래(부처)로 성불하는 길을 예비한 예언서라는 것으로 결론이 날 수 밖에 없습니다. 그런 시각으로 본서를 읽을 때, 두 경전의 관계가 명확해질 것입니다.

그리고 본 장에서 아난이 오는 세상에 여래로 성불을 이룬다고 예언함은 곧 미륵부처가 오신 때의 세상을 말하고 있습니다. 미륵이 하생하는 시대에 대해서는 약 일곱 가지[30] 설이 있습니다. 여러 가지 중, 성경과 가장 가까운 시기는 증일아함경의 30겁 설, 즉 3천 년 설입니다.

요한계시록 12장에는 불교의 미륵부처 격인 구세주가 언제 어떤 상황에서 출세한다는 기록이 명확히 나옵니다. 또 본서 요한계시록 12장에 구세주가 세상에 출현할 장소와 그곳의 상황 등이 매우 섬세하게 잘 그려져 있습니다.

그런데 법화경에도 약속된 구세주와 그가 와서 세우는 나라의 이름 등을 기록하여 두었습니다. 본 장 수학무학인기품(授學無學人記品)에서는 그 나라 이름을 상립승번(常立勝幡)이라 하였고, 그 나라의 환경도 세세히 잘 기록하고 있습니다.

그 나라의 이름을 '상립승번(常立勝幡)'이란 것을 봐서 그 나라는 무너지지 아니할 영원한 나라라는 의미를 내포하고 있으며 상립승번(常立勝幡)은 '이긴 깃발이 꽂힌 나라'라는 의미를 가지고 있습니다.

이와 비슷한 나라가 성서에도 예언되어 있는 바, 다니엘서 2장 44절의 "이 열왕의 때에 하늘의 하나님이 한 나라를 세우시리니 이것은 영원히 망하지도 아니할 것이요 그 국권이 다른 백성에게로 돌아가지도 아니할 것이요 도리어 쳐서 멸하고 영원히 설 것이라"고 한 나라입니다.

그리고 이 나라가 요한계시록 12장 7절 이하에서 용을 이긴 자에 의하여 세워지며 이겼다는 의미에서 이 나라 이름을 '이긴

---

30) 「증일아함경」 30겁[3천년]설, 「현우경」 5억 7천 6백 만년설, 「미륵하생경」 56억 년설, 「잡심경」 56억 7천 만년설, 「정의경」 57억 6백 만년설, 「미륵래시경」 6십억 6십 만년설, 「현겁경」 인수 8만 4천세설

나라', '승국(勝國)', 또는 '영적 새 이스라엘', '새 하늘 새 땅' 등 다양하게 표현하고 있습니다. 그리고 그 나라는 유리바다로 이루어졌고, 그 나라에는 사람의 수명이 길어져 사망, 애곡, 애통, 아픈 것도 없는 나라로 소개를 하고 있습니다.

그런데 본 장에도 그 나라를 소개하고 있습니다. 그 나라 이름이 '상립승번(常立勝幡)'으로 '넘어지지 아니하는 영원히 우뚝 서 있는 이긴 기호가 있는 나라'로 예언되어 있습니다. 계시록에서 이긴 나라는 악령의 왕인 용왕을 이긴 자가 세우게 됩니다.

한민족의 예언서 격암유록에서도 영적 계룡산에서 용을 이기므로 십승자(十勝者)가 출현하는데 그곳을 십승지(十勝地)란 이름으로 소개하고 있습니다.

어떻게 미래에 세워질 새 나라를 각종 예언서에서는 이렇게 유의미(有意味)하게 기록될 수 있었을까요? 뿐만 아니라, 그 나라의 이미지를 거의 비슷하게 묘사하고 있습니다.

앞에서 요한계시록 21장의 새 하늘 새 땅이 어떤 나라란 것을 묘사한 바 있는데 법화경의 상립승번이란 나라와 거의 대동소이한 내용으로 묘사되어 있습니다.

그 나라는 국토가 청정하여 그 땅은 유리로 되며 겁의 이름은 묘음변만(妙音遍滿)이라고 소개하고 있습니다. 또 그 나라에서는 부처님의 수명이 한량없는 천만 억 아승지겁의 나라로 기록하고 있습니다.

요한계시록 21장의 그 나라에도 동일하게 죽음도 아픔도 없는 나라로 소개하고 있습니다. 그런 나라에 아난이 와서 여래로 성불하게 된다고 합니다.

그 이름을 산해혜자재통왕(山海慧自在通王)여래라고 지어준 이유는 그는 천하의 모든 지혜를 통달한 부처가 되었기 때문입니다. 전장에서 불서의 부처나 성령으로 거듭난 사람은 동일한 것이라고 주장한 바 있습니다. 성령은 진리의 영입니다. 진리의 영은 지혜의 영이므로 진리의 영을 덧입은 자를 곧 신해혜자재통왕이라고 표현할 수가 있습니다.

요한계시록 21장의 새 하늘 새 땅에는 천상의 거룩한 영들이 내려와 사람들과 신인합일한 상태가 되었음을 보여줍니다. 이곳의 사람들에게는 천상의 성령들이 임하여 있음을 알 수 있습니다. 그런데 법화경에는 그 나라에 부처들이 많이 있다고 합니다. 이런 것들을 통하여 성령으로 거듭난 사람을 불경에서는 부처로 성불한 사람이라고 한다는 사실에 귀 기울이게 됩니다.

그런데 불서에서는 그 성불이 언제 어디서 어떻게 이루어지는가에 대해서는 구체적이고 집중적으로 다루어진 부분이 성서에 비하여 부족합니다.

그러나 요한계시록 7장에서는 구체적으로 작불(作佛) 즉 중생들을 성불시키는 작업이 이루어지고 있습니다. 그곳에는 장소가 나타나 있고, 인물이 나타나 있고, 사건이 나타나 있고, 때가 나타나 있습니다.

그때가 바로 내세(來世)입니다. 그 내세에 비로소 요한계시록 21장의 새 하늘 새 땅이 만들어지게 됩니다. 이 때 만들어지는 것은 작불 곧 성불입니다. 법화경의 경명인 성불은 이렇게 요한계시록을 통하여 이루어진다는 놀라운 사실입니다.

그때 대중 가운데 있던 새로 발심한 보살 8천 명은 "우리 같이 큰 보살들도 아직 수기 받았다는 말을 듣지 못하였는데 무슨 인연으로 여러 성문들이 이런 결정을 얻는 것인가"하고 다 같이 생각하였다. 이 때 세존께서 여러 보살들이 마음에 생각하는 것을 아시고 그들에게 말씀하셨다.

"여러 선남자들아, 나는 아난과 함께 공왕불 계신 데서 동시에 아뇩다라삼먁삼보리의 마음을 내었으나, 아난은 항상 잘 듣고 많이 듣기를 좋아하였으며, 나는 항상 부지런히 정진한 까닭으로 아뇩다라삼먁삼보리를 이루었고, 아난은 내 법을 받들어 가지며, 또한 장래 여러 법장(法匠)을 받들어 가지며 모든 보살들을 교화하여 성취시키리니, 그 본래의 소원이 이와 같으므로 수기를 주느니라."

아난이 부처님 앞에서 스스로 수기를 받으며 국토의 장엄을 듣고 원하던 것이 만족되어 그 마음이 환희하여 미증유를 얻으며, 그때 과거의 한량없는 천만 억의 여러 부처님의 법장 기억하고 생각하니, 통달하여 걸림 없는 것이 지금 이곳에서 듣는 바와 같으며 또한 본래 소원하던 바를 알 수 있었다 …중략…

그때 대중 가운데 있던 보살 8천 명은 '우리 같이 큰 보살들도 아직 수기 받았다는 말을 듣지 못하였는데 무슨 연유로 여러 성문들이 이런 결정을 얻는 것인가'하고 다 같이 생각하였다고 합니다.

이 때 세존께서는 여러 보살들에게 말씀하셨습니다.

"여러 선남자들아, 나는 아난과 함께 공왕불 계신 데서 동시에 아뇩다라삼먁삼보리의 마음을 내었으나, 아난은 항상 잘 듣고 많이 듣기를 좋아하였으며, 나는 항상 부지런히 정진한 까닭으로, 아뇩다라삼먁삼보리를 이루었고, 아난은 내 법을 받들어 가지며, 또한 장래 여러 법장(法匠)을 받들어 가지며 모든 보살들을 교화하여 성취시키리니, 그 본래의 소원이 이와 같으므로 수기를 주느니라"고 답해주셨습니다.

그래서 아난은 부처님 앞에서 스스로 수기를 받으며 국토의 장엄을 듣고 원하던 것이 만족되어 그 마음이 환희하여 미증유를 얻으며, 그때 과거의 한량없는 천만 억의 여러 부처님의 법장 기억하고 생각하니, 통달하여 걸림 없는 것이 지금 이곳에서 듣는 바와 같으며 또한 본래 소원하던 바를 알 수 있었다고 합니다.

여기서 미증유란 말은 전에 없었던 최초의 일이란 뜻입니다. 아난이 받을 아뇩다라삼먁삼보리도 전무후무한 일이며 아뇩다라삼먁삼보리의 진리로 깨달아 부처로 성불 되는 일 또한 이전에는 없던 최초의 일이기 때문에 미증유한 일이라고 했습니다.

그리고 통달하여 걸림 없는 이유는 아뇩다라삼먁삼보리의 진리로 일체사의 모든 비밀을 통달하였기 때문입니다. 또 부처로 성불한 국토를 대보장엄의 나라라고 하였으니 이름 하여 극락세상인 것입니다.

그 극락세계는 원래 요한계시록 4장의 거룩한 영들의 나라였습니다. 그 나라의 영들이 요한계시록 3장에서 용을 이긴 자를 통하여 지상에 내려온다고 예언하였습니다. 요한계시록 12장에서 용을 이긴 자가 나타난 곳이 요한계시록 21장의 새 하늘 새 땅입니다. 그곳에 요한계시록 4장의 하나님과 예수님과 거룩한 영들이 내려옵니다. 요한계시록 21장에는 요한계시록 7장에서 작불[하나님께인 맞는 자들] 곧 성불 예정자들이 있었는데, 그들이 하늘의 거룩한 영들과 일체가 되게 됩니다.

이것을 요한계시록 19장에서는 사람과 영의 결혼으로 표현하고 있습니다. 영육일체입니다. 하늘에서는 영들이 내려오고, 땅에서는 작불 작업이 완성된 육체가 있습니다. 이 영육이 합일 되는 것을 성서에서 부활, 결혼이라고 하며, 불서에서는 성불, 작불이라고 하였던 것입니다.

하늘에서 내려오는 영들을 거룩한 영으로서 성령이라고 합니다. 그 성령이 원래 인간의 영이었음을 성서는 밝혀주고 있습니다. 원래 인간의 영은 창조주로부터 창조주의 성분으로 만들어졌습니다. 그런데 인간의 악업으로 말미암아 그 성령들이 창세기 6장 3절에서 인간의 육에서 모두 떠나 가버렸습니다.

그때부터 성령들은 인간 세상에 없어졌습니다. 성서에서는 그 떠난 성령들의 곳을 하늘나라 천상이라고 했고, 그 성령들을 진리의 영이라고 했습니다. 이때부터 인간 세상에는 진리가 없어졌습니다. 인간 세상은 원래 진리의 세상이었는데, 진리의 성령들이 모두 천상으로 가버렸으니, 인간 세상은 흑암하게 됐습니다.

흑암은 인간에게 진리가 없어 어두워졌다는 의미입니다. 즉 무지를 의미합니다. 그런데 불교에서 12인연의 시작을 무명(無明)이라고 합니다. 무명이 곧 흑암입니다.

창세기에는 땅이 혼돈하고 공허하며 흑암이 깊음 위에 있다고 비유하였습니다. 땅은 사람을 비유한 것이고, 혼돈하는 이유는 둘 이상의 사상이 혼합됐기 때문입니다. 공허한 이유는 사람 안에 있던 진리의 성령이 떠났기 때문이고, 그 결과 사람이 흑암에 빠진 것입니다.

그래서 하나님은 빛을 찾아 인간 세상을 순회하시게 된 것입니다. 불교의 12인연에서 첫째가 무명입니다. 무명은 원인이고, 그 결과 온 것은 노사(老死)입니다. 결국 성령이 인간을 떠나서 온 것이 곧 늙고 병듦이었습니다.

그런데 그 성령이 곧 진리의 영이고, 그 성령을 부처라고 한 것입니다. 부처는 곧 깨달은 자인데 그 부처가 지금은 천상에만 있으니 육체는 아닌 것입니다. 그 부처가 요한계시록 4장에서 요한계시록 21장의 새 하늘 새 땅으로 내려오면, 그 부처는 자신의 짝인 작불예비자와 하나 될 것입니다. 이 때 영육이 하나 된 부처가 중생이 깨달아 성불한 부처가 되는 것입니다.

이렇게 부처로 변화된 세상은 우리가 일상 겪고 있는 세상이 아니라, 변화된 세상입니다. 그곳을 유리로 땅이 됐으며, 여자가 오백세에 시집간다고 한 극락세계입니다. 그런데 그 극락세계는 공간이나 물질이 아닙니다. 오직 중생들이 성불하니, 성불된 부처에 의하여 펼쳐지는 진제(眞諦)의 세상이랍니다. 즉 우리가 지금 요한계시록 4장의 영들을 볼 수 없는 이유는 그 영과 우리의 영의 차이때문입니다.

그러나 본 장에서 말한 것처럼 내세가 와서 천상의 부처님들이 이 땅의 중생들과 하나 되면 비로소 우리의 영과 천상의 성령이 동일한 한 영이 되어 모두 볼 수 있게 되는 것입니다.

그때 부처님은 라후라에게 말씀하셨다.

"너는 오는 세상 반드시 성불하리니, 이름은 도칠보화(蹈七寶華) …중략… 불세존이리라. 시방 세계의 가는 티끌과 같이 많은 부처님을 공양하며 항상 여러 부처님의 장자가 되어 지금 같으리라. 이 도칠보화불의 국토는 장엄하고, 그 부처님의 수명은 겁수나 교화할 제자나 정법과 상법과 수명도 산해혜자재통왕여래와 다르지 아니하며, 또한 이 부처님의 장자가 되리라. 이와 같이 한 후에 반드시 아뇩다라삼먁삼보리를 얻게 되리라."

법화경은 예언서고, 그 예언은 사람들이 부처로 성불한다는 것입니다. 그 일을 위하여 부처님은 불법을 가르쳤습니다. 그 결과 오늘날에 불교가 있는 이유입니다. 그리고 부처가 되는 방법과 때는 희한하게 요한계시록에 적나라하게 기록하여 두고 있습니다.

그리하여 세상의 모든 종교는 같은 목적으로 찾아가는 여러 척의 배와 같은 것입니다. 그 배들이 목적지에 도달하면 같은 곳입니다. 이리하여 일합상 세계와 종교 통일과 지구촌 평화 시대를 맞이할 수가 있습니다.

4. 요한계시록 제 9장

　앞 장은 불교의 대표적 예언록인 법화경 제 9편 수학무학인기품 (授學無學人記品)이란 제목으로 살펴봤습니다. 앞 장에서 미래의 어느 날 아난은 산해혜자재통왕(山海慧自在通王)여래란 이름으로 성불할 것을 예언하였고, 그렇게 성불한 나라의 이름을 상립승번(常立勝幡)이라고 하였습니다.

　그곳은 국토가 청정하여 그 땅은 유리로 된다고 비유하였습니다. 본 장은 불교에서 예언한 성불과 성불한 부처들이 살 나라를 이루어가는 일련의 과정들을 소개하는 장입니다.

　요한계시록 8장과 9장에서는 일곱 금 촛대교회의 위약(違約) 사건을 만인들에게 알리는 것이고, 이후 일곱 번째 나팔인 마지막 나팔이 요한계시록 11장에서 불려집니다. 이 마지막 나팔을 통하여 불교에서 예언한 성불과 성불한 부처들의 나라가 세워지기 시작합니다.

　그러나 8-9장의 나팔은 모든 종교에서 예언한 천국과 극락과 무릉도원을 열어가기 위한 중간 과정임을 인지하면서 본 장을 이해해주시면 되겠습니다.

　8장에서는 넷째 나팔까지 불려졌고, 이제 9장부터는 다섯째 나팔이 불려 지게 됩니다.

　"다섯째 천사가 나팔을 불매 내가 보니 하늘에서 땅에 떨어진 별 하나가 있는데 저가 무저갱의 열쇠를 받았더라"

다섯째 천사가 부는 나팔의 내용은 하늘에서 떨어진 별이 하나 있다고 소개를 하고 있습니다. 전술한 바 같이 요한계시록의 현장은 일곱 금 촛대교회임을 잊어서는 안 됩니다. 일곱 금 촛대교회는 성서의 예언을 이루기 위한 미리 예언된 하나님의 교회입니다.

이 교회에서 불교의 아뇩다라삼먁삼보리의 예언이 이루어지게 됩니다. 이곳은 성서의 예언이 이루어지는 성전입니다. 이곳에서 불교의 삼종법과 성서의 배도 멸망 구원으로 이루어지는 일련의 사건이 발생하게 됩니다.[31]

각 종교의 여러 경전들에는 이것을 이루기 위하여 이땅 위에 거룩한 성전 하나가 세워질 것을 예언하고 있습니다. 그곳의 시작은 하늘의 거룩한 일곱 성령[사실은 1+7, 여덟 성령]들이 내려온 곳이므로 그곳을 요한계시록 13장 6절에서도 하늘이라고 칭하였습니다. 그곳을 장막이라고도 표현하였습니다. 장막은 교회의 옛말입니다.

그 장막인 하늘에는 해와 같은 대표목자가 있었고, 달과 같은 전도자도 있었고, 별과 같은 성도들도 있었습니다. 이들은 모두 사람이지만 하늘의 성령을 입었다는 의미에서 해달별로 비유한 것입니다. 이런 논리로 기록된 내용이 또 있었으니 창세기 37장 9절입니다.

"요셉이 다시 꿈을 꾸고 그 형들에게 고하여 가로되 내가 또 꿈을 꾼즉 해와 달과 열 한 별이 내게 절하더이다 하니라"

이 때 야곱이 아들들과 살던 곳은 땅이었지만 그들이 하늘의

---

31) 격암유록의 핵심도 삼풍지곡으로 세 가지 곡식으로 비유되어 있음. 해석하면 동일하게 한 장소에서 배도 멸망 구원으로 통과되는 진리임. 불교에는 삼종법으로 소개하고 있음.

소속이란 것을 나타내기 위하여 그들이 거하던 곳을 장막이라고 하고, 아비인 야곱을 해로 그 어미를 달로 또 그 12아들을 별이라고 비유하여 기록해 두었습니다.

또 마태복음 4장 17절에는 예수께서 계신 유대 땅을 천국이라고 하였습니다. 그런 이치로 생각한다면 하나님이 강림하셨던 에덴동산도 땅이지만 하늘로 표현할 수 있겠지요. 이처럼 장막이라고 예언한 일곱 금 촛대교회 역시 그런 차원의 하늘이었음을 깨달을 수가 있습니다.

그리고 하늘이 그런 것이라면 그 하늘의 소속들을 해와 달과 별로 표현될 것입니다. 그런 면에서 에덴동산도 예수께서 계시던 곳도 일곱 금 촛대 장막도 모두 지구촌 다른 땅과 구별되는 하늘임을 알 수 있습니다. 그리고 하늘의 구성원들에게는 다른 사람들과 구별되는 것이 성령의 사람이었다는 것입니다.

본 장에서 하늘에서 별 하나가 떨어졌다는 것은 영적인 하늘인 일곱 금 촛대교회의 택함을 받은 별 같은 존재가 땅으로 떨어졌다는 의미입니다. 이런 존재가 창세기에서는 아담이었고 예수 때는 가룟유다입니다. 아담도 유다도 하늘의 택함을 받았으나 언약을 어기므로 육체로 떨어진 자들입니다.

요한계시록에서 하늘에서 떨어진 별 또한 아담과 유다 같은 죄로 말미암아 성령에서 육체로 떨어진 자를 비유한 말입니다. 그 자가 무저갱의 열쇠를 받았다고 합니다. 무저갱이란 음부라고도 하며 음부는 사단의 처소인 지옥을 일컫는 말입니다.

그러나 넓은 의미에서는 사단이 처소로 삼고 사는 사람 또는 조직을 음부 또는 무저갱이라고도 합니다. 본 문에서는 배도한 일곱 금 촛대교회를 멸망시킨 멸망자들의 조직체를 무저갱이라고 한 것입니다.

성령이 임한 곳을 하늘이라고 할 수 있다면 사단이 임한 곳은 음부나 무저갱이라고 할 수 있을 것입니다. 하늘이 하나님의 거처라면 무저갱은 악령, 용의 거처임을 알 수 있습니다.

그가 무저갱의 열쇠를 받았다 함은 영의 세계의 마귀와 육의 세계의 지옥사자를 나오게도 하고 들어가게도 할 수 있는 지혜를 말합니다. 그것은 원래 요한계시록 1장 18절에서 보면 예수께서 가진 것인데 배도한 일곱 금 촛대교회의 성도들을 지옥사자들에게 붙여 벌주시려고 하늘에서 떨어진 별에게 주신 것입니다.

그래서 에덴동산이나 신약 때 예루살렘 성전이나 재림 때 일곱 금 촛대교회는 본래 세계 중에 창조주께서 택한 하늘이었는데 그곳이 배도 멸망으로 말미암아 무저갱으로 추락해 버린 것입니다.

마태복음 4장 17절에서 예수께서는 자신이 천국이라고 하였으며 요한복음 8장 44절에서는 그 당시 유대 목자였던 서기관 바리새인들에게 그들의 아비는 마귀라고 단언을 하였습니다.

창조주의 계열인 성령이 거하는 곳은 하늘 또는 천국이라고 할 수 있고, 마귀 계열인 악령이 거하는 곳은 무저갱이라고 할 수 있는 것입니다. 그 당시 예수께서 유대인들에게 말한 것을 잘 분석하면 자신이 있는 곳은 천국이고, 자신에게 오지 않은 유대인들이 있는 곳은 무저갱이라고 한 것을 알 수 있습니다.

그리고 그곳을 무저갱이란 의미에서 무덤이라고 한 것입니다. 요한복음 5장 25~28절입니다.

"진실로 진실로 너희에게 이르노니 죽은 자들이 하나님의 아들의 음성을 들을 때가 오나니 곧 이 때라 듣는 자는 살아나리라 아버지께서 자기 속에 생명이 있음 같이 아들에게도 생명을 주어 그 속에 있게 하셨고 또 인자됨을 인하여 심판하는 권세를 주셨느니라 이를 기이히 여기지 말라 무덤 속에 있는 자가 다 그의 음성을 들을 때가 오나니 듣는 자들은 살아나리라"

그러면 본 장에서 무저갱이라고 은유한 곳은 과연 어디일까요? 말세에 세상에서 무저갱이란 말이 거론 될 때는 세상에 일곱 금 촛대 장막이 세워졌을 때입니다. 일곱 금 촛대 장막이 세상 어딘가에 세워지면 이곳은 하늘이고 이들을 멸망시키는 사단 목자들의 거처는 무저갱입니다.

특별히 요한계시록 17-18장에는 바벨론이란 나라를 가르쳐주고 있습니다. 요한계시록의 예언이 실현될 때는 지상에 세상 나라 이름으로 바벨론이란 나라는 없습니다. 그 옛날 바벨론이 하나님의 나라인 이스라엘을 대적한 나라이므로 이 나라를 비유 빙자하여 마귀의 나라란 표상으로 기록하고 있습니다.

일곱 금 촛대 장막이 지상에 세워지면 세상에는 하늘나라인 일곱 금 촛대 장막과 그 나라를 대적하는 바벨론이란 나라가 있을 것을 예언한 것입니다.

바벨론은 일곱 금 촛대교회를 대적하는 오늘날까지 세상의 교권을 차지하고 있던 기성교단을 의미합니다. 예수를 죽였던 기성 교단이 유대교였던 것처럼 요한계시록 때도 온 세상의 교권을 다 가지고 있던 기성 교단이 바로 바벨론이란 나라의 실체입니다.

본 장에서 하늘에서 떨어진 별이 무저갱 열쇠를 받았다는 것은 마귀신이 역사하고 있는 바벨론에 들어갈 수 있는 열쇠를 받았다는 것입니다.

"저가 무저갱을 여니 그 구멍에서 큰 풀무의 연기 같은 연기가 올라오매 해와 공기가 그 구멍의 연기로 인하여 어두워지며"

그가 무저갱을 여니 구멍으로 큰 풀무의 연기가 올라와서 해와 공기가 그 연기로 말미암아 어두워진다고 합니다. 연기는 지옥사자인 마귀들이 거짓 목자의 입을 빌어 외치는 사단의 교리를 우회로 표현한 것입니다. 요한계시록 8장 3~4절에는 성도들의 기도를 향연이라고 기록하고 있습니다. 그런데 여기의 연기는 마귀소속의 연기라는 것이 다른 점입니다.

무저갱의 연기로 어두워지는 해는 일곱 금 촛대교회의 목자를 지칭하는 것이고, 공기가 어두워진다 함은 일곱 금 촛대교회의 목자와 성도들이 처음 하나님으로부터 받은 진리가 멸망자들의 미혹하는 거짓에 의하여 동요되어 처음 받았던 진리가 퇴색되어 감을 나타낸 말입니다.

"또 황충이 연기 가운데로부터 땅 위에 나오매 저희가 땅에 있는 전갈의 권세와 같은 권세를 받았더라"

요엘서 1장 2~7절과 이사야 5장 7절을 보면 이스라엘 족속을 포도나무나 무화과나무라고 비유하고 그들을 망하게 하는 멸망자를 황충들로 비유하고 있습니다.

본 장에서 황충이란 기성 교단의 거짓 목자들이 마귀 신을 입고 일곱 금 촛대교회의 선민들의 심령을 멸망시키는 역할을 하게 됩니다. 황충은 사람의 심령을 갉아 먹듯 영혼을 멸망시키는 거짓 목자들을 비유한 말입니다. 그들이 전갈의 권세 같은 것을 받아 선민들의 심령을 찌르고 때리며 괴롭힘을 말합니다.

"저희에게 이르시되 땅의 풀이나 푸른 것이나 각종 수목은 해하지 말고 오직 이마에 하나님의 인 맞지 아니한 사람들만 해하라 하시더라 그러나 그들을 죽이지는 못하게 하시고 다섯달 동안 괴롭게만 하게 하시는데 그 괴롭게 함은 전갈이 사람을 쏠 때에 괴롭게 함과 같더라"

　여기서 땅이란 하늘 차원에서 땅 차원으로 떨어진 곳을 의미하며, 일곱 금 촛대교회와 이미 악행을 통하여 하늘차원에서 땅 차원으로 떨어진 바벨론을 포함할 수도 있습니다.

　본 인용문에서의 땅은 지상에 일곱 금 촛대교회가 세워지고, 이들이 배도하므로 멸망을 당하게 됩니다. 이 때 세상에는 두 종류의 사람들이 있게 되는데, 한 종류는 일부지만 요한계시록 7장에서 시행하는 하나님의 인 맞는 대사에 합당한 자들과 이 일에 부당한 자들이 있는 상황입니다.

　여기서 수목과 풀은 세상의 각 교단의 신도들을 가리킵니다. 그들을 해치 말라고 한 이유는 범죄 한 금 촛대교회에 대한 심판이 아직 다 끝나지 않았기 때문입니다.

　하나님께서는 일곱 금 촛대교회 성도들 중, 악인을 심판하시고, 요한계시록 7장에서 세상 중, 의인을 추수하여 새 나라의 왕 같은 제사장으로 삼으시려고 계획하신 것입니다. 그러기 위하여 14만 4천 명에게 인을 친다고 하신 것입니다.

　하나님께서는 범죄 한 일곱 금 촛대교회의 선민들을 심판함에 있어서 황충들을 시켜서 그들을 죽이지는 못하게 하시고 다섯달 동안 괴롭게만 한다고 합니다. 다섯 달은 150일입니다.

　150일은 범죄한 선민의 형벌기간입니다. 창세기의 노아 때도 150일간 홍수로 심판 받았습니다. 그래서 마태복음 24장 37절에서 마지막 때의 일이 노아 때와 같다고 한 것입니다.

　"그날에는 사람들이 죽기를 구하여도 얻지 못하고 죽고 싶으나 죽음이 저희를 피하리로다 황충들의 모양은 전쟁을 위하여 예비한 말들 같고 그 머리에 금 같은 면류관 비슷한 것을 썼으며 그 얼굴은 사람의 얼굴 같고"

에스겔 9장 4~6절의 말씀처럼 하나님의 인 맞지 아니한 사람들을 치시는데, 하나님의 성전부터 심판을 시작한다고 합니다. 즉 일곱 금 촛대교회는 하나님의 성전이었지만 아담처럼 배도를 하였습니다. 그래서 기성 일곱 교단의 일곱 목자들은 일곱 금 촛대교회를 멸망시킵니다. 이 때, 이 둘은 모두 하나님의 심판의 대상이지만 먼저 하나님의 성전인 일곱 금 촛대교회부터 심판을 시작한다는 말입니다.

그날에 괴롭힘을 당하고 있는 선민들은 너무 괴로워서 죽고 싶어도 죽지 못하고 괴롭힘을 당해야 한다고 합니다. 지금 8-9장에서 하나님의 성전인 일곱 금 촛대교회에 이런 상황이 되게 된 것을 다시 한번 상기하면 이러합니다.

일곱 금 촛대교회는 창조주와 예수의 계획아래 팔 명의 사람이 택함 받아 성령으로 거듭나게 되고 이들이 장막을 짓고 사람들에게 전도를 하여 큰 교회로 성장해갔습니다. 이들은 장막을 짓기 전에 창조주와 피로 언약을 하였습니다.

언약의 내용은 팔 명 중에 하나였던 우두머리 역할로 임명된 자가 있었으니 그 이름이 임마누엘이었습니다. 그리고 나머지 일곱을 일곱 별이라고 칭하여 주었습니다.

그런데 성경에는 이미 그 교회의 이름이 일곱 금 촛대교회로 지어져 있었던 것입니다. 언약의 내용은 임마누엘은 창조주께 순종하고 일곱 종들은 임마누엘께 순종하라는 내용이었습니다. 이 것은 창조주와 여덟 사람 간에 세운 언약이었습니다. 이들 팔 명은 동맥을 끊어 창조주 앞에서 언약을 했습니다. 언약의 기간은 3년 반이었습니다.

그런 후 1년이 되자 일곱 별들은 임마누엘에게 시기 질투하는 마음을 가지게 되었습니다. 일곱 사자들 간에 자리다툼의 욕심이 생긴 것입니다. 일곱 사자들은 급기야 하나님의 언약을 받은 임마누엘을 장막에서 쫓아내는 범죄를 저질렀습니다.

그것은 3년 반이란 기간 동안 지켜야 할 약속을 어긴 사건이었습니다. 그 언약을 깨고 약속을 어긴 것은 창조주에 대한 죄였고 그 죄를 성서적으로 하면 배도(背道)의 죄였습니다. 이리하여 금촛대 장막의 선민들이 아담과 같은 죄를 짓고 말았던 것입니다.

아담도 창조주와 언약을 하였습니다. 언약의 내용은 선악과를 먹지 말라는 것이었습니다. 그런데 알다시피 아담은 선악과를 먹고 말았습니다. 그것이 배도였습니다. 배도의 결과 아담은 뱀에게 생기를 빼앗기고 심령을 멸망당하게 됩니다. 그리고 나서 노아를 통하여 심판받고 노아가 구원의 일을 시작하게 되었습니다. 이러한 노정은 성서의 공식과 같은 것입니다.

그래서 일곱 금 촛대교회도 배도를 하였기 때문에 거짓 목자로 비유된 짐승에게 심령을 멸망 받게 되는 것입니다. 황충이 바로 그 짐승이며 황충의 실체는 예수 때, 서기관 바리새인 같은 입장의 기성 교회의 목자들입니다.

"또 여자의 머리털 같은 머리털이 있고 그 이는 사자의 이 같으며 또 철흉갑 같은 흉갑이 있고 그 날개들의 소리는 병거와 많은 말들이 전장으로 달려 들어가는 소리 같으며 또 전갈과 같은 꼬리와 쏘는 살이 있어 그 꼬리에는 다섯달 동안 사람들을 해하는 권세가 있더라"

여자란 영적 아이를 낳는 목자를 의미하고, 이가 사자 같다고 한 것은 이들이 심령을 멸망시키는 역할을 한다는 것을 암시한 것입니다. 그리고 철흉갑과 병거가 전장으로 달려간다는 말은 이러한 일련의 모든 것이 일곱 금 촛대교회와 기성 교회간의 영적인 진리의 전쟁임을 암시하는 것입니다. 꼬리는 거짓 목자를 의미하고, 쏘는 살은 사람의 영을 죽이는 교리를 시사하고 있습니다.

"저희에게 임금이 있으니 무저갱의 사자라 히브리 음으로 이름은 아바돈이요 헬라 음으로 이름은 아볼루온이더라 첫째 화는 지나갔으나 보라 아직도 이 후에 화 둘이 이르리로다"

저들에게 임금이 있다고 하는 것은 거짓 목자들을 총 지휘라는 우두머리 목자를 의미합니다. 그 임금이 무저갱에 있다고 합니다. 성서에서는 마귀의 왕을 용이라고 비유하고 있습니다. 그 마귀가 세상에서 일하는 방법은 예수 때를 예로 들면 마귀는 대제사장이었던 가야바나 안나스 등에게 들어가 창조주에게 대항하는 일을 했습니다.

그리고 창조주의 일을 못하게 방해를 합니다. 마귀는 영이라 육체에 들어갈 수가 있습니다. 이와 같이 요한계시록에서도 음녀란 존재에게 마귀가 들어가서 그 역할을 하게 됩니다.

"여섯째 천사가 나팔을 불매 내가 들으니 하나님 앞 금단 네 뿔에서 한 음성이 나서 나팔 가진 여섯째 천사에게 말하기를 큰 강 유브라데에 결박한 네 천사를 놓아 주라 하매 네 천사가 놓였으니 그들은 그 년 월 일 시에 이르러 사람 삼분의 일을 죽이기로 예비한 자들이더라"

여섯째 천사가 부는 나팔의 내용은 큰 강 유브라데에 결박한 천사를 놓아주라는 것입니다. 이도 역시 배도한 장막의 선민들을 심판하기 위한 멸망자들의 출현을 언급한 것임을 알 수 있습니다.

"마병대의 수는 이만만이니 내가 그들의 수를 들었노라 이같이 이상한 가운데 그 말들과 그 탄 자들을 보니 불빛과 자주빛과 유황빛 흉갑이 있고 또 말들의 머리는 사자 머리 같고 그 입에서는 불과 연기와 유황이 나오더라"

마병대의 수가 이만만이라고 합니다. 마병대란 전쟁을 하는 마귀의 군사를 말합니다. 그들의 수가 이만만이라는 것은 그 만큼 그 수가 많음을 나타내고 있습니다. 영의 세계에는 이처럼 마귀들도 많고 성령들도 많음을 알 수 있습니다. 참고로 말하면 천사의 수는 천천만만이나 된다고 합니다. 이 역시 그 수가 많음을 나타내는 표현법이라고 할 수 있습니다.

말들은 전술한 바와 같이 육체들을 비유한 것이고, 탄 자들은 영들을 비유한 것입니다. 불빛과 자주빛과 유황빛 흉갑과 불과 연기와 유황이 입에서 나온다함은 거짓 목자들이 그들의 교권과 교리로 하늘 백성들의 심령을 멸망시키고 있음을 알리는 내용입니다.

이 부분의 설명이 좀 더 필요할 것 같습니다. 요한계시록과 법화경은 사람의 심령이 성령으로 부활 또는 성불을 목적으로 기록됐다고 하였습니다. 본 장의 내용을 통하여 이 상황의 전후를 세상에 대입하여 이해할 필요가 있습니다. 본 장은 비유라는 수사법을 통하여 기록하고 있지만, 그 내용은 인류 최대의 영적 전쟁 시나리오입니다.

그 전쟁의 전말은 기성세상 사람들과 미래세상 사람들과의 사상전쟁입니다. 일곱 금 촛대교회가 세상에 세워지기 전에는 이런 영적 전쟁이 없었습니다. 그런데 이 전쟁은 일곱 금 촛대교회가 지상에 세워지면서 발생하게 됩니다. 그런데 일곱 금 촛대교회는 성서상 하나님이 세운 교회입니다.

그러나 일곱 금 촛대교회가 세워지기 전의 교회는 전통교회며,

예수초림 때부터 존속해 왔습니다. 신약성서의 약속의 주된 내용은 재림을 통하여 세상나라를 하나님의 나라로 바꾸는 역사입니다. 그것은 예언이었고, 그 예언을 이루기 위하여 하나님께서 일곱 금 촛대교회를 세우신 것입니다.

그런데 이 교회를 멸망시키는 존재들이 나타났습니다. 일곱 금 촛대교회는 이미 1966년도에 한반도에 하느님의 예언대로 세워졌습니다. 그 교회가 앞에서 언급한 것 처럼 1년도 버티지 못하고, 배도하고 말았습니다.

이윽고 1980년이 되었습니다. 42달간 일곱 금 촛대교회와 당시 목자들의 양성소였던, 청지기 교육원에서 기성교단 두목 7명을 정하여 일곱 금 촛대교회를 멸망시켰습니다.

이 때 전쟁은 성서의 예언대로 일어났습니다. 이 때 전쟁 참가자가 본 장에도 등장합니다. 육체로는 말로 영으로는 탄자들입니다. 앞에서 황충들로 예언된 육체들에게는 이만만의 악령들이 관여하고 있음을 알아야 합니다.

그리고 요한계시록 6장과 19장에 백마와 탄자들이 등장합니다. 백마는 하나님과 예수님을 비롯한 성령들입니다. 그리고 탄자는 요한계시록 1장에서부터 출현하는 가칭 요한이라는 택한 한 사람입니다. 그리고 요한계시록 12장에서 용의 무리와 싸워 이긴 자들이 요한계시록 15장의 유리 바닷가에 모여 있습니다.

전쟁의 참여자는 이렇습니다. 한 팀은 기성교회고, 이 기성교회를 움직이는 영은 악령이고, 이 악령들의 수는 이만만입니다. 그리고 계시록에서 출현되는 용을 이겨서 신생으로 세워지는 교회를 움직이는 영은 성령입니다. 이 성령들의 수가 천천만만이라고 합니다.

그래서 이 전쟁은 영들인 성령과 악령의 전쟁이면서, 이 땅의 기성교단과 이 땅의 신생교단의 전쟁임을 알 수 있습니다. 이 땅의 신생교단은 바로 요한계시록 21장의 '새 하늘 새 땅'이라고 하는 교단인 것은 말할 것도 없습니다.

이런 기준으로 해서 내가 기성사상이냐 신생사상이냐는 판가름을 할 수 있게 됩니다. 이 둘 간은 분명 적대관계입니다. 내가 새 하늘 새 땅을 미워하고, 싫어하면 나는 기성소속이고, 반대로 내가 새 하늘 새 땅을 좋아하면 나는 신생소속일 것입니다.

이 전쟁이 본 장에도 기록돼 있습니다. 이 전쟁의 핵심결과는 요한계시록 13장과 12장으로 나타납니다. 물론 성서에는 최종적으로 신생이 기성교회를 이겨서 새 나라가 세워지는 것으로 예언하고 있습니다.

이 전쟁을 바라보고 바르게 판단하는 것이 가장 중요한 이유는 이 전쟁에서 누구 편에 서느냐가 천국으로 가느냐 지옥으로 가느냐라는 것이 결정되기 때문입니다. 그리고 이와 같은 상황에서 신생이 세워지지 않으면 천국은 우리들에게 영원히 오지 않는다는 사실입니다. 그렇다면 세상은 지금처럼 돌아갈 것이고, 종교의 비젼은 더 이상 존재하지 않을 것입니다. 그렇게 되면 용의 승리가 세세토록 계속되겠죠?

"이 세 재앙 곧 저희 입에서 나오는 불과 연기와 유황을 인하여 사람 삼분의 일이 죽임을 당하니라 이 말들의 힘은 그 입과 그 꼬리에 있으니 그 꼬리는 뱀 같고 또 꼬리에 머리가 있어 이것으로 해하더라"

뱀이 아담에게 선악과를 준 것처럼, 황충이라고 비유된 기성종교목자들이 일곱 금 촛대교회의 선민들의 심령을 죽이는 내용입니다. 그 육체들의 힘이 입에 있다는 것은 사람의 심령을 멸망시키는 도구는 거짓 말이기 때문입니다. 그들을 뱀이라고 비유한 이유는 뱀이 독을 가지고 사람을 죽이는 역할을 한다는 것을 알리기 위해서입니다. 그리고 머리란 우두머리를 의미하고 꼬리란 우두머리에 붙어 힘을 행사는 것을 시사하는 것입니다.

"이 재앙에 죽지 않고 남은 사람들은 그 손으로 행하는 일을 회개치 아니하고 오히려 여러 귀신과 또는 보거나 듣거나 다니거나 하지 못하는 금 은 동과 목석의 우상에게 절하고 또 그 살인과 복술과 음행과 도적질을 회개치 아니하더라"

이렇게 재앙을 주어도 죽지 않고 살아남은 사람들이 있는데 그들은 이런 심판을 해도 자신들이 무엇을 잘못 했는지 회개를 하지 않는다고 합니다. 자신의 심령이 어두워졌기 때문에 자신이 배도한 사실을 자신들도 깨닫지 못하는 것입니다.

여기서 죽는다 함은 영적죽음을 의미합니다. 선악과를 먹고 흙으로 돌아갔다고 한 그런 죽음을 의미합니다. 이들은 일곱 금 촛대교회에서 하나님의 택함을 받았다가 언약을 배도한 일곱 금 촛대교회의 지도자들과 백성들입니다.

그래서 그들이 귀신이나 우상에게 절하고 살인과 복술과 음행과 도둑질을 회개하지 않는다고 합니다. 하박국 2장 18절에는 우상이란 거짓 목자라고 못을 박아두었습니다. 하나님의 택함을 받던 자들이 배도로 말미암아 버림을 받아서 거짓 목자인 뱀들에게 절하며 살인과 복술과 도둑질을 일삼아 하는 그들의 행위를 꼬집고 있는 장면입니다.

"새긴 우상은 그 새겨 만든 자에게 무엇이 유익하겠느냐 부어 만든 우상은 거짓 스승이라 만든 자가 이 말하지 못하는 우상을 의지하니 무엇이 유익하겠느냐"

그래서 우상에게 절한다는 의미는 나무나 어떤 사물에게 한다는 것이 아니라, 거짓 목자에게 한다는 의미입니다. 그런데 예수 같은 참 목자에게는 하나님의 영이 함께 하지만, 예수를 죽인 서기관 바리새인 같은 거짓 목자들에게는 마귀의 영이 함께 하나니, 거짓 목자에게 절한 의미는 마귀에게 절한 것이 된답니다.

히브리서 10장 1절에서 율법을 장차 오는 좋은 일의 그림자라고 했듯이 율법으로 우상은 나무나 기타 형상 같은 것이지만 우상의 실체는 거짓 목자란 것을 알 수가 있습니다. 또 살인도 육체의 살인이 아니라, 영의 살인을 의미하고 음행도 영적 간음 즉 창조주와 하나 된 사람이 마귀 신과 하나 되면 이것이 바로 영적인 음행인 것입니다.

이상은 요한계시록 9장으로 구세주의 출현과정입니다. 데살로니가 후서 2장에서 구세주의 강림은 반드시 배도 멸망의 일 후에 이루어진다는 예언을 하나하나 성취시키는 과정입니다. 나팔은 배도한 자들을 멸망시킨 사실을 세상에 알리는 소리입니다. 여섯째 나팔까지는 배도와 멸망을 진행하는 과정이라면 일곱째 나팔은 비로소 배도자 멸망자를 심판하고 구원자가 등장하는 장면입니다.

불경에도 미륵이란 구세주를 예언하고 있고, 민족 종교 경서에도 십승자, 정도령을 예언하고 있습니다. 그러나 불경도 민족 예언서에도 구세주가 강림한다는 말만 있을 뿐, 계시록처럼 구체적으로 구세주의 출현노정을 밝혀주진 못합니다. 그런데 불경과 민족 경서에 예언한 구세주가 계시록을 통하여 이렇게 출현하게 된다는 놀라운 사실을 믿는 사람은 많지 않을 것입니다.

5. 법화경 제 10편 법사품(法師品)

부처님은 먼저 약왕보살을 비롯한 8만의 보살들에게 법화경의 한 게송이나 한 구절을 듣고서 한 순간이라도 기뻐하는 자가 있다면, 이들은 모두 성불할 수 있을 것이라고 설법합니다. 그리고 법화경의 한 게송이라도 받들어 지니거나, 외우거나, 해설하거나, 베껴 쓰는 사람도 또한 법화경을 열 가지 공양물로 받드는 사람도 부처가 될 것이라고 알립니다. 이어서 부처님은 여래가 열반한 후에 법화경을 널리 알리는 사람을 여래사(如來使)라고 칭찬합니다. ···후략···

부처님께서는 약왕보살(藥王菩薩)을 비롯한 8만의 보살들이 법화경을 한 게송이나 한 구절을 듣고 기뻐하거나, 외우거나, 해설하거나, 베껴 쓰는 사람이나 열 가지 공양물로 받드는 사람도 모두 부처가 될 것이라고 알려주십니다.

그런데 부처님은 왜 그렇게 법화경을 받들어 중요하게 생각하는 사람이나 그것을 전하는 사람들이 부처가 될 것이라고 수기하였을까요? 그리고 왜 그렇게 법화경이 다른 경보다 중요하다고 강조하셨을까요?

그 이유는 법화경이 불교의 목적을 이루는 마지막 경전이기 때문입니다. 불교의 목적은 무엇일까요? 불교의 목적은 불문가지(不問可知) 극락(極樂)입니다. 그런데 극락은 도대체 무엇을 말하는 것일까요? 극락의 실체는 무엇이며, 극락은 어디에 있으며 우리는 언제 극락에 갈 수 있을까요?

극락이란 석가모니부처님께서 염원하시던 세상입니다. 석가모니는 무엇을 염원하셨을까요? 그것을 잘 알기 위해서는 석가모니께서 왕자의 신분에서 출가한 이유를 잘 생각해 보면 깨달을 수가 있습니다. 석가모니께서 아침에 들판을 바라보고 있을 때, 큰 새가 날아와서 두꺼비를 낚아채는 것을 보았습니다. 그리고 성 밖의 백성들이 헐벗고 굶주리며 고생하다가 죽어가는 모습을 보았습니다. 그리고 그는 그의 친어머니의 죽음을 일찍이 맛본 사람이었습니다.

석가모니께서는 "인간세상이 왜 저렇게 생로병사(生老病死)로 허덕이고 있을까?"라는 의문이 들었던 것입니다. 그리고 자신은 왕자로서 부족한 것이 없었지만 세상의 사람들의 생활은 일체가 고통임을 알게 되었습니다. 석가모니께서는 그것을 해결해 보고자 왕자의 신분도 마다하고 출가를 하신 것입니다. 그래서 석가모니께서 출가하신 목적은 세상을 바꾸기 위해서였습니다. 석가모니께서는 어떤 세상으로 바꾸기를 원하셨을까요?

고통 없는 세상입니다. 고통 없는 세상이 곧 극락입니다. 극락에는 생사(生死)가 없습니다. 사람이 태어나고 늙고 병들어 죽는 세상에서 해탈(解脫, 해방)되는 것이 바로 석존께서 구하고자 하셨던 새 세상이었습니다. 그러므로 새 세상은 태어나고 늙고 병들고 죽는 세상이 아니라, 늙는 일도 없고, 병드는 일도 없고, 죽는 일도 없으니 다시 누군가 태어나야 할 필요도 없는 그런 영원한 세상을 꿈꾸며 그것을 찾아 6년 간의 고행을 하신 것입니다.

그 당시 인도에는 베다, 브라만교를 비롯한 많은 전통사상가들이 있었습니다. 그 중 많은 사람들도 도(道)를 찾아서 출가자가 되곤 하였습니다. 그러나 그 당시 참 도(道)가 무엇인지 도의 귀결점이 어딘지를 모르고 각양각색의 방법대로 도를 닦는답시고 많은 사람들이 노력하던 시대였습니다.

그래서 석존께서도 선배들의 발자취를 따라서 참을 수 없는 고통을 동반한 고행을 강행하기도 해보셨습니다. 그러나 석존께서는 그 선배들의 걷고 닦던 도가 진정한 도가 될 수 없다고 깨달았습니다. 왜 그렇겠습니까?

석존은 생로병사(生老病死)의 윤회(輪回)의 고리를 끊고 늙고 병들고 죽고 태어나는 일이 없는 고통이 없는 세상을 만나는 것이 목적이었기 때문이었습니다. 그러나 선배들은 그런 목적으로 도달시킬 수 있는 도를 하고 있지 않았습니다.

오늘날 사람들의 종교 의식처럼 그때도 가가예문(家家禮文)으로 맹목적으로 종교를 했던 것 같습니다. 그래서 석존은 6년의 고행이 쓸모없는 소모전이었다는 사실을 깨닫고 실망한 나머지 보리수 나무아래에서 사활을 건 선정에 들어갔습니다. 그도 그럴 것이 세상에서는 자신이 구하는 생로병사의 비밀을 가르쳐줄 수 있는 사람은 아무도 없었기 때문입니다.

그 결과 석가는 지치고 힘든 상황에서 끝없는 선정에 들어간 것입니다. 끝없는 선정이란 오늘날의 사활은 건 깊은 기도 같은 것이라고 할 수 있습니다. 그러던 어느 날 하늘의 새벽별을 보고 있노라니 하늘에서 흘러나오는 음성이 있었습니다. 석존은 그 소리를 듣고 비로소 참 도가 무엇인가를 깨닫게 된 것입니다. 지성(至誠)이면 감천(感天)이라 했습니다. 석존은 그것을 땅에서 찾으려 했습니다. 그러나 그것은 천상에 있었습니다. 결국 석존이 찾던 생로병사를 초월하는 진리는 천상에서 내려주었던 것입니다.

천(天)은 누구며, 하늘은 무엇입니까? 하늘의 음성의 근거지는 어디고 누구의 음성일까요? 하늘은 창조주의 신과 피조 신(天使)들이 거하는 영계(靈界) 나라입니다. 그 창조주는 신(神)이며 영(靈)입니다. 그런데 알고 보니 석존 자신도 영혼(靈魂)을 가진 존재로서 영적인 사람이었습니다.

다만 창조의 신은 창조주이시므로 모든 것을 알고 계시는 진리(眞理)의 영이셨고, 석가모니는 피조 신이므로 그처럼 알지 못하는 무명(無明; 無知)의 영을 가진 존재였습니다.

앞 장에서 화신불이란 창조의 신과 신접(新接)한 사람이라고 소개하였습니다. 창조주의 신은 성령이고 성령은 진리의 영입니다. 따라서 사람이 정성을 다하면 성령의 존재를 경험할 수가 있습니다.

창조의 신은 우주 만물과 사람을 직접 창조하신 신이므로 모든 것을 깨달은 신입니다. 모든 것을 만드신 분이니까, 모든 것에 대해서 가장 잘 알고 있는 것은 너무나 당연한 것이겠죠? 우리는 그 신이 만물을 창조하셨다는 의미에서 창조의 신이라고 합니다.

한편 이 신은 만물을 창조하신 주인 된 신이므로 이 분을 창조주 또는 주님(主任)이라고도 하며, 모든 것을 낳은 분이라고 해서 이 분을 전지전능(全知全能)하신 아버지라고도 합니다. 전지전능(全知全能)하다는 말은 모든 것을 깨달은 분이라는 뜻입니다. '깨달은 분'을 불교식으로 표현하면 부처님이 됩니다.

그러나 우리가 부처라고 할 때에 두 종류의 부처로 나누어 구별할 필요가 있습니다. 하나는 절대자(絕對者), 주체자(主體者) 곧 능동자(能動者)로서의 부처님이 있습니다. 또 하나는 객관자(客

觀者), 객체자(客體者) 곧 피동자(被動者)로서의 부처가 있다는 말입니다.

주체자로서의 부처님을 우리는 비로자나불, 조광불, 진여, 법신불 등으로 부르기도 합니다. 그리고 이 이름들은 모두 창조주란 의미를 가지고 있습니다. 따라서 주체자로서의 부처님은 창조주의 또 다른 이름이라고 할 수 있습니다.

주체자로서의 부처님은 창조주를 의미하며 이를 불교에서는 법신불이라고도 합니다. 법신불(法身佛)이란 우주법계(宇宙法界)를 주관하는 부처님을 말한 것입니다. 성경에는 하나님을 말씀이라고 하시죠? 이는 하나님이 창조하신 만물은 말씀에 의하여 지어졌음을 의미하기 때문이죠.

그 처럼 우주법계도 법으로 이루어졌다고 우주법계를 주관하는 분을 법신불이라고 하는 것입니다. 따라서 말씀과 법신은 동의어라고 할 수 있습니다.

그래서 법신불은 창조주의 영을 지칭한 불교식 호칭이므로 이 때 부처님은 육체가 없는 신(靈=佛)으로서만 존재하시는 분입니다. 그리고 이 법신불 부처님은 창조주시므로 모든 것을 아시는 진리의 신(靈)입니다.

그래서 이 법신불은 중생들이나 보살들에게 '깨달음을 주시는 부처님'으로서 주체자입니다. 그런데 반하여 객체적 부처님은 피조 된 부처를 의미합니다. 또 피조 된 사람도 부처가 될 수 있습니다.

사람은 육체와 정신(精靈)을 가지고 있습니다. 정신을 달리 영(靈)이라고도 합니다. 흔히 사람이 깨달으면 부처가 된다는 말을 하곤 합니다. 이 때 깨닫는 것은 육체가 아닙니다. 그렇다면 사람 안에 있는 무엇이 깨닫겠습니까? 그렇습니다. 사람 안에 있는 영 또는 정신이 깨닫습니다.

그렇다면 이 때 두 가지 영(靈)이 존재한다는 것을 깨달을 수가 있습니다. 한 종류의 영(靈)은 깨닫기 전의 영이고, 또 한 종류의 영(靈)은 깨달은 후의 영일 것입니다. 깨닫기 전의 영의 종류를 가진 사람들을 보통 중생(衆生)이라고 합니다. 그런데 깨달은 사람을 '부처'라고 합니다.

영의 종류는 이렇게 크게 두 종류가 있습니다. 하나는 깨달음이 없는 무지의 영인 악령(惡靈)이고 또 하나는 진리를 가진 성령(聖靈)입니다. 이 때 깨달음이란 창조주를 알고 인정하느냐 창조를 알지 못하여 인정하지 아니하냐는 것을 기준으로 합니다.

동양에서는 악령을 음신(陰神) 귀신(鬼神)이라고 하고 성령을 양신(陽神) 또는 신명(神明)이라고도 합니다. 불교에서 사람이 부처로 성불한다는 개념은 악령 혹은 음신에서 성령 혹은 양신으로 거듭난 사람이라고 설명할 수 있습니다.

기독교에서는 그것을 성령으로 '거듭 난다', '부활 한다'는 말로 대신하고 있습니다. 불교에서의 성불이나 기독교에서의 성령으로 거듭남은 동일하게 악령에서 성령으로 변화 회복하는 것임을 깨달을 수가 있습니다.

성서에는 악령을 마귀 영이라고 하고 선령(善靈)을 성령이라고 합니다. 본래 영(靈)이란 본성은 신(神)이기 때문에 죽지 아니하는 존재입니다. 그런데 사람들은 신(神)에 대하여 무지합니다. 신(神)이 죽는다고 하는 사항에 대해서 깨닫기 위해서는 신(神)의 나라에 대하여 구체적으로 알아야 합니다. 생각을 좀 해보십시오.

세상에 있는 모든 만물들을 우리는 늘 보고 누리며 살아가고 있습니다. 그런데 그 만물들 중에 오늘날 지금 이 순간까지 없었던 새로운 것들이 지금 이 순간에도 수 없이 생겨나고 있습니다.

새로이 생겨나는 모든 것들은 반드시 만든 자가 있기 마련입니다. 그리고 그렇게 만들어지는 원리가 있구요. 또 만들어질 수밖에 없는 환경들이 있습니다. 그런 중에 우리가 생각해보아야 할 것들은 어떤 것도 우연히 존재할 수는 없다는 사실입니다.

오늘 이 순간에 새로이 생겨나고 있는 신제품이나 새로운 아이디어물이나 오늘날 젊은이들로부터 매일같이 만들어지는 신조어조차도 오늘 이전에는 없던 물건들이었고 단어들이었습니다. 이 말의 의미는 이전에 있던 만물들도 이렇게 새롭게 탄생되던 순간이 있었다는 사실입니다.

또 이 논리는 이전의 과거로 가면 갈수록 없었던 것들이 많고 더욱더 태초의 과거로 가면 아무 것도 없던 상태의 때가 있다는 것을 추론할 수 있습니다. 여기서 우리는 인간의 사고의 한계를 경험하게 됩니다. 여기서 우리는 우리의 사고의 불가항력(不可抗力)적 한계를 인정하지 않을 수 없습니다.

결국 아무 것도 없는 상태가 있을 수 있느냐는 것이고 아무 것도 없는 상태에서 어떻게 무엇인가가 생겨날 수 있느냐는 것이고 언제 어떻게 오늘날 우리가 보고 있는 이 많은 것들이 생겨났느냐는 것이죠!?

참으로 불가사의하고 신기(神技)합니다. 신출귀몰(神出鬼沒)한 상황이죠? 이러한 상황을 설명할 때, 신기(神技)란 말이 없으면 우리는 이러한 상황을 형용할 수 없을 것입니다. 그야말로 신의 기교란 말이죠. 사람이 이러한 것들을 이해하지 못하는 이유는 사람이 신에 대하여 너무 무지하다는 것입니다. 그리고 사람이

신의 존재를 믿지 않기 때문입니다.

신이 없다는 전제나 신에 대하여 무지한 상태에서 만들어져 왔던 오늘날의 우리들의 많은 상식들은 만일 어느 순간 신이 있다고 결론이 나면 우리가 생각하고 있었던 오늘날까지의 과학이나 철학이나 인류학이나 종교학에 대한 관념도 많이 달라질 것입니다.

신의 존재가 세상에 나타나면 우리는 모든 것을 기초부터 다시 재정립 하여야 할 것입니다. 그런 결과가 나온다면 우리들이 오늘날까지 가지고 있던 생각이나 사고들이 다 잘 못됐다는 사실을 느낄 것입니다. 또 우리가 접근하고 시도했던 우주와 인류에 대한 진리의 탐구방식이 참으로 어처구니 없었구나 하는 것을 깨달을 것입니다.

우리가 어떠한 것을 처음 발견할 때는 너무나 힘듭니다. 그러나 누군가 그 길을 어렵게 열어 놓으면 다음 사람들은 너무나 쉽게 그것들을 이용할 수 있습니다. 세상에는 여러 성인들이 준 경전들이 있습니다. 그 경전들은 모두 비유, 방편, 파자 등으로 봉함되어 있습니다.

그런데 신과 인류와 우주에 대한 모든 의문점들이 사실은 우리가 가지고 있는 종교 경전에 다 들어있습니다. 특히 성서에는 너무나 구체적으로 그 모든 것들이 다 기록되어 있습니다.

본 서를 통하여 이미 과거 수천 년 전에 기록된 경서의 비밀을 적나라하게 밝히면 그 경서들이 사람에 의하여 기록된 것이 아니라 신에 의하여 기록되었다는 확실한 증거를 받을 수가 있을 것입니다. 그것을 증거 하는 것은 의외로 간단할 수가 있습니다.

그것은 바로 몇 천 년 전에 기록된 성서의 예언이 하나도 빠짐없이 모두 기록대로 이루어졌다는 것을 보여주는 일일 것입니다. 그것들을 일일이 증거 한다면 그 사실을 부인할 수 있는 아무 핑계 거리를 찾을 수 없을 것입니다.

또 2천 5백 년 전경부터 기록한 불전에 기록한 예언 곧 '사람이 부처로 성불한다'는 예언이 이 세상에서 실제로 이루어진다면 누구도 그 경전을 거짓이라 할 자가 없을 것입니다.

그 경전이 거짓이 아니라, 사실이란 것은 신의 실존성과 신의 역할을 인정하는 것으로 곧 바로 연결되어 질 것입니다. 뿐만 아니라, 수천 년 전부터 도교 경서에 기록된 '사람이 신선으로 변화한다'는 예언이 실제로 우리가 살고 있는 이 땅에서 이루어져 신선으로 화한 사람들을 우리 눈으로 볼 수 있다면 더 이상 신의 존재를 부정할 사람은 없을 것입니다.

이러한 모든 가능성은 사람의 속성이 만물의 영장이란 사실과 우리들의 마음에는 영혼(靈魂)이라고 말하는 신성이 존재한다는 것으로 추측할 수 있습니다. 영혼(靈魂)의 영(靈)은 곧 신(神)입니다. 사람의 속성은 바로 신이란 사실입니다.

그렇다면 이렇게 신의 속성으로 이루어진 신(神)의 몸이 도대체 어디서 왔을까요? 그런데 이런 신(神)의 출처를 지구상 어디서도 찾을 수가 없습니다. 그런데 종교 경전에는 그 영혼의 출처를 정확히 기록해두고 있습니다. 종교 경전에는 그 분이 창조주이고, 그 분은 영이라고 기록해두었습니다.

그 경전에는 창조주와 인간과의 관계와 시작과 과정과 사건과 문제발생과 문제해결에 관한 사항이 기록되어 있습니다. 인간은 창조주의 성분으로 만들어졌기에 둘은 부자관계로 시작됐다는 것입니다. 그 관계의 시작은 씨로 됐습니다. 그것이 곧 창조주의 씨였습니다. 그 씨로 인간의 정신(精神)이 됐던 것입니다.

그런데 문제가 생겼습니다. 그런 인간에게 뱀으로 별칭한 악령이 자신의 씨로 사람들을 미혹한 것입니다. 그 씨를 받은 것이 인간 세상의 가장 큰 문제거리가 된 것입니다.

그 문제를 해결하기 위하여 창조주께서 경전을 사람들에게 준 것입니다. 그것이 종교의 모체가 된 것입니다. 종교란 해체된 창조신과 인간이 재결합하는 일입니다. 그것은 처음으로의 회복을 의미합니다.

그래서 종교란 신이 창조한 인간과의 관계를 회복하는 것이 그 목적이란 것을 알 수가 있습니다. 정상적인 종교는 신이 인간에게 준 경서를 중심으로 생겨난 것입니다. 따라서 우리는 신의 존재와 우리의 실체를 유일하게 종교 경전을 통하여 찾을 수 있습니다. 그런데 그 종교 경전은 미래에 이룰 일을 미리 기록으로 남긴 것입니다.

그 경전의 필요성은 그 예언대로 이루어질 때, 믿음의 증거로 삼으라고 미리 기록되었다고 기술하고 있습니다. 그런데 애석하게도 그 종교 경전은 그 예언이 예언대로 이루어지기 전까지는 비밀로 봉함한다고 되어 있습니다.

따라서 종교 경전의 비밀을 사람들이 알기를 원하여도 그 예언은 예언대로 이루질 때 비로소 알게 되어 있는 것입니다. 따라서 사람들이 종교 경전을 알 수 있는 때는 예언이 실상으로 이루어질 때인 것입니다. 그렇다면 예언이 실상으로 이루어질 때, 종교 경전의 비밀이 열리고 그 비밀을 열어보면 그 예언을 한 분은 신이란 사실이 증거가 됩니다.

그렇게 되었을 때, 사람들은 신의 존재성과 신에 대하여 풍부한 지식을 가지게 될 것입니다. 그런데 본 저서는 예언이 예언대로 이루어진 것을 증거 하는 책입니다. 따라서 이 책을 통하여 신의 존재성과 신에 대한 지식과 종교 경전의 참 진리를 터득할 수 있게 될 것입니다.

이런 경로로 종교 경전에 대한 지식과 신에 대한 정보를 알기 전까지 사람들은 신을 부정하며 신에 대하여 무지할 수밖에 없을 것입니다.

불교를 믿는 불자들에게 세상에서 사람들이 부처로 성불한 모습을 보이게 된다면, 불교는 진짜였다는 사실을 알게 될 것입니다. 또 불교를 전파한 석가모니도 거짓이 아니라, 진짜였다는 사실을 인정하게 될 것입니다. 뿐만 아니라, 불서에 기록된 내용들도 모두 우연이 아니라, 부처님의 가피로 된 것이란 것을 다 인정할 것입니다.

그래서 영혼을 가진 모든 지구촌 인류는 종교 경전을 알아야 할 필요가 있으며, 그것을 통하여 자신이 진정한 참 사람이 되어갈 수 있습니다. 오늘날 사람들이 종교를 한다고 하나 경전에 관심이 없으면 절대로 그 경지에 도달할 수는 없습니다.

종교 경전을 통하여 자신이 누군지 자신이 어디서 와서 어디로 가게 되는지를 깨닫지 못하면 그런 사람들은 종교를 했다고 하나 결과는 아무것도 얻은 것이 없는 사람과 같습니다. 여기서 깨달음을 위하여 창조주에 대한 우리의 지식을 좀 더 넓혀봅시다.

구약성서 출애굽기 3장 14절에는 창조주 하나님의 이름은 여호와고 그는 스스로 있는 자라고 소개하고 있습니다. 그는 영원 전부터 있던 분이라고도 합니다. 그 분이 영(천사=신)들과 사람과 자연을 창조하셨다고 기록하고 있습니다. 그 분은 유일신으로 창조주입니다.

스스로 계신 분이란 누가 창조한 것이 아니라, 자력(自力)으로 계신 분이란 의미입니다. 유일신(唯一神)의 참 의미는 신이 한 분이란 의미가 아니라, 창조주는 한 분이란 의미입니다. 창세기에는 그 분이 자신의 형상으로 천사들을 창조하셨다고 합니다. 천사도 신입니다. 따라서 신은 수없이 많으나 창조주는 한 분뿐이란 사실을 이해해야 유일신에 대한 오해가 없어집니다.

천사를 한자로 쓰면 천사(天使)이고 이를 해석하면 하느님이 부리는 사자 또는 심부름꾼이란 말입니다. 하느님은 영이시니 모양이나 형상은 없습니다. 그런데 자신의 형상으로 천사를 만들었다는 의미는 무엇일까요?

창조주의 형상은 바로 신(神)입니다. 그리고 신들 중에서도 거룩한 영인 성령(性靈)입니다. 하늘에는 천천만만의 영들이 있다고 하니 하늘에는 많은 신들이 있음을 알려주는 내용입니다. 그러나 신들이 많지만 이들 신은 모두 창조주께서 창조하신 피조 된 신들입니다.

경전의 기록을 빌면 아직 세상에 자연과 사람과 동물과 식물이 없었을 때, 오직 영원 전부터 계신 분은 창조주뿐이었습니다. 창조주께서 처음 창조한 것이 신들이었기 때문에 그 다음 존재하게 된 것도 신들밖에 없다는 사실을 깨달아야 합니다. 그래서 불교에서 색즉시공(色卽是空)이라 합니다.

그리고 천상에는 거룩한 창조주가 계시니 성부(聖父)이고, 그가 자신의 형상으로 첫 신을 낳았으니 성령(聖靈)인 것입니다.

그렇다면 이 시점에서 우주만물의 존재방식에 대하여 한 번 짚고 넘어갈 필요가 있을 것 같습니다. 불교의 반야사상은 색즉시공으로 표현됩니다. 보이는 만물은 모두 사실 공이라고 했습니다. 양자물리학자들도 만물을 파동이라고 주장합니다. 수많은 과학자들이 빅뱅우주론, 홀로그램우주론, 끈이론우주론 등 가상우주론을 주장하고 있습니다.

만물이 공이고, 만물이 파동이고, 만물이 가상이란 것은 만물이 우리가 생각하는 그런 물질로 이루어진 것이 아니란 말입니다. 그런데 우리 감각으로는 만물이 물질로 감지됩니다.

불교 유식학(唯識學) 중에 유식무경(唯識無境)이란 말이 있습니다. 이는 식이 있을 뿐 대상세계는 존재하지 않는다는 말입니다. 그리고 유심론(唯心論)이 있습니다. 유심론이란 그 식(識)은 오직 마음이 만드는 것이란 주장이죠.

이를 종합하면 우리 눈에 보이는 만물은 우리 인간의 의식의 산물이란 것입니다. 우주도 지구도 해도 달도 별도 산도 들도 물도 모두 의식이 만들어낸 허상이란 말이 되죠. 인간에게는 오감이 있습니다. 오감은 전기적 기능으로 만물을 감지합니다.

그리고 오감으로 수용한 만물은 뇌의 해석으로 그것을 물질로 공간으로 시간으로 개념화 합니다. 뇌는 신경으로 이루어졌습니다. 따라서 우리가 감각하고 있는 우주와 해달별과 산과 들과 흙과 물이 사실은 카메라나 컴퓨터 속에 있는 이미지와 같은 것입니다.

인간의 좌뇌와 우뇌는 공간을 감지하고 자신의 신체가 있다는 사실을 느끼게 하는 기능이 있습니다. 그런 좌우뇌가 없으면 공간이 있다는 것도 자신의 자아가 있다는 것도 알 수 없습니다. 뇌가 없으면 우주도 해달별도 산도 들도 흙도 물도 있다는 사실을 알 수 없습니다.

우주나 물질에 대하여 사유하고 연구하고 생각하는 자는 사실

인간 밖에 없습니다. 그렇다면 인간이 없으면 물질의 유무가 확인될 수 없습니다. 존재여부가 확인되지 아니한 것을 있다고 하면 모순입니다.

사이버 세계 속에 있는 만물들은 컴퓨터를 만들 때, 기초이론인 2진법에 의한 숫자 나열에 의해 만들어진 이미지일 뿐입니다. 모든 영상이 전자파로 만들어진 것들입니다. 그 안에 있는 우주 해달별, 산과 들과 흙과 물은 물질로는 실존하지 않습니다.

인간 또는 인간의 뇌도 그 컴퓨터와 다르지 않습니다. 인간이 감지한 외부 물질 공간 시간개념은 모두 전기적 펑션(function)으로 수용된 이미지입니다.

그러나 유식무경이란 말처럼 외부 세계에 물질 공간 시간은 없다고 할 수 있지만 그것을 감지하는 식(識)은 있습니다. 그 식은 인간 안에 있습니다. 인간에게 인식 기능을 담는 그릇은 무엇일까요? 마음? 영혼? 정신?

마음이나 영혼이나 정신은 이름만 다를 뿐 동일한 하나며, 만물을 인식하는 실체라고 할 수 있습니다. 그런데 인간의 육체도 물질로 인식이 됩니다. 그러나 물질은 애초부터 있을 수 없습니다. 그렇다면 인간의 육체도 마음이 만드는 식의 산물이라고 할 수 있을 것입니다. 이러한 측면에서 우주도 물질도 공간도 시간도 애초부터 없던 것으로 이해할 수 있습니다.

오직 있는 것은 마음뿐이죠. 모든 것은 마음이 만든 것 곧 일체유심조(一切唯心造)입니다. 그럼 이 마음은 어디서 온 것일까요?

앞에서 출애굽기 3장 14절에 창조주 하나님을 스스로 계신분이라고 소개했습니다. 그 분은 영이라고 합니다. 창세기 1~2장에는 하나님이 자신의 형상으로 사람을 창조하였다고 기록하고 있습니다.

하나님의 형상은 뭐죠? 영입니다. 따라서 하나님의 형상으로 태어난 인간도 영입니다. 이에 따라서도 육체는 있을 수 없습니다. 그럼 육체도 의식의 산물로 볼 수 있습니다. 그렇다면 우주에 존재하는 것은 물질이라고는 전혀 없고 오직 의식이 있습니다.

그리고 창세기 1장 1절에 하나님이 천지를 창조했다고 합니다. 그 천지도 물질이 아니겠죠? 하나님은 천지만물을 말씀으로 만들었다고 하지요? 따라서 천지만물의 재료는 말씀이죠? 천지만물 중, 우주 해달별 산과 들과 흙과 물이 모두 그 재료가 말씀입니다. 말씀은 물질도 공간도 아니죠?

그러나 말씀으로 만든 것을 우리가 보고 만지며 살아가고 있습니다. 우주도 해달별도 산과 들과 흙과 물도 보고 만지고 이용하고 있습니다. 그러나 만물은 물질이 아니라 말씀을 재료로 만든 것입니다. 그러니 만물은 공이고 파동이고 허상이지요. 우리는 다만 그것을 의식으로 감지하고 있답니다.

그렇다면 우주에 실상으로 존재하는 것은 오직 식뿐인데, 식을 만드는 것은 인간의 마음이며, 인간의 마음은 하나님의 형상으로 만들어진 것입니다. 그럼 인간의 마음의 모체는 하나님이고, 하나님이 만물의 바탕입니다.

그렇다면 인간 세상에서 답은 영에서 찾지 않으면 안 된다는 결론을 얻을 수 있습니다. 그리고 영의 근원은 하나님입니다. 물질이 아닌 것으로 된 우주와 지구 속에서 우리가 궁극적으로 추구해야 할 일이 이렇게 나타납니다. 우리 인간의 삶이 무엇이 잘 못됐습니까?

인간 세상은 영의 바탕 위에서 진행되고 있습니다. 인간 세상에는 공간도 물질도 없습니다. 그런데 우리는 물질에 온 정신을 쏟으면서 살고 있습니다. 전쟁, 살인, 강도, 지진, 태풍, 해일, 화산 폭발, 전염병…, 어떻게 살아가야 되며, 어떻게 해결해야 할까요?

그런데 영의 모체는 하나님입니다. 하나님은 사랑이시고, 용서이시고, 화평이신데 인간 세상은 왜 그 반대인 미움과 전쟁으로 치닫고 천재지변으로 몸살을 앓고 있을까요?

거기에는 이유가 있습니다. 종교가 필요하게 된 이유가 여기에 있습니다. 마귀가 인간세계에 출현한 것입니다. 이사야 14장 12절 이하에는 창조주의 피조물인 천사의 반역 사건을 기록하고 있습니다. 피조물인 천사장이 욕심으로 타락한 천사가 되었습니다. 그 이름이 루시퍼고 용입니다.

창세기에 악령이 인간 세상에 침투하여 들어왔습니다. 그리고 인간 세상을 주관하던 하나님은 인간 세상을 떠나게 되었습니다. 그 이유로 인간 세상에 종교가 생기게 되었습니다.

인간 세상은 영이신 하나님의 창조로 시작되었습니다. 하나님의 형상으로 사람을 만들었습니다. 하나님은 말씀으로 천지와 우주만물을 창조하였습니다. 천지만물의 재료는 말씀입니다. 그 말씀으로 만든 천지만물은 우리의 영혼으로 식으로 감지됩니다.

그러니 천지만물은 물질일 수 없습니다. 그런 비물질 속에 사람들은 살아가고 있습니다. 그 바탕에는 하나님의 말씀이 있고, 사람의 의식이 있습니다. 그 위에 마귀가 개입하여 들어왔습니다.

따라서 인간 세상에 존재한 것은 오직 하나님이었으나 떠나시고, 악령의 왕인 용왕과 그 수하들이 있습니다.

이 세상은 용에 의하여 돌아가고 있습니다. 하나님도 용도 형체가 없습니다. 하나님도 용도 물질과 공간이 아닙니다. 따라서 우리가 살고 있는 세상은 한 평의 공간도 없고, 한 줌의 흙도 없는 말씀으로 이루어진 의식의 세계입니다. 그 말씀은 컴퓨터의 프로그램과 같습니다. 그 프로그램 속에서 인간 세상이 영유되고 있습니다.

그러나 그 의식세계는 너무나 광활하고 높고, 깊으며 섬세합니다. 그 의식세계는 사고, 기억, 운동, 스토리, 사건, 사고, 물질, 공간, 시간을 만들어냅니다. 이 열쇠를 가지고 인간 세상의 모든 것을 해부할 수 있습니다.

인간 세상의 불행과 모든 문제는 우주와 인간의 실체를 파악하므로 해결의 실마리가 풀릴 것입니다. 인간 세상이 이렇게 존재하고 있으니 계시록과 법화경에서 예언한 일들이 실현가능한 것입니다. 모든 것은 마음에서 영혼에서 정신에서 이루어지고 있습니다.

그렇다면 우주, 천지만물을 이렇게 정리할 수 있을 것입니다. 우주도 천지만물도 실존하는 것이 아니라, 인간의 의식만 실존합니다. 인간의 의식은 마음 영혼 정신에 의하여 작용합니다. 인간의 마음 영혼 정신은 창조주의 마음, 창조주의 영혼, 창조주의 정신에서 만들어졌습니다.

그 세계에 용이란 신이 개입되었습니다. 그로 말미암아 창조주는 인간세상을 떠났습니다. 따라서 인간이 살고 있는 천지의 현실은 이러합니다. 지금 우리들이 자각하고 살아가고 있는 우주는 용이 송출하는 의식세계입니다.

법화경과 계시록에서 목적하는 바는 용을 몰아내고 창조주가 다시 인간 세상에 돌아오는 일입니다. 돌아오면 처음처럼 질서를 되찾게 됩니다.

비로소 창조주가 우리들에게 의식을 송출하게 됩니다. 용이 송출하던 세계와는 완전히 다릅니다. 용이 송출한 세계는 지옥이고, 앞으로 창조주가 송출할 세계는 극락 천국입니다. 이것은 진리입니다.

이 진리를 믿지 못하는 것은 용의 의식과 지식에 사로잡혀 있기 때문입니다. 그러나 이것을 믿는 사람들은 비록 용의 의식 속에서 살지만 창조주의 의식을 바라고 기다리는 심령이기 때문일 것입니다.

그래서 인간 세상에 종교가 생겼고 종교의 목적은 상술한 이유 때문입니다. 종교(宗敎)란 한자의 뜻처럼 하늘의 것 곧 하나님을 보여주고 가르쳐야 된다는 것이고, 영어의 리리젼(religion) 역시 하나님과의 끊어진 관계를 다시 잇는 것이 종교의 근본 목적이란 것입니다.

하나님과의 끊어진 것을 다시 잇게 되면 다시 인류는 성령으로 거듭나게 되고, 그것을 다시 불교식으로 말하면 부처로 성불을 이루게 되는 것입니다. 그렇게 될 날이 우리 인간 세상에 있음을 약속하고 예언한 것이 종교 경서입니다.

그렇다면 그렇게 될 때는 순리가 있고 순서가 있다는 것입니다. 다시 하나님과의 끊어진 관계를 잇는 일을 하려면 먼저 세상에서 그 일을 할 사람이 먼저 출현해야 합니다.

태초에는 사람이 태어날 때, 그 영이 성령이었습니다. 사람이 물질과 육체의 개념을 가지게 된 것은 창세기 6장 3절부터입니다. 그전에 사람은 신으로 존재하였습니다. 시편 82편에 잘 나와 있습니다.

그래서 종교의 목적은 다시 성령으로 또는 신으로 돌아가는 일입니다. 요한복음 10장 35절에는 말씀을 받게 되면 사람이 신으로 되돌아 갈 수 있다고 기록하고 있습니다. 이 말씀은 일반 말씀이 아닙니다.

인간의 마음의 본체인 창조주가 세상에 와야 그 말씀이 나옵니다. 그러나 아직 인간은 육체 가진 사람입니다. 그런데 창조주는 육체가 없는 영체입니다. 그래서 창조주는 한 육체를 택하여 인간 세상에 오게 되는 것입니다.

경서에서 예언한 천택지인(天擇之人)이 바로 그입니다. 천택지인이라 함은 '하나님이 택한 사람'이란 의미입니다. 그 사람이 성서에도 불서에도 격암유록에도 도경에도 유경에도 예언되어 있습니다.

성서에는 그를 '이기는 자'라 했으며, 이기는 자가 이긴 대상은 용이라고 기술하고 있습니다. 용은 악령의 왕을 의미하고 이겼다는 의미는 인간세상을 운행하며, 인간에게 질병과 이별과 죽음을 가져다 준 원흉이 악령이란 사실을 깨닫는 것이고, 그 비밀을 다 알아버린 것입니다.

불서에는 그를 미륵부처라고 하였으며, 미륵부처는 마왕을 이긴 후에 미륵보살에서 미륵부처로 성불하게 된다고 기록되어 있습니다.

격암유록에서는 그를 정도령(正道令)이라고 예언하였으며, 그 역할명(役割名)으로는 십승자(十勝者)라고 기록하여 두었습니다. 십승자(十勝者)란 십자가의 진리로 용을 이긴 사람이라고 정의하고 있습니다. 유경과 도경에도 그를 대 두목, 대 선생, 대 성인 등으로 기록하여 두었습니다.

그러나 각 경서에 예언된 천택지인은 각각 그 이름은 다르나 나타나면 동일인으로 등장하게 됩니다. 즉 미륵부처가 곧 정도령이요, 정도령이 곧 이긴 자요, 대 성인이요, 대 두목이요, 대 선생이라는 것입니다.

그가 출현하는 과정에는 어떤 일이 생길까요? 먼저 그는 약속된 장소에 나타나 용(실체 있음)을 이기고, 이긴 일로 말미암아 그의 육체의 내면에 내재되어 있는 악령이 그 몸을 떠나게 됩니다. 그 몸에서 악령이 떠나니 그 몸은 빈 집이 되었습니다.

그 빈 육체 속에 하나님의 영이 임하여 들어가게 됩니다. 이로써 그에게는 하나님의 영이 임하게 되니, 그가 있는 그곳에 결국 하나님이 오신 것입니다. 그리고 그의 말씀을 사람들이 듣게 되면 사람이 성령으로 거듭나는바, 곧 신이 되는 사람입니다.

계시록이란 책의 뜻이 열어서 보인다는 의미였죠? 위에서 설명한 극비사항을 알고 있는 분은 우주의 주인이신 하나님밖에 없었습니다. 그 분이 천택지인의 육체 안에 오셨어, 그 비밀의 문을 활짝 열어 보이는 내용이 곧 계시록입니다.

이 천택지인에게는 창조주가 들어계시니 이 분의 내면은 다른 사람들이 보지 못하는 성령의 세계를 다 볼 수 있게 됩니다. 한 사람 한 사람 이 분의 씨를 받아 성령으로 거듭나게 되니 이들이 곧 성불한 부처들이 됩니다. 이들에게 표출되는 우주법계는 진제(眞諦)의 세계로 이전 우주와 달라지고, 이 달라진 세계가 곧 극락 세계입니다.

이렇게 회복(回復), 광복(光復), 성불(成佛), 부활(復活)된 사람이 종교의 목적대로 출현하게 됩니다. 이는 태초에 창조주로부터 태어난 근본의 사람으로 원시반본(原始反本)된 사람입니다. 이렇게 재창조된 첫 사람이 창세기에서 하나님의 형상으로 창조하였다는 근본 사람의 실상입니다.

이 첫 사람이 12제자를 택하여 이 진리를 전하게 됩니다. 또 제자를 세우고 가르쳐서 지상에 하늘나라를 세웁니다. 12제자는 또 각각 1만 2천 씩을 택하여 세상 사람들을 진리로 가르칩니다. 이들이 또 세상 만민들을 진리로 가르쳐 사람들을 깨닫게 하여 성불하게 하고 부활되게 하고 신선이 되게 합니다.

그 나라를 이름하여 불서에는 시두말대성이라고 예언하였고, 성서에는 새 하늘 새 땅으로 예언하였고, 도교에서는 무릉도원이라 예언하였던 것입니다. 이곳에는 아픈 것도 곡하는 것도 이별도 죽음도 없으므로 극도로 즐거운 곳이라 하여 극락(極樂)이라고 하였고, 이곳은 하늘의 신들이 내려온 곳이라고 천국(天國)이라고 사람들이 염원하여왔던 것입니다.

이것은 종교의 목적이 이루어진 때의 나라와 사람들의 형편입니다. 인류는 처음 이렇게 성령으로 시작된 나라의 백성들이었습니다. 처음 이렇게 성령으로 탄생된 인류가 오늘날에 와서는 변질되어 깨어졌으니 종교는 그 회복을 위하여 이렇게 필요하게 되었던 것입니다.

따라서 유불선 및 세계 종교는 오늘날까지 잘 못된 길을 걸어오고 있었던 것입니다. 불교는 부처가 되는 길을 걷는 길이 바른 길이고, 기독교는 하나님의 형상으로 재창조되는 부활의 길을 걷는 것이 바른 길이고, 유교나 도교 역시 성인(聖人)이나 신선(神仙) 되는 길을 가는 것이 바른 길임에도 모든 종교가 정도를 잃어버리고 아전인수만 일삼고 있었습니다.

종교란 인류의 모든 사람들이 거룩한 사람 곧 성인(聖人)이 되는 것이 목적입니다. 이 때 성인의 정의는 한자 뜻 그대로 '거룩한 사람'입니다. 그리고 또 거룩한 사람의 정의는 거룩한 영인 성령으로 재창조 된 사람입니다.

여기서 말하는 성령의 개념은 모호하고 추상적인 것을 의미함이 아니라, 아날로그에서 디지털로의 변환처럼 확고하고 명시적이고 실질적인 것입니다. 이 회복은 인류가 처음 창조된 원형으로 돌아가는 것이고 처음의 상태로 원상 복구되는 것입니다.

옛날 어느 날 창조주께서 창조하신 신들 중에 배도로 말미암은 신들은 성령의 나라에서 쫓겨나 악령들이 되었습니다. 창조주께서 창조한 영들은 영원한 생명의 신들로서 죽음과는 관계가 없는 신들입니다. 그러나 악령은 자신을 창조하신 창조주를 배반한 영으로 언젠가는 없어져야 할 신들입니다. 잘 못된 것으로 변질되었으니 언젠가는 없어져야할 존재들인 것이죠.

그리고 그것은 엄격히 그것들을 창조한 창조주의 소관인 것입니다. 창조한 것이 잘 못 되어 그것을 개혁하고 심판하겠다는 내용이 창조주께서 기록케 한 경전의 주제들입니다.

창조주의 형상으로 지은 천사들이 배반한 나머지 신의 세계는 선과 악의 세계로 나누어졌으며, 성자로 시작된 인간세상에서도 처음은 성령으로 된 사람들만 있었으나 인간 역시 욕심이 생기면서 죄를 낳고 죄가 장성한즉 죽음이 있게 된 것입니다.

따라서 인간에게 죽음이 온 계기는 배도로 말미암고, 배도의 결과는 성령에서 악령으로 악화된 것입니다. 악령은 곧 죽음의 영이니까 인간의 육체 속에 들어있는 신이 죽음의 인자를 가지고 있으므로 사람도 나이가 들면 늙고 병들어 죽게 되었던 것입니다. 인간이 죽게 된 원인은 전적으로 악령에 의하여 생겨진 것입니다.

따라서 신이 죽는다 함은 있을 수 없는 일입니다만, 참신 즉 유일신이신 창조주께서 창조하신 성신 성령이 죽는 것이 아니라, 변질된 악신 악령이 본질상 신의 속성에서 떠나므로 죽게 된 것입니다. 따라서 악령이나 악신의 근본은 신이었으나 신의 본성을 잃어버리므로 신이 가지는 영원성도 함께 잃어버린 것입니다.

인간에게 죽음이 없는 날을 기록한 것은 종교 경전이고 그 결론을 기록한 것이 바로 요한계시록과 법화경입니다. 또 죽음이 없는 인간을 재창조하는 것이 요한계시록의 목적이고, 법화경에 나오는 사람의 성불 사건입니다.

결국 인간에게 늙고 병들고 죽음이 없는 세계를 재구축하는 것이 종교의 목적입니다. 인간에게서 죽음을 없애는 첩경은 인간이 죽게 된 원인을 찾는 것입니다. 인간이 죽게 된 원인은 욕심이었고, 욕심으로 말미암아 인간에게 죄가 오게 되었는데 죄의 결과는 우리의 영혼이 성령에서 악령으로 악화된 것입니다.

악령의 유전자는 죽음입니다. 왜냐하면 악령은 정상세포가 아니라, 변질된 세포 같은 존재이기 때문입니다. 따라서 인간이 죽음에서 해탈되고 구원이 되려면 자신 안의 영으로 기생하는 악령을 쫓아내어야 합니다. 악령도 곧 체(體)가 없는 신입니다. 인간이 신을 죽이거나 이기려고 하면 총이나 칼이 필요한 것이 아니라, 깨달음입니다. 인간을 깨닫게 할 수 있는 것은 진리밖에 없습니다.

진리는 종교 경전에 기록되어 있습니다. 종교 경전에는 성령으로의 부활, 부처로의 성불, 신선이나 성인으로 변화 받을 수 있는 방법과 시기와 상황을 설명하고 있습니다. 다 똑 같은 것을 다른 식으로 표현했을 뿐입니다. 따라서 모든 인류는 이 길을 통하여 인간성이 회복되어야 합니다.

그래서 기독교와 불교와 이슬람교와 자이나교와 유교와 도교와 세계 종교가 서로 원수가 되어 싸울 것이 아니라, 서로 합하여져 각각의 경전들을 내어놓고 그 중에 진리를 발췌하고 정리하여 깨닫는 것이 옳은 길일 것입니다. 서로 협력하여 자신 속에서 자신을 죽이고 있는 악령을 잡아야할 시간에 아군끼리 서로 대항하고 대적하고 있으니 그것을 누가 좋아하겠습니까?

종교라는 허울만 가지고 악행을 하는 동안 마(魔)의 세계는 나날이 발전하여 세상 속에서 자신의 자리를 넓혀가고 있습니다. 이것은 마치 적군인 일본군과 싸워야 할 조선왕실이 신하들끼리 당파를 짓고 서로 싸우다가 나라를 잃어버린 경우와도 흡사한 상황이 아니겠습니까?

악령은 죽음과 어두움과 무지의 영입니다. 그리고 성령은 생명과 빛과 진리의 영입니다. 사람들에게는 누구나 영이 있습니다. 성서의 목적은 한 마디로 악령을 가진 사람들이 성령을 가진 사람으로 변화 받는 것이라고 할 수 있습니다. 그것이 성서의 최종목적입니다.

그래서 이런 이야기를 통하여 모든 인생들의 현주소는 악령의 사람이고, 미래에는 성령의 사람으로 탈겁중생(脫劫重生) 되어야 한다는 것을 알 수가 있습니다. 악령의 사람의 특징 중에 하나가 무지입니다. 성령의 사람 중의 특징 하나가 진리입니다.

그래서 불교에서 깨달은 자란 의미의 '부처'는 '진리의 영'을 지칭하고 있음을 알 수가 있습니다. 사람이 부처가 된다는 말은 사람 안에 거하던 영이 깨달아 진리의 영으로 다시 새롭게 되는 상태를 의미함을 알 수가 있습니다.

결론적으로 말씀드리면 부처가 된 사람에 대한 정의는 자신의 영이 진리의 영인 성령으로 다시 지음 받은 사람이라고 정의를 내릴 수가 있을 것입니다. 그리고 그 진리의 영의 본체는 법신불 부처님(창조주)입니다.

그래서 사람들은 법신불 부처님이 주시는 진리를 듣고 깨달을 수가 있고 깨달은 결과는 자신 안에 거하는 영이 성령으로 새롭게 변화 받게 됩니다. 그래서 그 깨달음을 주시는 법신불 부처님을 주체적 능동적인 부처님이라고 표현할 수가 있을 것입니다. 반면에 법신불 부처님에 의하여 깨달음을 얻어 부처가 되는 자들을 객체적 또는 피동적 부처들이라고 표현할 수 있을 것입니다.

석가모니께서는 분명 약 2천 5백여 년 전에 새 세상을 약속하셨습니다. 그것은 석가모니께서 법신불 부처님께 받은 내용입니다. 그 세상이 바로 극락(極樂)입니다. 그런데 그 극락은 그때 이루어지는 것이 아니라, 미래세에 이루어진다고 하였습니다.

미래세에 이루어지기 때문에 그것을 석존께서 수기로 주신 것입니다. 수기는 예언으로 미래의 어느 날에 이룰 일입니다. 그런데 불행하게도 오늘날 석가모니께서 예언하신 극락에 대하여 가르쳐 주는 스승이 없습니다. 그것이 문제인 것입니다.

그럼 극락이 언제 온다는 것을 누가 알 수 있겠습니까? 그것을 전해야할 사명을 가진 사람들이 바로 법사(法師)들입니다. 법사들은 그것을 전하는 것이 임무입니다.

그런데 그 법사들이 전해야할 극락에 대하여 기록된 예언의 책이 바로 법화경이고 구체적으로는 본 장의 제목인 법사품인 것입니다. 그래서 법사들은 모름지기 법화경의 의미를 알고 그것을 중생들에게 전해야 하는 것입니다. 왜냐하면 법화경이 그것에 관하여 약속된 책이기 때문입니다.

그렇다면 법화경의 주제는 무엇일까요? 법화경이란 책명에 그 답이 있습니다. 법화경은 묘법연화경(妙法蓮華經)의 줄임말입니다. 묘법이란 일반적이 아니라 아주 묘한 법이란 말입니다. 묘한 법이란 사람이 상상하고 고정 관념적으로 생각하는 그런 상식의 선을 넘는다는 말입니다.

그리고 연화경은 연꽃이 피는 이치 속에서 그 법을 발견할 수 있다는 힌트의 책명입니다. 한 마디로 '연꽃이 피는 속성처럼 사람도 부처로 성불하게 된다'는 의미입니다.

결국 묘법연화경이란 칭호는 때가 되면 중생들의 성불이 시작되는데 사람들이 상상하는 그런 식으로 성불이 이루어지는 것이 아니라, 전혀 다른 방법으로 성불이 진행된다는 말을 내포하고 있습니다.

그리고 연은 탁하고 더러운 곳에서 자랍니다. 그러나 그 연이 성장하여서 아름답고 우아하고 탐스러운 꽃으로 피어납니다. 세상에는 두 종류의 세계가 존재할 수가 있습니다.

하나는 사바세상이고 또 하나는 극락세상입니다. 사바세상에서 사는 사람들을 중생(衆生)이라고 합니다. 그러나 극락 세상에는 중생들은 하나도 없습니다. 극락 세상에는 부처로 성불한 사람들만으로 구성되는 세상입니다.

세상의 주인공은 만물의 영장이라 일컫는 사람입니다. 사바세상과 극락세상의 차이는 중생들이 사는 세상이냐 부처로 성불한 부처들이 사는 세상이냐에 따라서 나누어집니다.

묘법연화경이란 이름의 섭리는 연이 탁한 물에서 연꽃으로 피어나는 이치대로 부처의 출현도 오탁(五濁)으로 흐려진 사바세상에서 출현하게 된다는 이치를 암시한 책명입니다.

문제는 지금이 어떤 시대냐는 것입니다. 지금이 바로 오탁악세가 아닐까요? 법화경이 왜 중요하냐 하면 법화경은 사람이 부처되는 내용을 예언한 장이기 때문입니다. 법화경에서 제일 핵심은 일불승입니다.

일불승이란 오직 부처로의 성불을 의미합니다. 따라서 법화경의 핵심은 첫째도 성불(成佛)이고, 둘째도 성불이고, 셋째도 성불입니다. 법화경에서 부처로 성불하는 것을 빼면 무의미한 것입니다. 만약 사람이 부처로 성불하는 일이 없다면 법화경의 예언은 무의미하고 부처로 성불하는 일이 없다면 극락(極樂)도 존재할 수 없습니다.

때가 되면 사바세상의 중생들이 분명히 부처로 성불하게 됩니다. 모두 성불하게 되면 그 나라의 이름을 불국토라고 합니다. 불국토가 된 세상을 다른 말로 극락이라고 합니다. 극락은 부처로 성불한 사람만 들어갈 수 있습니다.

사람에게 고통이 있는 이유는 탐진치와 번뇌 때문입니다. 사람이 부처로 성불하면 탐진치와 번뇌가 없어집니다. 그런 부처들이 사는 곳이 극락, 불국정토입니다. 그것을 시대적으로 표현하면 내세(來世)입니다. 내세(來世)란 현세 후에 임하는 세상입니다. 내세를 달리 후천 시대라고도 합니다. 불국토에는 부처들만의 세상이므로 거짓이 없고 나고 늙고 병들고 죽고 이별하는 일이 없습니다.

그리고 그곳에는 죄와 더러움이 없으니 그곳을 불국정토(佛國淨土)라고도 합니다. 생로병사가 없고 죄와 더러움과 이별이 없으니 평화의 나라입니다. 그곳에는 번뇌도 근심도 없습니다. 그래서 그곳을 극도로 즐거운 곳이라고 극락(極樂)이라고 이름 한 것입니다.

세상에는 많은 종교들이 있습니다. 그 종교의 목적은 한결 같이 극락입니다. 기독교에서는 극락을 천국이라고 합니다. 기독교의 경전은 신구약 66권으로 이루어졌습니다. 그 66권 중에 천국을 목적으로 기록된 책이 요한계시록이란 책입니다. 이 책은 불교의 법화경과 같은 목적으로 기록되었습니다.

요한계시록은 천국의 설계도입니다. 요한계시록의 주제는 사람의 영이 성령으로 재창조 되는 것입니다. 성령의 사람으로 재창조된 사람을 빛의 자녀 또는 하나님의 아들이라고 합니다.

그리고 빛의 자녀를 해석하면 '깨달은 자녀'란 의미입니다. 깨달은 자를 불교식으로 표현하면 '부처'입니다. 그리고 기독교의 하나님을 성부(聖父)라고도 합니다. 성부(聖父)란 '거룩한 아버지'란 뜻입니다.

성부는 육체가 없는 영입니다. 성부는 거룩한 아버지란 뜻입니다. 사람도 거룩하게 되면 거룩한 분의 아들이 될 수 있습니다. 사람이 무엇으로 거룩하게 될 수 있습니까? 진리로 거룩하게 될 수 있습니다. 진리로 거룩하게 된다는 말은 결국 깨닫는 자가 된다는 것입니다. 깨닫는 자는 결국 불교 언어로 부처가 된다는 말입니다.

영에는 악령과 성령이 있습니다. 성부는 거룩한 영인 성령의 실체입니다. 그것은 성령의 원본(原本)입니다. 하늘에는 원본성령에서 파생된 복사본 성령들이 많습니다.

그들을 때로는 천사(天使)라고도 합니다. 그 천사들은 성령이므로 모두 진리의 영입니다. 진리의 영을 불교식으로 표현하면 부처입니다. 천사들을 불교식으로 말하면 보신불(報身佛) 부처들이라고 할 수 있습니다.

이로서 빛의 자녀가 곧 부처님의 아들임을 알 수 있습니다. 성경의 목적이 빛의 자녀가 되는 것입니다. 불경의 목적 또한 빛의 자녀인 부처가 되는 것이고, 사람이 부처가 될 때 비로소 부처님과 같은 유전자인 부처님의 아들이 될 수 있습니다.

그러니 천상에도 부처님들이 많이 있다는 결론입니다. 천상에 부처님의 세상을 무어라고 하겠습니까? 극락입니다. 그런데 그 부처님들은 성령들입니다. 그 성령들의 나라를 기독교에서는 천국이라고 합니다.

그런데 법화경과 요한계시록의 예언이 이루어지면 그 성령들 곧 부처들이 지상의 사람들의 육체에 임하게 됩니다. 영들은 남자로서 신랑이 되고 육체들은 여자로서 신부가 됩니다. 둘이 서로 결혼(結魂)[32]을 하니 영혼과 육체의 결혼이 되는 것입니다.

이로서 천상의 나라가 이 땅에 내려와 함께 하니 지상이 천국이 되는 것이고 천상의 부처들이 사람에게 임하여 사람이 성불을 하게 되니 또한 이곳이 불국토요, 극락이 되는 것입니다. 비로소 지상은 성령으로 거듭난 사람들이 사는 천국이요, 극락이 되는 것입니다.

천국은 하늘나라란 뜻이고 하늘나라의 정의는 '하나님이 계신 곳'입니다. 하나님이 계신 천국에는 성령들만 살고 있습니다. 그 성령들이 세상에 사는 사람에게 임하게 되어 육체와 성령과 함께 된 사람들을 성서에서는 '성령으로 거듭난 사람'이라고 합니다. 요한계시록에는 사람들에게 성령이 임하여 성령의 사람으로 거듭나는 일을 기록한 설계도입니다.

그 예언이 실상으로 이루어지면 세상의 사람들에게 성령이 임하게 되고 그러므로 성부와 성령과 성자가 지상에서 함께 있게

---

32) 이사야서 62장 4-5절: 다시는 너를 버리운 자라 칭하지 아니하며 다시는 네 땅을 황무지라 칭하지 아니하고 오직 너를 헵시바라 하며 네 땅을 뿔라라 하리니 이는 여호와께서 너를 기뻐하실 것이며 네 땅이 결혼한 바가 될 것임이라 마치 청년이 처녀와 결혼함 같이 네 아들들이 너를 취하겠고 신랑이 신부를 기뻐함 같이 네 하나님이 너를 기뻐하시리라

됩니다. 성부는 할아버지의 개념으로 설명할 수 있고, 성령은 아들, 성자는 그 성령이 함께 한 사람으로 손자의 개념으로 설명될 수 있을 것입니다. 결국 하나님의 세계가 지상세계에 내려오셔서 사람들과 함께 하게 되니 지상세계가 천국이 되는 것입니다.

태호복희는 천신으로부터 이상을 받아 주역의 기초를 세웠고 공자는 이것을 탐닉하였으며 이것이 유교의 근본이 되었습니다. 유교의 결론은 지상의 사람들이 성인으로 변하는 것입니다.

성인(聖人)을 직역하면 '거룩한 사람'입니다. 거룩한 사람이란 말의 정의는 '거룩한 성령이 임한 사람'입니다. 성령이 임한 사람들이 사는 곳을 도교에서 삼신산, 무릉도원이라고 합니다. 이것에 대한 기록이 도교입니다.

도교의 노자도 천상에서 천신으로부터 이상으로 받아 도교를 창설하였으며 도교의 결론은 신선(神仙)입니다. 신선을 해석하면 사람이 정도 곧 진리를 가지게 되니 신(神)이 된다는 말입니다. 성서에는 말씀을 가진 자를 신이라고 한답니다.[33] 신이 된 사람들이 사는 곳을 또 천국, 낙원이라고 하였습니다.

도교 경전에는 불로초가 있습니다. 불로초란 장생불로의 약입니다. 그런데 사람이 이 모습으로 장생불로 할 수가 없습니다. 그러나 신선이 되면 비로소 장생불로 하게 됩니다. 신선이 되려면 최초로 신선이 된 사람이 먼저 나와야 합니다. 미륵과 예수와 정도령은 화신불 또는 임마누엘이라고 했습니다.

그 안에는 창조주가 거하게 된다고 하였습니다. 창조주는 인간의 영혼을 만든 자입니다. 그가 주는 말이 곧 정법, 정도, 진리입니

---

33) 요한복음 10장 35절

다. 이 진리로 사람이 거룩해집니다. 따라서 미륵 예수 정도령이가 곧 최초의 신선입니다. 그리고 그가 주는 진리가 불로초입니다. 그 불로초를 들어먹으면 사람들은 비로소 장생불로하게 됩니다.

예수는 자신이 진리요, 빛이요, 생명이라고 했습니다. 그가 마지막에 인간에게 영생을 준다고 요한복음 6장 40절에서 약속을 합니다.

"내 아버지의 뜻은 아들을 보고 믿는 자마다 영생을 얻는 이것이니 마지막 날에 내가 이를 다시 살리리라 하시니라"

사람에게 죽음을 주는 나무가 성경에 나옵니다. 선악과입니다. 사람에게 생명을 주는 나무가 나오니 생명나무 과실입니다. 예수를 참포도나무로 비유하였습니다. 예수는 사람에게 생명을 주니 생명나무라고 할 수 있고, 이 때 예수의 말이 생명을 주는 생명나무 실과입니다.

이에 반하여 생명을 주는 예수를 십자가 지게 한 유대 목자들은 사망을 주었으니 그들이 곧 성서에 기록한 선악나무들이고 그들이 진리라고 말한 그 말이 곧 선악과임이 이렇게 드러나게 됩니다.

동양의 도교에서는 이 생명실과를 풀로 비유하여 불로초라고 했던 것입니다. 그리고 보니 불로초는 아무 때나 나오는 것이 아니라, 마지막 때 나옴을 알게 됩니다. 마지막 때, 예수 미륵 정도령이란 별칭을 가진 천택지인이 세상에 출현합니다. 따라서 불로장생하는 불로초도 마땅히 마지막 때 나오게 됩니다. 진시황은 불로초를 잘못알고 중금속 중독으로 조기 사망했습니다.

불교는 자신이 깨달아 부처되는 것이라고 가르칩니다. 사람이 부처가 되려면 깨달아야 합니다. 깨닫는 도구는 정법(正法)입니다. 정법이 곧 불로초입니다. 최고의 정법을 아뇩다라삼먁삼보리라고 합니다. 사람들이 아뇩다라삼먁삼보리를 깨달아 부처가 될 수 있습니다. 부처는 곧 성령으로 거듭난 사람입니다. 부처는 곧 신선이며 신입니다.

불교는 부처되는 것이 목적이고, 도교 유교는 신선 성인이 되는 것이 목적이고 기독교는 성령의 사람 곧 신이 되는 것이 목적입니다. 기독교의 원류를 서방으로 분류한다면 불교는 동방 인도입니다. 도교와 유교도 동방 중국과 한국과 일본 등입니다.

서방의 대표적 신서(神書)가 성경이라면 성경의 예언이 실상으로 이루어지는 결과를 기록한 책은 무슨 책일까요?

요한계시록입니다. 유교 도교의 예언이 최종적으로 이루어지는 데 대한 내용을 구체적으로 기록해둔 책을 무엇일까요?

왕필이 조합하여 정리한 왕필본 5천 3백여 글자를 도경 5천 3백여 권이라고 하고, 이후 초나라 무덤에서 발굴된 초간노자는 바로 신선이 되는 길을 제시하고 있습니다. 신선이 되면 장자 7편과 역경 건곤감리 원형이정에서 64괘를 완성할 것입니다. 역경을 통달하면 공맹 왕필까지 격물치지성의 정심으로 신선 세계법을 통달할 것입니다.

그 결론을 기록한 것이 한국의 동양의 성서 격암유록이나 중국의 추배도 같은 예언서입니다. 불교의 최종 목적을 이루는 극락이 실상으로 이루어지는 책은 무슨 책일까요? 그것이 바로 법화경입니다.

그렇다면 요한계시록과 동양의 성서 격암유록과 추배도와 법화경은 서로 공통의 목적을 가진 동일한 내용으로 기록되어 있는가요?

그렇습니다. 요한계시록은 천국 설계도입니다. 동양의 성서 격암유록 및 추배도는 무릉도원으로 가는 설계도입니다. 법화경은 극락 가는 설계도입니다. 이름이 다른 각각의 설계도를 따라 목적지에 당도하게 되면 그 곳은 희한하게 같은 동일한 장소입니다.

법사품은 법화경의 보살행을 안내하는 지도서입니다. 유불선 삼도가 하나로 통일 되어 나타날 때, 그것을 전하여 세계가 하나 되도록 행동하는 사명을 가진 자들이 법사들이고 보살들이란 말입니다.

이것이 참으로 묘한 법이란 뜻을 가진 법화경의 실체랍니다. 그때 세존께서는 약왕보살로 인하여 8만 대사들에게 말씀하셨다.

"약왕아, 너는 이 대중 가운데 한량없는 여러 하늘 용왕 야차 건달바 아수라 가루라 긴나라 마후라가 사람인 듯 아닌 듯 한 것들 비구 비구니 우바새 성문을 구하는 이나 벽지불을 구하는 이나 불도 구하는 이를 다 보느냐. 이러한 무리들이 모두 부처님 앞에 나아가 『묘법연화경』의 한 게송이나 한 귀절을 듣고 일념으로 따라 기뻐하는 이에게 내가 모두 수기를 주어 아뇩다라삼먁삼보리를 얻게 하리라."[동국대 역경원 법화경 219쪽]

이 대중 가운데 한량없는 여러 하늘 용왕 야차 건달바 아수라 가루라 긴나라 마후라가 사람인 듯 아닌듯한 것들은 모두 신장(神將)들의 이름입니다.

부처님이 설법하는 대상들은 비구 비구니 우바새 우바이로서 사람의 육체들입니다. 그런데 반하여 하늘 용왕 야차 건달바 아수라 가루라 긴나라 마후라가 사람인 듯 아닌듯한 것들은 모두 신들입니다.

그래서 이 광경을 통하여 부처님이 설법하는 곳에는 신들도 참여하고 있음을 깨달을 수가 있습니다. 그러나 범민의 눈으로는 신을 볼 수가 없습니다. 그러나 부처님의 마음으로 보면 그곳에 신들이 참여하여 있음을 감지할 수 있습니다. 그러면 그 신들은 어떤 모습으로 어디에 있을까요?

희한한 일처럼 느끼겠지만 그 신들은 그곳에 참여한 육체들인 비구 비구니 우바새 우바이의 육체에 들어가 영적인 역할을 하고 있습니다. 앞에서 빙의(憑依) 현상에 대하여 설명한 바 있습니다만, 사람의 육체는 신의 집입니다.

살아 있는 사람에게는 영(靈)과 혼(魂)이 있습니다. 혼은 인간과 동물에게 있는 생명의 근본 된 존재이며 혼은 살아있는 인간의 몸에 고착(固着) 되어 있고 한 종류뿐이며 이성(理性)이 없습니다.

그러나 영(靈)은 인간에게만 있는 존재며 영은 인간의 몸을 떠날 수도 임할 수도 있으며, 선(善)과 악(惡) 두 종류가 있으며, 이성이 있어 희노애락(喜怒哀樂)을 느끼며, 선한 일 악한 일을 조장하게 됩니다.

그리고 종교의 목적이 이루어지기 전에는 사람에게 임한 영은 모두 악한 영입니다. 그러나 종교의 목적이 이루어지면 사람에게 선한 영이 임하게 됩니다.

인용문에서는 여러 신들을 나열하여 놓았습니다. 이들 신들은 하는 역할이나 소속에 따라 각각 이름을 달리 불려 지기도 합니다. 하늘이란 신은 성신(聖神)을 의미합니다. 그리고 용왕이란 악신의 왕을 의미합니다. 야차는 악한 마구니 신을 의미합니다. 아수라는 팔부중의 하나로 전쟁을 일삼는 나쁜 마구니 신입니다. 건달바는 팔부중의 하나로 음악을 맡은 신입니다.

가루라는 金翅鳥(금시조)라는 말로도 표현하는 성신의 계열로 마구니 신의 왕인 용왕과 싸워 이기게 되는 진리의 신이며 왕의 역할을 하는 신입니다. 왕은 바로 창조주의 신인 하느님입니다. 다른 말로 비유하면 봉황신이라고도 합니다. 장차 이 금시조가 용왕을 잡아먹게 됩니다.

긴나라는 음악의 신입니다. 마후라가는 마구니 신입니다. 이런 신들이 각각의 사람의 육체에 들어가 좋은 일 나쁜 일들을 조장하나 사람이 무감각하여 그것을 깨닫지 못합니다. 그러나 석가모니께서는 그런 일체의 비밀을 알고 계시므로 비구, 비구니, 우바새, 우바이들을 향하여 설법을 하시지만 그곳에 참여한 수많은 신들이 있음을 감지하고 계신 것입니다.

약왕아 어떤 중생이 "앞으로 오는 세상에 성불하느냐고 누가 묻거든 이와 같은 여러 사람들이 미래에 반드시 성불하리라" 고 대답하라. 왜냐하면 만일 어떤 선남자, 선여인이 이 『법화경』의 한 구절을 받아 가지고 읽고 외우며 해설하고 쓰거나…, 만일 이 선남자, 선여인이 내가 멸도한 후, 은밀히 한 사람을 위해서라도 법화경의 한 구절을 말해 준다면 이런 사람은 곧 여래께서 보낸 사자로 여래의 일을 행하는 줄을 알아야 하나니, 하물며 큰 대중 가운데 많은 인간을 위해 설법함이야 말할 것이 있겠느냐. [동국대 역경원 법화경 219~220쪽]

위 문장을 통하여 성불은 미래세에 이루어진다는 것을 알 수 있으며, 미래세를 한자로 표현하면 내세(來世)가 됩니다. 그러나 오늘날까지 내세(來世)를 죽어서 가는 극락이라고 착각을 했습니다. 그것은 경전을 오해한 것입니다.

이렇게 세상의 사람들은 정법(正法)이 아닌 잘못된 교육으로 물들어 있었던 것입니다. 그 이유는 인간이 사는 세상이 진리의 세상이 아니라, 무지의 세상 무명의 세계였기 때문입니다.

진리의 세상이 아닌 이유는 내세(來世)가 임하기 전에 사바세상을 이끌어온 영적 권세자는 마구니이기 때문입니다. 마구니는 무지의 영입니다. 사바세상은 마구니 영의 통치시대입니다. 그것이 오늘날까지 현세의 상황이었고 마구니 세상에서는 삼라만상과 인간의 사상까지도 마구니가 통치하는 때입니다.

그래서 인간도 부처가 못된 중생으로서 존재할 수밖에 없습니다. 그래서 사람들도 진리로 기록된 경전의 참 의미를 해독할 수가 없었던 것입니다.

그러나 내세(來世)가 되면 극락세계로 변화합니다. 내세는 진리의 영이 세상을 통치하는 시대입니다. 진리의 영은 참 영으로서 성령입니다. 내세는 성령이 이끌어가는 세상이므로 삼라만상과 인간의 사상도 성령이 통치합니다. 그래서 그때의 인간상을 부처라고 합니다. 부처가 된 세상에는 생로병사가 없고 이별이 없습니다. 그렇기 때문에 오는 세상 곧 내세는 극락이 될 수 있는 것입니다.

불경에는 보통 보살이나 부처 앞에 이름이 붙어 나오는데 약왕보살, 약사보살 등입니다. 약왕(藥王)이란 약을 잘 짓는 약사의 왕이란 의미고, 약사(藥師)란 약을 짓는 스승이란 말입니다. 이런 이름들을 통하여 이들의 역할을 엿볼 수 있습니다.

이 때 약은 육체를 치료하는 약이 아니라, 마음을 치료하는 약을 비유한 것입니다. 약이 필요한 사람은 병든 사람입니다. 그렇다면 이들이 치료해야 될 대상은 누구며, 병명은 무엇일까요?

대상은 사바세상의 모든 중생들이고, 중생들의 병은 마음의 병입니다. 병은 부처가 안 된 것이 병이며, 그 약은 중생에서 부처로 성불하게 하는 약입니다. 그 약이 곧 법화경이고, 법화경의 참 의미를 정법으로 이해하는 것이 진리입니다.

그렇다면 약왕은 진리의 왕이라 할 수 있고, 진리의 왕은 지장(智將)보살과도 통합니다. 진리를 가져오는 왕은 정법을 가지고 오는 미륵보살과도 연계가 될 수 있을 것입니다.

이런 맥락에서 계시록의 약은 묵시를 계시로 받은 계시의 말씀이 될 것입니다. 그리고 약왕은 요한이 되고, 약사는 약왕에게 배운 제자들이 될 수 있을 것입니다. 결국 약사는 요한계시록 22장에 만국을 소성하는 약 잎사귀로 등장하는 이들과 동일인이며, 이들이 곧 법화경에서 예언한 약사보살이라고 할 수 있을 것입니다.

석존께서는 법화경에서 이런 위대한 시대를 예언하셨으므로 그 위대한 목적을 이루기 위해서는 누군가 이 경전을 베끼고 읽고 외우고 전하는 사람이 필요합니다. 그 일을 하실 분들이 법사들이고 보살들이고 여래사인 것입니다. 그런데 오늘날의 법사님들과 그리고 보살님들이 석존의 그 가르침을 잘 받아 행하고 계십니까?

"약왕이여, 만일 어떤 악인이 착하지 못한 마음으로 1겁 동안을 부처님 앞에 나아가 항상 부처님을 욕하더라도 그 죄는 오히려 가볍지만 만일 어떤 사람이 『법화경』을 받아 가지고 읽고 외우는 집에 있는 이나 출가한 이를 한 마디라도 헐뜯고 훼방하면 그 죄는 대단히 무거우니라. 약왕이여 반드시 알라." [동국대 역경원 법화경 220쪽]

악인이 오랫동안 부처님에게 욕하는 것은 가벼운 죄이지만 『법화경』을 받아서 읽고 외우는 사람을 헐뜯고 훼방하면 그 죄는 매우 무겁다고 합니다. 왜 그럴까요?

석존의 염원은 사람들이 『법화경』을 받아 듣고 외우고 하여 성불하는 일입니다. 그리고 『법화경』을 전하여 타인들을 성불시켜야 합니다. 그런 일을 하는 법사나 보살행의 일을 헐뜯고 훼방하면 그 죄는 매우 큰 죄라는 것입니다.[동국대 역경원 법화경 224쪽]

기독교 경전인 성서에도 이와 비슷한 내용이 기록되어 있습니다.

"모든 죄를 사함 받을 수 있으되 성령 훼방 죄는 사함 받지 못한다[34]"는 내용입니다. 사람이 지을 수 있는 죄로는 원죄와 유전죄와 자범죄가 있습니다. 원죄는 태어나면서 받은 죄로서 창조주를 거역한 조상의 죄로 말미암은 죄입니다.

그 결과 우리사람들이 마구니에게 사로잡혀 있습니다. 그리고 유전죄는 조상의 일반적인 죄입니다. 또 자범죄는 자신이 태어나서 세상에서 지은 일반적인 죄를 의미합니다. 여기서 성령 훼방죄는 원죄와 관련이 있습니다.

성령은 인간이 창조주에게 지은 죄를 사함 받게 하는 역할을 합니다. 성령이 인간의 원죄를 사해주게 되면 사람은 마구니 영에서 성령으로 거듭나게 됩니다.

그것을 불교식으로 말하면 보신불 부처님의 도움으로 인간의 원죄를 사함 받게 되면 사람은 부처로 탈겁중생(脫劫重生)하게 된다고 말할 수 있습니다. 그래서 성령 훼방죄와 법사행 훼방죄는 동일한 죄임을 알 수가 있습니다.

위 인용문에서 법화경을 외우거나 베껴 쓰거나 전하는 사람을 훼방하는 일은 부처님의 계획을 방해하는 행위이기 때문에 큰 죄라는 것입니다. 그래서 법화경을 전하는 법사들의 보살행을 훼방

---

34) 마태복음 12장 31절: 그러므로 내가 너희에게 이르노니 사람의 모든 죄와 훼방은 사하심을 얻되 성령을 훼방하는 것은 사하심을 얻지 못하겠고

하는 일은 부처님을 욕하는 일보다 더 큰 악한 죄라는 것입니다.

"약왕이여, 비유하면 어떤 사람이 목이 말라 물을 구하려고 높은 언덕에 우물을 팔 적에 마른 흙이 아직 나오는 것을 보고 물이 먼 지를 알지만 부지런히 쉬지 않고 땅을 파서 점차로 젖은 흙이 나오고 진흙이 나오는 것을 보면 그 마음에 물이 가까운 줄을 아는 것과 같으니라."

보살도 또한 이와 같아서 이 법화경을 아직 듣지 못하고 이해하지 못하며 능히 닦고 익히지 못하면 이런 사람은 아뇩다라삼먁삼보리에 아직 거리가 먼 줄을 알아야 하고 만일 이 법화경을 얻어 듣고 이해하여 닦고 익히는 이는 아뇩다라삼먁삼보리에 가까운 줄을 알 것이니, 왜냐하면 일체 보살의 아뇩다라삼먁삼보리는 다 이 경에 속하여 있기 때문이니라. 이 경전은 방편의 문을 열고 진실한 상(相)을 보이나니, 이 법화의 법장은 그 뜻이 깊고 굳으며, 또한 아득하게 멀어서 능히 거기에 이를 사람이 없지만은, 이제 부처님께서는 보살들을 교화하여 성취시키려고 열어 보이는 것이니라.

이상을 해설하면 부처님께서 수기하신 정한 때에 대한 말씀임을 알 수가 있습니다. 땅을 팔 때 나올 수 있는 젖은 흙과 마른 흙을 비유하여 정한 때를 알아야 한다는 것입니다. 여기에 정한 때를 알 수 있는 지혜를 숨겨둔 것입니다. 물을 구하기 위하여 땅을 팔 때, 젖은 흙이 나온다는 것은 더 파면 곧 물이 나온다는 암시입니다. 그러나 마른 흙이 나온다면 아직 물이 나올 징조가 없음을 나타내고 있습니다.

성서에도 "무화과나무의 비유를 배우라 그 가지가 연하여지고 잎사귀를 내면 여름이 가까운 줄 아나니 이와 같이 너희가 이런 일이 일어나는 것을 보거든 인자가 가까이 곧 문 앞에 이른 줄 알라"

이는 징조를 보고 이런 일이 가까이 왔음을 깨달아라고 하는 부처님과 예수님의 당부의 말씀입니다. 보살 또한 이런 이치로 아뇩다라삼먁삼보리를 만나서 깨달을 수 있음을 알리고 있습니다. 이런 징조가 보이면 눈과 귀를 기울여 살펴봐야 할 것입니다.

그런 의미에서 본 저서도 주목하여 볼 가치가 있을 것입니다. 어떤 신학자들도 종교가들도 오늘날까지 법화경과 계시록이 동일한 내용이라고 말한 분들은 없었습니다.

법화경을 비롯한 예언서는 그 예언이 이루어지기 전에는 그 기록된 내용을 알 수 있는 사람이 없습니다. 그런 면에서는 이 사안을 두고 맞다 틀리다고 주장을 할 수 없을 것입니다. 주장이라는 것은 양쪽을 충분히 아는 사람이 할 수 있는 것이니까요.

그러나 그 예언을 이루어질 때는 그 뜻을 아는 한 분이 세상에 출현하게 됩니다. 이때는 감춰진 비밀을 열 수 있게 된답니다. 불경의 입장으로 말하면 땅에서 물이 나올 때는 곧 미륵부처님이 하생했을 때입니다.

미륵부처가 인간 세상에 하생하면 그 비밀을 밝혀 중생들께 전하게 됩니다. 이 때 비로소 세상 사람들은 지금까지 듣지 못한 신기한 말들을 들을 수가 있습니다. 이 신기한 말들의 출처는 천상의 것이고, 천상의 것을 땅의 사람들에게 뿌리게 되니 땅에서 인연이 있는 자들은 지금까지 들어보지 못한 아뇩다라삼먁삼보리를 듣게 된답니다.

불서에서 말하여 온 인연은 성불에 관한 인연입니다. 불서에는 이런 때, 도움 되는 말이 또 하나 있으니 한 사람의 도반에게 대접을 잘하란 말입니다. 도반(道伴)은 함께 도를 닦는 짝지를 지칭한 말입니다.

이 말에도 진리가 듬뿍 들어있으며, 이런 진리의 말을 통하여 불서에 예언한 미륵부처의 강림에 대하여 하나씩 깨달을 수 있게 됩니다. 이 진리가 의미 하는 바는 정법을 받게 되는 경로가 함께 도를 닦은 도반으로부터라는 것입니다.

불서의 목적인 성불은 미륵부처가 인간 세상에 출현(出世) 하면서 시작됩니다. 그럴 때, 그 소식을 지구촌 70-80억 사람들께 일시적으로 들려지는 것이 아니라, 순서가 있게 될 것입니다. 그러면 그 소식을 전해 듣는 사람은 세상을 함께 살아가던 사람들과의 인연을 통하여 그 소식을 듣게 된다는 것입니다.

예를 들면 해인사라는 절에서 30명 정도가 함께 불도를 공부하던 스님들이 있었다고 합시다. 그들은 공부 후, 각자 갈 곳으로 헤어져 살고 있었습니다. 이 때 어떤 스님이 자신과 인연이 있는 사람으로부터 미륵부처님의 하생 소식을 들었다고 합시다. 그럴 때, 이 소식을 전해들은 스님은 어느 스님에게 이 소식을 가장 먼저 전하려고 할까요?

가장 친하고 좋아하는 스님에게 전할 것입니다. 더불어 이런 소식을 전해도 비난하지 않고 의심 없이 잘 들어줄 도반에게 전하려고 할 것입니다. 결국 그 소식을 전해 받는 스님은 전해주는 스님에게 과거에 잘 대접하고 친절하게 해준 인연으로 정법을 먼저 받게 되는 원리로 펼쳐지는 것이죠.

이렇게 불교에서 인연이나 도반에 대한 예화도 결국 사람의 성불과 관련된 예화임을 알 수 있습니다. 누구나가 이런 귀한 소식을 받으면 자신과 인연이 있는 사람들에게 제일 먼저 소개하게 될 것입니다.

결국 세상을 살 때, 인연을 중시 여기고 주변사람들에게 예의를 잘 지키고, 잘 산 사람들에게 이 정법이 가게 될 것입니다. 한편 이런 귀한 소식을 알려 줘도 의심을 하며 잘 믿으려 하지 않는 사람들도 있을 것입니다. 이럴 때, 누가 그 소식을 전하느냐에 따라 받아드리는 사람의 결과가 달라질 것입니다.

물론 귀한 소식을 듣고도 알아보지 못하여 놓치는 일도 안타까운 일이지만 전해주는 사람에 대해 신뢰가 없으면 아무리 귀한 것을 주어도 받지 않게 된답니다. 이런 저런 경우들로 인하여 이런 귀한 것을 전해주어도 듣고 받아드리는 자들이 있고 들어도 믿지 않는 자들이 있습니다. 법화경의 법사품은 실제로 미륵이 하생하여 왔을 때, 이 법을 전하는 자들을 지칭하고 있습니다.

법사는 법을 전하는 스승으로서 인간 세에 살면서도 타의 모범을 보여야 한다는 단면을 보여주네요. 본 저서는 법화경과 요한계시록의 예언이 지금 현재 이루어지고 있는 실황을 전하고 있다고 거듭 말씀드리고 있습니다. 미륵이 하생하면 하생할 장소가 예언되어 있어야 할 것입니다.

미륵경과 아함경 등에서 그 곳의 이름을 시두말성(翅頭末城)이라고 예언해두고 있습니다. 시두말성(翅頭末城)은 용과 싸워 이긴 금시조(金翅鳥)가 임한 곳입니다. 금시조(金翅鳥)는 하느님을 비유한 이름입니다. 시(翅)는 날개라는 의미이며, 날개달린 것은 하늘의 존재고, 하늘의 머리는 창조주를 암시하고 있습니다.

그래서 시두말성(翅頭末城)은 창조주가 강림한 성이란 뜻입니다. 또 시두말성은 불서에 예언한 미륵부처가 출현할 약속된 공식절 이름입니다. 금시조(金翅鳥)와 봉황은 하늘의 황제를 대신한 이름입니다. 금시조는 용을 잡아먹는 새로 유명합니다.

미륵부처는 법신이 화신하여 온 화신불입니다. 법신불이 곧 말씀이신 성서의 하느님입니다. 이 절에서 극락세계가 구축되기 시작합니다. 이곳은 악령의 왕인 용을 이긴 것으로부터 세워집니다.

그곳을 시두말성(翅頭末城)이라고 한 이유는 그곳에서 전쟁이 있음과 전쟁 후에 하느님이 임하게 된다는 의미가 숨겨져 있습니다. 이곳에서 미륵부처님과 12제자들과 또 그 진리를 듣고 이곳으로 들어온 사람들이 세상 사람들을 향하여 진리를 전파하게 됩니다.

이 때 이 진리를 먼저 들은 도반이 있다는 것입니다. 그 도반은 또 그 진리를 다른 도반들에게도 알려주게 됩니다. 그들을 법사라고 이름 한다는 것입니다. 그래서 불서에는 인연을 중시하라 하였고, 함께 하는 도반을 잘 대접하고 잘 사귀어라고 한 것입니다.

결국 세상의 중생들이 미륵부처의 진리를 듣게 되는 것이 자신과의 이웃의 인연이나 도반을 통하여 듣게 되는 것입니다.

이것이 바로 징조이며 위에서 설한 부처님의 설법의 실상입니다. 땅을 팔 때, 마른 흙이 나올 때는 아직 세상에서 이런 진리를 들을 수 없는 때를 비유한 것이고, 젖은 흙이 나온다는 비유는 곧 세상에서 진리가 들려지기 시작됐다는 암시입니다.

세상에서 지금까지 들어본 적이 없는 진리가 들리면 그 때는 무화과 나뭇잎이 푸른 잎을 낼 때입니다. 그런 소리가 날 때가 바로 흙이 젖은 때고, 이때는 곧 진리의 물이 쏟아지게 됩니다.

성서 및 불서에 기록된 예언은 예언대로 이루어지기 전에는 세상에서 알 자가 없다고 강조를 하고 있습니다. 예언은 예언대로 이루어지기 전에는 그 뜻을 알 수 없다는 것을 증거 할 좋은 예가 있습니다.

성서에는 크게 두 종류의 예언이 있습니다. 하나는 구약(舊約)의 예언이고 또 하나는 신약(新約)의 예언입니다. 구약의 예언은 2천 년 전에 유대 땅에 예수라는 분이 와서 다 이루었습니다.[35]

신약은 아직 이루어지지 않았습니다. 구약에는 "처녀가 아들을 낳으리니 그를 임마누엘이라 하리라"고 하였습니다. 이 예언은 이사야서 7장 14절에 기록된 예언인데 이 예언은 마태복음 1장 18~23절에서 실상으로 이루어졌습니다. 예언으로 있을 때는 처녀가 아들을 낳을 것이라고 하지만 처녀는 누구이고, 아이는 누구며 그 처녀가 어디에 사는 누구인지도 알 수가 없었습니다.

그러나 그 예언이 예언대로 이루어져서 처녀가 나타나고 아이가 실제로 태어나게 되니 처녀는 마리아였고, 처녀가 살고 있던 땅은 나사렛이었습니다. 이렇게 이사야로부터 예언한 예언이 실상으로 이루어지자 그 예언의 모든 것을 다 알 수 있게 된 것입니다. 이렇게 예언은 예언대로 이루어질 때, 그 예언대로 나타난 사실을 보고 세상 사람들이 알게 되는 것입니다.

그러나 구약의 예언이 그렇게 실상으로 이루어진지는 벌써 2천 년이 지났습니다. 그런데 그 사실을 이미 2천 전에 알게 된 사람들이 있는가 하면 백년 후 알게 된 사람들도 있고, 2백년 후에 알게 된 사람들도 있고, 천년 후에 알게 된 사람들도 있습니다.

2천 년 후인 오늘날에 비로소 그 사실을 듣는 사람도 있을 것입니다. 그리고 때로는 지금 이 순간 그 사실을 듣고 있는 사람도

---

35) 요한복음 19장 30절: 예수께서 신 포도주를 받으신 후 가라사대 다 이루었다 하시고 머리를 숙이시고 영혼이 돌아가시니라

있을 것입니다. 그러나 그 옛날도 지금도 듣고 믿는 사람들이 있는가 하면 들어도 믿지 않는 사람들도 있습니다.

예언은 이처럼 예언대로 이루어질 때, 사람들이 깨닫게 됩니다. 이제 때는 구약의 시대를 넘고 넘어 신약의 예언이 이루어지는 시대가 되었습니다. 그때를 알게 되는 힌트는 무화과 잎이 푸르면 여름이 가까이 온 것을 알듯이, 땅을 팔 때, 진흙이 나오면 물샘이 가까이 온 줄 알게 되듯이 사람들이 지금까지 몰랐던 진리가 세상에 이렇게 떠다니면 그 때가 가까이 온 것을 깨달아야 합니다.

오늘날까지 법화경이나 요한계시록을 읽고 깨닫는 사람이 지구촌에는 한 사람도 없었습니다. 그런데 본 서를 통하여 보면 법화경도 요한계시록도 훤히 풀린 것을 볼 수 있습니다.

이것들을 보고 지금의 때가 어느 때인지 깨달아야 할 것입니다. 오늘 날에 이르러 아직 아뇩다라삼먁삼보리의 참 뜻을 안 자가 없고 극락 가기 위하여 신앙을 한다고 하면서도 극락에 대하여 알고 있는 사람이 없습니다.

사찰에 가면 보살들이 '성불합시다', '성불합시다' 말로는 천백 번 나누면서도 성불의 참 의미가 무언지 언제 어디서 성불이 시작되는지도 몰랐습니다.

이러한 세월을 산 때는 아직 땅을 파지만 마른 흙만 나올 때입니다. 그러나 본 서를 통하여 보면 이제 물기에 완전히 젖은 진흙이 나오고 있음을 감지할 것입니다. 이제 본 서를 통하여 극락이 무엇인지, 성불이 언제 어디서 시작되는지 아뇩다라삼먁삼보리가 무엇인지도 모두 섭렵할 수 있게 되었습니다.

본 서를 통하여 법화경을 이해하고 믿을 수 있다면 우리는 이미 아뇩다라삼먁삼보리에 가까이 접근하여 있다는 말입니다. 그리고 아뇩다라삼먁삼보리에 접근하였다는 말은 곧 이제 사람들의 성불이 시작되게 되며 지상극락이 열린다는 신호입니다. 법화경의 예언이 이루어지면서 법화경에 기록된 모든 일들이 다 이루어집니다.

오늘날까지 법화경은 비유나 방편으로 봉함 되어 있었습니다만 정한 때가 되면 방편의 참 뜻이 공개되며 참 실체가 드러나게 됩니다. 그래서 법화경의 법장이 그 뜻이 깊고 굳은 것은 그 책에는 사람이 부처로 성불하는 힘을 가지고 있기 때문입니다.

그런데 그 예언은 아득한 미래에 이루어질 일이라서 예언할 당시로서는 능히 이룰 때, 그곳에 이를 사람들이 없을 것 같았지만 이제 정한 때를 만났으니 보살들에게 그것을 열어서 보인다고 합니다. 그런데 열어서 보인다는 핵심 경전이 성서입니다.

요한계시록입니다. 계시록(啓示錄)은 열 계와, 보일 시와, 기록할 록자입니다. 계시록은 곧 봉함 되었던 것을 열어서 보여주는 경전이란 뜻입니다. 열어서 보여주는 자는 예수라고 해서 요한계시록 1장 1절에 예수 그리스도의 계시라고 이 경을 소개하고 있습니다.

한 편 예수는 지금에 와서 영으로 살아 존재합니다. 그런데 이 계시를 받을 대상은 육체를 가진 사람들입니다. 그래서 이를 전할 육체가 필요한 것입니다. 그 육체의 이름을 임시 가차하여 사용한 것이 요한입니다.

한 편 미륵부처 역시 법화경에 젖은 흙으로 암시한 방편으로 전한 법을 열어서 보이는 육체입니다. 이 육체 안에는 역시 성서의 창조주 격인 법신부처님이 거합니다. 그를 화엄경에서는 비로나자부처님으로 소개하고 있습니다.

"약왕이여, 만일 어떤 보살이 이 법화경을 듣고 놀라고 의심하여 무서워하고 두려워하면 이런 사람은 굳은 마음을 가진 보살이며, 만일 성문이 이 경을 듣고 놀라고 의심하며 무서워하고 두려워하면 이런 사람은 뛰어난 체하는 사람이니라."

"약왕이여, 그러면 내가 다른 나라에서 변화인을 보내어 그를 위해 법들을 대중을 모이게 하며, 또 변화된 비구, 비구니, 우바새, 우바이들을 보내어 그 설법을 듣게 하리니, 이 변화인들이 법을 듣고 믿어 가지며 거역하지 않고 순종하여 따르리라. …중략… 또 내가 다른 나라에 가서 있을지라도 설법하는 이로 하여금 나의 몸을 얻어 보게 하며, 또 만일 설법하다가 이 경의 구절을 잊으면 내가 알려 주고 구족함을 얻게 하리라."

이 법화경을 듣고 놀라고 의심하여 무서워하고 두려워하는 사람들이 있을 것을 예언하고 있습니다. 이 때 법화경을 듣는 자는 곧 법화경에서 예언한 일들이 실상으로 전개될 때를 말합니다.

요한계시록 1장 3절에도 계시록을 듣는 자들이 있다고 예언되어 있습니다. "이 예언의 말씀을 읽는 자와 듣는 자와 그 가운데에 기록한 것을 지키는 자는 복이 있나니 때가 가까움이라"고 합니다. 여기서 읽는 자는 요한을 말하고 이는 한 사람 곧 단수입니다.

하늘에서 계시를 받은 사람은 한 사람이며, 이 한 사람이 전할 때, 듣는 자들은 복수 즉 다수입니다. 그러나 듣는 자들이 다 그것을 믿고 지키지 않습니다. 그러나 듣는 것으로 복을 받지 못함을 인용문은 답하고 있습니다. 이 계시를 듣고 지키는 자가 결국 혜택자라고 말합니다.

그렇다면 듣고도 지키지 못한 사람들은 어떤 사람들일까요? 바로 의심하고 두려워하는 자들입니다. 요한계시록 21장 8절에서는 이런 자들은 거룩한 곳 즉 천국에 들어가지 못한다고 못을 박고 있습니다.

"그러나 두려워하는 자들과 믿지 아니하는 자들과 흉악한 자들과 살인자들과 음행하는 자들과 점술가들과 우상 숭배자들과 거짓말하는 모든 자들은 불과 유황으로 타는 못에 던져지리니 이것이 둘째 사망이라."

법화경에는 또 이런 내용이 있습니다. 이 경을 듣고 놀라고 의심하며, 무서워하고 두려워하며, 뛰어난 체하며 믿지 않으면 내가 다른 나라에 변화인을 보내어 그를 위해 법들을 주어 대중을 모이게 한다고 합니다.

이런 일 곧 세상에 미륵부처님이 와서 이런 역사를 펼칠 때, 모두가 환호하며 믿고 따르게 될까요? 그렇지 않다고 경전에는 예언해두었습니다. 오히려 미륵을 방해하고 박해한다고 예언되어 있습니다.

신약성서에는 선지자가 자기 곳에서는 인정을 받지 못한다는 말씀이 있습니다. 그리고 요한복음 1장에 자기 땅, 자기 백성에게 왔으나 자기 백성이 받아주지 않았다고 기록되어 있습니다. 우리나라 예언서 격암유록에도 조선인에게 복을 주려고 왔으나 조선인이 앞서서 방해한다는 기록이 있습니다.

마태복음 21장 43절에는 "그러므로 내가 너희에게 이르노니 하나님의 나라를 너희는 빼앗기고 그 나라의 열매 맺는 백성이 받으리라"는 내용이 있습니다.

이는 구약의 선민이었던 이스라엘 백성들이 구약의 예언대로 예수가 왔으나 영접하지 않고 십자가 지우므로 너희 나라에 세울 하나님의 나라를 다른 나라에 세울 것이라고 예언한 부분입니다. 그런데 법화경에도 이와 비슷한 내용이 있습니다.

"내가 다른 나라에 변화인을 보내어 그를 위해 법들을 주어 대중을 모이게 한다"고 합니다. 변화인은 미륵불로 설정되어 있으나 그 이름을 달리 하여 보낼 수 있다고 할 수 있으며, 다른 나라란 불교를 꽃 피운 인도가 아니라, 그 외 나라를 상정하고 있다고 볼 수 있습니다.

또 변화된 비구, 비구니, 우바새, 우바이들을 보내어 그 설법을 듣게 한다고 합니다. 변화된 비구, 비구니들은 그들의 후손들이 그 나라를 떠나 역사의 현장으로 이주하여 살게 하여 역사가 이루어지는 그때 듣게 된다는 의미로 유추할 수 있습니다.

예를 든다면 현재 불교를 전파한 인도에는 불자들이 거의 없습니다. 그런데 그 인도의 후손들 중, 많은 사람들이 신라로 유입된 역사적 정황이 많습니다.

오늘날 경상도나 전라도말을 사투리라고 합니다. 사투리의 어원이 크샤트리아란 사실을 밝힌 학자가 있습니다.

크샤트리아란 말은 인도의 카스트제도의 무사계급을 칭한 말입니다. 석가족이 곧 크샤트리아족입니다. 신라 때, 이들이 대거 유입되어 왔는데, 원주민들이 볼 때, 그들은 크샤트리아말을 하는 족속이었던 것입니다. 그래서 그들이 말하는 말을 크샤트리아라고 했었는데, 나중 샤트리아가 됐고, 이윽고 '사투리'란 말이 되었다고 합니다.

이런 정황으로 볼 때, 허황후 등 인도인들이 우리나라로 이주해 왔을 때, 한 사람만 온 것이 아니라, 집단으로 이주해 왔을 가능성을 추측할 수가 있습니다. 이런 이주의 전변에는 당시 주변국에서 빈번하게 치러지던 정복전쟁과 무관하지 않을 것입니다.

인류의 역사를 깊이 있게 살펴보면 내면의 역사와 외면의 역사가 있다는 사실에 주목하게 됩니다. 법화경에서 "내가 다른 나라에 가서 있을지라도 설법하는 이로 하여금 나의 몸을 얻어 보게 한다"는 내용이 있습니다. 이것은 내면의 역사로 분류할 수 있을 것입니다. 이런 내용이 필자의 주장대로라면 이 내면의 역사를 이루는 과정에서 실제로 인도주변의 사람들이 신라로 이주해온 실존의 역사가 있었다는 재미있는 가설이 세워집니다.

불경에는 이와 같은 맥락으로 미륵불의 하생하는 나라를 다른 나라 동방으로 밝히고 있습니다. 성경 요한계시록 7장에도 그곳을 동방이라고 하며, 세계의 다른 경전에도 그곳을 동방으로 기록하고 있습니다.

6. 요한계시록 제 10장

요한계시록 10장은 일곱 천사 중 마지막 천사가 일곱 번째 나팔을 가지고 오는 장입니다. 여섯 번째 나팔까지는 일곱 금 촛대교회의 선민들이 창조주와의 언약을 어긴 배도로 말미암아 재앙을 받는 내용으로 이루어져 있었습니다.

이 재앙의 내용을 일곱 금 촛대교회의 선민들과 세상에 알리는 것이 여섯째 나팔까지의 내용이었습니다. 그리고 본 장부터 11장까지에서는 드디어 세상을 구원하겠다는 구원의 나팔이 불려집니다. 이 구원의 역사를 이루기 위하여 요한계시록 1장에 일곱 금 촛대교회가 세워졌고, 그들이 배도를 하였고, 이 배도 때문에 이간 세상을 좌지우지하던 악령의 왕인 용왕이 잡히게 됩니다.

일련의 모든 것은 용왕을 잡기 위한 과정이었고, 그 과정을 통하여 용왕을 잡게 됩니다. 용을 잡고 나니, 그 용왕이 실제로 인간들의 영혼을 잡고 흔들고 있었다는 증거를 가지게 됩니다.

일련의 과정을 통하여 인간의 영혼을 괴롭히던 악령이 잡히게 되고, 악령이 잡히게 되니 구원이 올 수밖에 없게 된답니다. 이렇게 온 구원의 소식을 세상 사람들께 알려야 세상 사람들이 알게 되니 그 소식을 알리는 일을 구원의 나팔 소리가 되는 것입니다.

기독교를 비롯하여 불교 및 정통적인 종교경전의 목적은 모두 이 구원을 목적으로 하고 있습니다. 그리고 그 구원의 실체는 인간의 영혼에 숨어있는 악한 영을 인체에서 쫓아내는 것입니다. 인간에게 있는 영혼은 실존하는 실체입니다.

그 영혼에는 불순물이 섞여있는데 그것이 바로 악한 영이고, 마귀 신이고, 마구니 신이고, 사탄이란 악신입니다. 그 불순물이 인간 세상에 욕심과 전쟁과 다툼과 아픔과 고통과 죽음을 가지고 온 것입니다. 드디어 세상 사람들께 달라붙어 있던 악령이 떨어져 나가므로 세상에 비로소 악한 일이 없어집니다. 인간의 영혼에서 악한 영혼이 떨어져 나가니 처음 인간의 상태로 돌아가게 되는 것입니다.

처음 인간의 영혼은 창조주께서 자신의 영으로 복제를 하여 만든 것입니다. 원래 그 영은 영원불멸의 영입니다. 우리 자신의 영혼의 존재를 좀 심각하게 생각해 보면 참으로 신묘막측(神妙莫測)한 실체임을 깨달을 수 있습니다. 이 세상 어디에서도 자신의 영혼과 같은 존재를 찾을 수는 없습니다. 그런 신묘막측한 영혼이란 것이 도대체 어디서 왔을까요?

그것은 자신이 있어진 경로를 추적해보므로 그 대강을 추론할 수 있을 것입니다. 자신은 어디서 왔을까요? 부모로부터 왔습니다. 그 부모는 또 어디서 왔을까요? 그 부모 역시 자신의 부모로부터 온 것이 분명합니다.

따라서 자신은 부모와 조상으로부터 왔으며, 그 조상의 최고 위에는 시조가 있을 것입니다. 자신의 영혼의 경로는 시조로부터 온 것이 분명합니다. 그렇다면 시조의 영혼은 어디서 왔을까요?

이것에 대한 답이 곧 우리 모두의 영혼의 출처가 될 것입니다. 시조에게 영혼은 주신 분이 누굴까요? 그 분이 인류에게 영혼을 주신 모체가 될 것입니다. 이것은 매우 흥미로운 궁금증이 될 것입니다.

자신의 영혼이 있다는 것은 곧 자신의 부모가 있다는 증거고, 부모가 있다는 증거는 부모의 조상이 있다는 증거입니다. 조상이 있다는 증거는 곧 시조가 있다는 증거가 아닐까요?

그렇다면 시조가 있다는 증거는 무엇일까요? 시조에게 영혼을 준 어떤 모체가 있다는 사실입니다. 그렇습니다. 우리 모두는 이 모체로부터 영혼을 받았음을 부인할 수 없습니다. 우리에게 영혼이 있어진 경로는 바로 이렇습니다.

영혼의 모체가 분명히 있고, 그를 우리 인류의 시조의 위에 존재하는 직계 조상이라고 해도 무방할 것입니다. 우리는 그를 편의상 창조주로 불렀던 것입니다. 이렇게 볼 때, 창조주는 우리와 너무 가까운 관계로 다가옴을 알 수 있습니다.

그런데 창조주는 거룩한 영인 성령의 본체라고 합니다. 그런데 현재 우리 인간의 영혼은 거룩한 성령이 아닙니다. 처음은 그런 거룩한 영으로 만들어졌으나 그것에 불순물이 들어가 오늘날에 모든 인류는 악령의 영혼이 되어 버렸습니다.

인간의 영혼이 그렇게 된 연유는 인간의 영혼이 악한 영에 의하여 감염(구속)되었기 때문입니다. 그래서 구원의 대상은 어떤 특정의 사람들에게만 한정된 것이 아니라, 모든 인류는 악한 영에 의하여 잠식당하고 있으므로 모든 인류는 구원의 대상입니다.

오늘날 인간세상은 비극과 불화와 전쟁과 고통 속에서 살아가고 있습니다. 그렇게 된 이유는 인간을 움직이는 것은 영혼인데 그 영혼이 악하니 인간의 행동이나 생각이 악하고 그 결과 인간세상에 비극이 생기는 것입니다. 인간의 영혼이 악한 이유는 인간을 지배하는 영혼이 악하기 때문입니다.

그래서 종교란 어떤 특정한 사람들만이 해야 하는 것이 아니라, 영혼을 가진 사람이라면 누구나 종교를 하여 그 목적을 이루어야 하는 입장인 것입니다. 그런 측면을 생각하면 세상의 교과과정에도 인간의 영혼에 관한 과목을 집어넣어야 한다고 본 필자는 생각하고 있습니다.

인류의 세상에 없어서는 아니 될 공부가 영혼의 공부이기 때문입니다. 그런데 오늘날의 현실로 보면 그것은 불가능할 것입니다. 왜냐하면 종교가 바른 길을 걸어온 것이 아니라, 잘못된 길로 걸어왔기 때문입니다. 그로 말미암아 종교에 대한 일반인들의 인식도 매우 황폐하게 되어 버렸습니다. 그리고 잘 못된 종교관으로 가득 찬 기성 종교인들이 사회 전반에 걸쳐 권력을 잡고 있습니다.

오늘날 현실에 이르러 많은 기성 종교인들은 순수한 종교의 목적을 잃어버리고 세상에 편협 되어 직업화 되어 있음을 많은 사람들이 공감하고 있는 바와 같습니다. 이런 환경 속에서 누군가 순수한 종교의 목적을 띠고 경서 위주로 신앙인들을 가르치고 계몽이라도 하려 하면 기득권을 잡은 기성 종교인들은 그것을 앞장서서 방해합니다. 그 기득권 기성 종교 세력가들은 국가와 사회의 구석구석 심층부에 배치되어 세상의 권력을 한 손에 잡고 권세를 부리고 있습니다.

사회 전반에 뿌리 박힌 기성 교권의 조직은 너무나 막강하고 거대하고 절대적입니다. 그 좋은 예가 미국 월가는 물론 세계의 금융가와 재벌과 세계의 사회, 경제를 한 손에 넣고 움직이고 있는 유대인 조직입니다.

그에 못지 않은 종교 세력이 우리 대한민국에도 있으니 기독교 세력이고 그 중 장로교란 교단의 세력입니다. 따라서 순수하고 바람직하고 신선한 종교적 이슈나 진리가 방송 등을 타고 날아가기는 참으로 기대하기 어려운 상황입니다.

　기성 종교 세력은 방송 등 사회 곳곳에 자신들의 세력을 심어놓고 참신하고 새로운 종교적 파워가 종교계와 세상에 흘러가는 것을 막고 있습니다.

　막는 방법은 허울 좋은 이단 누명입니다. 세계의 많은 종교들 중에 자신이 소속된 교단만을 정통이라고 선포하며 자신과 다른 교단은 아무 근거도 없이 이단이란 누명을 세워 배타하고 있습니다. 그런 와중에서 그들은 금전과 권력과 명예를 탐하여 오만 방자한 행위를 하고 있습니다.

　그에 대한 비리의 실상을 파헤친 영화가 우리나라에서 상영하다 도중 기독교 권력에 부딪혀서 상영이 중단된 '쿠바디스'란 영화입니다. 이 영화는 오늘날 한국 교회의 타락상을 적나라하게 파헤친 그야말로 기독교 계몽영화로 평가 하는 분들이 있었습니다.

　영화는 교회의 기업화 세습화 목사들의 탐욕상을 그대로 다룬 것이었으나 국가와 사회 전반의 권력을 잡고 있는 기독교 권력은 그들의 계몽의지를 한 참에 무색하게 하여 버렸습니다.

　영화를 만든 자와 전국의 극장들에게 압력을 가한 나머지 결국 영화 상영은 일부 극장에서만 상영하다가 그 마저 지금은 상영이 중단 되어버린 것 입니다. 이렇게 기독교 권력은 막강한 힘을 사회 전반에서 과시하고 있습니다.

　그런데 기성 종교인들은 왜 그런 짓을 하게 될까요? 뿐만 아니라, 그들은 왜 자신과 다른 종교나 교단들을 반대하고, 방해하고, 박해하게 될까요? 그것은 모두가 편협 된 아집과 욕심 때문이며, 그 아집과 욕심은 바로 종교인들의 내면에 존재하는 악한 영이 그것을 주관하고 있기 때문입니다.

즉 종교인들에게 악한 영이 들어가서 사람들이 영적으로 깨닫는 것을 싫어하고 막고 있다는 말입니다. 그래서 오늘날 같은 이런 세상에서는 영적인 발전을 기대할 수가 없습니다. 그래서 세상과 사회는 점점 더 악화되어 갈 수 밖에 없는 상황에 처하고 있는 것입니다.

그리고 종국에는 세상과 사회는 더욱더 형편이 말이 안 될 정도로 피폐해지고 결국은 좌초되고 마는 것입니다. 그래서 어째서든지 세상이 좌초되고 망하기 전에 우리 모두는 정확하고 확실한 영혼의 공부를 하여야 합니다. 오늘날 세상 모든 사람들은 영혼을 가지고 있지만 그 영혼의 본질은 완전히 훼손되어 있습니다.

그런데 요행스럽게도 그 영혼의 본질을 회복할 수 있는 일이 6천 년 만에 있어지게 됩니다. 그것이 바로 구원의 나팔소리입니다. 세상 모든 사람들의 상한 영혼을 치료하게 되는 구원은 오직 본 장의 요한계시록에 의하여서만 이루어짐을 알아야 합니다.

세상에는 이미 구원받았다고 착각하는 사람들도 많지만 그것은 착각일 뿐입니다. 만약 이미 구원받았다는 사람이 있다면 그 사람은 구원받은 사람의 증거를 보여야 할 것입니다. 로마서 8장 11절과 요한복음 11장 25~26절처럼 온전한 구원을 이룬 사람은 죽음을 맞이하지 않아야 합니다.

그런데 오늘날 지구상에 자신의 몸이 죽지 않고 영원히 살 수 있는 사람은 없습니다. 그것은 아직 세상에는 구원 받은 사람이 한 사람도 없다는 증거가 됩니다. 그런데 분명이 우리 인류의 몸에서 불수물인 악령이 제거되고 성령으로 거듭나면 인류에게서 죽음이란 없어집니다. 그런 상태가 경전에 나와 있는 온전한 구원이요,

해탈이요, 열반입니다.

그것을 믿기는 쉽지 않겠지만 정통의 경전을 바로 깨달으면 그 사실을 알 수 있습니다. 상식으로 생각해도 인류가 원래 성령을 소유한 창조주란 전능하신 자의 영으로 복제된 영혼을 가졌다면 그것은 오히려 당연할 것입니다. 그리고 창조주께서 하신 일을 생각해 보십시오. 창조주께서 하신 일은 세상의 해와 달과 별과 온 우주를 만드셨고, 사람과 사람 안의 심령(心靈)을 만들었습니다.

그리고 세상 만물을 만드셨습니다. 그런 대단한 존재이신 창조주가 만든 최고의 걸작품이라고 하는 만물의 영장이 고작 오늘날과 같은 이런 정도의 사람이겠습니까?

사람들은 경전에 기록된 내용을 잘 모릅니다. 경전에는 참으로 사람들이 믿을 수 없는 엄청난 내용들을 기록해 두고 있습니다. 성서에는 그 일을 마지막 날에 실현시킨다고 예언을 해 두었습니다.

그것이 바로 영원한 생명의 나라 천국입니다. 그것을 뒤 바침할 수 있는 것이 기독교 경전뿐만 아니라, 다른 종교 경전에도 똑 같이 기록되어 있습니다. 하나씩만 예를 든다면 도교의 '신선'이란 말과 불교의 '부처'라는 말입니다. 도교의 도덕경에서 신선은 죽지 않는 존재라고 분명이 기록하고 있습니다. 그리고 불경에서 사람이 부처가 되면 무량수를 하게 된다고 하였습니다.

무량수란 한량없는 나이를 말하며 불로불사를 의미합니다. 그런데 도교의 신선과 불교의 부처란 개념이 성서에서 말하는 성령으로 구원된 자를 말한다는 것입니다. 그런데 오늘 요한계시록의 일곱째 천사의 일곱째 나팔소리가 나올 때, 그 소리를 듣는 사람은 구원을 얻을 수 있다고 합니다.

구원을 얻은 사람은 신선이 되는 것이고, 부처가 되는 것입니다. 그럼 신선이 되고 부처가 되었다면 우리가 상식적으로 오늘날까지 들어온 말만으로 만 생각해도 사람이 불로불사할 수 있다는 것을 알 수 있습니다.

그러나 오늘 소개하는 마지막 나팔이 불기 전에는 사람들이 신선도 될 수 없었고 부처도 될 수 없었습니다. 그러니까 오늘날까지 모든 사람들은 당연히 죽을 수밖에 없었습니다. 그러나 사람들이 마지막 나팔이 불려지고 그 나팔의 내용을 정각하여 깨닫게 되면 정식으로 구원을 얻게 되고 구원의 결과는 사망에서 영원히 떠나는 사람이 될 수 있는 것입니다.

그래서 요한계시록 11장의 구원의 나팔이 불려지기 전에 또 그 소리를 듣고 깨달은 적도 없는 사람이 구원을 얻었다, 성령을 받았다고 하는 것은 모두가 착각인 것입니다.

이것은 믿기 어려운 사실이지만 종교 경전의 목적은 바로 그것을 지향하고 있었음을 경전을 통하여 잘 알 수가 있습니다.

그리고 도교의 신선도 불교의 부처도 말세가 되면 요한계시록의 일곱째 나팔 소리에 의하여 실현됨을 깨달을 수가 있습니다.

자 그럼 일곱째 나팔소리에 대한 내용이 담긴 요한계시록 10장을 잘 살펴보기로 합니다. 그리고 그런 일이 언제 누구에 의하여 어떤 경로로 이루어지는 가를 자세히 살펴보겠습니다.

"또 보니 힘센 다른 천사가 구름을 입고 하늘에서 내려오는데 그 머리 위에 무지개가 있고 그 얼굴은 해 같고 그 발은 불기둥 같으며"

여기서 '내가'라는 자는 요한계시록의 주인공이라고 할 수 있는 요한입니다. 요한계시록에서 요한이란 자의 정체는 이러합니다. 창조주와 예수는 영체로서 육체가 없습니다. 그런데 창조주와 예수께서 육체의 세상인 사람들을 구원을 하려하니 그 사실을 알리고 가르칠 방법이 없습니다.

그래서 창조주와 예수는 한 육체를 정하여 그 육체에 들어가서 사람들에게 알리고 가르치려고 계획한 것입니다. 그런데 창조주와 예수의 영은 거룩한 영이라서 죄가 있는 육체에는 들어갈 수가 없습니다. 창조주께서는 원래 사람을 집삼아 세상에 계셨으나 인간이 죄를 짓자 그 사람을 떠나버렸습니다.

그것이 창세기 6장 3절의 내용입니다. 그로 말미암아 세상의 사람들은 아담 이후 모두 육체가 되어 버렸습니다. 육체가 된 결과는 우리 영혼이 악령으로 변질된 것입니다. 그런데 세상과 사람은 원래 창조주가 만드신 것입니다. 그래서 세상과 사람을 창조주의 것으로 돌려놓기 위해서 창조주께서는 택한 자들을 통하여 종교경전을 주어 그 계획을 기록한 것이 성서를 비롯한 종교경전들입니다.

그리고 구약성서에서 그 일을 이루기 위하여 처음으로 예수라는 분이 미래에 세상에 올 것을 예언해 두었다가 2천 년 전에 유대 땅에 출현시킨 것입니다. 창조주는 거룩한 영이므로 죄인의 몸에는 임할 수 없기 때문에 예수를 성령으로 잉태하게 하신 것입니다.

그리고 그 육체에 창조주가 들어가 자신이 하실 모든 일을 하신 것입니다. 그리고 다시 2차로 오셔서 남은 일을 하고자 예언한 것이 바로 신약성서입니다. 그리고 신약성서 중에서 창조주와 예수께서 오실 것에 대한 구체적인 시나리오가 요한계시록입니다.

창조주께서는 2천 년 전에는 죄와 상관없는 사람에게 와야 하기 때문에 예수를 성령으로 잉태하게 하였습니다. 그리고 그 육체에 창조주께서 오셨던 것입니다.

이처럼 요한계시록에서도 요한이란 사람이 출현할 것이라고 2천 년 전에 예언을 해 두었습니다. 그리고 2천 년 후인 이번에는 창조주와 예수께서 요한의 육체에 임하게 되는 것입니다. 어떻게 두 영이 한 몸에 임할 수 있을까 의문이 될 것입니다.

그 답은 앞 장에서 말씀드린 삼위일체(三位一體)란 말입니다. 삼위(三位)는 삼신(三神)이란 말과 같은 말이라고 하였습니다. 일체(一體)란 한 몸이란 말입니다.

'삼위일체'란 한 몸에 세 분의 신이 임한다는 말이고, 인간은 처음 삼위일체로 만들어졌다고 하였습니다. 즉 사람의 몸에 있는 영의 재료가 바로 삼신이며, 그 삼신을 나누면 성부, 성령, 성자의 영입니다. 그래서 천손민족이라고 이름 한 한민족을 삼신의 후손이라고 일컬어왔던 것입니다. 종교의 목적은 그 상태로 회복하는 것입니다.

그런데 창조주와 예수의 영은 거룩한 성령입니다. 예수는 육체로 오기 전에 삼위 중, 한 분으로 성령이었습니다. 그래서 처음 사람은 창조주의 영과 성령과 그리고 자신의 영이 성자가 되어 합쳐 삼위일체로 태어난 것입니다. 그런데 인간이 죄를 짓자 성령들이 떠나버렸습니다. 그래서 다시 성령들이 돌아오는 것이 종교의 목적이 되었습니다.

그런데 창조주와 예수(성령)는 죄인의 몸에는 임할 수 없습니다. 그래서 예수께서는 요한계시록 2-3장을 통하여 마귀 신을 이기라고 계속 강조를 하였던 것입니다. 사람에게 마귀 신이 있다는 것은 죄가 있다는 증거입니다.

그러나 오늘날 요한계시록에서 요한이 마귀 신과 싸워 이기게 되므로 그에게는 죄가 없어지게 됩니다. 그래서 오늘날 요한계시록에서 요한이라고 예언한 자는 마귀 신을 이기므로 세상 종교의 주인공으로 등장하게 됩니다.

요한이 자신 몸에 있던 마귀 신과 싸워 이기니 요한에게는 마귀 신이 없어지는 것 아니겠습니까? 그래서 깨끗하게 된 요한은 성자가 된 것이고, 그 몸에 창조주이신 성부와 아들이신 예수(성령)의 영이 요한의 육체에 임하게 되니 이제 요한은 자신의 몸이 아니라, 창조주와 예수의 몸이 되며 삼위일체의 몸이 된 것입니다.

우리 한민족이 삼신의 후손이 된 것도 이를 통하여 이해를 도울수 있을 것입니다. 이 삼신이 한 몸에 임한 시조를 환인(桓因)이라하며 환인은 삼신일체(三神一體)의 몸이라고 할 수 있죠. 우리는 그 삼신을 입은 후손이니 삼신의 후손이 되고 우리의 시조는 삼신 할머니가 되는 것입니다.

할머니는 오늘날의 여자라 할 수 없고 영적 할머니 환인이 되는 것입니다. 우리의 영적 산 이름이 삼신산인데 그 곳에서 삼신의 인류가 시작되었기 때문이랍니다.

그런데 그런 한민족과 세계만민들은 그렇게 삼신의 후손으로 태어났으나 오늘날 도탄에 빠져 곰과 호랑이 같은 사람이 되어버렸죠. 곰과 호랑이는 삼신 곧 성령을 잃어버린 어리석은(얼이 썩은 사람, 얼빠진 사람, 정신이 나간 사람, 혼 나간 사람) 사람을 비유한 것입니다. 곰과 호랑이가 마늘과 쑥(진리, 정도, 정법, 불로초)을 먹고 100일 간 양육을 받으면 사람이 되는데 그 산을 삼신산이라고 합니다.

    성경에는 양과 염소 같은 사람이 하나님의 말씀(마늘과 쑥)을 들어먹고, 가게 되는 산을 시온산이라고 소개하고 있습니다. 양과 염소는 우리 신화의 곰과 호랑이와 같은 비유이죠. 양은 구원의 산으로 인도되어 하나님(성부)과 예수님(성령)과 요한(성자)이 있는 시온산으로 가게 되죠.

    여기는 삼위(성부, 성령, 성자)가 온 산이고, 이것을 한민족의 용어로 표현하면 삼신산이 됩니다. 따라서 성경에 시온산이 곧 말일에 세워지는 삼신산이고, 이곳에서 조상의 썩은 정신을 다시 되살려 빛난 얼로 재생하니 다시 삼신의 시조가 생기게 됩니다.

    그 시조의 이름을 성경에서는 '요한'이라고 하였고, 한민족 예언서에서는 '정도령'이라고 하였고, 불경에는 '미륵부처'로 예언하였던 것입니다.

    결국 요한계시록 14장이 인류의 영혼을 재생시키는 영적 산이 되며, 이곳에서 다시 재창조된 삼신의 후손이 생겨나게 되는 셈입니다. 그리고 여기는 유불선 모든 종교가 모이고, 세계만민들이 모이니 원시반본, 대동장춘 세계가 열려지는 것입니다.

    "또 내가 보니 보라 어린 양이 시온산에 섰고 그와 함께 십 사만 사천이 섰는데 그 이마에 어린 양의 이름과 그 아버지의 이름을 쓴 것이 있도다 내가 하늘에서 나는 소리를 들으니 많은 물소리도 같고 큰 뇌성도 같은데 내게 들리는 소리는 거문고 타는 자들의 그 거문고 타는 것 같더라 저희가 보좌와 네 생물과 장로들 앞에서 새 노래를 부르니 땅에서 구속함을 얻은 십 사만 사천인 밖에는 능히 이 노래를 배울 자가 없더라"

    여기에 나오는 새 노래는 곧 삼신산에 나온다던 불로초고, 단군 신화에서 소개한 마늘과 쑥이며, 창세기의 생명나무 실과입니다.

이는 곧 계시의 말씀이고, 사람들이 이 계시를 듣고 성령으로 거듭 나서 삼신의 후손에 입적이 되니 요한계시록 21장 4절에서 사망을 이기고 영원한 삶을 살게 됩니다.

이 삼신산에 성부와 성령과 성자의 영을 가진 요한(정도령)이 등장하니 요한(정도령)은 재창조된 삼신의 시조가 되는 것입니다. 이 시조의 씨(하나님의 말씀, 누가복음 8장 11절)를 각자의 마음에 받아 자라서 큰 나무가 되니 새가 앉게 됩니다. 이들이 물과 성령으로 거듭난 삼신의 후손이 되는 것이랍니다.

그때부터 요한이 하는 일은 곧 창조주와 예수의 일이 되고 창조주와 예수는 신약성서에 약속한 그 일을 기록대로 이루게 됩니다. 그래서 요한복음 19장 30절에서 예수께서 구약성서에 예언한 모든 것을 다 이루셨다고 하셨듯이, 요한계시록 21장 6절에도 신약성서의 예언을 모두 이루셨다고 선언하는 것입니다.

그 이룬다는 것의 핵심이 바로 본 요한계시록 10장 7절과 다음 11장 15절의 구원입니다. 여기서 하나 깨달을 수 있는 것은 육체는 사람에게 들어갈 수 없으나 영은 능히 사람의 육체에는 들어갈 수 있다는 것입니다.

그래서 신약성서에 예언한 창조주와 예수의 강림은 영으로 이루어짐을 깨달을 수가 있습니다. 그것을 은유한 것이 구약에서는 이사야 31장 3절이고, 19장 1절이고, 신약에서는 요한계시록 1장 7절입니다.

여기서는 창조주와 예수께서는 구름이나 말을 타고 오신다고 표현하고 있습니다. 이사야서 19장 1절 "애굽에 관한 경고라 보라 여호와께서 빠른 구름을 타고 애굽에 임하시리니 애굽의 우상들이 그 앞에서 떨겠고 애굽인의 마음이 그 속에서 녹으리로다"

이사야서 31장 3절 "애굽은 사람이요 신이 아니며 그들의 말들은 육체요 영이 아니라 여호와께서 그의 손을 펴시면 돕는 자도 넘어지며 도움을 받는 자도 엎드러져서 다 함께 멸망하리라"

요한계시록 1장 7절 "볼지어다 그가 구름을 타고 오시리라 각 사람의 눈이 그를 보겠고 그를 찌른 자들도 볼 것이요 땅에 있는 모든 족속이 그로 말미암아 애곡하리니 그러하리라 아멘"

자 그럼 이런 기초 위에 다음을 살펴보겠습니다.

"내가 또 보니 힘센 다른 천사가 구름을 입고 하늘에서 내려오는데 그 머리 위에 무지개가 있고 그 얼굴은 해 같고 그 발은 불기둥 같으며"

요한이 또 보니 힘센 다른 천사가 구름을 타고 하늘에서 내려온다고 합니다. 이때는 요한계시록의 예언이 이루어질 때이고, 이 광경을 보는 사람은 지구상에 유일하게 요한 한 사람입니다. 천사가 구름을 타고 온다는 것은 구름은 영을 비유한 것이므로 천사가 영으로 내려옴을 말하는 것입니다.

그리고 이것은 요한이 있는 이 땅에서 이루어지는 일입니다. 그리고 구원에 대한 정보가 들어있는 요한계시록은 구원이 필요한 모든 사람들이 들어야 그 목적을 이룰 수 있을 것입니다. 따라서 요한계시록의 이 사실을 알아야 하는 지구촌 모든 사람들은 요한에게 이 사실을 들어야 이 사실이 확인될 것입니다. 그리고 그것이 필요한 사람은 지구촌 어디엔가 있을 이 요한이나 요한의 제자들을 먼저 찾아야 할 것입니다.

왜냐하면 요한은 이렇게 하늘에서 내려오는 천사를 만나 그 계획과 한 일을 들은 사람이기 때문입니다. 그럼 그 천사가 요한에게 무슨 계획과 무엇을 주는지 본 장을 통하여 살펴봅시다.

그 천사가 다른 천사라는 것은 앞의 여섯째 나팔을 불던 천사와
는 다른 천사란 것이고, 이 천사가 힘이 세다는 것은 예수님을
대신하여 대언하는 지위가 아주 높은 천사임을 말하는 것입니다.
그 천사가 하늘에서 땅의 요한이 있는 곳에 내려옵니다. 한 편
이 천사를 예수의 대언자 또는 보혜사 성령이라고도 합니다.

그리고 요한이 그 천사를 보니 그 머리 위에 무지개가 있고
그 얼굴이 해 같고 그 발은 불기둥 같다고 합니다. 무지개는 창세기
에서 하나님께서 다시는 이 세상을 물로 심판하지 않겠다는 언약
을 증거로 준 것입니다.

이 천사의 위에 무지개가 있다는 것은 본 천사가 하늘의 언약을
지키기 위하여 내려왔다는 사실을 암시하고 있습니다. 심판을 위
하여 심판을 하는 것이 아니라, 구원을 위하여 심판하심을 알 수
있습니다.

그리고 그 얼굴이 해 같고 그 발은 불기둥 같은 천사는 요한이
요한계시록 1장 12절에서 끝절까지에서 만난 예수님의 영과 직접
적인 관계가 있음을 시사하고 있습니다.

그렇습니다. 지금 이 지상 어딘가에 있을 그 요한은 이렇게
이런 방법으로 예수님을 만나고 예수님과 교통하며 하늘의 정보를
입수하여 이 땅에 신약성서로 예언한 창조주와 예수님의 약속을
대행해서 이루게 된 것입니다.

"그 손에 펴 놓인 작은 책을 들고 그 오른발은 바다를 밟고
왼발은 땅을 밟고"

이 천사의 손에는 펴 놓인 작은 책이 있습니다. 책은 물론 창조
주의 계획이 기록된 요한계시록입니다. 그런데 요한계시록 5장을
통하여 보면 요한계시록의 책은 천상천하의 그 어느 누구도 알

수 없도록 봉함되어 있던 책입니다.

그런데 이제 그 책이 펴 놓였다고 합니다. 펴 놓였다는 것은 봉함되었던 계시록을 개봉하여 계시하였다는 말입니다. 요한계시록이란 말은 요한의 계시록이란 말입니다. 요한계시록은 천상천하의 그 누구도 그 뜻을 알 수 없게 봉함해 둔 책이었습니다.

그런 결과 이 세상에는 어느 신학자도 요한계시록의 뜻을 아는 사람이 없었습니다. 그런데 그 계시록을 예수께서 열어서 요한이란 사람에게 주게 된 것입니다. 그런데 요한은 계시록이 이루어지는 이 시대에 지상에 있는 어떤 사람입니다.

그렇다면 신학자도 신앙인들도 세상의 모든 사람들은 모두 이 요한을 찾아야 계시록의 계획을 다 알 수 있게 되고 그것을 알게 되므로 종교의 목적을 이룰 수 있을 것입니다.

또 이 말씀대로 봉함 되었던 요한계시록이 열렸다면 세상에는 이미 열린 말씀들이 출현하여 사람들이 이 말씀을 찾으면 찾을 수도 있을 것입니다. 그리고 힘센 그 천사는 오른 발은 바다를 밟고 왼발을 땅을 밟고 있다고 합니다. 이는 은유와 비유의 실상을 알므로 그 뜻을 이해할 수 있습니다.

요한계시록 5장에서와 이사야서 29장 9~13절에는 천상천하의 어떤 지식이 있는 자도 이 글을 알 수 없도록 봉함해 두었다고 기록하고 있습니다. 그 봉함한 방법이 바로 이런 식입니다. 이 책을 읽는 사람들이 천사의 오른 발은 바다를 밟고 있고, 왼 발을 땅을 밟고 있다니 이것이 도대체 무슨 뜻인가 했을 것입니다.

경전에서 봉함한 것을 알 수 없다는 실례 하나를 들어보겠습니다. 저가 오늘 아침에 검은 가죽부대 안에 무엇인가를 가득 넣었습니다. 그리고 그것을 아무도 볼 수 없도록 가죽 실로 기웠습니다.

그리고 세상 사람들에게 이 안에 든 것이 무엇일 것이냐고 물었습니다. 그리고 기간을 한 달 주었습니다.

알 수 있는 방법이 있을까요?

없겠죠?

언제 누가 알 수 있겠습니까?

한 달이 되기 전에 알 수 있는 사람은 없습니다. 이것이 모든 예언은 예언을 이룰 때, 알 수 있다는 것입니다. 한 달은 예언으로 있던 기간이었고, 한 달 후는 그것을 계시할 것입니다. 그 전에 이에 대하여 이것일 것이다. 저것일 것이다고 한 사람들과 그것을 듣고 믿은 사람들은 예언의 말씀을 더하거나 뺀 자들입니다.

그리고 한 달이 되어 계시를 해보니 그것은 참나무 숲이었다고 할 때, 그 사실을 보고 들어도 믿지 않는 사람들은 예언을 믿지 않는 사람들입니다. 그리고 계시의 사실을 확인하거나 확인한 사람에게 듣지 못한 사람들에게는 여전히 봉함되어 있는 상태일 것입니다. 이 처럼 예언은 이루어지지 않으면 알 수 없습니다. 그리고 계시는 확인하지 못해도 알 수 없습니다.

신약성경의 예언이 봉함 된 기간은 요한계시록이 쓰인 2천 년 동안 그러한 상황이었습니다. 그런데 이제 요한계시록이 열리는 때는 그 모든 것을 알게 되는 때입니다. 열리게 되었다는 사실 속에 이 글을 읽으시는 분들은 지금의 때를 알아야 할 것입니다.

그럼 위 봉함된 예언을 계시해 보겠습니다. 여기서는 바다가 뭔지 땅이 뭔지부터 이해해야 그 의미를 파악할 수 있을 것입니다. 땅은 바로 일곱 금 촛대교회를 은유한 것입니다. 그리고 땅 이외의 모든 곳은 바다로 비유하였습니다. 그리고 좀 더 협의의 의미로 해석하면 바다란 바로 세상의 종교계를 비유한 것입니다. 더 구체적으로 말하면 기성 교단 소속의 기독교 세계를 비유한 것입니다.

그리고 이 천사가 바다와 땅을 밟는다는 의미는 이 천사의 사명이 일곱 금 촛대교회와 세상 종교를 심판한다는 것을 암시하고 있습니다. 그래서 계속되는 요한계시록 16장에서 18장까지는 실제로 그들을 심판하는 내용이 기록되어 있습니다.

16장은 일곱 금 촛대교회를 심판하는 내용으로 기록되어 있고, 17장과 18장은 세상 종교를 심판하는 내용을 기록하고 있습니다. 일곱 금 촛대교회는 하느님과의 언약을 배신한 대가로 심판을 받게 되고, 세상의 기성 기독교는 영적 바벨론이 되어 일곱 금 촛대교회를 미혹하여 멸망시킨 죄로 말미암아 심판을 받게 됩니다.

요한계시록 17장과 18장의 장소 즉 기성 교회를 바벨론으로 비유한 내용 속에서도 많은 것을 깨달을 수가 있습니다. 바벨론은 성서적으로 살펴보면 하나님의 나라 이스라엘을 대적하고 망하게 한 마귀의 나라라는 딱지가 붙어있습니다. 요한계시록 때는 세계 역사 속에 바벨론이란 나라는 없습니다.

그런데 말세를 예언한 요한계시록에는 왜 바벨론이란 나라가 등장할까요? 여기에 등장하는 바벨론이란 나라는 옛날 바벨론이란 나라의 행위나 소속 등, 특성을 따서 빙자(憑藉)한 것입니다.

요한계시록에는 바벨론과 바벨론이 적대시 하는 하나님의 나라가 등장하는데, 첫째로 세상에 생겼다가 배도로 멸망 받아 없어진 일곱 금 촛대교회와 둘째, 이 장막에서 생긴 배도와 멸망의 일을 증거 하여 구원의 일을 이루게 되는 요한계시록 15장 5절에 기록된 증거 장막의 성전이 있습니다.

바벨론을 바다로 비유한 경우도 있습니다. 일곱 금 촛대교회는 결국 바다에서 올라온 바벨론의 세력(용)에게 망하게 됩니다. 이 것은 역사적으로 하나님이 세운 이스라엘 나라를 바벨론이 멸망시 킨 것과도 관계를 맺어볼 수도 있습니다. 요한계시록에서 바벨론 과 바다는 기성 교회를 비유한 것입니다.

이 이야기는 결국 기성 교회가 하나님이 세우신 일곱 금 촛대교 회를 멸망 시켰다는 말이 됩니다. 이것은 마치 2천 년 전에 하나님 이 보낸 예수를 십자가에 못 박아 죽게 한 자들이 바로 하나님을 믿는다고 한 유대교의 대제사장과 서기관 바리새인들이었다는 것 과 같은 양상인 것입니다.

그래서 요한계시록 17장과 18장에는 바벨론을 귀신의 나라라고 심판을 내리고 있습니다. 귀신의 나라란 하나님과 적인 마귀의 나라라는 말입니다. 결국 예수로부터 시작된 그리스도교회 또한 말세가 되니 영적으로 마귀의 나라로 떨어져 있음을 우리는 봉함 된 묵시가 계시됨을 통하여 알 수 있게 되는 것입니다.

기성 교단은 거기서 거치지 않고 일곱 금 촛대교회의 후속으로 세워진 하나님의 교회인 증거 장막 성전을 대적하여 영적인 전쟁 을 일삼게 됩니다. 마태복음 24장에서 나라와 나라가 전쟁을 한다 는 전쟁은 바로 요한계시록에서 이렇게 있어지게 됩니다.

이때는 종교 세상에는 영적으로 다른 두 나라가 존재하게 되는 데 하나는 증거 장막의 교회고, 또 하나는 기성 교회입니다. 이 때 영적 전쟁의 이슈는 증거 장막의 교회는 자신들이 하나님과 예수의 예언대로 나타난 하나님의 교회란 것이고, 기성 교단은 증거 장막의 교회가 이단이라고 하며, 멸망시키려고 합니다.

이 전쟁의 양상은 창세기의 상황과 유사하게 펼쳐집니다. 창세 기의 전쟁은 아담과 하와를 사이에 두고 하나님은 선악과를 먹지

마라는 것이었고, 뱀은 선악과를 먹으면 하나님처럼 된다는 것이었습니다. 이 전쟁에서 아담과 하와는 뱀의 손을 들어줬습니다.

그 결과 아담과 하와와 에덴동산은 뱀의 소속이 되어 버렸습니다. 하나님과 뱀의 전쟁에서 뱀이 승리를 거둔 것입니다. 이로 말미암아 하나님은 세상과 사람의 영혼에서 떠나시고, 세상과 사람의 영혼에는 뱀의 영혼이 들어오게 되었습니다.

요한계시록에서 발생하는 마지막 영적 전쟁도 이와 같이 하나님께서 세운 증거 장막의 교회는 자신들이 하나님이 세운 약속된 성전이며, 이곳에서 약속된 구원이 있어진다고 합니다.

그러나 기성 교단에서는 이미 자신들은 구원을 받았다고 하며, 증거 장막의 교회로 가면 감금, 폭행은 물론 재산을 다 빼앗아버리는 무서운 이단이라고 가르칩니다.

이런 양상으로 전개되는 것이 요한계시록에서 벌어지는 마지막 영적 전쟁입니다. 그리고 이 전쟁에서의 승패는 신앙인들 및 사람들에 의합니다. 사람들이 양쪽에서 주장하는 말을 다 들어보고 어느 쪽이 진리이고, 어느 쪽이 거짓이냐를 결정하여 승패가 가려지게 됩니다.

이런 때, 우리 신앙인들이 취하여야 할 선택은 무엇일까요? 한 가지 유의사항이 있는 바, 양쪽의 말을 다 들어봐야 한다는 것입니다. 왜냐하면 어느 한 쪽은 분명히 거짓말을 하고 있는 것이기 때문입니다.

이 선택이 중요한 것은 이 선택으로 말미암아 천국과 지옥의 갈림길로 갈리게 되기 때문입니다. 천국과 지옥이 그렇게 가벼이 여길 사항이 아니라면 분명 이 선택을 바르게 해야 할 것입니다. 그리고 바른 선택을 위해서 반드시 양쪽의 말들을 다 들어보기를 뜻을 다하여 힘써야 할 것입니다.

여기서 한 가지 분명한 것은 이 전쟁은 이미 2천 년 전에 하나님이 예상한 전쟁이라는 것입니다. 이 전쟁의 결과로 기성 교단이 이기게 되면 세상은 오늘날처럼 같은 나날이 계속되고 영적인 변화도 없을 것입니다.

그러나 증거 장막의 교회가 이기게 되면 세상은 급속도로 바뀌어 지게 됩니다. 어떻게 바뀌어 질까요? 성서와 불서와 다른 예언서에 예언한 천국 극락이 열리게 되는 것이지요. 증거 장막의 교회가 이기게 되면 세상 사람들은 점점 기성 세상에서 새롭게 세워진 하나님의 나라인 증거 장막의 교회로 들어오게 될 것입니다.

그 결과는 시간이 갈수록 증거 장막의 교회의 사람들은 점점 늘어날 것이고, 기성 세상에 머무는 사람들은 점점 줄어들 것입니다. 이렇게 하여 정한 시간이 되면 증거 장막의 교회에 소속된 사람들은 성서와 불서 및 기타 예언서에 약속한 모든 복을 받게 됩니다.

여기서 중요한 하나가 있습니다. 하나님께서는 요한계시록과 기타 예언서를 통하여 이 마지막 때, 전쟁은 증거 장막의 교회가 이기는 것으로 설계가 되어 있습니다.

증거 장막의 교회가 이기는 것은 곧 창조주 하느님의 승리입니다. 하느님의 승리의 결과는 세상과 사람들의 영혼이 하나님의 형상인 성령으로 교체되는 것입니다. 기성 세상의 모든 사람들의 영혼이 악령인데 반하여 증거 장막 교회로 와서 진리로 소성 받게 되면 그들은 하나하나 모두 성령으로 거듭나게 됩니다.

이리하여 증거 장막의 교회는 거룩한 창조주께서 임하시게 되므로 성전(聖殿)이 됩니다. 그래서 요한계시록 15장 5절에는 증거 장막의 성전이 열린다고 예언되어 있는 것입니다.

이리하여 기성 세상에서 증거 장막의 성전으로 들어올 사람들이 다 들어오게 되면 증거 장막의 성전으로 들어오는 문은 닫히게 된다고 예언되어 있습니다. 그 후, 증거 장막의 성전은 내세(來世)가 되고, 천국, 극락, 무릉도원이 됩니다.

그리고 기성 세상에는 알곡은 하나도 없이 쭉정이만 남게 됩니다. 그리고 이들은 심판을 받아 영원한 불못으로 떨어진다고 예언되어 있으며, 증거 장막의 성전으로 들어온 알곡들은 저 하늘의 별처럼 영원히 빛나게 된다고 예언되어 있습니다. 이 모든 일의 시작은 본 장에 등장하는 마지막 일곱 번째 나팔이 불려 지면서 이루어집니다.

요한계시록에는 몇 차례의 심판이 있어지는데, 그 첫 번째 심판이 하나님이 세운 일곱 금 촛대교회의 심판입니다. 그 다음은 세상 기성 교단의 심판입니다. 일곱 금 촛대교회를 심판하는 이유는 이들이 창조주와의 언약을 어겼기 때문이고, 세상 기성 교단을 심판하는 이유는 이들이 부패한 때문이며, 또 이들이 창조주께서 세운 일곱 금 촛대교회를 미혹하고 멸망시켰기 때문입니다.

이들이 부패했다는 확실한 증거는 창조주가 세운 교회를 대적하여 멸망시킨 것입니다. 이로서 이들이 영적으로 창조주의 편이 아니란 것이고, 이로써 오늘날 종교 세계도 갈라디아 3장 3절처럼 성령으로 시작하였다가 육체로 끝나는 운명에 쳐했다는 것을 눈치 챌 수가 있는 것입니다.

이 말은 즉 종교 세상을 주관하고 있는 영은 에베소서 2장 2절의 말씀처럼 마귀라는 것을 증거 하고 있습니다.

"사자의 부르짖는 것 같이 큰 소리로 외치니 외칠 때에 일곱 우뢰가 그 소리를 발하더라"

천사가 사자가 부르짖는 것 같이 부르짖는 것은 일곱 금 촛대교회의 선민들과 종교 세계가 타락했기 때문에 사자같이 무섭게 이들을 심판할 것이란 것을 암시합니다. 그리고 그 심판은 일곱 우뢰로 한다고 합니다.

우뢰는 천둥인데 천둥같이 크고 강하게 한다는 의미이며, 일곱은 일곱 사명자를 의미합니다. 그 일곱 사명자에게는 요한계시록 4장에 있던 거룩한 일곱 영이 임하여 그 일을 하고 있습니다. 그 영은 원래 일곱 금 촛대교회의 일곱 종들에게 있던 것인데 요한계시록 2장 5절처럼 그들이 범죄하자 그 육체를 버리고 떠났던 것입니다.

그리고 지금의 일곱 사자는 요한이 요한계시록 12장 7절 이하에서 용과 싸워 이기고, 요한계시록 15장 5절에서 건설된 증거 장막 성전에 모인 자 중에 요한이 일곱을 택하여 심판을 베풀게 되는 것입니다. 이들은 요한계시록 7장에서 하나님의 인을 맞고 등장하는 주인공들입니다.

"일곱 우뢰가 발할 때에 내가 기록하려고 하다가 곧 들으니 하늘에서 소리가 나서 말하기를 일곱 우뢰가 발한 것을 인봉하고 기록하지 말라 하더라"

요한이 우뢰가 발할 때에 그것을 기록하려 하니 하늘에서 말하기를 우뢰가 발한 것을 인봉하고 기록하지 말라고 한다고 합니다. 그런데 이 일곱 우뢰가 발하는 소리를 왜 하늘에서는 기록하지 말고 인봉하라고 할까요?

일곱 우뢰가 본 문 천사와 함께 외치는 소리는 펼쳐진 책에 기록된 말씀입니다. 그것을 기록하지 말라고 한 이유는 이 책을 요한이 받아먹고 직접 가르치기 때문에 다시 기록할 필요가 없기 때문입니다.

이 우뢰소리가 바로 본 서가 알리려고 하는 뉴스입니다. 따라서 본 서를 보는 시각도 독자에 따라 여러 가지겠지만 영적인 눈이 뜨인 독자라면 본 서를 보고 깨닫는 바가 있을 것입니다. 여기서 열린 비밀로 유불선 세계의 모든 종교 경서가 다 풀어지게 되는 것입니다.

"내가 본바 바다와 땅을 밟고 섰는 천사가 하늘을 향하여 오른손을 들고 세세토록 살아계신 자 곧 하늘과 그 가운데 있는 물건이며 땅과 그 가운데 있는 물건이며 바다와 그 가운데 있는 물건을 창조하신 이를 가리켜 맹세하여 가로되 지체하지 아니하리니"

요한이 보니 바다와 땅을 밟고 섰는 천사가 하늘을 향하여 오른손을 들고 만물을 창조하신 창조주를 가리켜 맹세하며 지체하지 아니하리라고 합니다.

요한계시록 1장 3절에서는 이 예언의 말씀을 듣고, 믿고, 지키는 자들은 복이 있다고 하면서 모든 일을 속히 이루신다고 했습니다. 이 계시록의 예언은 이미 2천 년이 되었지만, 그 예언이 이루어지기 시작하면 속히 이룬다고 하십니다.

그리고 마태복음 24장 34절에는 그것이 한 세대가 가기 전에 다 이룬다고도 하였습니다. 그리고 요한계시록의 예언이 이루어지는 시작 점은 이 지상 어딘가에 일곱 금 촛대교회가 세워지고부터입니다.

일곱 금 촛대교회는 1966년도에 세상에 세워졌습니다. 그리고 거기서 14년의 세월 동안 포교활동이 지속됩니다. 그때가 1980년이고 경신년(庚申年)입니다. 동양경서에는 경신년이 되면 세상 모든 종교가 종귀자(從鬼者)가 된다는 예언이 있습니다.

이는 세상 종교가 다 영적으로 멸망당하여 귀신을 따르고 믿는 종교가 된다는 예언입니다. 그 예언 그대로 하나님이 세우신 일곱 금 촛대교회도 배도로 말미암아 종귀자(從鬼者)들이 되고 말았습니다.

하나님의 교회인 일곱 금 촛대교회에서 1980년부터 성서의 예언대로 3년 반(42개월, 1260일) 동안 영적인 전쟁이 일어납니다. 그 영적 전쟁에서 요한이 용을 상대로 이기게 됩니다.

일곱 금 촛대라는 신약성서에 예언은 대한민국에서 장막 성전이란 이름하에 세워졌습니다. 그리고 거기에 용신을 입은 거짓 목자가 출현하여 장막 성전의 성도들을 모두 미혹하여 멸망시켜버렸습니다.

이 때 한 데나리온의 밀 한 되요, 한 데나리온의 보리 석 되요, 감람유요, 포도주로 비유된 소수의 인원은 그들의 미혹에 지지 않고 그들을 상대로 42개월 싸워 이기게 되었습니다.

그 소수 중 한 사람이 곧 계시록에 예언된 가칭 요한이란 사람입니다. 그가 하나님의 말씀과 증거 하는 말로 소위 일곱 머리 열 뿔로 비유한 거짓 목자들을 진리로 증거 하여 드디어 이겼습니다.

이 때 요한에게는 하나님과 예수님의 영이 임하여 그들과 싸웠고, 그들 거짓 목자인 일곱 머리 열 뿔 짐승에게는 용과 그의 휘하 신들이 들어가 싸웠습니다.

성경을 통하지 않고 이 전쟁을 보면 단순히 사람과 사람, 신앙인과 신앙인들의 말싸움 같은 다툼에 불과할 것입니다. 그러나 성경을 통하여 이 전쟁을 분석하면 겉으로는 참 목자인 요한에게는 하나님과 예수님이 함께 하였고, 거짓 목자인 일곱 머리 열 뿔 짐승에게는 용이 함께 한 전쟁임을 깨닫게 됩니다.

인류에게 용이 들어오게 된 시초는 창세기 때, 아담과 하와가 뱀에게 미혹된 이후입니다. 뱀은 곧 용이요, 마귀요, 사단입니다. 그 사단의 영이 창세기 때, 사람들에게 들어오기 시작했습니다.

그때부터 용은 사람에게 들어와 있었습니다. 성경과 종교의 목적은 사람 안에 들어온 용으로부터의 구원을 목적으로 시작되었습니다. 그런데 그 용이 계시록에서 일곱 머리 열 뿔이란 조직체인 일곱 명의 거짓 목자들에게 들어와 자신의 모습을 드러냈습니다.

세상에서 오늘날까지 이 용을 잡지 못하였습니다. 모든 종교가들은 자신의 종교교리가 제일이라고 하기 전에 이 용을 연구하여 잡아야 마땅했습니다. 이 용을 잡으면 인류의 모든 문제는 종식됨에도 누구도 용을 잡지 못하였고, 잡으려고 노력도 하지 않았습니다.

여러분, 이 용이 오늘날까지 지구촌 인생들을 움직여 왔습니다. 그런데 종교가들은 이 용을 잡을 노력은 안하고 자신의 종교만을 자랑해 왔답니다. 이는 곧 마을에 출몰한 산돼지를 잡으라고 동민들이 총을 사주었는데, 산돼지는 안 잡고 총 자랑만 한 사냥꾼과 무엇이 다르겠습니까?

이 용이 창세기 때부터 인간 세상에 들어와 오늘날까지 우리를 괴롭혔습니다. 그런데 한 영웅이 계시록의 예언대로 용을 잡았다면 인류에게 이토록 큰 공훈을 세운 영웅이 이전에 있었겠습니까?

이 영웅은 창세기 때, 인간 세상에 들어온 용을 잡기 위해서 계시록 때, 투입된 하나님과 예수님의 사자입니다. 이 자를 찾아야 하지 않겠습니까?

이 자는 이 시대에 태어나 계시록의 예언대로 나타난 일곱 머리 열 뿔 짐승을 잡아 그들이 용의 무리란 사실을 증거 하여 잡아가두었습니다. 그들이 요한계시록 13장에 나타나 일곱 금 촛대교회 곧 장막 성전의 성도들을 거짓말로 미혹하여 그들의 심령을 멸망시켰습니다. 멸망시킨 자를 신약성서에서는 멸망자라고 미리 기록하여 두었습니다.

멸망자는 곧 일곱 금 촛대교회의 성도들의 심령을 멸망시켰고, 그들은 성서에 예언한 일곱 머리 열 뿔 짐승이고, 그들이 거짓 목자들이고, 그들 안에 용이 또아리를 틀고 하나님을 훼방하고 있었습니다.

이 때 하나님의 생기로 거룩한 성령들이 된 선민들이 무화과 열매가 대풍에 떨어지듯 모두 다 땅으로 떨어져 아담처럼 흙으로 돌아가 버렸습니다. 이는 생령(生靈)에서 사령(死靈)으로의 심령 멸망당한 것입니다.

이 때 가칭 요한과 소수의 무리만은 거짓 목자들의 미혹에 지지 않고, 하나님과 예수님의 후원으로 그들의 모든 정체를 드러내고, 그들이 하나님의 적인, 용의 무리란 사실을 증거하고 이겼습니다. 이렇게 이룬 자가 실제로 이 세상에 있으니 이 노정들을 살펴보므로 우리는 그 자를 찾을 수 있을 것이다.

창세기에서 용이 이겨 인생들의 주인이 되었습니다. 이때부터 줄곧 용이 인간 세상을 주관하여 왔습니다. 이 후, 초림 예수가 용을 이긴 바 있으나, 그때는 1승 1패로 인간 세상의 패권을 찾아오지는 못하였습니다. 그러나 신약성서의 막장인 계시록에서 하나님의 편인 이 자가 용을 이겨서 패권을 완전히 찾아오게 됩니다. 승패는 2승 1패가 된 것입니다.

그 해가 갑자년[1984]입니다. 그때부터 인간 세상에 하늘 궁이 만들어지기 시작했습니다. 하늘 궁은 천국입니다. 옛말에 알은 한알, 한얼, 하늘, 하느님으로 변화되어 왔습니다.

그래서 알궁은 천국이고, 달궁(達宮)은 천국에 도달하는 일입니다. 알궁달궁… 알궁달궁… 그것을 깨닫게 하는 단어가 깍꿍입니다. 깍꿍을 한자로 쓰면 각궁(覺宮)이고, 각궁을 결국 알궁에 도달해야 함을 깨닫는 옛 아이들의 놀이인 농궁가(弄宮歌)입니다.

알고 보니 그 알궁을 이렇게 택한 사람들이 직접 만들어 가야 했나 봅니다. 그 결과 홍익인간, 제세이화, 광명이세의 나라가 된다고 합니다. 그 알궁이 갑자년과 을축년에 세워지기 시작한다고 그 궁을 갑을각(甲乙閣)이라고도 불렀습니다.

미래에 우리들이 그 알궁을 만들어야 하기 때문에 우리 엄마들은 '작자쿵 작자쿵'이라고 연습시켰습니다. 작작궁은 즉 작작궁(作作宮)으로 알궁을 만들고 만들어 간다는 뜻입니다.

그때를 양의 세월이라 하여 건양다경(建陽多慶), 그때에 청춘의 인생이 펼쳐진다고 '입춘대길(立春大吉)'이라고 전하여 왔던 것입니다. 그 시작이 갑자년입니다.

그로부터 한 세대가 되는 해는 2014년입니다. 그런 차원에서 본 문에서도 지체되지 아니한다고 강조하고 있는 것입니다. 동양의 예언서에는 2014년을 청마대운의 해로 예언한 바가 있고 격암유록에는 오미낙당당(午未樂堂堂)이란 말로 이 시대를 예언해 두었습니다.

오(午)는 갑오년(2014)이고, 미(未)는 을미년(2015)입니다. 갑자년부터 한 세대가 되는 2014년에 하늘 역사가 기틀을 잡고 갑오년과 을미년과 병신년에 걸쳐 이 소식이 세계로 전하여져서 집집마다 즐거움이 가득한 새로운 내세(來世)를 맛보게 됩니다.

그러나 이 역사의 시운은 그렇게 정해져 있으나 하늘의 명에 따라 사람이 해내야 하는 일이므로 노력 여하에 따라서 지속(遲速)할 수도 있습니다. 동양의 성서 격암유록에는 술해년에 완성된다고 예언되어 있습니다. 술해년은 무술년(2018)과 기해년(2019)에 해당합니다.

이 예언대로라면 작년(2019)이 매우 중요한 해라고 할 수 있습니다. 올해(2020)에는 그 빛의 역사는 더욱더 심오하게 뻗어나가 세상이 떠들썩하게 될 것입니다.

예수나 석가모니가 전한 복음이 세계로 알려지는 데는 약 2천년 이상이 걸렸습니다. 그때는 모든 것이 느릴 때입니다. 오늘날은 빠르게 그것이 알려지고 있습니다.

그러나 이것은 창조주께서 주관하는 일이기 때문에 창조주께 택함을 받은 사람이 아니면 그 사실을 알 수도 없고 믿을 수도 없습니다. 그래서 요한계시록 2장에서는 그것을 받는 자밖에는 모른다고도 기록해 두었습니다.[36]

본 하늘 역사는 한 시대를 주관하던 악신의 왕인 용을 잡고부터 시작됩니다. 용을 잡는 장본인은 세세토록 살아계신 자 곧 하늘과 그 가운데 있는 물건이며, 땅과 그 가운데 있는 물건이며, 바다와 그 가운데 있는 물건을 창조하신 이입니다.

그러나 하나님은 육체가 없으니 세상과 사람 속에 들어있는 용신(龍神)을 이길 수 없습니다. 하나님의 영이 요한의 육체에 들어가서 용신을 입은 육체를 이기게 되니 이것이 바로 영육간의

---

36) 계시록 2장 17절: 귀 있는 자는 성령이 교회들에게 하시는 말씀을 들을찌어다 이기는 그에게는 내가 감추었던 만나를 주고 또 흰 돌을 줄터인데 그 돌 위에 새 이름을 기록한 것이 있나니 받는 자 밖에는 그 이름을 알 사람이 없느니라

승리인 것입니다.

　오늘날 인류는 신에 대하여 잘 모른다고 전술한 바 있습니다. 저 하늘의 해와 달과 별의 운행은 신이 없다면 이루질 수 없습니다. 또 사람을 비롯한 모든 생명체도 신이 없으면 존재할 수가 없습니다. 앞에서 언급한 것처럼 우주와 만물과 공간은 인간의 마음에서 만든 것으로 정리한 바가 있습니다. 그 인간의 마음은 곧 신입니다. 그 신 중에 대표신이 창조주입니다.

　그런데 신의 세계에는 창조주의 신을 대적하는 신이 또 하나 있으니 그 신이 루시퍼, 용왕, 마왕(魔王)이라 일컬어지는 신입니다. 그런데 불행하게도 오늘날까지는 세상과 사람을 주관하던 신은 루시퍼(용왕, 마왕)입니다. 이것으로 오늘날까지 우리 인간 세상을 지배하던 신이 악신이란 사실을 알 수가 있습니다.

　우리 인간을 악신이 지배한다는 실상은 인간 누구에게나 있는 영혼이 바로 악신이란 놀라운 사실입니다. 종교 경서에서 말하는 구원과 해탈과 탈겁은 우리 인생들의 영혼이 악신에게 구속되어 있기 때문에 필요한 것입니다.

　그것을 구원해 줄 자를 우리는 구원자라고 하며, 구원자는 앞 장에서 말씀 드린 것처럼 천택지인으로 그 육체에 창조주의 신이 임한 사람입니다. 그가 사람을 악령으로부터 성령으로 해방시켜 줄 수 있는 유일한 진리를 가지고 있으므로 그 구원자(救援者)를 동양예언서에서는 정도령(正道令)이라고도 칭하여 왔습니다. 그는 또 인간 세상의 모든 사람을 구세(救世)한다고 그를 또 구세주(救世主)라고도 한 것입니다.

　따라서 앞 장 법사품에서 말씀드린 미륵부처의 출현에서 미륵보살이 용화수 아래에서 마왕을 이기고 미륵부처로 출세(出世)

한다는 내용은 본 장에서 용을 이기고 출현하는 요한과 동일인임을 알 수가 있습니다. 미륵도, 요한도, 사람의 육체를 가지고 세상에 등장하는 바, 문제는 그 몸에 악신이 없는 상태여야 합니다.

따라서 세상의 모든 사람들은 악신을 영혼으로 가지고 있는 사람이나 미륵과 요한은 악신으로부터 가장 먼저 구원을 받는 사람입니다. 그래서 그 육체에 천신이 임할 수가 있게 됩니다. 이때부터 세상에 천신이 임하게 되는 것이며, 이 한 분으로 말미암아 세상 사람들이 악신으로부터 구원을 받기 시작하는 것입니다.

그때가 갑자년인 1984년부터라는 이야기입니다. 그래서 본 문에서 "세세토록 살아계신 자 곧 하늘과 그 가운데 있는 물건이며, 땅과 그 가운데 있는 물건이며, 바다와 그 가운데 있는 물건을 창조하신이"가 이렇게 세상에 등장하게 되는 것입니다.

그래서 요한계시록 19장 6절에서는 "큰 우렛소리와도 같은 소리로 이르되 할렐루야 주 우리 하나님 곧 전능하신 이가 통치하시도다"라고 기록하고 있습니다. 세상 나라의 통치자가 비로소 만물을 창조하신 주인이신 하나님으로 바뀌는 것입니다. 이러한 모든 내용이 경서에 기록되어 있는 바, 경서 없이 신앙을 한다는 사실이 얼마나 터무니없고 무용한 짓인지를 이를 통하여 만인들이 깨달아야 할 것입니다.

신앙은 신이 약속한 것을 믿는 것이고, 그 약속은 신서인 경서에만 기록되어 있기 때문입니다. 그러므로 더불어 경서를 중심으로 신앙을 하되 그 경서를 깨닫는 것이 얼마나 중요하냐 하는 것도 동시에 알아야 할 것입니다. 그리고 이 모든 예언은 요한계시록 때인 오늘날 하나 빠짐없이 다 이루어지고 있습니다.

'말세라'하는 오늘날 종교 경서에 예언된 예언이 실상으로 다 이루어짐으로 말미암아 창조주 하나님도 살아계심이 인정되며 신의 존재도 확실히 인정되게 됩니다.

"일곱째 천사가 소리 내는 날 그 나팔을 불게 될 때에 하나님의 비밀이 그 종 선지자들에게 전하신 복음과 같이 이루리라"

이제 일곱째 천사가 일곱째 나팔을 불게 된다고 선포하고 있습니다. 그 나팔은 하나님의 비밀이었습니다. 그리고 그 비밀은 신구약성서를 통하여 많은 선지자들을 통하여 예언하여 왔습니다. 그렇게 전한 것은 복음(福音)이었습니다. 복음이란 복된 소리입니다.

그 복된 소리는 신약의 예언이 예언대로 이루어지는 일입니다. 그런데 창조주께서는 그것을 어떤 방법으로 하늘에서 내려주어 사람들에게 전하여 그들에게 복을 받게 하는 방법을 택하겠습니까?

그 방법은 바로 앞에서 설명한 바와 같습니다. 5~6절에서 설명한 일련의 일들을 일곱째 천사를 통하여 세상에 알리는 것을 나팔을 분다고 비유적으로 표현한 것입니다. 전술한 바 있지만 나팔은 사람이고 나팔을 부는 주체는 천사입니다. 천사는 영이니 영이 택한 사람의 육체에 들어가 전하는 것이 마지막 나팔의 실상입니다. 그리고 대표적으로 나팔을 불게 되는 이는 곧 가칭 요한입니다.

그 나팔 소리는 오늘날까지 들은 사람이 없다고 합니다. 그것은 하나님의 비밀이었다고 말합니다. 따라서 이 나팔 소리를 듣지 못한 사람이 하나님의 뜻을 안다고 전한 모든 것은 거짓말이었습니다. 왜냐하면 하나님께서 그것을 비밀이었다고 정해 놓았기 때문입니다.

그리고 이 마지막 나팔을 통하여 비로소 하나님의 비밀과 그 계획이 무엇인지도 확실히 알 수 있게 됩니다. 그러므로 세상의 만민들은 이 나팔 소리에 귀를 기울여야 할 것입니다. 이 나팔소리에 의하여 천국의 비밀도, 인생의 비밀도, 세상의 비밀도 모두 다 열리게 되니까요.

이 말이 진리고 정법이고 정도입니다. 종교의 목적은 천국 극락입니다. 그런데 오늘날까지 천국 극락이 무엇이며, 언제 어떻게 이루어지는가에 대한 지식을 가진 학자는 없었습니다. 천국 극락 가기 위해서 신앙을 한다하면서도 천국 극락에 대하여 아는 자들이 없다는 사실은 참으로 아이러니합니다.

"하늘에서 나서 내게 들리던 음성이 또 내게 말하여 가로되 네가 가서 바다와 땅을 밟고 섰는 천사의 손에 펴 놓인 책을 가지라 하기로 내가 천사에게 나아가 작은 책을 달라 한즉 천사가 가로되 갖다 먹어버리라 네 배에는 쓰나 네 입에는 꿀 같이 달리라 하거늘 내가 천사의 손에서 작은 책을 갖다 먹어버리니 내 입에는 꿀 같이 다나 먹은 후에 내 배에서는 쓰게 되더라 저가 내게 말하기를 네가 많은 백성과 나라와 방언과 임금에게 다시 예언하여야 하리라 하더라"

각 종 예언서가 다 그러하듯이 신약성서에 약속한 예언은 창조주께서 인간 세계에 이룰 계획을 기록한 하나의 큰 프로젝트입니다. 그 프로젝트는 바로 천국입니다. 따라서 신약성서는 천국을 설계해놓은 설계도입니다. 창조주께서 펼쳐갈 프로젝트의 진행 방법은 이미 요한계시록을 통하여 2천 년 전에 모두 계획해 두었습니다.

즉 어떻게 그 일을 이룰까 하는 계획을 요한계시록에 모두 기록해 두었다는 것입니다. 그래서 그 일을 위하여 창조주께서는 요한에게 그 책의 내용을 모두 계시 곧 공개하여야 되는 것입니다.

본 문은 천상천하에 그 누구에게도 알려주지 않았던 요한계시록의 비밀을 요한을 통하여 공개하는 장면입니다. 다시 한번 깨달음의 폭을 넓히기 위해서 여기서 강조하는 바는 지금 본 장에 등장하여 하늘의 일을 하는 요한은 곧 불서의 미륵부처요, 격암유록의 정도령이요, 유경의 대 성인요, 대 두목이란 사실을 각인하며, 본 서를 봐야 한다는 사실입니다.

그래서 본 장에서 요한이 받는 말세의 비밀인 천국에 대한 정보는 진리 중에 진리입니다. 그 진리를 불서에서는 정법(正法)이라 하였고, 격암유록에서는 정도(正道)라고 한 것입니다. 따라서 정법도, 정도도, 요한계시록에서 출현됨을 이로서 깨달을 수가 있습니다.

그래서 기독교인이든, 불교인이든, 이슬람교인이든, 어떤 종교인이든, 또 비종교인이든 자신이 영혼을 가진 사람이라면 모름지기 이 본 문을 통하여 영혼의 자유함을 찾아야 할 것입니다.

하늘에서 요한에게 들려주는 음성은 "네가 가서 바다와 땅을 밟고 섰는 천사의 손에 펴 놓인 책을 가지라"는 것이었습니다. 그 책은 요한계시록 책입니다. 그래서 요한이 천사가 시키는 대로 힘센 다른 천사에게 책을 달라 한즉 천사가 먹어버리라고 합니다. 그리고 천사가 네 배에는 쓰나, 네 입에는 꿀 같이 달리라고 했습니다.

꿀처럼 달다는 내용은 뒷 장에 기록된 요한계시록 19장에서 22장까지의 내용 때문입니다. 그 내용은 16-18장까지에서 잘 못된 세상과 잘 못된 사람들을 모두 심판한 후에 창조주의 나라가 세워져서 21장처럼 아픈 것, 곡하는 것, 죽는 일이 없어지는 창조주의 세상이 열린다고 하는 기쁜 소식이 기록되어 있기 때문입니다.

그것은 바로 천국에 대한 것이고, 극락에 대한 것이었습니다. 그래서 천사는 요한에게 그 계시된 책이 꿀처럼 달다고 했던 것입니다. 그리고 여기서 책을 먹는다는 의미는 그 책의 모든 것을 이해하여 소화하게 한다는 의미며, 요한이 곧 말씀체가 된다는 것을 은유한 표현입니다. 세상 중에 비밀로 하였던 창조주 하나님의 비밀은 이제 요한이란 사람에게로 이송되어 왔습니다.

그런데 요한이 배에서는 쓰다고 한 이유는 천사가 요한에게 그 내용들을 백성과 나라와 방언과 임금에게 다시 예언하여야 한다고 했기 때문입니다. 백성은 세계의 신앙인들이고 나라는 각 종교계와 각 교단들을 말하고, 방언은 각 종교계나 교단마다 다른 교리로 신앙을 하는 단체들을 비유한 것입니다.

그리고 임금은 각 종교계나 교단의 목자나 스님들을 은유한 말입니다. 요한계시록에 기록되었던 천국에 대한 소식을 각 종교계나 각 교단에게 알려주라고 하는 것은 천사이고 천사에게 그 명령을 내려주신 분은 창조주 하느님입니다. 그렇다면 목적이 있어 신앙을 하는 모든 인류는 여기 이렇게 기록한 것을 찾고 구하여야 그 뜻을 이룰 수 있을 것입니다.

그리고 본 저서가 바로 하느님이 명하시는 그 내용이라면 누구나 이 저서를 읽고 하느님의 뜻과 종교의 목적을 깨달아 자신이 그 주인공이 되어야 할 것입니다. 그런데 요한이 책을 먹으니 배에서는 쓰다는 의미는 이것을 세상 사람들께 알리게 되니 감사히 그 말을 듣고 믿어주는 것이 아니라, 핍박을 가하고 천대하고 미워하며 멸시한다는 것입니다.

이 역사는 유불선 및 모든 사람들의 로망인 천국과 극락인데 그 역사를 사람들은 무의식적으로 하나님의 역사를 싫어하게 됩니다. 그것은 영적으로 무지한 탓이고, 영적으로 서로 반대되기 때문입니다.

전술한 바와 같이 하나님은 성령의 계열이고, 세상은 마귀의 계열이기 때문에 근본적으로 세상 사람들은 원인도 없이 하나님이나 하나님의 역사를 미워하며, 멸시를 하게 되는 것입니다. 그 이유인즉 이들은 옛날부터 해 오던 그런 말을 하는 것이 아니라, 평소에 듣지도 못한 이상한 말을 하기 때문입니다.

하나 이들이 하는 말은 마지막 나팔소리에서 들은 천상의 이야기고, 기성 교인들이 듣던 이야기는 오늘날까지 교회나 사찰에서 우리들이 늘 듣던 그런 지상의 교훈적인 말입니다. 하늘에서 이룰 이 일이야말로 우리가 바라던 천국과 구원과 영생의 소식이건만 기성 교인들이 볼 때는 이상하고 색다르게 들리며 마치 이단의 말인 것처럼 오해를 하게 됩니다.

그러나 이 말은 창조주 하나님께서 새롭게 가르쳐주신 마지막 나팔소리며, 기성 세상 것과는 구별된 말입니다. 쉽게 말하면 세상 사람들이 그때까지 듣고 배웠던 교리와 마지막 나팔 소리에서 나오는 교리는 완전히 다를 수밖에 없습니다.

기성 교단은 구약의 예언이 이루어진 복음만을 믿고 그것만이 전부인양 신앙을 해왔고, 새로운 교단은 신약의 예언이 이루어진 것을 전하게 되니 이 두 교리 간에 마찰이 날 수밖에 없습니다.

그러니 새로운 교단은 이 나팔 소리가 하나님의 계획이며, 하나님께서 알려주신 내용이라고 적극 전도(傳道)를 하게 됩니다. 듣든지, 아니 듣든지 전하라는 것이 이들에게 내려진 명령이기 때문입니다. 그런데 새 교단과 기성 교단과의 교리는 구체적으로 어떻게 차이가 날까요? 기성 교단과 새로운 교단과의 교리의 차이는 무엇일까?

기성 교단의 교리는 우리들이 오늘날까지 현세에 살면서 보고 듣던 그런 교리입니다. 즉 기독교에서는 "2천 년 전에 오신 예수께서 십자가 져 주신 보혈의 공로로 이미 자신들은 성령 받았고, 구원받았으니 주여주여 하면서 잘 믿으면 천국 간다는 무사안일주의"입니다.

그리고 불교에서는 '성불 합시다', '진리로 깨달읍시다' 등등 불상 앞에 예불을 드리는 것이 다입니다. 그리고 기타 종교도 이 틀에서 크게 벗어나지 아니할 것입니다. 또 많은 기성 종교가 과거 지향적이며, 경전 위주의 신앙을 하고 있지 않습니다.

또 경전을 본다고 하나 그 속에는 창조주께서 인류에게 이루실 약속 같은 것은 아애 없고 현실 지향적입니다. 또 경전을 아전인수격(我田引水格)으로 해석하며, 소위 주석이란 것을 연구하여 인간의 생각으로 가득 채워 넣어 그것을 소위 진리라고 하여 가르치고 배우고 있습니다. 게다가 그 주석의 해석은 신학자마다 다르니 그야말로 천태만상(千態萬象)이 아닐 수 없습니다.

이런데 반하여 경서에 약속된 대로 나타난 신종교 신교단이라고 할 수 있는 약속된 성전에서는 "2천 년 전에 오신 예수께서 십자가 져 주신 보혈의 공로로 1차적인 구원의 역사는 이루어졌다", "그러나 완전한 구원의 역사는 신약의 예언이 이루어지므로 말미암아 완성되며 그 신약 또한 계시록의 예언이 예언대로 성취되었다"는 것을 알리는 것입니다.

또 약속된 성전에서는 오늘날 불교에서처럼 '성불 합시다', '진리로 깨달읍시다'라고 가르치는 것이 아니라, 본 서에서 기록한 것처럼 이미 법화경에서 예언한 예언이 성취되었으니 "이제는 성불을 할 수 있는 진리가 세상에 출현하였으니 다 같이 깨달아 성불에 참여 합시다"라고 하고 있습니다.

많은 기성 종교가 과거 지향적이며, 경전 위주의 신앙을 하고 있지 않는데 비하여 약속된 성전에서는 경전 위로로 육하원칙에 의하여 누가 보아도 진리라고 인정할 수 있는 참을 전하며, 현세와 가까운 미래를 지향하고 있습니다.

또 경전을 보는 방법도 창조주께서 인류에게 이루실 약속과 그 약속이 실현된 것을 중심으로 가르치고 배우니 그 해석 또한 인간의 생각을 집어넣은 것이 아니라, 창조주께서 의도하신 그대로 가르치고 배우고 있습니다. 그래서 새 교단의 교리는 사람의 생각이 절대 들어가지 아니하니 해석은 모두 동일합니다.

종교의 예언이 실상으로 이루어지는 말세에는 이렇게 종교의 교리가 기성 구법과 신생 신법으로 양대 산맥을 이루게 됩니다. 전 자는 오늘날까지 세상을 이끌어오던 일반적인 종교 교리요, 사상이라면 후 자는 오늘날까지 땅에서 볼 수 없었던 천상의 문화요, 천상에만 있던 교리와 사상입니다.

이렇게 말세에는 이 양대 교리가 서로 싸우게 됩니다. 기성 세대는 지금까지 지켜오던 것을 빼앗기지 않기 위하여 갖은 방법을 동원하여 신 세대를 방해하고 훼방하며, 무너뜨리려고 죽기 살기로 항쟁을 하게 됩니다. 그들의 무기는 세상의 힘입니다.

신세대는 부패된 구 시대를 멸하고 새 시대를 열기 위하여 목숨을 다 바쳐 이에 대항하게 됩니다. 이들의 무기는 종교 경서의 예언과 천상의 계획대로 이룬 실상 입니다.

말세에는 이렇게 경전에 예언된 대로 기성 종교세력과 신생 종교세력 간에 전투가 벌어지는데 그 중심에는 영이란 존재가 개입되어 있습니다. 그러나 기성 종교세력들은 그 전쟁에 영이 개입되어 진행되고 있다는 사실을 까맣게 모르고 있습니다.

그러나 신생 종교세력은 하늘의 영들이 함께 함으로 이 전쟁에 두 종류의 영이 참여하고 있음을 다 알고 있습니다. 결국 말세에 세상에서 일어나는 양대 전쟁은 악한 마귀의 세력과 하나님의 세력인 성령들과의 전쟁인 것을 깨달을 수가 있습니다.

그러나 이 전쟁은 말로 이루어지는 전쟁이므로 외인들이 보기에게는 하찮은 종교 간의 암투나 종교 간 분쟁정도로 치부하고 맙니다. 그러나 이 전쟁의 승패로 말미암아 영적인 새 세상이 열릴 수도 있고, 기성 세대세력이 그대로 권력을 유지할 수도 있습니다. 그러나 경전의 예언은 새 종교 세력이 최종적으로 승리할 것을 예언하고 있습니다.

종교들의 핵심 목적이 천국 극락이라고 할 때, 그 사실 자체가 이미 새 사상이 이긴다는 배경을 깔고 있습니다. 천국 극락이 곧 현시대까지의 사상을 이기지 못하면 등장될 수 없기 때문입니다.

그래서 세계의 경전에는 영적 전쟁 영웅을 예언하고 있습니다. 각 경전에는 이 전쟁에서 승리를 이루는 대장을 예언해 두었습니다. 이 대장을 이미 2~3천 년 전부터 각종 세계 종교 경전에 예언해 두었던 것입니다.

그 승리자가 신약성서의 계시록에 예언된 용을 이긴 이긴자(이스라엘)입니다. 또 불경에는 미륵보살이 마왕(魔王)을 이기고 미륵부처로 등극하게 된다는 예언으로 기록되어 있습니다. 따라서 마왕(魔王)은 마귀의 왕이란 말이고, 그 마왕을 달리 용왕(龍王)이라고 했던 것을 알 수 있습니다.

이 진리는 불서와 성서의 지식을 통합할 때, 객관적으로도 얻을 수 있는 답임을 알 수가 있습니다. 그리고 우리나라의 예언록인 격암유록에도 전쟁 영웅을 한 사람 예언하고 있으니 그 이름이 십승자(十勝者)입니다. 십승자의 십(十)은 십자가를 지칭하고 승자는 그대로 이긴자란 의미입니다. 따라서 이를 합하면 십자가의 진리로 이긴 자란 의미입니다.

우리나라의 예언서인 격암유록에서 예언한 십승자는 아이러니하게 요한계시록 12장 7절 이하의 전쟁에서 그 출현이 확인 됩니다. 이렇게 오늘날의 세상이 비록 동서양과 오대양 육대주로 나뉘어져 있으나 영적으로는 하나임을 이렇게 깨달아 가야 할 것입니다.

경전을 통하든 숨겨진 옛 역사서를 통하든 인류는 한 혈통으로 태어나 인구가 불어나면서 이렇게 동서양 오대양 육대주로 나뉘어 살고 있으나, 그 뿌리는 하나란 것을 깨달아야 합니다. 오늘날의 종교 전쟁의 끝에는 세계가 하나로 통일 되게 됩니다.

근년에 중국 방송가를 휘몰아쳤던 《추배도》란 예언서에도 한 전쟁 영웅을 예언하고 있는 바, 신장이 3척밖에 안 되는 작은 체구의 남자가 세상에 일어나 세계의 전쟁을 종지부 찍고 평화의 세상을 이룬다고 예언하고 있습니다. 중국에서초차 전쟁영웅을 예언하고 있는 것은 이것은 작은 일이 아니라, 세계적인 사건임을 알 수 있는 것입니다.

그리고 격암유록에서는 전쟁영웅 십승자(十勝者)의 다른 이름을 거론하고 있으니 이 이름이 정도령(正道令)입니다. 우리는 이 이름을 통하여 세계의 경전에서 예언하는 전쟁 영웅의 실체를 알아갈 수 있으니 그 이름에 뜻이 다 담겨있기 때문입니다.

정도(正道)란 곧 '바른 도'란 의미이고 이를 다른 말로 바꾸면 진리입니다. 불교에서는 진리를 정법(正法)이라고 합니다. 따라서 불교의 미륵부처나 기독교의 이긴 자나, 격암유록에서 말하는 십승자나 추배도에서 말하는 삼척동자도 진리를 가지고 전쟁하여 이기는 자임을 알 수가 있습니다.

또 정도의 뒷 글자는 명령 령(令) 자입니다. 이 글자를 통하여 이 영웅이 누가 보내서 온 것을 또 알 수가 있게 됩니다. 격암유록에서는 정도령을 천택지인(天擇之人)이라고 했습니다. 이는 하느님이 택한 사람이란 의미입니다.

그래서 전쟁 영웅을 세상에 보내어 전쟁을 종식시키고 평화의 세상을 만들게 명령하신 분은 하느님, 하나님, 부처님, 상제님, GOD님, 가미사마님임을 알 수가 있습니다.

이렇게 신세계를 주도할 한 영웅의 출현을 여러 곳에서 예언하였지만 정작 그 영웅이 세상에 나타나면 세상은 그를 받아들이기는커녕 그를 죽이려고 하기 때문에 영적 전쟁이 일어날 수밖에 없는 것이죠.

그런데 영적인 전쟁은 반드시 필요합니다. 왜냐하면 이 전쟁을 통하여 이 세상을 주관하던 영적 왕이 마왕(魔王)이란 사실도 드러나고 그 세상 속에 소속된 모든 사람들도 마귀의 영혼으로 변질되어 있다는 사실을 알게 되거든요.

그리고 세상과 인류가 이렇게 돌아가는 근본의 힘이 신을 통하여 되어짐을 사람들이 비로소 깨닫게 되는 것도 매우 중요하답니다. 이리하여 전쟁 영웅은 적군 편에 있던 세상 사람들을 진리로 항복시켜서 하나 둘 새 종교의 세계로 불러들이게 되는 것이죠. 그런데 그 새 세계 또한 사람의 눈에는 한 교회에 불과하고 한 교단에 불과하게 보일뿐이죠. 이런 상황에서 전쟁은 더욱더 확전이 될 수밖에 없답니다.

그 이유는 이곳이 진리의 성읍이라 진리를 듣는 자마다 사람들이 이곳으로 몰려오게 되어 있거든요. 그런데 이 문제는 현실의 문제로 대립되어 가게 됩니다. 즉 현대 종교는 세속화 기업화 되어 있기 때문에 신도 한 사람이 곧 돈이고, 교회의 힘이잖아요?

오늘날까지 종교 세계는 그 돈과 힘으로 한 세대를 잘 누리고 살아왔답니다. 오늘날 이 때가 될 때까지는 이 아성은 아무도 무너뜨릴 사람이 없는 큰 바벨탑이었습니다.

유물론적 입장에서나 역사적이나 인간적으로만 보면 이 나라는 태평성대 중에 태평성대라고 할 수 있습니다. 왜냐하면 내면이야 어쨌든 표면적으로만 보면 오늘날 자본주의 사회는 풍요와 번영의 시대로 볼 수밖에 없기 때문입니다.

그러나 그 태평성대 같던 바벨론 세계도 영적으로 보면 귀신의 나라일 뿐입니다. 이러한 엄청난 사실은 이 세상에 전쟁 영웅이 한 사람 나타나므로 말미암아 세상 사람들에게 알려집니다. 비로소 세상은 벌집을 쑤신 격이 되어 시끄러워집니다.

천상에서 온 한 사람이 바벨론 세계에 도전장을 내게 된 것입니다. 이 상황에서 전쟁 영웅은 어떻게 온통 썩어버린 종교 세상을 상대로 이길 수 있을까, 고민할 수밖에 없는 것이죠.

그래서 밤을 틈타 한 사람 한 사람 도둑같이(사실은 독립 운동가인데) 빼어내어 하늘의 사연과 계획을 알려주는 것이죠. 마치 비밀 첩보부대처럼 말입니다.

사실 이렇게 하기 이전에 전쟁 영웅은 각 교회 지도자들에게 먼저 이 사실을 전했습니다. 그 내용이 요한계시록 2-3장과 11장에 잘 나타나 있습니다. 그런데 11장처럼 그 지도자들은 전쟁 영웅을 영적으로 죽입니다. 그러나 그는 삼 일 반 만에 다시 살아나는 역사를 이루게 됩니다.

그때부터는 작전을 바꾸어 도둑처럼 사람들을 추수할 수밖에 없게 되었답니다. 그런데 이곳으로 추수되어 오면 그들은 하나님의 나라로 온 것이고, 하늘나라에는 성령의 나라이니 그곳에서 성령으로 거듭나는 과정을 밟게 된답니다.

그런데 기성 교단에 그대로 남아있으면 그곳은 마귀의 소속이니, 그곳에서 도망 나와37) 신세계로 나와야 비로소 구원받을 수 있는 길로 들어서는 것입니다.

그래서 2천 년 전에 예수께서 오신 것은 구약을 이루기 위함이고, 죄인을 구하러 온 것입니다.38) 그러나 계시록 때 다시 오시는 것은 의인을 추수하여 성령으로 거듭나게 하기 위해서입니다.39) 추수되어 나온 곳은 하나님이 계신 곳이고 하나님이 계신 곳은 곧 천국이니 천국이 멀리 있는 것이 아니란 사실을 또 여기서 깨달을 수가 있게 되는 것입니다.

이렇게 추수 된 사람들은 또 그 사실들을 기성 세상을 향하여 외치게 됩니다. 그것을 비유로 나팔을 분다고 한 것입니다. 그런데 많은 신앙인들이 나팔 불 때, 나의 이름 나팔 불 때, 나의 이름 부를 때에 잔치 참여 하겠다고 목이 쉬도록 노래해 놓고도 실상

---

37) 계시록 18장 4절: 또 내가 들으니 하늘로서 다른 음성이 나서 가로되 내 백성아 거기서 나와 그의 죄에 참예하지 말고 그의 받을 재앙들을 받지 말라

38) 마태복음 9장 13절: 너희는 가서 내가 긍휼을 원하고 제사를 원치 아니하노라 하신 뜻이 무엇인지 배우라 내가 의인을 부르러 온 것이 아니요 죄인을 부르러 왔노라 하시나라

39) 히브리서 9장 28절: 이와 같이 그리스도도 많은 사람의 죄를 담당하시려고 단번에 드리신 바 되셨고 구원에 이르게 하기 위하여 죄와 상관 없이 자기를 바라는 자들에게 두번째 나타나시리라

이렇게 적나라하게 나팔 불어도 오지 않는 것은 왜 일까요?

이제 그 답이 나옵니다. 세상에 전쟁 영웅이 도둑처럼 와서 한 사람 한 사람 불러 모은 신앙인들이 산처럼 많아지자 기성 교단은 뒤늦게 비상이 걸린 것입니다. 왜냐하면 신세계로 몰려간 사람들을 알고 보니 대부분 자신의 교회의 신도들이라는 것을 알아차린 것이죠.

오늘날 교회의 힘은 성도수입니다. 성도는 곧 돈이고 권세고 권력이고, 표이니까요? 그러니 오직하면 교회를 팔고 사는데 신도의 머리수로 권리금을 정하여 매매를 하고 있을까요?

사태가 이러하니 기성 교단들은 연합하여 진리로 온 하나님의 성읍을 적대시하며, 갖은 거짓말을 다 만들어 신세계가 세상에 서지 못하도록 하게 되는 것입니다.

기성 교단은 국가나 사회에 막강한 세력을 심어놓은 골리앗 같은 존재입니다. 정부는 물론 언론 방송 경제계까지 그 영향력이 미치지 아니하는 곳은 없습니다. 그러니 세상에서 힘이 없는 신생 교단은 파워로는 기성 교단을 당할 재간이 없습니다. 그들은 오직 경서의 진리만을 내세우며, 하나님을 의지하여 싸우게 됩니다.

그 전쟁은 마치 초림 예수 때, 예수 한 사람과 유대국 전체와의 전쟁한 상황과 비견할 수 있습니다. 그 당시 이 전쟁을 누가 하나님과 마귀의 전쟁으로 보는 자가 있었을까요? 그리고 그 이웃나라들은 이 전쟁을 전쟁으로 보기나 했을까요?

이와 같이 계시록과 각 경전에 예언된 영적 전쟁은 너무나 일반적이고, 평범하고, 천한 것처럼 세상에서 비춰지게 되는 것입니다. 이런 가운데 전쟁이 열악한 상황에서 벌어지지만 전쟁 영웅은 그 이름처럼 전술과 전략을 짜서 최종적으로 모든 것을 이기게 된답니다.

이러한 일련의 과정에서 신세계 사람들은 진리를 구하고 찾는 자들에게는 그 증거를 보여주려고 온 마음과 몸을 다 던지며 고전 분투 하고 있는 것입니다. 증거로 내놓아야 할 것은 예언된 내용과 예언대로 이루어진 실체입니다.

예언대로 이루어진 사실들을 우선 글로써 구체적으로 증거 해야 할 부분은 요한계시록 1-22장까지입니다. 그리고 6장부터 인을 뗀 후, 나타난 사건들과 나팔의 내용들, 그리고 대접을 쏟아 심판하는 내용 등일 것입니다. 이 모든 사건을 증거 하기 위하여서는 또 이루어진 장소와 거기에 참여한 인물들이 증거 되어야 할 것입니다.

예를 든다면 구약의 예언도 이미 실상으로 이루어졌습니다. 실상으로 이루어졌다면 그 실상으로 나타난 장소가 있을 것이고, 그 곳에 참여한 사람들이 있을 것입니다. 그 예가 많은 예언들 중, 예수께서 십자가를 지고 사형을 당한 현장이라면 그 십자가 사건이 이루어진 골고다라는 장소가 있을 것이고, 그 장소에서 각기 그 역할 한 사람들이 각각 있었습니다.

그 중에는 예수를 십자가에 못을 박은 사람들도 있었고, 그 옷을 제비 뽑은 자들도 있었고, 예수께 신 포도주를 마시게 한 군병도 있었습니다. 그들은 모두 그 시대의 사람으로 이름과 주소와 소속이 있던 사람들입니다.

이 처럼 요한계시록이 이루어진 장소는 장막 성전(일곱 금 촛대 교회)이란 곳이고, 이곳에 하나님의 택함을 받은 일곱(사실은 여덟) 목자들도 있었고, 그 중에 배도한 사람들도 있었고, 그 중에는 거짓 목자들에게 그 심령을 멸망 받은 사람들도 있었습니다.

그리고 용에게 권세를 받아 배도한 장막 성전(일곱 금 촛대교회)의 사자들을 멸망시킨 일곱 머리 열 뿔 짐승으로 비유한 거짓 목자들도 있었습니다.

이들 역시 그 시대의 사람들이었습니다. 그들도 국적과 호적에 올린 성과 이름이 있었고, 가족이 있었고, 소속이 있었습니다. 그들이 한 역할도 있었습니다. 또 배도자의 무리에 포함된 자들도 있었고, 멸망자들의 무리에 속한 자들도 있었고, 구원자 요한과 하나 되어 선한 역할을 한 자들도 있습니다.

그 모든 것이 실상이고 증거가 될 만한 것들입니다. 이 모든 것들을 기록된 예언과 비교하여 예언대로 이루어진 일로 증거 되면 이 사실을 많은 사람들이 믿지 않을 수 없을 것입니다.

거기에는 배도한 장막 성전(일곱 금 촛대교회)과 그곳에 소속된 사람들도 있었는데, 그들이 신약성서 속에 약속된 사람들이었는지, 그들이 한 행위가 예언대로 이루어진 것이지, 이 모든 것을 증거 할 수 있을 것입니다.

이것이 모두 참이라고 증거 된다면 더 많은 사람이 이 사실들을 믿게 될 것이고, 이 사람들 역시 세상 사람들과 종교계에 그 내용을 알리게 될 것입니다. 그런데 문제는 요한과 미리 이 진리를 증거 받아 이곳 소속이 된 사람들이 그 말을 하면 배도한 장막 성전(일곱 금 촛대교회)의 백성들이나 세상의 사람들이 그 말을 그대로 잘 들어주지 않기 때문에 요한계시록 10장에서는 배에는 쓰다고 표현한 것입니다.

요한계시록 11장에는 이들(배도자들과 멸망자들)이 요한 및 요한과 함께 하는 자들을 믿지 않을 뿐 아니라, 미워하고, 박해하고, 때리고, 이단 취급하고, 죽이려고 하고 있습니다. 이는 요한과

기성 종교는 서로 다른 영의 소속이기 때문에 육체가 성령을 핍박한다는 말씀이 이렇게 응하게 됩니다.[40]

2천 년 전에 예수와 같은 입장이 된 분이 요한입니다. 예수도 그 당시 유대인들에게 증오의 대상이었고, 박해받고, 이단 취급당하며, 결국은 그들에 의하여 처참하게 죽임을 당해야했습니다. 이것은 그들의 영적으로 서로 적대관계란 사실을 시사하고 있습니다. 왜냐하면 그 시대에도 오늘날처럼 종교가 타락하고, 부패하여 세상과 종교가 마귀의 권세 아래에 있었기 때문입니다.

그런 측면은 오늘날도 똑 같은 입장입니다. 이 시대를 예수님은 밤이라고 은유하였고 밤은 마귀가 주관하는 세상이란 것을 암시합니다. 이런 밤에 예수는 도둑같이 와서 의인을 추수하겠다고 신약에는 예언해 두었습니다. 여러분 자는 자는 밤에 잔다고 하였습니다. 지금은 영적인 낮입니다. 깨어있어 예수를 맞이하실 때란 것입니다.

예수는 하나님의 소속입니다. 그러나 하나님의 소속인 예수를 죽인 자는 어느 소속이겠습니까? 신앙의 목적은 영혼의 혁신이라고 하였습니다. 영에는 두 가지 영이 있다고 늘 강조하여 왔습니다. 한 종류의 영은 성령이고, 한 종류의 영은 악령입니다. 신앙인들이 성서가 필요함은 이와 같이 시대마다 주관하고 있는 영이 어떤 영인지, 그 시대를 살아가는 자신의 영은 어느 소속인지를 깨닫기 위해서입니다. 그것을 깨닫게 해 줄 수 있는 도구는 오직 성서뿐입니다.

성서를 통하지 않고는 어찌 지구촌에 유일하게 하나님의 선민

---

40) 갈라디아서 4장 29절: 그러나 그 때에 육체를 따라 난 자가 성령을 따라 난 자를 핍박한 것 같이 이제도 그러하도다

이라 자타가 공인하던 유대인들이 마귀의 영을 가진 자들이었다고 단정할 수가 있겠습니까? 또 말세인 오늘날 계시록을 통하지 않고 어찌 기성 종교가 모두 마귀의 소속으로 넘어졌다고 알 수가 있겠습니까?

그래서 마태복음 7장 21절에는 "나더러 주여주여 한 자마다 다 천국에 들어갈 것이 아니요, 하나님의 뜻대로 하는 자라야 천국에 들어 갈 수 있다"고 기록해 두었습니다. 주여주여 한 자란 것으로 이들이 하나님을 믿는 기독교인들이란 사실을 알 수 있고, 하나님의 뜻대로 하려면 하나님의 뜻을 기록한 성서를 알고 깨달아야 뜻대로 할 수 있을 것입니다.

이 말만을 근거로 해도 능히 오늘날 기독교인들의 신앙심을 간파할 수 있는 바, 천국 갈 사람이 노아 때, 롯 때보다 많지 않을 듯 싶습니다. 왜냐하면 성서를 아는 사람이 이 시대에 없기 때문입니다. 요한계시록을 아는 사람이 이 시대에 어디 있습니까? 그러니 말씀대로 그들은 주여주여 할 뿐 주의 뜻대로 하는 자로 볼 수 없을 뿐만 아니라, 주의 뜻을 그들은 모르기 때문에 그들은 봉사와 헌금과 구제는 열심히 하나 주님은 그들을 향하여 "이 불법을 행하는 자들아 다 내게서 떠나라"라고 호통을 치고 있는 것입니다.

7. 법화경 제 11편 견보탑품(見寶塔品)

거대한 보탑이 땅에서 솟아올라 하늘까지 닿았습니다. 이것은 다보불(多寶佛)의 보탑(寶塔)입니다. 그리고 탑 속에서 커다란 음성이 울려나와 석가모니불이 법화경으로 가르친 것은 모두 진실이라고 알립니다. 옛날에 다보불은 보살로 수행할 때, 법화경을 가르치던 곳이라면 어디에서나 이렇게 하겠다고 맹세했던 것입니다.

세계의 곳곳에 흩어져 설법하고 있는 무수한 부처들은 모두 석가모니불의 분신입니다. 그런데 보탑 속에 있는 다보불을 보려면 이 분신들이 한 곳에 모여야 합니다. 그래서 부처님은 그들을 모두 모이게 한 후, 보탑의 문을 열어 청중에게 다보불을 보여줍니다. 다보불을 정성껏 맞이하자 부처님은 탑 안으로 들어가 다보불과 나란히 앉습니다. 이어서 부처님은 자신의 열반 후에 법화경을 널리 알릴 사람을 찾습니다. 여기서 부처님은 하기 어려운 이 일을 맡을 사람의 공덕을 칭송합니다.

거대한 보탑이 땅에서 솟아올라 하늘까지 닿았다고 하는 것은 무슨 의미일까요? 그리고 탑 속에서 커다란 음성이 울려나와 석가모니불이 법화경으로 가르친 것은 모두 진실이라고 한다는데 이는 무슨 뜻일까요?

다보불탑은 부처님의 나라를 형상화한 탑입니다. 견보탑(見寶

塔)이란 '보석으로 된 탑을 보라'는 말입니다. 보석으로 된 탑은 무엇을 상징할까요? 동국대 역경원 법화경 비유품 86~87쪽에는 보석에 관한 비유가 잘 기록되어 있습니다. 내세(來世)에 관한 비유입니다.

보탑이 땅에서 솟아 하늘에 닿았다는 의미는 부처님의 나라가 땅에 높이 세워졌다는 의미입니다. 석가모니불이 법화경으로 가르친 것이 진실이라고 하는 것은 이 예언이 실상으로 이루어진다는 의미입니다.

"사리불아 너는 오는 세상에 한량없고 가없는 불가사의 겁을 지내면서 여러 천 만억 부처님께 공양하고 바른 법을 만들어 보살이 행할 도를 구족하여 마땅히 부처가 되리니 …중략… 이땅이 편편하고 반듯하며 장엄하며 태평하고 풍성하며 천인과 사람들이 치성하여 유리로 땅이 되고, 팔방으로 뻗어나간 길은 황금으로 줄을 꼬아 드리웠으며, 그 길 곁에는 칠보(七寶)로 된 가로수가 있어 항상 꽃과 열매가 무성하며 회광여래께서도 또한 삼승으로써 중생을 교화하리라 …중략… 그 겁의 이름은 대보장엄(大寶莊嚴)이니 왜 이렇게 이름 하는가 하면 그 나라에는 보살로서 큰 보배를 삼기 때문이니라. 그 많은 보살들은 한량없고 가없고 헤아릴 수 없으며 숫자로나 비유로도 미칠 수가 없나니, 부처님의 지혜가 아니고는 알 사람이 없느니라 …중략… 이런 보살들이 그 나라에 가득하니라."

오는 세상은 보살들이 행할 도를 잘 구족하여 마땅히 부처가 되는데 그 곳의 땅이 편편하다는 말은 사람을 곧 땅으로 비유한 것이니 사람들의 신분의 높낮이가 없어 평등한 세상이 된다는 말입니다. 천인(天人)이란 말은 성령으로 거듭난 사람(부처)들을 지칭함이니 사람과 신들이 하나로 치성된다는 말입니다. 사람과 신들이 하나로 치성되는 것을 영적 결혼으로 묘사하기도 하며, 이를 신인합일(神人合一)이란 용어로 표현하기도 합니다. 그것은 이곳이 성불한 사람들이 있는 곳이란 것을 시사합니다.

그곳을 대보장엄(大寶莊嚴)이라고 큰 보석이 많은 곳으로 비유한 것은 보살들이 부처가 되었음을 나타내고자 하는 것입니다. 따라서 보석이란 부처가 될 보살을 비유한 것임을 알 수가 있습니다. 사람들에게는 다이아몬드나 루비, 사파이어가 보석이겠지만 부처님에게는 부처될 사람이 곧 보석 같은 존재입니다.

그래서 다보불은 부처가 될 보살들이 한 곳에 많이 모여 있음을 나타낸 말이며, 그곳을 이름 하여 보탑(寶塔)이라고 하였습니다. 탑은 나라를 상징합니다. 다시 말하면 보탑이란 보석으로 된 탑을 말하지만, 이 때 보석은 진짜 보석이 아니라, 곧 부처가 될 보살들을 비유한 말입니다.

보탑이 부처가 될 보살을 비유한 것이라면, 다보탑(多寶塔)은 그런 보살들로 가득 찬 불국토(佛國土)를 비유하고 있음을 알 수 있습니다.

그래서 진정한 다보탑은 사람이 부처로 성불할 법화경의 수기가 실제로 이루어질 때, 세상에 진짜로 나타나게 될 것입니다. 경주 불국사에 있는 다보탑은 미래에 이루어질 불국토를 나타내고자 한 예표요, 그림자요, 모형이었습니다. 다보탑의 참 형상은 바로 모든 보살들과 중생들이 부처로 성불한 부처님의 나라인 불국토입니다.

이와 같이 사찰에 그려져 있는 그림이나 형상물이나 탑 등, 기구들은 아무 의미 없이 조형 된 것이 아니라, 불경에 기록된 심오한 뜻을 그림이나 형상으로 나타낸 것이기 때문에 그러한 모형을 보고 참상을 깨달을 수 있는 눈을 가져야 합니다.

법화경은 불교의 목적이 이루어지는 때에 관한 수기입니다. 이러한 데 관한 좀 더 객관적인 지식과 시야를 가지기 위하여 이웃 종교인 기독교의 성서를 참고할 필요가 있을 것 같습니다. 사실 알고 보면 불서나 성서의 주된 핵심은 하나로 통하기 때문입니다. 불국토가 불교가 지향하는 진정한 의미의 극락이라면 기독교의 성령의 나라 또한 진정한 의미의 천국임을 깨닫게 될 때, 불교와 기독교는 비로소 하나라는 일합상의 세계 곧 대동세계(大同世界)를 이해할 수 있을 것입니다.

오늘날 불교인들도 기독교인들도 공히 경전 위주의 신앙에서 떠나 있습니다. 거의 대부분이 경전보다 현실 위주의 신앙을 하고 있습니다. 그 결과 처음 석가모니께서 가르친 불교와 처음 창조주나 예수께서 가르친 기독교의 주된 알맹이가 빠져 있습니다.

예를 든다면 흔히 말하는 불교에 대한 기본적인 목적과 기독교에 대한 기본적인 목적만 해도 그렇습니다. 양 종교는 이미 기본적인 목적에서 멀어진 신앙을 하고 있습니다. 불교의 궁극적 목적이 무엇입니까? 기독교의 궁극적인 목적은 무엇입니까?

불문가지 불교의 목적은 극락이요, 기독교의 목적은 천국이라고 이구동성으로 말씀을 하실 것입니다. 그런데 오늘날 불교인이나 기독교인들의 가슴에서 극락이나 천국은 이미 상상 속의 소설 같은 개념으로 바뀐 지 오래되었습니다. 그렇다면 오늘날 불교나 기독교는 사실상 불교도 아니고, 기독교도 아닌 것입니다.

석가모니부처님이 알린 것은 사람이 부처되는 성불과 그들이 살게 되는 불국토 즉 극락입니다. 그것이 불교입니다. 그런데 오늘날에 와서 성불이나 극락을 생각하지도 않고 기다리지도 않는다면 그것이 어찌 불교가 될 수 있겠습니까?

또 기독교를 창시한 하나님과 예수님은 성령으로 거듭남과 그들이 살게 되는 낙원 곧 천국을 전하였습니다. 그것이 기독교입니다. 그런데 교회에서 성령으로 거듭남도 천국도 상상으로나 이상으로만 생각하면서 신앙을 한다면 그것은 이미 기독교가 될 수 없을 것입니다. 그래서 처음으로 돌아가야 합니다.

불교나 기독교나 처음으로 회귀하여 돌아가면 그 목적은 여전히 극락과 천국이란 두 글자 밖에 남지 않음을 인정하지 않을 수 없을 것입니다. 그것을 인정하지 아니할 경우 불교나 기독교는 근본적으로 존재할 수 있는 기초 이론마저 무너질 것입니다. 그렇다면 여기서 원초적으로 다시 돌아가 불교의 극락과 천국을 다시 한 번 회상해 보고 이 둘의 관계가 어떤지 알아보기로 해 보겠습니다.

불교인들이 흔히 하는 말이 "불자들은 불교의 목적이 신(神)을 믿는 것이 아니라, 자신이 부처되는 것이다"라고 자랑스럽게 말합니다. 이 때 신은 무엇이며, 부처가 무엇인가에 대하여 말할 수 있을 때, 위의 말의 참 의미가 증거 될 것입니다. 신은 과연 무엇이며, 부처는 과연 무엇입니까?

앞에서 신(神)에 대한 개념을 말한 것처럼 사람의 내면이 영혼 (靈魂)으로 이루어졌고, 또 그 영혼을 달리 신(神)이라고 한다고 하였습니다. 모든 사람들은 모름지기 부모에게서 났고, 부모는 조상에서 났습니다. 그리고 부모도 조상도 모두 정신(精神)이라고도 일컫는 영을 가진 분들입니다.

따라서 모든 부모와 조상도 신(神)을 가진 존재였음을 알 수 있습니다. 그런데 그 조상의 가장 위에는 첫 조상이 한 분 계실 것입니다. 오늘날 지구상에 살고 있는 사람 중에 부모가 없는 사람은 한 사람도 없습니다. 부모가 없다면 자신이 존재할 수가 없는 것이죠.

그런데 가장 위에 계신 조상님은 다른 조상이나 후손들처럼 부모님이 없습니다. 그렇다면 과연 첫 시조의 부모님은 누구일까요? 첫 시조는 어디서 오신 걸까요? 땅에서 솟아났을까요? 하늘에서 떨어졌을까요? 오늘날 지구촌에 살고 있는 인류는 약 70~80억 정도라고 합니다.

그러나 그들 모두에게는 부모님이 반드시 있습니다. 그리고 그 부모님들도 반드시 부모님이 계실 것입니다. 오늘날까지 지구촌을 살다 돌아가신 모든 사람들도 예외 없이 부모님이 계셨습니다. 그런데 그들 모두의 조상이 되는 첫 시조는 어찌 부모 없이 태어날 수 있었을까요?

오늘날 존재하고 있는 지구촌의 70~80억의 모든 인류는 모두 부모님이 계시고, 그래서 이렇게 지금도 실상으로 살아 존재하고 있습니다. 그런데 이들 모두에게 직계 조상들이 있습니다. 그런데 첫 시조의 직계 조상은 없습니다. 과연 첫 시조는 어디서 어떻게 왔단 말입니까?

이 아이러니를 풀기 위하여 철학과 역사책 등, 세상의 모든 책을 다 뒤져도 답을 찾을 수 없었습니다. 그런데 유일하게 그 답이 기록된 책이 있는 바, 바로 종교 경전입니다. 불교에서는 부처님을 무시무종(無始無終)이라고 소개하고 있습니다.

시작도 없고 끝도 없는 것이 부처님이라는 말입니다. 이 말의 저의(底意)는 시간의 개념으로 시작과 끝의 개념이 아니라, 무에서 시작하였고 무로 끝남을 의미합니다. 그런데 무(無)의 정의가 무엇이냐는 것입니다.

천부경에는 일시무시일(一始無始一)이라는 문구가 있습니다. 하나가 시작된 것은 무에서 된 것이요, 무가 그 시작이란 말입니다. 일종무종일(一終無終一)이란 문구도 있습니다. 하나로 끝을 맺음은 무에서 되는 것이요, 무로 끝을 맺는다는 의미입니다.

세상과 인류의 시작과 끝에 대한 심오한 철학이 여기에 담겨 있습니다. 무극(無極)이란 말을 한 자는 노자라고 합니다. 《춘추좌씨전》이나, 《장자 莊子》·《열자 列子》에도 무극(無極)이 언급되어 있습니다. 무극은 곧 형체가 없는 하느님으로 상정될 수 있습니다. 만물이 이로 말미암아 지은 바 되었고, 만물은 하느님의 방식대로 지어진 것입니다. 그 방식은 곧 물질이 아니라, 말이요, 영으로 만들었습니다.

"주희(朱熹)는 무극을 끝없는 궁극자, 태극을 태(太)인 궁극자로 해석하여 무극과 태극을 동실이명(同實異名)으로"[41] 보고, 주돈이의 무극을 형상 없는 무한 정자로 이해하였습니다.

주희는 무극도, 태극도, 이름만 다를 뿐, 같은 종류라고 하는 견해를 가집니다. 그러나 무는 '없는 것', '허공', '시작 전'이란 의미를 가졌다면, 태는 '있는 것', '채움', '완성'의 의미가 덧붙여 있다고 할 수 있습니다.

이 때 무는 창조자로 상정하고, 태극은 창조자에 의하여 피조된 상태의 것을 말한다고 할 수 있습니다. 태극기의 원형은 '무'를 상징하고, 여기서 무는 곧 없다는 것이 아니라, 무형인 창조주를 나타낸다고 설명할 수 있습니다.

---

41) 한국민족문화대백과, 한국학중앙연구원

그러나 태극기의 태극을 같은 원형으로 보지만 그 의미면에서는 그 태극의 원형은 '무'가 아니라, '유'로 해석해야 한다고 생각됩니다. 즉 무극은 창조자고 태극은 피조물로의 태극으로 봐야 한다는 것입니다.

이렇게 정립될 때, 태극기가 주역의 원리로 제대로 해석이 될 테니까요. 우주와 만물의 형성 과정을 그림으로 타나낸 주역의 원리는 창조 이전에 무극 곧 창조자가 있었고, 그가 태극을 낳고, 태극은 영의를 낳고…, "'역(易)에 태극(太極)이 있다. 이것이 양의(兩儀)를 낳고 사상은 팔 괘(掛)를 낳는다'라고 하였습니다."[42]

무극은 태극을 낳고, 태극은 양의를, 양의는 사상을, 사상은 팔 괘로… 뻗어 오늘날의 우주가 되었다는 설명입니다.

〈김천직시사의 삼신도〉

---

42) 한국고전용어사전.

이 때 인간 또한 무극에서 나서, 하나에서 둘로, 둘에서 셋으로… 증식되어 간 것입니다. 만물은 또 인간의 내면에서 만들어져 또한 하나에서 둘, 둘에서 셋… 으로 증식되어 갔었지요.

우리 민족 종교에는 삼신(三神) 신앙이 뿌리 깊게 자리 잡고 있습니다. 불교에는 삼불사상이 있고, 기독교에는 삼위사상이 있습니다. 삼불이란 법신불, 보신불, 화신불을 말함이요, 삼위는 성부와 성령과 성자를 말한다고 전장에서도 밝힌 바 있습니다.

그래서 무극(無極)은 곧 법신불 부처님 또는 성부(聖父)를 가리키고 있음을 깨달을 수 있습니다. 성부(聖父)와 법신불 부처님을 기독교에서 하나님 또는 말씀이라고 합니다. 기독교에서는 하나님을 알파와 오메가라고 표현하며, 알파와 오메가는 시작과 끝이라는 의미입니다.

알파와 오메가는 불교의 법신불 부처님을 가리키는 무시무종(無始無終)이란 말과 동일한 말입니다. 성서에는 하나님을 창조주라고 소개하며, 창조주는 만물의 아버지라고 소개하고 있습니다. 그리고 창조주는 영(靈)이며, 신(神)이라고 소개하고 있습니다.

그리고 창조주는 자신을 자존자(自存者)라고 소개하며, 자존자란 누구에 의하여 창조된 것이 아니라, '스스로 있는 자'라고 소개하고 있습니다. 그리고 그 분이 사람의 육체를 만들고 사람 안에 심령(心靈)을 창조하셨다고 기록하고 있습니다. 그렇게 만들어진 실상이 어디 있습니까?

바로 우리들 속에 있는 영입니다. 우리들 속에 있는 영이 어디서 왔을까, 아무리 찾아봐도 어디에서도 찾을 수 없습니다. 그러나 경전 속에는 창조주란 분이 사람 안에 심령(心靈)을 자기의 형상대로 창조하셨다고 기록하고 있습니다. 창조주의 형상은 모양을 말하는 것이 아니라, 성정(性情)을 말한 것입니다.

창조주의 성정은 바로 성령입니다. 이를 정리하면 창조주께서 자신의 성정인 성령(聖靈)으로 사람 안에 심령(心靈)을 창조하셨다는 말입니다.

이것을 불교 용어로 표현하면 법신불(말씀, 비로자나불)이 법신의 형상으로 사람을 만들었다고 할 수 있을 것입니다. 법신불의 형상은 곧 부처입니다. 법신불도 말씀인 하나님도 형체가 없습니다. 그리고 그는 무이고, 무로 만든 것이 사람입니다.

그래서 무시무종(無始無終)으로 표현된 법신불 부처님과 그 법신불 부처님이 창조한 것은 무에서 비롯된 것입니다. 우주법계는 이렇게 물질에서 나온 것이 아니라, 무에서 나왔습니다. 그런데 그 무가 무의식과 무질서한 무가 아니라, 유의식과 법을 가진 무란 것입니다.

따라서 우주법계는 무에서 나왔으나 법에 의하여 유로 펼쳐졌다는 것을 알 수 있습니다. 그러니 우주는 사실 깨닫고 보면 공(空)이란 것이 불교의 자랑인 반야사상이며, 큰 진리입니다.

그리고 우주는 곧 법으로 이루어졌다는 것은 불교의 유식(唯識)사상을 뒷받침하게 되는 것입니다. 그런데 우주를 판단하는 척도가 되는 의식을 가진 존재는 바로 인간으로 연결이 됩니다.

따라서 우주는 유형이 아니라, 공인데도 불구하고 유형인 것처럼 생각하는 이유는 우주법계에 의식이 있기 때문입니다. 그런데 그 의식을 가진 존재가 바로 인간이란 것입니다. 그러니 우주는 인간 안에 존재한다는 사실이 여기서 드러납니다.

그런데 이렇게 처음으로 태어났던 사람을 불교에서는 나반존자라고 합니다. 그래서 나반존자는 사찰의 탱화에서 그 존재를 찾아

볼 수 있습니다. 이렇게 창조된 피조물이 첫 시조이고, 불가에서는 그 이름을 나반존자라고 칭하고 있습니다.

여기에 근거할 때, 나반존자(환인)는 인류의 첫 시조이시고, 이 분에게 법신불 부처님(성부), 보신불 부처님(성령)이 임하게 되었으니, 나반존자는 화신불로(성자), 결국 나반의 육체에 세 부처가 임하였다는 의미에서 삼불일체(三佛一體, 三位一體, 三神一體)의 사람이었습니다.

〈김천직지사의 나반존자도〉
[사진의 세 분은 영으로 존재하는 세 분의 부처님이고, 한 분은 육체 가진 사람임]

이것을 근거할 때, 이 분이 오늘날 지구촌 70~80억의 시조입니다. 오늘날 인류는 이렇게 한 시조에 의하여 펼쳐진 것입니다. 그런데 인간 세상은 무명(無明)으로 빠져 버렸습니다. 인간의 본 성인 불성을 잃어버린 상태가 무명입니다.

그래서 불교에서 말하는 인간의 성불은 이 원형을 다시 찾는 것입니다. 이 원형으로 회복된 사람이 성불한 부처이고, 부활된 하나님의 아들 성자고, 광복된 삼신의 후손이 될 수 있을 것입니다.

이 참상을 자세하게 말하면 인간의 내면에 법신불 부처님의 영과 보신불 부처님의 영과 화신불 부처님의 영이 임할 때의 상태입니다.

이런 씨로 태어난 사람들이 곧 삼신의 후손으로 증명됩니다. 이를 예로 들면 헌법이 정한 대한민국사람의 자격은 대한민국의 행정부와 입법부와 사법부가 인정한 법에 의하여 합당한 자로 인정받아 호적에 입적한 자들만을 말한다고 할 수 있습니다.

과거 삼신의 후손이 될 자격은 곧 할아버지격인 환인, 아버지격인 환웅, 손자격인 단군의 씨로 난 자들만이 삼신의 후손이 될 수 있었습니다.

그런데 유불선의 예언이 이루어지는 오늘날 다시 그 삼신의 씨를 받게 되는 날이 있어진 것입니다. 말세 요한계시록 14장의 시온산은 곧 삼신산이라고 할 수 있습니다. 말일에 시온산에 온 유불선의 대표신은 곧 삼신인데, 이는 곧 하나님과 어린양과 요한입니다. 이를 바꾸어 말하면 성부와 성령과 성자입니다. 말일에 삼신의 후손이 될 자격은 시온산에 와서 이 삼신의 씨를 받아 다시 나야 그 자격을 가지게 됩니다.

무지의 병이 깊이 든 오늘날에 와서도 그것이 맞다고 말할 수 있는 증거는 경전에 그렇게 기록됐기 때문입니다. 인간의 시작과 문제와 해결은 삼신에서 왔는데, 삼신에서 탈선 된 것이요, 그래서 다시 삼신의 씨를 받아 다시 삼신의 자격을 가지는 것이라고 할 수 있습니다.

이 삼신 중, 첫 분이 창조주며, 이 분은 영(靈)이며, 신(神)이란 것입니다. 그래서 그 신에 의하여 시조가 생겨났으므로 우리 후손의 본성 역시 신이라고 말할 수 있습니다. 그래서 사람은 창조주의 씨인 그 영으로 났다는 것입니다. 그러니 창조주가 바로 사람의 근본인 것입니다.

그리고 그 창조주가 사람의 근본이란 증거는 오늘날 지구촌에 살고 있는 모든 사람들에게도 영이 존재한다는 사실입니다. 영(靈)을 달리 신(神)이라고 칭하는 바, 사람 육체 안에 있는 영 또는 신은 창조주와 동일한 것이며, 이는 창조주에게서 온 것이란 증거가 됩니다.

과학이 고도로 발전한 오늘날에도 과학은 신에 대하여 알지 못하고 있으며, 더욱이 과학이나 인간의 능력으로 신을 만들 수 없습니다. 그래서 불교에서는 사람이 부처가 돼야한다는 것이고 사람이 부처로 성불하기 위해서는 깨달아야 한다는 것입니다.

사람이 부처로 성불할 수 있는 깨달음은 부처님의 세계를 다 알아야 합니다. 부처님의 원형은 창조주로서의 법신불 부처님임을 깨달아야 합니다. 그리고 법신불 부처님과 오늘날을 살고 있는 지구촌 만민들과의 관계는 제일 원천의 아버지와 아들과의 관계입니다.

오늘날 세계만민들에게는 각각 직계 조상이 존재합니다. 직계 조상이 연연히 이어졌으므로 오늘날까지 그들이 존재할 수 있음은 두 말 할 것도 없습니다.

그 제일 봉우리에 첫 시조 할아버지가 한 분 당연히 계셔야 합니다. 그 분이 없이는 오늘날 우리들이 존재할 수 없습니다. 그런데 그 첫 시조의 아버지는 누구입니까?

그 분이 바로 법신불 부처님이신 것입니다. 그래서 이 법신불 부처님이 계시지 않는다면 지구상에 우리들은 한 사람도 존재해 있을 수가 없습니다.

그래서 법신불 부처님은 세계 만민들에게 있어서 직계 조상입니다. 그러나 그 직계 조상은 육체가 없습니다. 그 분은 신이고 영으로만 존재하고 있습니다. 우리 사람들에게 육체는 보이나 육체 안에서 활동하고 있는 영은 눈으로도 사진으로도 보이지 않습니다. 그러나 그 영은 육체를 움직이게 하는 원동력입니다. 사람의 육체의 오장육부는 모두 신경(神經)으로 이루어졌습니다.

신경은 신의 다발이라는 것입니다. 사람의 육체는 신으로 운행되고 있습니다. 사람의 육체에서 영 또는 신이 빠져나가면 그것이 곧 죽음입니다. 이처럼 법신불 부처님도 우주 속에 신으로 존재하고 있습니다. 그리고 그 분은 우리 만민들의 직계 조상입니다.

그래서 모든 사람이 이 분을 찾아 알고 섬기는 것은 효도하는 일입니다. 그리고 모든 사람들에게 부모가 둘이 될 수 없듯이 사람 각자에게 직계 조상이 둘이 될 수는 없습니다.

그 직계 조상의 최고 위에 법신불 부처님이 계시는 것입니다. 그런데 그 조상의 후손들에게 모두 영혼이 있습니다. 이 영혼이 곧 영이고, 신이 아닙니까? 그렇다면 결국 깨달음이란 무엇입니까? 신을 깨닫는 것이 곧 깨달음이 아닙니까?

그런데도 세상에는 참 많은 종교가 있습니다. 많은 종파가 있고 교파가 있습니다. 이들이 각각의 신을 섬기고 있습니다. 오늘날 종교는 갈라질 대로 갈라져 있습니다. 그러나 이제는 하나 되어야 합니다.

　종교는 우리 모두의 직계 조상을 찾아 알고 섬기며, 그 분이 기록하게 한 경전에 기록한 뜻을 이루어드리는 것입니다. 이제 종교의 대상이요, 절대자에 대한 정의를 우리 마음 속에 깊이 아로 새겨야 할 때입니다. 그 절대자는 바로 우리 자신의 직계 조상의 제일 위의 조상입니다.

　이 분을 찾아 하나 되는 것이 종교의 목적입니다. 하나인 우리의 절대자를 각각 다른 이름을 지어 부를 때, 창조주는 수 없이 많아져서 분리와 불화와 전쟁이 더욱더 가속화 될 것이고 많아질 것입니다. 창조주 한 분을 우리 모두가 알고 하나 될 때, 인류는 하나로 통일 되어 평화의 세계가 펼쳐질 것입니다.

　그래서 불자들이 흔히 말하는 "우리는 신(神)을 믿는 것이 아니라…"는 말에는 모순이 있다는 것입니다. 필자는 불(佛)은 곧 신(神)이라고 정의를 내리기를 주저하지 않습니다. 불가에서는 모든 중생들에게 불성(佛性)이 있다는 말을 하곤 합니다.

　성서에는 이 말 대신 만물과 사람에게는 신성(神性)이 있다는 기록이 있습니다. 양쪽이 동일한 이야기입니다. 불(佛)이란 한자를 해석하면 '사람이 아니다'는 말입니다. 사람이 아니면 뭣이겠습니까? 사람이 아닌 것이 신(神)이고, 그 신이 깨달으면 바로 불(佛)입니다. 불(佛) 곧 부처라는 말의 정의는 '깨달은 자'란 뜻입니다.

　깨달은 자란 곧 '깨달은 사람'을 의미합니다. 사람은 육체와 영혼으로 이루어진 존재입니다. 깨달은 사람이라고 할 때, 깨닫는 존재는 무엇일까요? 사람의 육체가 깨닫는 것일까요? 아니면 사람의 내면이 깨닫는 것일까요? 깨닫는 실체는 분명 육체가 아니라, 내면인 영(靈)일 것입니다.

능엄경에서는 불(佛)에 대한 정의를 '마구니가 아닌 신'으로 정의 내리고 있습니다. 따라서 마구니의 사람에서 성불하면 신이 되고 그것을 깨달은 자를 불(佛)이라고 할 수 있습니다. 불(佛)은 진리의 영입니다. 진리의 영은 창조주의 계열이고 창조주의 영을 섬기는 성령이라고 합니다.

이 때 중생들 누구에게나 존재하는 육체 안의 영이 마구니의 영이면 그 사람을 중생이라고 부르며, 그 육체 안의 영이 성령이면 부처라고 부를 수 있습니다. 불가에서 모든 중생들에게 불성(佛性)이 있다는 것은 원래 사람은 부처님에 의하여 창조되었으므로 그 육체 안에 들어 있는 영에 진리의 영의 씨가 잠재되어 있다는 의미입니다.

그리고 성서에서 모든 사람에게 신성(神性)이 들어 있다는 말 또한 처음 사람이 창조될 때는 창조주에 의하여 창조되었으므로 성령의 씨가 잠재되어 있다는 말입니다. 그래서 사람은 곧 신(神)이라고 할 수 있습니다. 왜냐하면 사람 안에는 영(靈)이라고도, 정신(精神)이라고도 하는 존재가 내재되어 있기 때문입니다.

그런데 사람이 신(神)이면서도 신이란 사실을 모르는 이유는 사람 안의 신이 무지의 신으로 변질되어 있기 때문입니다. 불교에서는 무지를 무명(無明)으로 표현하며, 이로 말미암아 생로병사가 왔다고 합니다. 그러나 사람이 깨달아 부처가 되면 사람 안에 있던 신이 진리의 신으로 탈바꿈 되게 됩니다.

사람 안에 진리의 영이 떠난 상태를 창세기에서 혼돈, 공허, 흑암하다고 했습니다. 사람에게 있던 진리의 신이 떠나게 되니 공허하게 됐고, 공허한 상태가 되었으니, 흑암하게 된 것입니다. 그 결과 사람에게 거짓의 영이 들어오니 혼돈하게 된 것입니다.

그러나 다시 사람에게 진리의 신이 돌아오면 혼돈에서 정각(正覺)으로, 공허에서 충만으로, 흑암에서 빛으로 변하게 됩니다.

그것이 해탈(解脫)이요, 탈겁중생(脫劫重生)이요, 환혼(還魂)이요, 거듭남입니다. 진리의 신은 곧 성신(聖神)입니다. 성신(聖神)은 거룩한 신(神)이란 뜻이고, 그 성신이 사람에게 임하게 되면 그는 부처로 성불(成佛)이 된 것입니다.

그래서 사람이 신을 알고 믿어 자신이 성신으로 회복 받을 때, 자신이 비로소 부처가 됩니다. 그래서 신(神)이 곧 불(佛)이요, 불(佛)이 곧 위(位)가 됩니다.

따라서 위의 내용에서 불교는 신을 믿는 것이 아니란 말은 모순이란 근거를 이렇게 제시할 수가 있습니다. 사람의 영혼이 곧 신이며, 석가여래 역시 육체를 가지고 태어난 영혼을 소유한 사람이었고, 그리고 석가여래가 깨달은 것은 여래의 육체가 아니었고, 여래의 정신(精神)이었다는 사실입니다.

석가도 깨닫기 전에는 보살이었고, 중생의 신분이었습니다. 석가가 세상에 출현한지는 지금으로부터 2천 6백년 전입니다. 그 전에도 사람들은 존재하고 있었습니다. 사람 안에 마음, 영혼, 정신이란 것이 다 있었습니다. 깨달은 자란 의미의 불타(佛陀, 부처)란 석가가 만든 말입니다.

석가가 깨달은 것은 육체가 아니라, 내면이라고 했죠? 내면을 마음, 영혼, 정신이라고 하죠. 석가가 깨닫기 전과 깨달은 후, 변화된 것은 육체입니까? 마음, 영혼, 정신이었습니까?

당연 마음, 영혼, 정신이었죠? 그렇다면 깨닫기 전의 마음, 영혼, 정신과 깨달은 후의 마음, 영혼, 정신은 다르겠죠? 깨닫기 전의 것을 중생의 마음, 중생의 영혼, 중생의 정신이라면 깨달은 후의 것을 부처라고 하죠?

여기서 결론이 나오네요? 결국 깨달은 마음, 깨달은 영혼, 깨달은 정신이 곧 부처란 사실이죠?

여기서 성경의 진리를 대입해 볼까요? 사람이 성령으로 거듭나지 않을 때는 성령이 아닌 악령의 마음, 악령의 영혼, 악령의 정신이었죠? 이 악령은 성령에 대하여 무지한 영이죠? 그런데 성령은 진리의 영이죠?

사람이 진리를 가지면 모르는 것을 깨닫게 되겠죠? 진리를 가지려고 하면 성령으로 거듭나야 합니다. 따라서 성경의 목적이 성령으로 거듭나는 것이 듯이 불경의 목적 역시 부처로 거듭나는 것이죠? 성경도, 불경도 같은 목적이 맞죠?

앞에서 첫 시조가 무에서 왔다는 사실은 무극에서 첫 시조가 생겼다는 것입니다. 무는 보이지 않는 신이죠. 사람을 낳은 분이 신이니까 시조가 나올 수 있었겠죠? 시조의 부모가 신이니까 시조도 신이죠? 시조가 신이니 후손들인 우리들도 신이죠?

우리가 신이라면 우리가 낳은 아들과 딸들도 신이 아닙니까? 우리가 아들과 딸을 낳는다는 것은 신의 능력이 아니면 불가능할 것입니다.

그러나 우리가 신이란 사실을 모르는 것은 무지 때문입니다. 무지를 벗어나면 부처가 됩니다. 또 성령으로 거듭나면 우리는 성인(聖人)이 됩니다. 따라서 불교에서 신을 부정하는 것은 불교를 부인하는 것과 같습니다.

왜냐하면 불교는 부처로 성불하는 것이 핵심이기 때문이고, 부처로 성불하는 자는 사람이고, 결국 부처가 되는 것은 육체가 아니라, 사람의 정신(精神)이니 정신을 부정하면 불교가 성립하지 않는 것이 맞죠? 정신(精神)은 곧 사람이 신(神)이란 말이 아닙니까?

그렇다면 극락의 정의는 무엇입니까? 극락(極樂)이란 극도로 즐거운 곳을 나타내는 말입니다. 그런데 극락에 가는 주체는 누구겠습니까? 사람입니다. 석존은 인간 세상의 생로병사의 윤회를 끊고자 하여 출가를 하였습니다. 인간 세상에서 생로병사의 윤회가 끊어지면 그 세상이 바로 극락입니다. 그런 시대가 오는 세상인 내세(來世)입니다.

사람들에게 생로병사의 윤회가 끊어지려면 사람들이 부처로 성불하여야 합니다. 흔히 사람들이 내 마음이 극락이란 말을 하곤 합니다. 그 말은 진리입니다.

내 마음에는 영혼이 살고 있습니다. 그런데 능엄경 변마장(辨魔章)에서 보면 마구니가 세상과 사람을 장악하고 있다고 기록되어 있습니다. 마구니는 세상의 누구를 장악하고 있을까요? 사람의 영혼입니다. 사람의 영혼을 마구니가 장악하고 있다는 것이 능엄경 변마장의 핵심내용입니다.

격암유록에는 살아자소두무족(殺我者小頭無足)이란 말이 있습니다. 살아자소두무족(殺我者小頭無足)이란 자신을 죽이는 것이 뱀이다는 말입니다. 뱀은 악령인 마구니를 비유한 말입니다. 해석하면 자신 안에 있는 마구니가 결국 자기 자신을 죽인다는 말입니다. 자기 자신 안에는 무엇이 있습니까? 영이 있습니다.

영에는 악령인 마구니와 성령 두 가지 밖에 없습니다. 악령은 죽음과 무지의 영이고, 성령은 생명과 진리의 영입니다. 악령을 불가에서 마구니라고 합니다. 결국 세상은 인간이 장악하고 있고, 그 인간을 마구니가 장악하고 있다는 이야기가 됩니다.

사람의 영이 진리로 깨달아 부처로 성불하게 될 때, 성령으로 거듭난다고 합니다. 그러기 전에는 인간의 영이 마구니입니다. 그렇다면 사람 안에 있는 마구니가 나가는 것이 부처될 수 있는 유일한 방법입니다. 그 일을 할 수 있는 능력자가 누굴까요? 영혼의 주인 밖에 없겠죠?

　사람이 부처가 되면 생로병사(生老病死)의 윤회가 끊어지고 무량수불(無量壽佛)의 세상이 됩니다. 그렇게 될 수 있는 이유는 사람 안의 영이 진리와 생명의 영인 성령으로 변화 받기 때문입니다.

　자기 자신이 이렇게 되었을 때, '내 마음이 부처고 극락'이라고 할 수 있습니다. 이것이 한 사람의 극락이고 이렇게 하여 모든 사람들이 성불하게 되면 사람이 사는 모든 세상이 극락이 되는 것입니다.

　이런 세상이 내세(來世)에 등장하게 되므로 사람들은 내세는 곧 극락이라고 전해져 왔던 것입니다. 그리고 그 나라를 다보탑으로 비유해서 전해 왔던 것이랍니다.

　그렇다면 기독교인들이 말하는 천국은 어떨까요? 흔히 사람들이 '내 마음이 바로 천국'이라고들 합니다. 왜 그런 말을 하게 되었을까요? 성서에는 물과 성령으로 거듭나지 못하면 결단코 천국에 들어갈 수 없다고 기록해 두었습니다.

　물은 진리고, 진리로 깨달아야 성령으로 거듭날 수 있습니다. 이 말은 곧 사람의 영이 악령에서 성령으로 변화 받는 것을 말합니다. 사람이 진리로 깨닫게 될 때, 성령으로 거듭날 수 있다는 것입니다. 이 말은 곧 깨달으면 부처가 된다는 말이 됩니다.

　그리고 성서에는 사람의 마음 밭에 겨자씨와 같은 작은 씨가 떨어져 자라서 나물이 되고, 나무가 되고, 큰 나무가 되었을 때, 새가 앉게 되는데 그것을 '천국'이라고 비유로 정의를 내려놓았습니다. 그리고 예수의 육체에 성령이 비둘기처럼 내려앉는 모습을 보여주며, 예수를 천국이라고 소개를 하였습니다.

누가복음 8장 11절에는 그 씨가 곧 말씀이라고 증거하고 있습니다. 그 말씀이 큰 나무가 된다는 말은 진리로 크게 깨닫는다는 의미입니다. 그럴 때, 비로소 새 즉 성령이 그 사람에게 임하게 된다는 의미입니다.

이런 일련의 기록들을 통하여 사람의 육체에 성령이 임하게 될 때, 바로 사람이 천국이 됨을 알 수 있습니다. 그래서 내 마음이 천국이란 말은 진리입니다. 성령은 그 수가 무수히 많습니다. 지구상의 사람들의 수보다도 더 많습니다. 악령도 그렇습니다. 성령은 창조주의 성징과 같은 신들입니다. 그리고 악령은 마구니의 성징과 같은 가짜 신입니다.

사람과 세상에 마구니의 영이 거할 때, 그것을 이름 하여 지옥이라고 할 수 있고, 사람과 세상에 성령이 거할 때, 사람과 세상을 천국이라고 할 수 있습니다. 세상의 사람에게 성령이 임하면 그 한 사람이 하나의 천국이 되고, 모든 세상의 사람들에게 성령이 임하면 세상이 곧 천국이 되는 것입니다.

그래서 불교의 극락도, 기독교의 천국도, 결국은 같은 것을 말하고 있습니다. 사람과 세상에 마구니의 영이 사라지고 성령이 임할 때, 그를 '부처' 또는 '하나님의 아들'이라고 하며, 그런 사람들이 모여 사는 곳이 바로 극락이요, 천국이라고 한 것입니다.

본 문에서 거대한 보탑이 땅에서 솟아올라 하늘까지 닿았다는 내용은 전술한 바와 같이 지상의 모든 사람이 부처로 성불하여 부처님의 나라가 세워졌음을 알리는 내용입니다. 그런 세상으로 예비 된 것이 내세(來世)고 극락(極樂)이었던 것입니다. 불교의 목적은 바로 이것입니다.

석존께서 보리수나무 아래서 보고 듣고 깨달은 것이 바로 이런 극락에 관하여서 입니다. 그런 세상의 도래를 알리기 위하여 견보 답품이란 이름으로 보탑을 보이신 것입니다. 그것에 대하여 기록 된 것들을 조금 살펴 보기로 하겠습니다.

"그때 부처님 앞에 칠보탑이 하나 있으니 높이는 5백 유순이요, 넓이는 2백 유순으로 이 탑은 땅으로부터 솟아나 공중에 머물러 있었다. 그것은 가지가지 보물로 장식되어 있으며, 5천의 난간과 천만의 방이 있으며, 한량없이 많은 당번을 장엄하게 꾸미고, 보배 영락을 드리우고 보배 방울을 또 그 위에 수없이 달았으며, 그 사면에는 다라마 발전단향을 피워 향기가 세계에 가득하고 모든 번개는 금, 은, 유리, 자거, 마노, 진주, 매괴 등 칠보를 모아 이루 니 그 탑의 꼭대기는 사천왕궁까지 이르렀다. 삼십 삼천은 하늘의 만다라꽃을 비 내리듯 내리어 그 보배탑에 공양하고 그밖에 하늘, 용, 야차, 건달바, 아수라, 가루라, 긴나라, 마후라가 사람인 듯 아닌 듯한 천 만억의 중생들은 온갖 꽃과 향과 영락과 번개와 기악들로 그 보배탑을 공양하며, 공경하고 존중하며, 찬탄하였 다."[동국대 역경원 법화경 229~230쪽]

법화경은 극락 세계에 대한 설계도입니다. 극락에 가야 할 대상 은 사람입니다. 극락은 미래세 곧 내세에 세워지게 되어 있습니다. 미래세에 세워지는 극락은 부처로 성불한 사람들이 사는 세계입니 다. 그 세계를 불국토라고 합니다. 경주에 있는 불국사란 사찰 이름은 불국토의 세계를 염원하는 마음에서 지어진 이름입니다.

그 불국토는 지상에 세워지는 극락인데 그 나라에 대하여 기록된 내용이 바로 법화경입니다. 법화경을 달리 묘법연화경이라고 합니다. 법화경을 묘법연화경이라고 한 것은 법화경은 비밀장이란 말입니다. 비밀의 방법은 비유나 방편입니다. 그래서 그 비밀을 알려면 그 비유나 방편 속에 담긴 참 의미를 생각하여 그 답을 얻어야 합니다. 사람이 부처로 성불되어 세상이 불국토가 되기 위해서는 미륵부처님이 하생해야 합니다.

그래서 본 장에 기록된 내용들도 극락에 대한 비유임을 깨달아야 합니다. 그럼 한 구절 한 구절에 기록된 참 의미를 찾아보겠습니다.

그런데 여기서 부처님 앞에 칠보탑이 하나 있다는 말은 무슨 의미일까요? 칠보(七寶)는 일곱 부처를 비유한 말입니다. 경전에는 크게 두 가지의 세상이 있습니다. 하나는 보이는 세계이고 또 하나는 보이지 아니하는 신 또는 영의 세계입니다.

신의 세계는 또 성신의 세계와 악신의 세계로 나누어집니다. 성신의 세계의 대강을 기록하면 법신불 부처님이 가장 큰 보좌에 계십니다. 그리고 그 앞에 비서진처럼 일곱 부처님이 나열하여 있습니다.

그리고 주위에는 원로부처인 24부처님이 주위를 둘러 앉아 정사(政事)를 돌보고 있습니다. 그리고 동서남북으로 사천왕(四天王)이 자리 잡고 있습니다. 그리고 각 방위를 수호하는 각각의 천왕에게는 수도 셀 수 없이 많은 부처들이 소속되어 있습니다. 이것이 성신계열의 신들의 세계이고 경전에 기록된 내용입니다.

이 중, 일곱 부처님은 법신불 부처님의 눈의 역할을 하는 부처로서 지상의 오가며 감찰하는 기능을 하는 부처입니다. 일곱 부처를 달리 칠불(七佛)이라고도 합니다. 지상에 칠불이 내려오니 칠보수나 칠보탑으로 비유하였습니다. 이 칠불은 뒤에 소개될 팔불 출현과 관계가 있습니다. 일불과 칠불을 합하면 팔불이 됩니다.

사바세계에 불국토가 세워지려면 법신불 부처님이 세상에 와야 하는데, 그 법신불 부처님이 오시기 전에 먼저 비서진인 일곱 부처가 지상에 임하여 오게 됩니다. 법신불과 칠불을 합하면 팔불이 되죠?

그리고 칠불은 법신불 부처님이 지상에 임할 수 있게 그 길을 미리 예비합니다. 그래서 칠보탑이 하나 있다는 것은 일곱 부처님이 지상에 와서 부처님의 나라를 세우기 시작하였다는 신호입니다. 칠보탑은 일곱 부처가 와서 세운 지상 세계에 세워진 부처님의 나라란 표시입니다.

이 일곱 부처님의 나라가 세워지면 극락 세계가 곧 펼쳐진다는 예표입니다. 이 일곱 부처가 임할 곳을 미륵경에서는 계두말성이라고 수기해 두었습니다. 그래서 계두말성은 법신불 부처님께서 일곱 부처를 보내어 세운 나라고 그래서 그것을 암호하여 칠보탑(七寶塔) 또는 팔불 출현이라고 한 것입니다.

계두말성(鷄頭末城)이란 한자를 해석하면 계두는 닭 머리란 말이고, 닭은 하늘을 나는 새 중 대표로 기록한 것입니다. 하늘의 새 중, 가장 우두머리는 봉황이고, 그 봉황을 불가에서 가루라라고 표현하였습니다. 가루라란 새는 예로부터 불가에서 용을 잡아먹는 새로 알려져 있습니다. 봉황과 가루라는 바로 천신의 왕 곧 법신불 부처님을 비유한 말입니다.

곧 계두말성은 법신 즉 창조주가 이 성에 와서 용을 잡고 이 땅에 천상 세계를 세우기 위한 발판을 삼는 성곽입니다. 이 계두말성이 계시록에는 일곱 금 촛대교회란 이름으로 등장하고, 격암유록이란 예언서에는 사답칠두란 이름으로 등장합니다.

말성(末城)이라고 한 것은 현세불의 시대가 끝나게 되는 말법시대에 이 성이 세워진다는 암시고, 성(城)이라고 한 이유는 여기서 전쟁이 일어나기 때문입니다. 계두(鷄頭)는 곧 하늘 신들의 왕인 하느님, 하나님을 상징하고 있습니다. 이 계두말성에서 선악간 진리의 전쟁이 2차에 걸쳐 일어나는 바, 전쟁이 발발한 원인은 계두말성의 신앙인들이 배법(背法)을 하기 때문입니다.

배법이란 계두말성의 지도자들이 부처님과의 법(언약)을 저버리는 행위입니다. 이 배법으로 말미암아 부처님이 세우신 계두말성에 마구니의 영을 입은 거짓 승려들이 올라와 일시 성불한 이들을 멸망시키게 됩니다.

이 때 마구니의 영을 입은 거짓 승려를 뱀 또는 용으로 비유를 하였습니다. 이들은 내세(來世)가 세워지기 전에 권세를 잡고 있던 기득권 세력인 마구니의 대표자들입니다. 이들을[삽입] 비유하여 용화수의 나라로 표현하고 있습니다.

용화수란 악령을 입은 사람을 비밀로 전한 비유입니다. 미륵보살은 이 용화수에서 마왕 즉 용왕과 정법으로 싸워 이긴 후, 부처로 성불하게 됩니다. 말법 시대에 처음으로 성불한 부처를 미륵부처라고 합니다. 미륵부처님을 구세주라고도 합니다. 이렇게 구세주가 등장하게 되는 일련의 노정을 삼종법(三種法)이라고 합니다. 여기에 대해서는 조금 후에 논하기로 하겠습니다.

어쨌든 부처님이 세운 계두말성이 용의 무리들에 의하여 짓밟히게 됩니다. 여기서 짓밟힌다는 말은 정한 때가 되었을 때, 여덟 중생들이 팔불로 성불을 하게 되지만 이들이 배법(背法)하여 마구니집단(거짓 승려)들로부터 미혹 받아 다시 중생으로 환원되는 일을 뜻합니다. 진실법은 부처로 성불한 사람이 진리를 벗고 다시 거짓에 미혹되면 중생으로 다시 떨어지게 됩니다. 이 법이 진실법으로 불교의 가장 핵심이며, 이는 부처가 중생으로 타락한 원인과 부처로 성불하는 원리를 가르쳐줍니다. 이 일이 아뇩다라삼먁삼보리와 밀접한 관계를 가집니다.

이 때 미혹 받는 짓밟히는 편과 미혹시키는 짓밟는 편이 등장합니다. 미혹 받는 편은 배법자(배도자)들이고, 미혹 시키는 편은 마구니 영을 뒤집어 쓴 거짓 승려(멸망자)들 편입니다. 이로서 옛날 부처였던 사람들을 미혹하여 무명의 중생으로 타락케 한 존재가 바로 마구니 영을 덮어쓴 거짓 승려들이란 사실이 밝혀집니다.

말법 때는 이런 상황이 다시 한 번 재현(再現)되는데 이 경로로 말미암아 마왕인 용이 정한 곳에 오게 됩니다. 그것이 경전의 예언입니다. 미륵보살은 그렇게 예언대로 올라온 용을 잡게 됩니다. 그곳이 곧 계두말성이고, 거기가 곧 용화수의 나라입니다. 이 때 마왕을 잡는 자를 미륵보살이라고 예언했던 것이고, 미륵보살이 마왕을 잡으므로 비로소 미륵보살은 미륵부처로 성불하게 됩니다.

이 상황을 좀 더 확실히 이해하기 위하여 설명을 덧붙이겠습니다. 먼저 미륵래시경에 예언되어 있는 계두말성을 성서 요한계시록에는 일곱 금 촛대교회라는 이름으로 등장합니다. 또 한민족의 예언서인 격암유록에는 사답칠두(寺畓七斗)라는 이름으로 예언되어 있습니다.

먼저 민족사 미륵경전 112쪽에 예언된 계두말성에 대한 기록을 참고로 보겠습니다.

"그리고 계두말이라는 성(城)이 있으리니 이 계두말성은 당시

왕이 국력으로써 성을 만든 만큼 성의 둘레가 4백 80리이며 흙으로 성을 쌓고 그 위에 판자를 붙이고, 또 금 은 유리 수정 등 값진 보물로 장식하였느니라. 또 사방 각각 열 두 문이 있어 문마다 조각하고 다시 금 은 유리 수정 등 값진 보물로써 장식했느니라."

"국왕의 이름은 승라인데 사방 바다 안이 다 승라에게 예속되어 있으며 다닐 때는 날아다닌다. 또 그 다니는 곳마다 사람과 귀신들이 모두 몸을 굽히며, 성에는 네 가지 보배가 있는데, 첫째가 금이니 예석봉이라는 용이 그 금을 수호한다. 둘째가 은이니 그 나라 안에는 또 변두라는 용이 그 은을 수호하고, 셋째가 명월주니 명월주가 나는 곳은 수점(須漸)인데 빈갈이란 용이 보배를 수호하고, 넷째가 유리이니 유리가 나는 성 이름은 사라나이니라. 미륵이 수범이란 바라문과 마하월제를 부모로 삼아 태어나니 미륵의 종성은 바라문이며 몸에 서른 두 가지 모습과 여든 가지 훌륭함을 갖추고 있다. 또 몸의 길이가 열 여섯 길인데, 미륵이 이 성에서 출생하자마자 눈은 만 리 안을 환히 보고 머리 속에서는 햇빛이 4천 리를 비추며 또 미륵이 도를 얻어 부처가 될 때에는 용화수(龍華樹) 밑에 앉는데 나무의 높이는 40리이고, 넓이 또한 40리이며 미륵이 부처가 될 때는 8만 4천 바라문들이 다 미륵의 처소로 와서 스승으로 섬기며 곧 집을 버리고 사문이 되리라. 또 미륵이 나무 밑에 앉아 4월 8일 밝은 별이 나올 때를 기하여 불도를 얻으리니, 국왕 승라도 미륵의 성불함을 듣고 곧 나라를 태자에게 맡긴 뒤 국토와 왕위를 버리고 84왕과 함께 미륵의 처소에 이르러 모두 수염과 머리털을 깎고서 사문이 되리라."

위 미륵경전의 내용은 미륵이 출생하는 장소와 시대와 상황을 알게 하는 유익한 자료가 되는 것 같습니다. 미륵이 부처로 성불하게 되는 장소는 계두말성이라는 것과 그 당시 계두말성의 상황은 국왕의 이름은 승라인데 사방 바다 안이 다 승라에게 예속되어 있다고 합니다. 또 그 다니는 곳마다 사람과 귀신들이 모두 몸을 굽히며 있다고 합니다. 사람들과 귀신들이 함께 한다함은 사람의 영혼이 모두 귀신과 짝이 되어 있음을 의미하는 것입니다.

승라는 그 백성들의 왕이라고 한바, 이 승라의 육체에는 용왕신이 임하여 있음을 알 수가 있습니다. 바다는 종교세상을 비유한 것입니다. 그렇다면 바다 안이 다 승라에게 소속되어있다고 함은 미륵이 출현할 때 종교세상은 모두 마왕 소속인 승라에게 소속되어 있다는 말입니다.

이 계두말성에는 네 가지 보배가 있는데, 첫째가 금이니 예석봉이라는 용이 그 금을 수호한다고 합니다. 사람의 몸은 귀신과 짝이 되어 있고, 그 귀신의 왕은 용왕입니다. 이는 미륵이 세상에 등극할 때 인간세상은 영적으로 창조주 하느님이 아닌 용이 영적 권세를 잡고 있음을 의미하고 있습니다.

그런데 용을 보배라고 한 것은 부처님 입장에서는 보살과 부처가 보석이지만 마왕의 입장에서는 용이 곧 보석이란 의미입니다. 금을 수호한다함은 금은 진리를 비유한 말인데 그것은 부처님의 입장에서 진리입니다. 그러나 여기서 금은 마왕의 비진리를 가르킵니다. 여기서 부처님의 진리와 마왕의 비진리가 서로 전쟁을 하게 되죠.

계두성에 있던 미륵보살은 진리를 가지고 싸우고, 용화수로 비유된 마왕 소속의 거짓 승려(미혹자, 멸망자)들은 그들의 진리인 거짓 진리를 가지고 싸우게 됩니다. 여기서 미륵보살이 이기므로 마왕을 이긴 것이고, 마를 이기므로 미륵보살은 미륵부처로 성불을 이룹니다.

이리하여 말법 시대에 마왕을 이긴 최초의 부처님이 세상에 출현하게 됩니다. 비로소 미륵부처님(법신부처님)에게는 비로자나불의 영이 임하니 곧 세상에 법신불이며 창조주가 세상에 강림하게 되었습니다. 법신불이 세상에 임하게 되니 비로소 세상에 정법이 생기고 이 정법은 곧 아뇩다라삼먁삼보리의 진리입니다. 이 정법을 듣고 깨닫는 자들은 부처로 성불하게 되니 그 나라가 곧 불국토인 극락이 되는 것입니다.

이를 통하여 깨닫고 보니 미륵이 세상에 등극할 때는 세상의 영적왕은 마왕인 용왕(龍王)이란 사실을 깨닫게 됩니다. 용은 귀신의 왕이니 이 때 모든 사람들은 귀신과 짝을 이루고 있습니다. 그러니 그 나라를 비유하여 용화수(龍華樹)의 나라라고 할 수 있었던 것입니다. 용화수란 용신이 임한 사람들로 가득 찬 나라를 의미합니다. 그 나라의 이름이 계두말성이라고 앞에서 언급하였습니다.

이때가 미륵이 출현할 당시의 상황입니다. 미륵은 결국 계두말성이 용화수(龍華樹)의 나라로 떨어졌을 때, 용왕을 진리로 이기고 나타나는 진리의 왕입니다. 그래서 예로부터 미륵은 용화수 아래서 성불하여 미륵부처가 된다고 하였던 것입니다.

그런데 미륵은 사람이고 용왕은 영이요, 신인데 어찌 사람이 신과 싸울 수 있으며 신을 상대로 이길 수 있겠습니까? 그래서 예언된 말씀이 중요합니다. 앞에서 용왕신은 승라란 사람에게 들어가 있습니다. 그렇다면 미륵이 용왕을 진리로 잡을 수 있는 방법은 승라를 진리로 굴복시키면 됩니다. 미륵은 마왕인 용왕과 진리로 싸워서 이길 때, 비로소 미륵부처로 성불하게 됩니다.

결국 미륵이 용왕의 정체를 알아 진리로 증거를 하면 승라는 용신을 입은 사람이 됩니다. 이리하여 사람 속에 거하였던 것이 귀신이란 사실이 밝혀지고, 그 귀신의 왕이 용왕이란 사실도 밝히게 됩니다. 따라서 사람 속에 거하던 악한 영인 용왕과 귀신들은 자신의 정체를 드러내었으니 더 이상 사람의 육체 속에 머무를 수가 없게 되는 것입니다.

그 순서는 처음으로 미륵보살이 용왕과 귀신을 깨달아서 부처로 성불하게 되고 그 다음은 미륵부처로부터 그 진리를 증거 받게 되면 그 사람들 역시 부처로 성불하게 되는 것입니다. 그렇게 되니 비로소 화엄논초에 예언된 일체중생실동성불 즉 일체 중생들이 다 함께 성불할 수 있게 되는 것입니다.

결국 계두말성에서 이런 일들이 벌어지게 되고 여기서 미륵보살이 성불하게 되는 것입니다. 미륵은 또 몸의 길이가 열 여섯 길이라 하는데 미륵의 체구를 예언한 것입니다. 미륵이 부처가 될 때는 8만 4천 바라문들이 다 미륵의 처소로 와서 스승으로 섬기며 곧 집을 버리고 사문이 되게 된다고 합니다.

국왕 승라도 미륵의 성불함을 듣고 곧 나라를 태자에게 맡긴 뒤 국토와 왕위를 버리고 84왕과 함께 미륵의 처소에 이르러 모두 수염과 머리털을 깎고서 사문이 된다고 합니다. 이 일로 말미암아 세상의 주권이 승라에게서 미륵부처로 옮겨지게 됩니다.

승라의 세상은 용 곧 악령의 세상이었고, 미륵부처의 세상은 부처 곧 성령의 세상입니다. 따라서 이로 말미암아 세상에는 악령을 영혼으로 가진 사람들은 계속해서 줄게 되고, 성령으로 또는 부처로 성불한 사람들은 더욱더 많아집니다. 또 시간이 더 흐르면 성불치 못한 모든 중생들은 심판받아 지옥으로 떨어지고, 성불한 사람들은 부처가 되고 불국토에서 영원히 살게 됩니다.

세상에서 이런 일이 있을 것을 석존께서는 예언을 하신 것입니다. 자 여기서 계두말성의 의미와 이 나라가 세워지는 과정을 다시 처음부터 정리해보겠습니다.

미륵경전과 성서 요한계시록과 격암유록에도 공통적으로 기록되어 있는 계두말성의 건설은 지상에 팔 명의 중생들이 팔 부처로 성불하면서 시작됩니다.

이 예언은 1966년도에 대한민국 어느 도시에서 이루어졌습니다. 그 도시 인근에 사자암이란 암자(교회도 아니고 절도 아닌)가 있었습니다. 거기에는 신통을 얻은 한 사람 있었습니다.

그 사람이 처음에는 신통한 능력이 있다고 소문이 나서 도시의 사람들이 꽤 모여들었습니다. 그런데 이 교주는 나중에는 타락하여 많은 문제점들이 생겨났다고 합니다.

그 암자에 다니던 팔 명의 사람들이 이 대책을 세우기 위하여 한 장소에 모였습니다. 그때 갑자기 이들 팔 명에게 법신(창조주 하나님 말씀) 부처님이 나타나신 것이었습니다. 그리고 그는 자신이 하늘에서 내려온 법신불 부처님(여호와의 성신)이라고 밝히고, 팔 명을 데리고 산 중턱으로 올라갔습니다.

그리고 부처님은 100일 간 그들에게 세상 사람들이 일절 접근하지 못하게 경계를 지어 출입을 엄격히 통제하였습니다. 그들은 100일 간 집에도 못가고 산속에서 법신불(여호와의 성신)에게 직접 양육을 받았습니다.

법신불(여호와의 성신)은 경서 중, 봉함된 어려운 부분도 넉넉히 잘 가르쳐주어 이들은 진리로 도통할 수 있게 되었습니다. 이 팔 명은 지상에서 유일하게 부처님(창조주 하나님)에게 직접 진리로 양육 받은 사람들이 되었습니다. 단 100일 간의 공부로 이들은 진리를 통달하게 되었습니다. 그리고 이들은 동맥을 잘라 법신불 부처님(창조주 하나님)과 피로 언약을 하였습니다.

언약의 내용은 팔 명에게 각각 법명[영명(靈名)]을 주시며 순위와 사명을 주었습니다. 한 사람에게는 화신불[임마누엘]이란 영명을 주셨습니다. 그 외 칠 명에게도 각각 법명[모세 여호수아 등 영명]을 주었습니다. 그리고 3년 반이란 시간을 주시며 그 기간 안에 반드시 언약을 지키라는 것이었습니다.

그 언약을 지키면 극락세계와 비로자나불[창조주]의 유업을 물려주겠노라고 했습니다. 그 언약은 화신불[임마누엘]은 법신 부처님에게 순종하라는 내용이었습니다.

그리고 칠 명은 화신불[임마누엘]에게 순종하란 내용이었습니다.

이리하여 이들은 세상에서 최초로 부처로 성불한 사람들이 된 것입니다. 팔 명의 사람들이 부처로 성불하였으니 팔 부처가 세상에 출현된 것입니다. 이렇게 세상에 세워질 것이라고 예언한 장소가 불경에는 계두말성이라고 한 것이고, 계두(鷄頭)는 봉황이나 가루라와 같은 의미이며 계두는 천신들 중, 왕인 천왕신이 임한 성이란 의미를 가집니다.

성서에는 이곳을 일곱 금 촛대교회라고 예언을 한 것입니다. 그리고 격암유록에는 사답칠두(寺畓七斗)라고 예언해 두었습니다. 삼 경서에는 이 이름에 모두 일곱 칠(七 혹은 八) 자로 표현하고 있습니다. 팔 부처들 중, 한 부처님은 법신불 부처님이시고, 일곱 부처는 일곱 천사들이었습니다. 공통적으로 들어간 칠(七)의 의미는 이 장소에는 일곱 부처가 임한 곳이란 것을 나타내기 위해서입니다.

이들은 이곳에 작은 초막을 짓고 100일 간 천상에서 내려온 진리를 세상 사람들에게 전도를 하게 되었습니다. 그리하여 세상에서 많은 사람들이 이곳으로 들어오게 되었습니다.

또 깨닫는 자들은 모두 부처로 성불되어 갔습니다. 화신불[임마누엘]은 늘 단상을 차지하며 왕의 역할을 하고 있었습니다. 임마누엘은 성도들에게 인기를 독차지 하고 있었습니다.

그리고 수많은 사람들이 떼를 지어 이곳으로 속속 들어오게 되었습니다. 그러면서 재산도 점점 불어나게 됐습니다. 그런데 이렇게 되자 이들에게 서서히 욕심이 생겨나게 되었습니다.

일 년이 남짓 되어가면서 일곱 명은 창조주와의 언약을 잊어버리고 임마누엘에게 시기 질투를 하기 시작하였습니다. 그러면서 급기야 임마누엘을 계두말성에서 쫓아내어 버렸습니다.

쫓겨간 임마누엘은 정신 이상자가 되어 기차에 치어 죽게 됩니다. 이런 일이 있는 후, 칠인 중 제일 나이가 적은 어린 종이 다음 계두말성의 왕이 되었습니다. 계두말성에서 이런 상스럽지 못한 일이 생긴 것은 법신 부처님과의 언약을 어긴 불선업(不善業)이었던 것입니다.

여기서 가장 큰 진리 하나가 터득되게 됩니다. 세상 불자들이 가장 궁금해 하는 내용이 하나 있습니다. 그것이 바로 열반경의 주제인 일체중생실유불성(一切衆生悉有佛性)이란 말입니다.

이 말은 모든 중생들에게는 불성이 있다는 말입니다. 그런데 불자들은 물론이고, 불교학자들마저도 왜 모든 중생에게 불성이 존재하는가를 이해하지 못하여 다양한 논문들이 나오고 있습니다.

그래서 이 부분은 불교학자들이나 일반불자들에게도 매우 중대한 사안입니다. 그런데 위 불선업(不善業)이란 말과 불선업 이전과 이후의 연결결과를 통하여 이에 대한 모든 것이 밝혀집니다.

즉 계두말성에서 팔불출현(八佛出現)이 이루어졌습니다. 그런데 이들이 부처로 성불하기 직전, 법신불과 언약을 하는 것을 볼 수 있었습니다. 언약이란 말로 하는 약속입니다. 계두말성에서의 언약은 '화신불(임마누엘)은 법신불에게 순종하고, 일곱 부처들은 화신불(임마누엘)에게 순종'하란 내용이었습니다.

그런데 앞에 계두성에서 일어난 일을 살펴보면 일곱 부처들이 화신불(임마누엘)에게 순종하란 언약을 어기고, 욕심과 악으로 화신불(임마누엘)을 내어 쫓아내고, 그 자리를 어린 종이 차지하고 말았습니다.

이것이 언약을 배반한 일이 되고, 이것을 불설인선경(佛說人仙經)에서는 불선업(不善業)이란 용어로 표현하고 있습니다. 그래서 여기서 우리는 큰 진리 하나를 얻게 됩니다. 즉 부처로 성불한 자들이 어떤 상황에서 다시 중생으로 떨어지게 되느냐는 원인을 여기서 발견할 수 있기 때문입니다.

그렇습니다. 부처가 된 사람들이 중생의 나락으로 떨어지는 원인은 곧 불선업 때문이고, 불선업은 곧 법신불과의 약속을 어긴 것으로 드러남을 알 수 있습니다.

여기서 또 하나 더 유추할 수 있는 것은 열반경에서 일체중생실유불성(一切衆生悉有佛性)이라고 말한 이유를 알 수 있다는 것입니다. 즉 어떻게 모든 중생들에게 불성이 있을 수 있느냐는 문제입니다.

앞의 일련의 사건으로 볼 때, 과거에 모든 중생들이 모두 부처들이었습니다. 그런데 지금은 왜 그들이 중생으로 모두 떨어졌느냐는 것입니다. 그 답이 바로 부처였던 그들이 불선업을 지어 중생으로 변질되었다는 것을 알 수 있습니다.

이 사건을 성서에서는 배도(背道)라는 어휘로 예언하고 있습니다. 불서에서는 이 사건을 아뇩다라삼먁삼보리 중, 첫 진리인 불선업(不善業)으로 기록되어 있습니다. 격암유록에는 이 사건을 악화위선(惡化僞善)이란 단어로 예언되어 있습니다.

앞에 계두말성에는 언약한 부처들이 있었습니다. 그 언약의 내용은 '일곱 종[부처]들은 임마누엘[화신불]에게 순종'하란 언약이었습니다. 그런데 일곱 종들은 그 언약을 어긴 것입니다. 임마누엘[화신불]을 순종치 않은 것은 곧 법신 부처님과의 언약을 배신한 것입니다.

계두말성에서 이런 일이 일어난 것을 성서에서는 일곱 금 촛대 교회에서 택함 받은 일곱 별이 '배도(背道)'하게 된다고 예언하고 있습니다.

격암유록에서는 이 사건을 삼풍지곡 중, 한 곡식으로 비유하여 '팔인 등천 악화 위선(八人 登天 惡化 僞善)'이라고 예언되어 있습니다. 이 예언은 여덟 사람이 하늘에 택함 받았으나 위선으로 말미암아 악화 된다고 예언하고 있습니다.

불서에는 이것을 세 가지의 진리인 아뇩다라삼먁삼보리로 예언하고 있습니다. 아뇩다라삼먁삼보리는 불경에서 어떤 의미를 가지고 있을까요? 무상정등각(無上正等覺)은 산스크리트어 아누타라 삼먁꾸 삼보디(anuttarā-samyak-sambodhi)로 부처의 깨달음의 경지를 나타내는 말입니다. 아누타라(anuttarā)는 무상(無上), 삼먁꾸(samyak)는 정(正)·정등(正等), 삼보디(sambodhi)는 각(覺)·등각(等覺)·정각(正覺)·변지(遍知)·변도(遍道)·

진도(眞道)라고 번역합니다. 곧 위 없는 바르고 원만한 깨달음이라는 뜻이죠.

위 없는 원만한 깨달음이 구체적으로 무엇을 의미할까요? 무상정등각은 더 이상 높은 진리가 없다는 의미인데 불교에서 가장 높은 깨달음은 곧 부처의 깨달음이라고 할 수 있겠습니다. 따라서 아뇩다라삼먁삼보리의 진리는 부처님이 세상에 출세하기 전에는 그 깊은 의미를 파악할 수 없다고 봐야 합니다.

즉 아뇩다라삼먁삼보리의 진리는 부처님만 알 수 있는 진리입니다. 그리고 부처님이 바로 그 아뇩다라삼먁삼보리를 가지고 옵니다. 이는 곧 부처님 자신이 아뇩다라삼먁삼보리의 경로로 나타난다고 할 수 있죠.

다시 정리하면 아뇩다라삼먁삼보리의 깨달음은 부처님만이 알 수 있고, 부처님이 이 진리의 경로를 타고 출현됩니다. 이것은 곧 아뇩다라삼먁삼보리의 뜻이 파악되기 전에는 사바 세상에 부처님이 출현할 수 없다는 것입니다.

그 말은 거꾸로 아뇩다라삼먁삼보리의 의미가 세상에 드러났다는 것은 이미 세상에 부처님이 출현하였다는 증거가 된다는 것입니다. 왜냐하면 아뇩다라삼먁삼보리가 곧 부처님의 출현 자체를 의미하기 때문입니다. 부처님은 최고의 정법인 아뇩다라삼먁삼보리를 가지고 세상에 온다고 합니다. 그러니 부처님이 세상에 하감하기 전에는 부처님도 최고의 정법인 아뇩다라삼먁삼보리도 없는 것이 당연할 것입니다.

그런데 본 필자는 지금 아뇩다라삼먁삼보리의 진리를 나투고 있습니다. 본 필자의 논리를 들어보시겠습니까? 불설인선경(佛說人仙經)[43]에는 이런 사건을 기록하고 있습니다. 먼저 불설인선경

(佛說人仙經)이란 경명의 해석이 필요할 것입니다. 이 경명의 뜻은 '부처님이 설하신 사람이 신선이 되는 경전이란 뜻'입니다.

여기서 신선이 된다함은 달리 부처로의 성불을 의미합니다. 본 경전의 명칭이 사람이 부처로 성불하는 데 관한 내용이 주제란 것입니다.

본 경전에는 이런 내용이 있습니다. '오호운하능득팔불출현어세(嗚呼云何能得八佛出現於世)' 이를 해석하면 '오호라 어떤 능력으로 세상에 여덟 부처님이 출현하는 일을 얻을 수 있다고 말하는가'입니다.

여기서 여덟 부처에 대하여 세상에 편견이 있는데 소개해 보겠습니다. 여덟 부처님의 출현을 한자로 표현하면 팔불출(八佛出)입니다. 우리나라에는 팔불출을 '매우 어리석은 사람'을 일컬을 때, 쓰는 말입니다.

그런데 팔불출(八佛出)은 위의 인용문에 입각하면 여덟 부처님의 출현을 의미합니다. 여덟 부처님이 왜 매우 어리석은 사람으로 비하되게 되었을까요? 이것은 곧 여덟 부처님께서 어리석은 불선업(不善業)을 짓는 일이 있기 때문입니다.

옛말에 진리가 들어있다고 옛 어른들은 말씀하십니다. 인류는 매우 유구한 역사를 가지고 있습니다. 문자가 등장한지는 고작 5-6천 년 전입니다. 고고학에서 인류역사를 6백 만 년까지 보곤 합니다. 그렇다면 5-6천 년 이전의 역사나 인류에 있었던 중대한 사건이나 문화는 역사에는 남아있지 않습니다.

그런데 오늘날을 살고 있는 모든 사람들은 모두 직계 조상이

---

43) 경명의 뜻: 사람이 신선으로 되는 데 대한 부처님이 설하신 경전

있습니다. 우리들의 시조는 고고학에 근거하여 말하면 6백 만 년 전의 할아버지였고, 우리는 그 할아버지로부터 한 대도 끊이지 않고 오늘날에 이르렀습니다.

우리는 부모님으로부터 말을 배워왔습니다. 부모님은 또 자신의 부모님으로부터 말을 배웠습니다. 이렇게 올라가면 우리가 사용하고 있는 말들은 그 역사가 6백 만 년이나 됩니다. 그래서 우리가 지금 하고 있는 말 중에는 6백 만 년 전의 말도 섞여 있을 수 있습니다.

문자로 남긴 역사는 고작 5-6천 년에 지나지 않지만 우리가 사용하고 있는 말에는 인류의 시작의 비밀도 다 담겨있을 수 있습니다. 그래서 어른들은 옛말에 진리가 있다고 했던 것 같습니다. 팔불출이가 매우 어리석은 사람이 된 사연이 말로 전해진 좋은 경우라고 할 수 있을 것입니다.

이 여덟 부처가 어리석은 사람이란 칭호로 변한 것과 아뇩다라 삼먁삼보리와 관계가 있습니다. 불설인선경에는 여덟 부처님이 세상에 출현하게 된다고 수기가 되어 있습니다. 이 여덟 부처님과 앞에서 잠깐 소개한 팔인 등천과는 밀접한 연관이 있습니다. 팔인이 등천했다는 것을 불교 용어로 바꾸면 여덟 사람이 여덟 부처님으로 성불했다고 할 수 있습니다.

그리고 요한계시록 1장 20절에 나오는 일곱 별과 여덟 부처님과도 관계가 있습니다. 요한계시록에 일곱 별은 일곱 사람이 별이 된 일을 설명하고 있습니다. 이 때 별이 곧 등천이고, 성불로 해석할 수 있습니다. 그런데 여기는 왜 일곱이냐는 것은 일곱 사람 외에 한 명을 별도로 취급하기 때문입니다.

앞에서 소개한 팔인이 등천한 역사에는 분명 임마누엘 한 사람과 일곱 별로 소개된 일곱 사자가 있었습니다. 이를 말할 때, 일곱 사람만으로 표현하면 일곱 별이 될 것입니다. 그러나 역사에 참여한 여덟 사자를 다 합하면 여덟 별이 될 것입니다.

불경에 자주 나오는 칠보나 칠보탑은 천상세계의 일곱 영이 내려온 지상의 상황을 설명한 것입니다. 칠로 표현한 것은 일곱만을 계산한 것이고, 팔불출처럼 팔로 표현한 것은 전체 팔 명을 합쳐서 표현하였기 때문입니다.

성경에도 불경에도 한민족 예언서에도 동일하게 예언된 팔 명의 등천, 팔 명의 성불을 우연으로 볼 수 있겠습니까?

그럼 불경의 아뇩다라삼먁삼보리를 통하여 어떻게 수기[예언]대로 한 부처님이 세상에 출현하게 되는지를 살펴보겠습니다. 아뇩다라삼먁삼보리를 통하여 부처님이 세상에 출현한다면 이것을 분명히 아뇩다라삼먁삼보리에 대한 이 해석이 정확하다고 평가해야 할 것입니다.

법화경과 미륵경에 예언된 여러 사람의 성불이 시작되려면 가장 먼저 한 부처가 먼저 성불하여야 될 것입니다. 미륵경에는 그 첫 부처님을 미륵부처님이라고 설정하고 있는 것입니다. 그런데 경에는 아뇩다라삼먁삼보리의 경로를 통하여 미륵부처님의 출현을 언급하고 있습니다.

그리하여 한 부처님이 세상에 출현하므로 그 다음 뭇 중생들이 미륵부처님으로부터 제도 받아 부처로 성불하게 되는 것이죠. 그 과정에 가장 먼저 있어야 되는 일이 세상에 여덟 부처님의 출현이 있게 되는 것입니다. 그 여덟 부처님이 나중 어떻게 해서 매우 어리석은 팔불출이가 되는지 기대하는 마음으로 봐 주십시오.

앞에서 언급한대로 세상에 여덟 부처님이 나투셨습니다. 그런데 불설인선경에는 '시의불연(是義不然)'이란 말이 덧붙여져 있습니다. 이는 "이 여덟 부처님으로 시작된 역사가 순조롭게 진행되어간 것이 아니라, 부자연스럽게 되어나간다"는 것을 시사하고 있습니다. 그로 말미암아 '유삼종법(有三種法)' 즉 세 종류의 법이 생기게 된다는 뜻입니다.

그것을 더 분명히 설명하고 있는 내용이 다음의 '선작신불선업의불선행(先作身佛善業意不善行)'입니다. 선작신불(先作身佛)은 먼저 만들어진 부처님의 몸이란 의미입니다. 먼저 만들어진 부처님이 바로 여덟 부처님입니다.

이미 여덟 사람이 성불을 했다는 것이죠. 여기서 세 종류의 법이 생기고, 세 부류의 영적 인간이 생기게 됩니다. 제 삼종법을 통하여 먼저 성불한 여덟 부처님은 불선업을 지으므로 망하고 다시 새롭게 한 부처님이 출현하게 되는데, 그가 바로 미륵부처님입니다. 이 삼종법을 통하여 한 부처님이 출현하게 되니 이 진리가 바로 아뇩다라삼먁삼보리가 되는 것이죠.

그럼 삼종법을 제 일종법부터 살펴보겠습니다. 제 일종법 이전에 이미 여덟 사람이 성불한 일이 있었습니다. 거기가 불경에 계두말성이라고 예언해둔 곳입니다.

제 일종법을 '此謂第一種法先受五慾作不善業; 차위제일종법선수오욕작선업', '이것을 제 일종법'이라고 하며, 먼저 받은 몸이 오욕으로 불선업(不善業)을 짓는 일이라고 합니다. 여덟 부처가 된 사람들이 욕심으로 악업을 지었다는 것입니다.

이 사건을 동양의 성서 격암유록에는 팔인 등천 시 악화 위선이라고 기록되어 있습니다. 악화위선(惡化僞善)을 불경에는 불선업(不善業)이라고 하고, 성경에는 배도(背道)라고 표현하고 있습니다.

그리고 격암유록에는 악화, 위선한 당사자들을 등천(登天)한 팔 인으로 소개하고 있습니다. 그런데 불경에는 이 여덟 명이 부처로 성불했다고 표현하고 있습니다. 그리고 성경에는 그들을 일곱 별이라고 표현하고 있습니다. 여기서 불교의 성불이나 등천이나 별은 같은 의미로 해석됩니다. 그 중 성경에서 별이라고 한 의미는 땅에 있던 육체가 하늘의 별 같은 존재로 등천 또는 승천하였다는 의미이니 대동소이한 것입니다.

그리고 불교에서 말하는 성불이나 부처의 개념이 사람의 영혼의 승격이란 사실이라고 볼 때, 성경이나 다른 경전에서 별 또는 등천이라고 이야기 하는 것도 성령으로의 거듭남과 같은 맥락이라고 말할 수 있을 것입니다.

세상에 여덟 부처님이 나투게 되면 세상에는 영적으로 세 종류의 부류의 사람으로 갈려지게 됩니다. 첫째에 속한 사람들이 불교로는 제 일종법에 속한 자들입니다. 성경의 표현대로 하면 이들은 배도한 집단에 속하는 종류의 사람입니다.

제 이종법은 이런 배도한 사람들의 심령을 전문적으로 미혹하여 멸망시키는 멸망자에 속한 사람입니다. 제 이종법을 불서에서 불선법(不善法)이라고 소개하고 있습니다. 불선법이란 악법(惡法)이란 말이고, 악법은 사람의 심령을 살리는 법이 아니라, 사람의 심령을 죽이는 진리를 가장한 거짓말에 해당합니다. 따라서 멸망자는 마구니 소속의 지도자를 말하고, 이 마구니 소속의 지도자의 가르침이 곧 불선법입니다. 성경에는 이들을 멸망자라고 하며, 이들의 법을 불법(不法)[44]이라고 표현하고 있습니다.

---

44) 데살로니가후서 2장 3절: "누가 아무렇게 하여도 너희가 미혹하지 말라 먼저 배도하는 일이 있고 저 불법의 사람 곧 멸망의 아들이 나타나기 전에는 이르지 아니하리니"

제 삼종법의 사람은 구원자에 소속된 사람입니다. 불서에는 이 제 삼종법을 통하여 구세불인 미륵부처가 세상에 하생하게 됩니다. 그가 가지고 온 정법을 감로(甘露)라고 이슬로 비유하여 표현하고 있습니다. 성서에는 제 삼종법을 구원자의 출현으로 표현하며 그를 이긴자, 이스라엘로 칭호 하여 나타내고 있습니다. 이긴자, 이스라엘로 표현한 이유는 이 자가 진리로 배도자와 멸망자의 비밀을 드러내어 이기기 때문입니다.

그래서 불경에는 총 삼종법으로 사람의 종류를 나누어 최종적으로 미륵부처님이 제 삼종법을 통하여 하생하여 모든 중생들을 성불시키고, 해탈시키게 됩니다.

이것을 좀 더 쉽게 이해하기 위하여 예를 하나 들면 세상에는 결혼이라는 관점에서 보면 세 부류의 사람이 있을 것입니다. 제 일의 종류는 결혼한 기혼자들입니다. 그런데 이 기혼자 중에 외도를 한 사람들이 있다고 합시다. 이것이 불경에 기록된 여덟 부처님들의 환경과 비교됩니다. 이들이 불선업을 지은 무리들입니다.

그리고 제 이의 종류는 제 일의 외도한 자들에 앞서 일찍이 외도를 한 후, 제 일의 자들을 유혹하여 외도하게 유혹하는 존재들입니다. 이들은 결혼한 무리들에게 잘 타일러서 첫 결혼생활을 잘 지키도록 하는 것이 아니라, 오히려 그들을 부추겨 유혹하여 자신들의 무리에 소속시켜 버리는 것입니다. 이 때 이들이 부추기는 말이 곧 불선법이 되겠죠?

이 때 제 삼의 종류는 제 일의 무리에 속하여 있으면서 외도도 간음도 하지 않는 몇몇입니다. 그들은 자신들과 함께 결혼한 동료들이 유혹되어 외도를 할 때, 그것이 잘못 되었음을 알고, 제 이 부류의 사람들이 자신들을 유혹하여도 그들에게 유혹되는 것이 아니라, 그들의 행위가 잘못 됐음과 제 일 부류의 사람들의 잘못까지 지적하여, 대항하며 항변을 하게 됩니다. 이들 간에 참과 거짓으로 싸워서 제 일 부류의 사람들의 잘못과 제 이 부류의 잘못을 증거 하여 최종 이기는 편이 되니 그들이 곧 이긴자, 이스라엘의 부류가 된답니다.

이 때 이들을 상대로 이기는 제 삼의 부류들이 생겨났을 때, 이제 이긴 이들이 새 법을 만들어 다시는 결혼을 파하게 하는 악인들이 설 땅을 없애게 됩니다.

그리고 세 부류의 사람들을 각각 증거 하여 심판합니다. 심판자는 셋째 이긴자들이 그 역할자가 됩니다. 심판자는 첫째, 불선업자들을 심판하고, 둘째는 불선법자들을 심판하고, 만인들에게 이 사실을 고하고, 다시는 사회에 그런 부류의 사람들이 발을 들여놓지 못하게 합니다. 그리고 모든 사람들을 향하여, 외도가 없는 이곳으로 들어오게 문을 열게 됩니다. 이곳에서는 모든 사람들의 결혼을 지켜주는 외도가 없는 온전한 집단이 되어 모두가 행복하게 살게 됩니다.

그래서 불설신인선경의 제 일종법은 부처로 승격된 여덟이 악업을 행하게 되는 종류의 사람을 시사하고 있습니다.

제 이종법은 복차유인(復次有人) 어불선법(於不善法)이라는 말로 표현하고 있습니다. 복차유인은 다시 악으로 되돌아가게 하는 다음과 같은 사람의 종류가 있다는 것입니다. 악으로 되돌아가게 하는 사람은 부처로 성불한 사람들을 다시 중생으로 되돌아가게 하는 역할을 하는 종류입니다. 이 때 되돌아가게 하는 행위를 미혹이라고 합니다.

그리고 미혹하는 도구가 바로 불선법(不善法)입니다. 불선법은 거짓진리입니다. 거짓진리란 진리를 가장한 거짓말이며, 거짓말의 근원은 마군(魔軍)으로부터입니다. 이 거짓말을 대언 하는 자들은 거짓 목자나 거짓 승려입니다. 이 불선법에 반대되는 진리를 감로(甘露)라고 하며 제 삼종법이 바로 그것입니다.

불선법이 사람의 심령을 멸망시키는 비진리라면 감로는 사람의 심령을 살리는 진리입니다. 그리고 그 감로는 법신 부처님이 주는 것입니다.

제 삼종법 복차대범천왕(復次大梵天王),45) 감로개문(開甘露門)으로 기록하여, 다시 대범천왕이 감로문을 열게 된다고 합니다. 대범천왕은 임금 같은 존재로 창조주적 지위를 엿볼 수 있습니다. 그가 감로문을 연다고 하는데 감로문은 정법을 여는 것을 비유한 것입니다.

감로문을 열 수 있는 이유는 임금 곧 창조신이 이곳에 와 있기 때문입니다. 이 정법이 아뇩다라삼먁삼보리입니다. 아뇩다라삼먁삼보리는 부처가 타고 오는 수레 같은 존재입니다.

제 일종법은 여덟 부처님이 출현했으나 불선업으로 파멸의 지경에 이르게 됩니다.

그로 말미암아 미혹의 역사가 개입되게 됩니다. 미혹하는 자는

---

45) 大梵天王대범천왕 創造神창조신 梵文범문 Mahabrahman. 음역(音譯) : 마하사파가마
摩訶婆羅賀摩, 역일譯曰 : 淸靜. '梵'在佛經中是離淫, 欲之色界諸天之名, 其中的初天
爲大梵天. 大梵爲君, 梵輔爲臣, 梵衆爲民. 大梵天是婆羅門敎和印度敎的創造神, 與濕
婆, 毗濕奴合稱爲三大神. 범문은 Mahabrahman. 음역하면 : 마하사파가마이다. 청정
(淸靜), 적정(寂靜), 이속(離俗) 등으로 한역된다. 불교에서 말하는 '梵'이란, 불경에서는
음욕(淫,欲) 등의 색계를 떠난 제천지계를 뜻하는 단어로 그중 제일 첫 번째 천(天)이
대범천(大梵天,중생이 머무는 俗界를 뜻한다)이다. 대범은 임금(君)을 위하고, 범보는
신하들을 위하며, 범중은 백성을 위한다는 것이다. 원래 대범천은 인도의 바라문교와
인도교의 창조신이기도 하다. 습파(濕婆), 비습노(毗濕奴)를 합하여 삼대신으로 부르기
도 한다.

마군이고, 마군이 택한 승려가 거짓 승려입니다. 그리고 거짓 승려가 뱉어내는 미혹의 말이 바로 불선법(不善法)입니다. 이것이 곧 제 이종법입니다.

비로소 제 일종법과 제 이종법으로 부처님을 중생으로 떨어지게 하는 일련의 미혹자와 미혹자가 미혹하는 방법 일체를 드러낸 것입니다. 이것이 오늘날까지 세상 그 누구도 알 수 없었던 어마어마한 큰 비밀입니다.

이러하여 마군의 왕이 정법으로 잡히게 됩니다. 마군의 왕과 마군의 왕이 택한 거짓 승려를 정법으로 잡은 것이 곧 제 삼종법이고, 이 진리가 곧 감로입니다. 그 감로는 곧 범천왕이라고 이름한 임금이 가지고 온 것인데 그 임금이 택한 육체가 바로 미륵부처님으로 나타납니다.

그 결과 시일승회환본궁(示一乘廻還本宮)으로 일승을 보여주고, 일승이 나투므로 비로소 본궁으로 되돌아가게 된다고 합니다.

일승을 보인다는 것은 부처가 등장했다는 것이고, 본궁은 부처님의 본향으로 되돌아 왔다는 의미입니다. 이 때 본궁이 곧 극락이고, 불국토입니다. 이렇게 일승으로 출세하는 부처님이 미륵부처님이 되는 것입니다. 미륵부처님은 구세주가 되니 이에 속한 사람들은 구원자의 무리가 되는 것입니다.

이렇게 세상에 부처님이 출현하게 되니 이 정법이 무상정등각이라 하여 아뇩다라삼먁삼보리라고 전해왔던 것입니다. 삼먁은 세 가지의 묘한 법으로 해석될 수 있고, 삼보리는 이 세 가지 묘한 법이 곧 세 가지의 깨달음 즉 일종법에서 삼종법까지인 것입니다.

따라서 이 삼종법이 없으면 부처님이 세상에 출현할 수가 없습니다. 제 일종법이 없으면 제 이종법이 나올 수 없고, 제 이종법이 없으면 제 삼종법이 나올 수 없습니다.

제 삼종법이 나올 수 없으면 부처가 나올 수 없으며 부처가 설할 감로도 나올 수가 없습니다. 따라서 삼종법이 없으면 부처님이 올 수 없고, 부처님이 안 오시면 삼종법이 세상에 나올 수가 없습니다.

이 삼종법이 아뇩다라삼먁삼보리라는 것은 삼종법도 아뇩다라삼먁삼보리도 부처님의 출현의 경로이기 때문입니다. 아뇩다라삼먁삼보리가 세상에 등장하지 않으면 일불(一佛)이 출현할 수 없고, 일불 출현이 없으면 법화경에서 수기한 중생들의 성불은 없습니다.

따라서 아뇩다라삼먁삼보리가 곧 삼종법이고, 이것이 곧 성경의 배도 멸망 구원의 진리입니다. 그리고 그 진리가 천손민족의 경전인 동양의 성서 격암유록에도 있는 바, 악화(惡化), 위선(僞善), 심령변화(心靈變化; 심령멸망), 유로진로(有露眞露) 십승자(十勝者) 출현입니다.

불경 곳곳에도 이에 대한 것들이 기록되어 있습니다. 장아함경46)에도 구체적으로 이에 대해서 기록되어 있습니다. 이는 성경과 불경의 예언이 세부적이고 구체적으로 일치하고 있다는 놀라운 증거들입니다. 게다가 한민족 경전에도 부인할 수 없을 핵심진리가 박혀있으니 이를 어찌 이해해야 할까요?

---

46) 長阿含經 (No. 0001 佛陀耶舍譯 竺佛念譯) in Vol. 01 世尊出世 說甚奇甚特未曾有也 如來以方便力説 三徑路自致正覺何謂 爲三或有衆生親近貪欲習不善行 得聞法言法法成就 離欲捨不善行復生大喜 充足復求勝者 開初徑路成最正覺又有衆生 多於瞋恚 不捨身口意惡業 是爲如來開第二徑路 又有衆生愚冥無智不識善惡 能如實知苦 習盡道得聞法言法法成就識善不善又於樂中復生大喜如人捨於蠱 第三徑路 時梵童子 於忉上説毗沙門天王復爲眷屬説讀 闔説讀世尊 復爲阿難説

성경에는 구원자의 강림 이전에 반드시 배도 멸망의 일이 있다고 하였습니다. 한민족 경전인 격암유록에도 삼풍지곡으로 구원자인 십승자가 출현하게 된다고 기록되어 있습니다.

제 일 풍은 팔인 등천 악화위선(第一豊 八人登天 惡化僞善), 제 이 풍은 비운우 심령변화(第二豊 非雲雨 心靈變化), 제 삼풍 유로진로 십승자출 탈겁중생(第三豊 有露眞露 十勝者出 脫劫重生)입니다.

성경과 격암유록에 이렇게 구원자 출현 증거로 확실히 기록되어있는 바, 불경에도 그것이 있어서 삼 경전의 공통점을 부인할 수 없는 것입니다.

세상에는 세 부류의 사람이 있는데, 첫째 부류는 부처가 되었으나 언약을 배신하는 부류의 사람입니다.

둘째는 이 배신한 부처들을 멸망시키는 마구니에 속한 거짓 승려의 무리입니다.

셋째의 부류는 진리로 마구니가 임한 거짓 승려의 거짓가면을 벗기고 정체를 밝혀 이겨서 마구니를 잡아가두는 구원의 무리입니다.

그래서 구원자가 세상에 등장하려면, 배신자, 미혹자(거짓 목자)가 먼저 출현하여 그 역할을 수행하고, 그 다음 구원자가 세상에 등장하게 됩니다. 이 세 가지가 아뇩다라삼먁삼보리인 것입니다.

첫째 부류에 속한 사람들은 계두말성에서 부처로 성불하였으나 배신한 계두성의 승려들입니다. 둘째 부류는 배신한 계두말성의 승려들을 거짓진리로 미혹하여 마구니의 소속으로 멸망시키는 역할을 하는 거짓 승려들입니다. 셋째는 마구니 신(神)이 임한 거짓 승려들을 상대로 정법(正法)으로 이기는 구원자입니다.

그 구원자의 이름이 미륵부처이고 이 미륵부처는 말법시대 최초로 사람으로서 영원한 부처로 성불하는 사람입니다. 이 구원자에게 세상 보살들과 중생들이 모여와서 그 정법으로 깨닫게 되면 그들도 모두 부처로 성불하게 됩니다. 그곳의 이름을 미륵경에서 시두말성이라고 예언되어 왔습니다.

대장경 화엄론장47)에는 일체중생실동성불(一切衆生悉同成佛)이란 문장이 등장합니다. 일체 중생들이 모두 동시에 성불한다는 의미입니다. 이는 불경의 성불의 구체성을 알리는 중요한 내용입니다.

일체 중생들이 함께 성불할 수 있다는 데에서 성불이 개인의 성불 곧 소승으로 이루어지는 성불이 아님을 알리고 있습니다.

성불은 대승으로 이루어지며 대승으로 일체 중생들이 동시에 성불한다는 의미입니다. 법화경에서 5백 아라한이나 용녀도 제바달다도 성불할 수 있다는 것이 이 내용으로 이해가 가능합니다.

화엄론장에는 먼지 같은 존재로 있던 한 존재가 일어나 부처로 성불하게 되는데 그를 미륵보살이라고 기록하고 있습니다.

이것은 또 법화경 등에 예언된 성불은 무시로 될 수 있는 것이 아니라, 미륵부처가 세상에 등장한 때, 비로소 성불이 가능하다는 중요한 사실을 여기서 깨달을 수가 있습니다.

시두말성이 세상에 세워지게 될 때, 세상에는 세 부류의 사람이

---

47) 신수대정장에 華嚴論章과 華嚴五敎章深意鈔에 이 단락이 나옴. 화엄론장을 논장으로 읽어야 할까요? 논초로 읽어야 할까요? 華嚴論章 (2329) 續諸宗部, Vol. 72 0067a22-0067c24: "佛云云是以一佛成道時一切衆生悉同成佛也性起品中以喩顯説之" 華嚴五敎章深意鈔 (2341) 續諸宗部, Vol. 73 0052b11-0052c26: "云云 是以一佛成道時一切衆生悉同成佛也性起品中以喩顯説之"

존재하게 되는데, 이 때 이 세 부류의 사람이 계두말성을 통하여 배출되게 됩니다. 그것이 세 가지의 진리인 아뇩다라삼먁삼보리의 진리입니다.

이렇게 하여 세 부류의 세상 사람들이 하나하나 미륵부처가 거하는 곳인 시두말성으로 몰려와서 아뇩다라삼먁삼보리의 정법(正法)을 듣고 정각(正覺)하게 되면 모두가 부처로 성불하게 됩니다. 따라서 화엄론장에 기록된 일체중생실동성불이 가능해지겠죠?

그리고 시두말성은 우리가 살고 있는 사바세상이 아니라, 성불한 사람들이 살게 되는 새로운 차원의 나라임을 깨달아야 합니다. 그곳은 유리로 된 나라로 표현된 이구의 나라입니다. 이러할 때, 미륵부처에게 귀의하는 사람들은 모두 부처가 되고 귀의 하지 아니하는 사람들은 지옥으로 떨어진다고 합니다.

부처가 된 사람들이 살게 되는 나라가 곧 불국정토이고, 그곳이 곧 극락입니다. 그곳에는 전쟁, 욕심, 아귀다툼, 이별, 고통, 근심, 걱정이 없습니다. 인간 세상에 이런 일이 생기려면 앞에서 소개한 삼종법이 실현되고, 미륵부처님이 세상에 출세하여야 합니다.

중국의 예언서 중에 추배도(推背圖)에도 구원자의 출현을 예언하고 있습니다. 여기에는 삼척의 작은 체구를 가진 동자가 세상에 출현하여 세계평화를 이룬다고 예언하고 있습니다. 그렇습니다. 계두말성은 세계의 예언서가 예언한 약속된 성전입니다.

계두말성에는 일곱 부처가 내려와서 지상에서 일곱 명48)의 보살을 택하게 됩니다. 일곱 부처는 영의 신분이고, 일곱 보살을

---

48) 칠불은 팔불에서 법신불 한 불을 제외한 숫자이며 넣으면 팔불이 됩니다.

육체 가진 사람입니다. 이 때 하늘에서 계두(鷄頭; 하늘의 왕, 가루라, 금시조, 하느님)님이 내려옵니다. 일곱이 화신(化身)되어 일곱 부처가 되었으나, 부처로 성불한 사람이 거짓에 미혹되어 중생의 신분으로 다시 떨어지게 되므로 그 예언을 이루게 됩니다.

계두말성의 신앙인들이 거짓 승려들에 의하여 미혹당한 것은 교리전쟁에서의 패배를 의미합니다. 말법시대에는 계두말성이란 곳에서 2차에 걸친 진리의 전쟁이 일어나는데, 1차는 계두말성의 신앙인들이 패배하여 많은 영적 사망에 이르게 됩니다. 영적 사망이란 계두말성은 부처님이 세우신 나라이므로 이곳에는 정법(正法)이 있습니다.

그래서 이곳에서 신앙을 하게 된 중생들은 그 정법(正法)으로 일시 부처로 성불한 사람이 됩니다. 그러나 계두성의 신앙인들이 배법(背法)을 하므로 순식간에 영적 눈이 어두워져서 거짓 승려들의 불선법에 의하여 미혹되어 패배하게 됩니다.

이 때 거짓 승려를 이끄는 영적 절대자는 마구니입니다. 마구니를 비유하여 용이라고 합니다. 그래서 계두말성49)은 졸지에 용의 나라 곧 용화수(龍華樹)50)의 나라가 되어 버립니다. 그런데 아직 계두말성에 영적으로 미혹되지 아니한 소수의 서넛 사람이 살아남아 있게 됩니다.

그 중 한 사람이 미륵보살입니다. 미륵보살과 서넛 사람은 기회

---

49) 계시록 1장 20절: 네 본 것은 내 오른손에 일곱 별의 비밀과 일곱 금 촛대라 일곱 별은 일곱 교회의 사자요 일곱 촛대는 일곱 교회니라

50) 계시록 13장 4,6-7절: 용이 짐승에게 권세를 주므로 용에게 경배하며 짐승에게 경배하여 가로되 누가 이 짐승과 같으뇨 누가 능히 이로 더불어 싸우리요 하더라 짐승이 입을 벌려 하나님을 향하여 훼방하되 그의 이름과 그의 장막 곧 하늘에 거하는 자들을 훼방하더라 또 권세를 받아 성도들과 싸워 이기게 되고 각 족속과 백성과 방언과 나라를 다스리는 권세를 받으니

를 얻어 용의 무리가 있는 용화수 아래서 승가(勝伽)와 함께 목숨을 바치며 진리를 지키기 위하여 싸우게 됩니다.[51] 전쟁은 3년 반에 걸쳐서 이어지며 종국에는 미륵보살이 마왕을 진리로 이겨서 미륵부처로 성불하게 됩니다.[52]

이긴 곳은 용화수(마구니의 나라로 떨어진 계두말성) 아래이므로 예로부터 용화수 아래서 미륵보살이 미륵부처로 성불하여 부처로 출세(出世)한다고 하였던 것입니다. 이것을 비유로 전하여 왔던 것이 가루라가 용을 잡아먹고 진리의 전쟁에서 최종 승리하게 된다는 불가의 전설입니다.

이 전쟁에서 줄곧 영으로 참여하는 존재가 일곱 부처님이고 이 칠불(七佛)은 여기서 영으로 보살들의 육체를 전전하며 그 역할을 하게 됩니다. 그래서 칠보탑이 하나 있다는 말은 계두말성은 일곱 부처님의 역사에 의하여 펼쳐짐을 시사하며 그 위에서 역사하시는 분은 계두(鷄頭) 곧 법신불 부처님임을 나타내는 것입니다.

높이는 5백 유순이요, 넓이는 2백 유순으로 이 탑은 땅으로부터 솟아나 공중에 머물러 있었다는 것은 칠보탑의 나라의 구조를 설명한 것입니다. 높이가 5백 유순, 넓이가 2백 유순이란 것은 그 나라의 구성원들의 수를 의미하고 있습니다.

이 탑이 땅으로부터 솟아 공중에 머물러 있다는 것은 이 나라가 지상에 건설되었다는 의미이고 공중에 솟아 머물러 있다는 말은

---

51) 계시록 12장 7-11절: 하늘에 전쟁이 있으니 미가엘과 그의 사자들이 용으로 더불어 싸울째 용과 그의 사자들도 싸우나 또 여러 형제가 어린 양의 피와 자기의 증거하는 말을 인하여 저를 이기었으니 그들은 죽기까지 자기 생명을 아끼지 아니하였도다

52) 계시록12장 10절: 내가 또 들으니 하늘에 큰 음성이 있어 가로되 이제 우리 하나님의 구원과 능력과 나라와 또 그의 그리스도의 권세가 이루었으니

그 나라는 중생들로 이루어진 낮은 땅이 아니라, 부처로 성불한 사람들이 머물러 있는 곳을 높이 표현한 것입니다.

그것이 가지가지 보물로 장식되어 있다는 것은 이들에게는 진리(감로)가 있어 부처로 성불한 것을 말하며 부처들도 각양의 은사를 가지고 있어 다양한 구성원의 상태를 표현한 것입니다. 5천의 난간과 천만의 방이 있으며, 한량없이 많은 당번을 장엄하게 꾸미고, 보배 영락을 드리우고 보배 방울을 또 그 위에 수없이 달았으며 그 사면에는 다라마 발전단향을 피워 향기가 세계에 가득하고 모든 번개는 금 은 유리 자거 마노 진주 매괴 등 칠보를 모아 이루니 그 탑의 꼭대기는 사천왕궁까지 이르렀다는 것은 부처로 성불한 사람들이 사는 곳의 아름다움을 상징적으로 나타낸 것이고 각 종 보석들은 부처가 된 사람들이 그렇게 보석처럼 값지다는 의미입니다.

탑꼭대기가 사천왕궁까지 이르렀다는 것은 지상에 천상의 부처님의 나라가 이동하여 임하였음을 나타낸 것입니다. 삼십 삼 천은 하늘의 영계나라의 중요 신들의 수를 나타낸 것이며, 법신불 부처님과 보신불 부처님과 일곱 부처님과 이십 사 원로 부처님을 말하며 이 신계조직들이 지상에 내려왔음을 나타낸 말입니다.

"이 때 보배탑 가운데서 큰 음성으로 찬탄하여 말하기를 '거룩하시고 거룩하시도다! 석가모니 세존이시여, 능히 평등한 큰 지혜로 보살을 가르치는 법이시며, 부처님께서 보호하시고 생각하시는 『묘법연화경』으로 대중을 위하여 설법하시니, 이와 같이 석가모니 세존께서 하시는 설은 모두 진실이니라'고 하였습니다.

그때 사부대중이 이 큰 보배탑이 허공 가운데 머물러 있는 것을 보고, 또 그 탑 가운데서 나는 음성을 듣고는 모두 기뻐하며, 전에 없던 일이라 이상하게 생각하고 자리에서 일어나 공경 합장하고 한 쪽에 물러나 있더니 그때 대요설이라 하는 보살마하살이 일체 세간의 하늘 인간 아수라 등이 마음에 의심하는 것을 알고 부처님께 여쭈었다."[동국대 역경원 법화경 230쪽]

"세존이시여, 무슨 인연으로 이런 보배탑이 땅으로부터 솟아났으며, 또 가운데 그와 같은 음성이 나오나이까. 그때 부처님께서 대요설보살에게 말씀하셨다. 이 보배탑 가운데는 여래의 전신이 계심과 같나니, 오랜 과거에 동방으로 한량없는 천만 억 아승지 세계를 지나서 보정(寶靜)이라 하는 나라가 있었으며, 그 나라에 부처님이 계셨으니, 그 이름이 다보(多寶)이었느니라 …중략…."

"이 때 대요설보살이 여래의 신통한 힘으로 부처님께 여쭈었다. 세존이시여, 저희들이 이 부처님의 전신을 뵙기 원하나이다. 부처님께서 대요설보살 마하살에게 말씀하셨다. 이 다보불은 마음에 깊은 소원이 있으니 만일 그의 보탑이 법화경을 위하여 우리 부처님 앞에 솟아나서 사부대중들에게 그 속에 있는 몸을 나타내 보이려고 할 때에는 시방 세계에 있는 내 분신의 모든 부처님을 설법으로 다 모은 뒤에야 보이느니라 …중략… 그때 부처님께서 백호의 한 광명을 놓으시니, 곧 동방 5백만 억 나유타 항하의 모래 같이 많은 국토에 있는 여러 부처님을 볼 수 있거늘, 그 여러 국토는 땅이 파려로 되고, 보배 나무와 보배 옷으로 장엄되었으며, 한량없이 많은 천만 억 보살이 그 가운데 충만하고, 보배 장막이 둘러쳐 있었다.

보배 그물을 위에 덮었고, 그 국토의 부처님들은 크고 미묘한 음성으로 법을 설명하여, 또 한량없이 많은 천만 억 보살이 국토마다 가득하여 중생을 위하여 설법하는 것도 보았으며, 남, 서, 북방과 사유, 상하 어느 곳이나 백호의 광명이 비치는 곳은 모두 이와 같았다.

그 때 시방의 여러 부처님이 보살들에게 말씀하셨다. 선남자야, 내가 이제 석가모니불이 계신 사바세계에 가서 공양하고, 아울러 다보여래의 보배탑에도 공양하리라. 이 때 사바세계는 곧 청정하게 변하여, 유리로 땅이 되고 보배 나무로 장엄되며, 황금줄을 드리워 8도를 경계하고, 여러 가지 작은 촌락이나 성읍이나 큰 강, 내, 바다나 산이나 수풀이 없어지며, 큰 보배의 향을 피우고 만다라꽃을 그 땅 위에 두루 덮고, 위로는 보배 그물과 장막을 치고 여러 가지 보배 방울을 놓고, 다만 이 회중만은 그 가운데 머무르게 할 뿐, 하늘이나 인간들은 다른 땅으로 옮기었다."

미륵보살이 미륵부처로 성불함과 동시에 말법시대가 지나고, 내세(來世) 시대로 접어들게 됩니다. 그곳을 산으로 비유하여 수미산이라고 합니다. 그곳에는 삼십 삼 천이라고 일컫은 신들이 내려온 곳으로 제일 위에 제석천왕이 임하시고, 그 아래 네 방위에 각각 사 천왕이 포진을 하고 있으며, 이를 도리천이라고도 합니다.

이곳을 달리 시두성(翅頭城, 금시조)이라고도 하는 바, 시두는 천신의 왕이 임한 곳이란 의미로 이곳에 미륵부처가 임재 하게 됩니다. 미륵부처는 사람으로 현신된 부처님입니다. 미륵보살의 몸에 법신 부처님이 임하신 것입니다. 법신 부처님은 이렇게 홀연히 미륵보살의 육체에 임하여 지상에서 부처님의 나라를 건설하게 됩니다.

본 문에서는 그것을 이렇게 기록하고 있습니다.

"세존이시여, 무슨 인연으로 이런 보배탑이 땅으로부터 솟아났으며, 또 가운데 그와 같은 음성이 나오나이까."

그 때 부처님께서 대요설보살에게 말씀하셨다.

"이 보배탑 가운데는 여래의 전신이 계심과 같나니"라고 말입니다.

이 때 여래의 전신이 바로 법신 부처님입니다. 보배탑은 부처들로 이루어진 사람들로 구성된 궁전을 의미합니다. 이 탑 안에서 음성이 나온다는 것은 그 부처들 가운데 법신 부처님이 거하심과 그러므로 그 속에는 여래의 전신인 법신불이 계시므로 그 속에서 법신 부처님의 음성이 나온다는 것입니다.

그리고 "오랜 과거에 동방으로 한량없는 천만 억 아승지 세계를 지나서 보정(寶靜)이라 하는 나라가 있었으며, 그 나라에 부처님이 계셨으니, 그 이름이 다보(多寶)이었느니라"고 한 것은 과거에도 법신 부처님이 지상에 이런 나라를 세워 오신 적이 있다는 말씀입니다.

이때가 바로 연등부처님의 때입니다. 연등부처님의 때는 석가여래께서도 세상에 나타나지 않았을 그 옛날의 일입니다. 석가모니의 때가 되기 전에는 세상에 불교란 종교가 없었습니다. 이 말은 곧 석가여래가 세상에 현신되어 나타나기 전에도 법신 부처님은 존재하셨고 연등을 통하여 세상에 모습을 나타낸 적도 있다는 이야기가 됩니다.

그리고 그 옛날에도 불성을 가진 부처님의 아들들인 사람들이 세상에 존재하였습니다. 이 말은 불교가 세워지기 전에도 세상과 사람들은 여전히 존재하였다는 말입니다. 그러므로 현세불로 등장하신 석가여래는 법신 부처님의 화신체(化身體)의 입장인 것입니다.

그리고 석가여래는 약 2천 6백년 전에 지금의 인도의 사람으로 태어났습니다. 불타[Buddha, 佛陀]는 '깨달은 자'를 뜻하는 산스크리트어 '붓다'의 음역입니다. '붓다'라는 말이 인도를 통하여 오늘날까지 전해졌을 뿐, 부처님도 사람들도 석가여래 이전에 이미 존재하였습니다.

"이 때 여러 부처님들이 각각 하나의 큰 보살의 사자를 데리고 사바세계에 이르러, 보배 나무 아래마다 앉으시니, 그 하나하나의 보배 나무는 높이가 5백 유순이며, 가지와 잎과 꽃과 열매가 모두 차례대로 장엄되었다. 그 많은 보배 나무 아래에는 각각 사자좌가 앉으니, 그 높이가 5백 유순으로 큰 보배로 꾸며졌고, 오신 여러 부처님들이 이 자리에 가부좌를 틀고 앉으실 때, 이와 같이 전전하여 3천 대천세계가 가득 찼지만 석가모니불의 한 쪽 방위 분신불도 못되었다."

이 때 여러 부처님들이 각각 하나의 큰 보살을 데리고 사바 세상에 이르러 보배 나무에 앉았다는 말은 보배 나무는 곧 성불할 보살된 사람을 비유한 것이요, 여러 부처들이라 함은 거룩한 영들로서의 부처(성령)들을 말함이요, 사바 세상에 이르렀다는 말은 거룩한 영들이 비로소 인간이 사는 세상에 임하였다는 말이요, 그 부처들이 보배 나무에 앉는다는 말은 이 거룩한 영들이 각각의 큰 덕을 쌓은 보살의 육체에 임하여 영과 육이 하나 된다는 말인 것입니다.

여기의 비유는 매우 심오한 것으로 부처는 곧 거룩한 영을 말함이요, 이것은 그 거룩한 영이 도(道)를 깨달은 보살의 육체와 하나 되는 영적 결혼(結魂)을 이룬 경이로운 일을 말합니다.

이 비유는 보살이 부처로 성불하는 메카니즘을 세세하게 설명한 진리 중의 진리가 담긴 비유입니다. 이 내용은 곧 사람이 부처된다는 것은 거룩한 영인 성령과 사람의 육체가 하나로 결합하는 것임을 알 수가 있습니다.

이것은 절체절명의 중요한 내용으로서 기독교의 성서의 핵심내용과 일치하는 내용입니다. 본 단원의 끝부분에서 성서에 기록된 내용을 실어 비교하여 보는 시간을 가져보기로 하겠습니다.

"그때 석가모니불께서는 분신의 모든 부처님을 앉게 하려고, 팔방으로 각각 2백만 억 나유타 국토를 다시 청정케 하시었다. 지옥, 아귀, 축생, 아수라는 없어지고 모든 하늘과 인간은 다른 땅으로 옮겨지며, 그 변화된 땅은 유리로 만들어지고 보배 나무로 장엄되니 그 나무의 높이는 5백 유순의 높이로 역시 갖가지 보물들로 장식되었으며, 큰 바다와 강과 하천이 없으며, 목진린타산과 마하목진린타산과 철위산과 대철위산과 수미산 등의 여러 산왕이 없어, 한 개의 불국토로 통일하였다 …중략…."

그때 부처님께서 거룩한 모든 영들을 데리고 사바 세상에 와서 육체들과의 결혼(結魂)을 시키기 위하여 사바 세상의 중생들과 보살들을 청정하게 깨닫게 한다고 합니다. 지옥이 없어진다고 함은 지옥은 바로 마구니가 있는 곳의 명칭이니 사람을 정법(正法)으로 정각(正覺)케 하니 사람 안에 마구니가 없어지니 지옥이 없어진다고 한 것입니다.

아귀, 축생, 아수라도 모두 마구니의 영의 명칭이니 사람과 사람들이 사는 세상에서 마구니가 없어지게 된다는 것입니다. 모든 하늘과 인간은 다른 땅으로 옮겨진다는 말은 하늘의 영들과 사람들이 변화된다는 의미입니다.

사람들은 모두 마구니 영에서 성령으로 성불된 부처가 되었으니 다른 땅이 된 것이고, 하늘의 영들 중에 마구니 계열의 모든 영들이 진리로 붙잡히게 되니 하늘과 땅이 마구니의 세계에서 부처의 세상인 불국토로 변하였으니 하늘과 땅이 옮겨진 격인 것입니다.

그렇게 변화된 땅이 얼마나 아름답고 깨끗하고 청정하면 유리로 비유하였겠습니까? 보배 나무로 장엄되었다는 것은 썩을 수밖에 없던 중생들의 몸에 거룩한 영이 임하여 성불을 이루었으니 32상(相)과 육신통(六神通)을 이룬 것입니다. 세상의 모든 중생들이 부처의 몸으로 변화하였으니 세상이 얼마나 장엄하겠습니까?

그 나무의 높이는 5백 유순의 높이로 역시 갖가지 보물들로 장식되었다니 부처로 성불한 사람들이 그렇게나 많음을 나타낸 것입니다. 큰 바다와 강과 하천이 없으며, 목진린타산과 마하목진린타산과 철위산과 대철위산과 수미산 등의 여러 산 왕이 없어, 한 개의 불국토로 통일하였다는 것은 이전 세계인 말법의 시대에 세상을 흐르던 구정물 같은 불법들을 흘러 보낸 종교들은 없어지며, 도를 닦던 종교 기관에서 왕의 역할을 하던 종교지도자들도 새 시대가 되니 모두 하야하고 오로지 미륵세존께서 왕이 되어 모든 종교가 불국토로 통일이 된다는 의미입니다.

여러 부처님은 각각 보배 나무 아래에 있는 사자좌에 앉으시어, 데리고 온 사자를 석가모니불께 보내며 보배꽃과 문안을 일러주었다. "선 남자야, 너는 기사굴산의 석가모니불이 계신 곳에 가서 이렇게 말하라. '병도 없으시고 고뇌도 없으시어 기력이 안락하시며, 보살과 성문 대중도 모두 안온하시나이까' 라고 하고 그리고 이 보배꽃을 흩어 부처님께 공양하고 또 말하기를 '저 아무 부처님이 이 보배탑을 열어 주시옵소서' 한다고 여쭈어라."

여러 부처님이 각각 보배 나무 아래에 있는 사자좌에 앉으신다는 말은 부처의 실체는 '깨달은 영'입니다. 깨달은 영은 곧 '진리의 영'입니다. 진리의 영은 곧 '거룩한 성령'입니다. 거룩한 성령을 곧 부처라고 부릅니다. 거룩한 성령이 사람의 마음에 임하여 접합되면 사람이 부처가 됩니다.

"데리고 온 사자를 석가모니불께 보내며 보배꽃과 문안을 일러 주었다"고 합니다. "선 남자야, 너는 기사굴산의 석가모니불이 계신 곳에 가서 이렇게 말하라. '병도 없으시고 고뇌도 없으시어 기력이 안락하시며, 보살과 성문 대중도 모두 안온하시나이까'라고 문안한답니다. 그리고 이 보배꽃을 흩어 부처님께 공양하고 또 말하기를 '저 아무 부처님이 이 보배탑을 열어 주시옵소서' 한다고 여쭈어라"고 합니다.

또한 여러 부처님도 각각 사자를 보내어 이렇게 하니 그때 석가모니불께서 분신의 모든 부처님이 다 같이 보배탑 열어 주기를 원하는 것을 대중이 일어나 일심으로 합장하며 우러러 보았다. 이에 석가모니불께서 오른손가락으로 칠보탑의 문을 여시니, 큰 성문의 자물쇠가 풀리어 열리는 것과 같이 큰 소리가 났다. 그때 거기 모인 모든 대중들은 보배탑 안의 사자 자리에 산란치 않으시고 선정에 드신 다보여래를 보며, 또 그의 음성을 듣고 '거룩하시고 거룩하시도다! 석가모니불께서 이 법화경을 쾌히 설하시니 이 경을 듣기 위하여 이곳에 이르렀노라'고 하였다. …중략… 그때 대중들은 두 여래께서 그 칠보탑 가운데 있는 사자 자리에 가부좌를 틀고 앉으신 것을 보고 생각하기를 '부처님의 자리가 매우 높고 멀도다. 여래께 원하오니 신통력을 쓰시어 우리들로 하여금 허공에 머물도록 하여 주시옵소서' 하니 곧 석가모니불께서 신통력을 나타내시어 대중들을 허공 가운데 모두 이끌어 올리시고, 큰 음성으로 사부대중에게 널리 말씀하셨다. "누가 능히 이 사바세계에서 『묘법연화경』을 부촉하려고 여기에 있느냐"

여러 부처님도 각각 사자를 보내어 다 같이 보배탑 열어 주기를 원하니 이에 석가모니불께서 오른손가락으로 칠보탑의 문을 여시니, 큰 성문의 자물쇠가 풀리어 열리는 것과 같이 큰 소리가 났다고 합니다.

그때 거기 모인 모든 대중들은 보배탑 안의 사자 자리에 산란치 않으시고 선정에 드신 다보여래를 보며, 또 그의 음성을 듣고 "거룩하시고 거룩하시도다! 석가모니불께서 이 법화경을 쾌히 설하시니 이 경을 듣기 위하여 이곳에 이르렀노라"고 하였다고 합니다.

여래께 원하오니 "신통력을 쓰시어 우리들로 하여금 허공에 머물도록 하여 주시옵소서" 하니 곧 석가모니불께서 신통력을 나타내시어 대중들을 허공 가운데 모두 이끌어 올리시고, 큰 음성으로 사부대중에게 "누가 능히 이 사바세계에서 『묘법연화경』을 부촉하려고 여기에 있느냐"고 하셨습니다.

여기서 신통력을 쓰시어 대중들을 허공에 머물도록 하여 달라는 주문은 낮은 중생의 영에서 거룩한 영인 성령으로 성불하게 하여 달라는 것입니다. 그리고 여래께선 그들의 염원을 들어줌과 동시에 묘법연화경의 중요성을 강조하셨습니다.

법화경은 이와 같이 불교의 목적을 이루는 지상 극락에 대한 예언서였습니다. 그리고 극락은 모든 중생들과 보살들이 거룩한 영으로 성불하는 것이었습니다. 그리고 오늘날의 불교는 석가모니로 말미암아 세워진 것입니다. 그러나 불교가 말하는 부처님과 중생들과 하늘과 땅은 석가여래 이전에도 여전히 존재하였습니다.

법화경은 비밀장입니다. 그리고 불서는 모든 사람들을 부처로 성불하게 하는 것이 부처님의 목적이라고 기록하고 있습니다. 그리고 법화경은 그 말이 실현되는 결론장입니다. 위 인용문에서도 한 개의 불국토로 통일하였다고 부처님은 결론을 내리고 있습니다.

그런데 현실은 그렇지 않습니다. 세계에는 수많은 종교와 교리와 종단과 교단이 있습니다. 그런데 어찌 통일이 되겠습니까? 그래서 지피지기(知彼知己)란 숙어가 여기서 필요하다는 것입니다. 상대를 알고 나를 알아야 합니다. 나(己)는 불교이고 불교를 알려면 불경을 깨달아야 합니다.

그(彼)는 기독교와 기타 종교입니다. 기독교와 기타 종교를 알려면 경전과 성경을 알아야 합니다. 자 그런 의미에서 법화경의 시각에서 성경을 한 번 바라볼 필요가 있을 것입니다. 과연 불경과 성경은 어떤 관계일까요?

중요한 것은 여기서 중요한 통일의 실마리를 풀 수 있는 묘법이 나오게 된다는 것입니다. 불경의 법화경이 불교의 결론을 설한 마지막 중요 경전이라면 이 법화경에 해당하는 기독교의 경전이 바로 요한계시록입니다.

요한계시록에는 법화경에 기록된 극락에 대한 예언부분이 구체적으로 기록되어 있습니다. 법화경 제 11품 견보탑품(見寶塔品)에 해당하는 기독교 경전은 요한계시록 21장과 22장입니다. 이를 보시고 법화경과 비교해 보는 것은 매우 희유한 경험이 될 것입니다.

기독교의 최종 목적에 관하여 기록된 예언서인 요한계시록은 총 22장으로 이루어졌습니다. 그럼 여기서 성서를 잘 모르는 불자들을 위하여 요한계시록의 대략을 해설과 함께 간략하게나마 기록해 보겠습니다. 불자들에게 성서를 소개하는 것은 다른 의도가 아닌 모든 종교는 하나라는 사실을 공표하고자 함임을 양지해 주시기 바랍니다.

요한계시록은 기독교의 목적을 이루기 위하여 2천 년 전에 구약성서의 예언대로 화신(化身) 되어 온 예수가 제자 사도요한을 통하여 기록하게 한 예언서입니다. 성서에서 예언한 모든 목적은 요한계시록에 결집 기록되어 있고 그 예언이 실재로 이루어지면 예언된 모든 실상을 우리가 살고 있는 지상에서 이루게 된다고 합니다.

예언된 일이 실재로 세상에 이루어지려면 예언으로 약속된 사람이 한 번 더 세상에 화신(化身) 되어 나타나야 합니다. 그 약속된 사람을 성서에서는 메시야(구원자)라고 하였고 불서에는 미륵부처(구원자)라고 예언하고 있습니다. 요한계시록 1장에는 창조주이신 하나님의 영이 사람들이 사는 세상에 내려오실 것을 내용으로 기록된 장입니다.

참고로 성서에 기록된 것을 잘 이해해 보면 2천 년 전에 오신 예수의 육체에는 하나님의 영이 임한 것입니다. 요한계시록 1장에는 하나님의 영이 세상에 내려오는데 관한 여러 과정들이 기록되어 있습니다. 그 중에 매우 중요한 것이 그 약속이 이루어질 때, 그 약속을 이룰 장소입니다.

불서에도 이 장소에 대하여 기록되어 있지만 성서에도 분명히 그 장소가 기록되어 있습니다. 불서에는 그 장소를 일곱 유순으로 이루어졌다고 하면서 그 이름을 계두말성(鷄頭末城)이라고 하였습니다. 성서에는 그 장소에 일곱 별이 있다고 소개하며 그 이름을 일곱 금 촛대교회라고 예언하고 있습니다.

그리고 일곱 금 촛대교회에는 하늘 영계나라에 있는 일곱 영이 내려와 택한 일곱 사람의 육체에 임한다고 예언하고 있습니다.

일곱 별은 곧 일곱 영과 일곱 육체가 영육일체(靈肉一體)가 된 상태의 사람을 비유한 말입니다. 이들 일곱 별이 있는 교회를 하늘 이라고 이름 한 것을 보면 그 일곱 영들은 성령임을 알 수가 있습니다.

일곱 육체에게 일곱 성령이 임한 장소가 바로 일곱 촛대교회임을 알 수가 있습니다. 이곳은 성령으로 거듭난 사람들이 살게 되는 장소인 것을 알 수가 있습니다. 불서에서는 이곳을 계두말성이라고 하고 일곱 유순으로 이루어졌다고 하며 그것을 비유하여 일곱 보배나무라고 한 것도 그곳에 일곱 성령이 임하였기 때문이고 일곱 성령이 임한 사람들을 불교용어로 일곱 부처 곧 칠불(七佛)이라고 할 수가 있습니다. 그래서 이 나라를 칠보탑의 나라라고도 할 수 있습니다. 이곳이 곧 앞에서 불설인선경에서 말한 여덟 부처님이 출현한 곳입니다.

요한계시록 2장과 3장은 이들이 예수님과의 언약을 어긴 관계로 예수께서 영력(靈力)으로 택한 한 사람에게 회개의 편지를 쓰게 합니다. 이 택한 사람이 나중에 메시야가 됩니다. 여기서 말하는 메시야는 곧 불교에서 예언한 미륵부처입니다.

사건의 추이는 회개의 편지를 쓰나 그들이 회개를 하지 않아 그들이 악한 무리 곧 마구니의 영의 미혹을 받게 됩니다. 회개의 편지에는 마구니의 영이 일곱 금 촛대교인들에게 와서 진리가 아닌 거짓으로 미혹을 할 때, 진리로 맞서서 이기라고 하였습니다.

마구니를 이기면 비로소 성서에서 약속한 모든 복들을 주마라고 약속을 합니다. 그러나 요한계시록 13장에서 그들은 모두 마구니에게 져서 성령으로 거듭난 상태에서 다시 원래대로 되돌아가게 됩니다. 이들은 모두 본래 마구니의 영을 가진 사람들이었습니다.

그러나 그들은 하늘의 택함을 받아 일시 성령으로 거듭났으나 언약을 어기고 또 회개하지 아니하므로 다시 망령(亡靈)이 된 것입니다. 그래서 일곱 금 촛대교회는 마구니에게 망하게 됩니다. 그런데 일곱 금 촛대교회에서 3~4명은 지지 않고 마구니의 세력과 다시 진리로 싸우게 됩니다. 요한계시록 12장에서 결국 3~4명의 사람들이 마구니의 정체를 밝혀 이기게 됩니다.

그래서 지상에서 마구니의 정체를 이긴 최초의 사람이 나타나게 됩니다. 이 자를 히브리어로 '이스라엘'이라 칭함 받을 수 있는 '이긴 사람'이 됩니다. 이긴 대상은 마구니입니다. 이 사람은 3~4명 중의 한 사람으로 최초로 자신의 마음에 거하던 마구니의 영이 사라지게 됩니다.

이 사람도 여느 사람들처럼 처음은 자신의 영이 곧 마구니의 영이었습니다. 그러나 이 사람은 마구니와의 진리의 전쟁에서 이기므로 말미암아 성령으로 거듭나게 됩니다. 그래서 이 사람은 지상에서는 최초로 마구니의 구속에서 벗어나 구원을 받은 사람이 되며 이 사람에게 창조주의 영인 하나님의 영과 예수의 영이 임하여 삼위일체의 사람이 됩니다.

이 사람을 예로부터 불교에서는 미륵부처라고 예언해왔던 것입니다. 이 사람이 바로 불교에서 예언한 미륵부처님이며, 용화수 아래에서 마왕을 이기면서 나타나게 됩니다. 미륵보살이 마왕을 이기므로 말미암아 비로소 미륵부처로 성불(成佛)을 이룬 것입니다.

이 사람에게 법신불 부처님의 영과 보신불 부처님의 영과 자신의 영(化身佛)이 합하여 한 몸에 임하게 되니 삼불일체(三佛一體)를 이룬 미륵부처님입니다.

요한계시록 14장은 그곳을 시온산이라고 비유하고 그곳에 이긴 사람이 섰다고 소개하고 있습니다. 그리고 그곳의 이긴 사람에게는 하나님의 영과 예수의 영이 임하게 된다고 소개를 합니다. 이긴 사람에게 하나님의 영과 예수의 영이 임하였다는 말은 이긴 사람에게 하나님의 영과 예수의 영이 그 육체에 들어갔다는 말입니다. 그러니 하늘에 거하던 창조주의 영과 예수의 영이 마구니를 이긴 사람에게 임하여 하나 되었으니 이긴 사람은 마구니로부터 구원을 받은 사람이 되며, 창조주의 영과 예수의 영이 임한 것은 성령으로 거듭났다는 말입니다.

창조주의 영과 예수의 영은 원래 신의 세계에 계신 분인데 이런 방식으로 지상에 임하게 되는 것입니다. 이 때 이긴 사람의 상태를 면밀히 분석하면 한 사람의 육체에 세 영(靈)이 하나로 합일 된 것을 알 수 있습니다. 육체는 하나인데 영은 창조주의 영과 예수의 영과 이긴 사람이 원래 가지고 있던 영을 합하니 세 영(靈)이 되는 것입니다.

이것을 한자로 표현하면 삼위일체(三位一體)가 됩니다. 삼위일체는 곧 다른 말로 삼신일체(三神一體)가 됩니다. 그래서 예로부터 천손민족이라고 일컬음을 받던 한민족을 삼신의 후손이라고 했고 이것을 산으로 비유하여 삼신산(三神山)이라고 했던 것입니다.

여기서 삼신의 후손의 정의가 무엇인지 확실히 알게 됩니다. 불교로는 법신불, 보신불, 화신불, 민족종교로는 환인, 환웅, 단군(환군), 기독교로는 성부, 성령, 성자의 후손이 곧 삼신의 후손이 될 수 있다는 사실입니다.

우리민족과 세계만민들은 이렇게 삼신의 후손으로 세상에 출현하였습니다. 그러나 오늘날에는 그 모든 것을 상실한 것입니다. 그래서 세계 경전은 삼신이 다시 세상에 설 날을 예언한 것입니다. 입춘대길

(立春大吉)의 속뜻이 곧 삼신이 서는 날을 암시한 것입니다.

세계 경전에서 예언한 삼신이 다시 서는 곳을 성서에는 시온산이라고 예언하여 두었습니다. 그러니 시온산이나 수미산이나 삼신산은 이름만 다르지 이 산이 지상에 세워지면 한 산이란 사실을 깨달을 수가 있습니다. 그리고 그 시온산에는 하나님, 어린양 등 하늘의 신들이 모두 내려온 장소로 소개하고 있습니다. 그래서 시온산은 하늘의 신의 세계가 모두 내려왔음을 알 수 있습니다.

신의 세계의 조직은 창조주가 보좌에 좌정하시고 그 우측에 예수께서 좌정하시고 일곱 신이 창조주 앞에 시위하고 있으며, 24장로들이 창조주를 주위로 빙 둘러 있고, 네 천사장이 동서남북의 방위를 차지하여 섰고, 네 천사장 주위로 수많은 천사들이 구름처럼 빽빽이 줄지어 서 있습니다.

그리고 이들 앞에서 지상에 살고 있는 사람들이 추수되어와 새 노래를 배운다고 기록하고 있습니다. 그러나 육안으로 보이는 것은 육체들뿐 신들은 볼 수가 없습니다. 신들은 경전에 기록된 진리를 통하여 영안(靈眼)으로 볼 때, 비로소 보이게 됩니다.

새 노래는 진짜노래가 아니라, 지금까지 비밀이었던 예언들이 풀려 공개되는 하늘의 비밀을 알리는 소리입니다. 추수되어 왔다는 말은 이런 일이 지상에 이루어질 때, 진리를 들으려고 몰려온 사람들을 말합니다. 14장에는 알곡으로 추수되어 구원받아 영원한 생을 사는 사람이 있는가 하면 포도주틀에 포도가 터지듯 혹독하게 심판 받는 가라지도 잘 소개해 주고 있습니다.

시온산을 불서에서는 수미산이라고 이름 하였습니다. 수미산에는 사천왕이 네 주를 다스린다고 합니다. 사천왕은 성서의 네 천사장의 다른 이름입니다. 그리고 그 위에는 제석천왕이 있다고 하며, 이곳을 달리 도리천 또는 삼십 삼 천이라고 하였습니다. 이곳에는 법신불 부처님과 보신불 부처님과 일곱 부처님과 24부처가 내려온 곳이므로 삼십 삼 천이라고 이름 한 것입니다.

요한계시록 15장은 유리바다가 있는데 마구니로부터 벗어난 사람들이 모여 주의 의로우신 일이 나타났으매 만국이 주께 경배한다고 기록하고 있습니다. 여기로 세계만민들이 몰려온다고 예언된 것입니다. 그리고 한 성전(聖殿)이 열리는데 성전이란 거룩한 하나님의 집이란 말입니다.

미륵경에는 미륵이 중생들에게 삼회 법회를 하여 중생들을 제도한다고 합니다. 바로 여기와 연관이 있습니다.

성서에는 그 성전의 이름을 증거 장막이라고 소개하고 있습니다. 여기에는 종교에서 예언한 목적지란 것을 증거 하는 자료를 가지고 있으므로 그 성전의 이름을 그렇게 지어놓은 것입니다.

제 16장은 일곱 금 촛대교회에서 배도한 자들이 있는 곳입니다. 16장은 시온산이란 구원처로 피난하지 못한 신앙인들을 심판하는 내용이 기록되어 있습니다. 17장과 18장은 세상 종교에서 시온산으로 오지 못한 종교 세상을 심판하는 내용이 기록되어 있습니다. 17장과 18장에는 바벨론이란 나라가 등장하는데, 이곳을 귀신의 나라라고 기록하고 있습니다.

이 나라는 옛날 바벨론나라를 말함이 아니라, 그 나라를 비유하여 말세에 나타난 종교세상을 말합니다. 이곳을 치리하는 목자를 음녀라고 하며, 그 음녀를 거짓 목자라고 합니다. 이 음녀에게는 마왕신인 용신이 들어와 하늘의 용사들과 영적 전쟁을 하게 됩니다.

이 자를 불경에서는 마왕 파순으로 소개하고 있습니다. 말세를 사는 사람들은 여기서 부르심을 받고 빼내심을 입고 얻고 진실한 자들은 이긴다고 합니다.

이긴다고 하는 말은 그곳이 마구니의 나라이므로 거기사상에 하나 되지 않고서, 그들을 떠나 나와서 시온산으로 가면 마구니로부터 구원을 받게 되기 때문입니다. 그리고 18장 4절에는 내가 들으니 하늘로서 다른 음성이 나서 가로되 내 백성아 거기서 나와 그의 죄에 참예하지 말고 그의 받을 재앙을 받지 말라고 합니다. 그리고 드디어 18장에서 마구니의 나라 바벨론이 완전히 무너진다고 합니다.

"힘센 음성으로 외쳐 가로되 무너졌도다 무너졌도다 큰 성 바벨론이여 귀신의 처소와 각종 더러운 영이 모이는 곳과 각종 더럽고 가증한 새의 모이는 곳이 되었도다 그 음행의 포도주로 만국이 무너졌으며 또 땅의 왕들이 그로 더불어 음행하였으며 …후략…."

여기서 새는 악령을 비유한 것이고, 음행의 포도주는 종교에 예언된 내용을 사람이 임의로 해석한 주석을 의미합니다. 그리고 왕들은 거짓 목자들을 비유한 것입니다. 이렇게 하여 세상의 종교는 말세(末世)가 되고 경전은 말법(末法)이 되고 새로운 내세(來世)가 시작됩니다. 그리고 진리가 아닌 옛 법은 말법이 되고 진리가 있는 하늘 법은 새 법이 되어 세상을 진리의 빛으로 비추게 됩니다.

제 19장은 땅에서 진리로 거듭난 추수된 육체들과 하늘의 신의 세계의 성령들이 서로 영적 결혼을 하게 되는 혼인에 대하여 기록된 장입니다. 종교란 말의 영어는 릴리젼(religion)입니다. 릴리젼(religion)은 라틴어 렐리져스(relious)가 어원입니다. 렐리져스(relious)는 신과의 재결합이란 의미입니다.

어떤 신일까요? 성신(聖神)입니다. 성신은 곧 성령(聖靈)입니다. 사람은 누구나 영을 소유한 존재입니다. 종교의 목적이 이루어지기 전에는 사람이 소유한 그 영이 성령이 아닙니다. 성령이 아닌 영은 마구니의 영입니다. 이로서 종교의 참 목적은 성령과 다시 재결합하는 것임을 알 수가 있습니다.

재결합이란 말을 통하여 사람이 처음에는 성령을 가진 존재였음을 알 수가 있습니다. 요한계시록 19장은 종교의 목적인 성령과 다시 재결합하는 영적 혼인 잔치가 이루어지는 장소입니다. 요한계시록 20장은 마구니의 왕인 용을 잡아 무저갱에 잡어 넣는 내용을 주제로 기록하고 있습니다.

자 이제 견보답품과 관계가 있는 요한계시록 21장 22장의 전문을 보시겠습니다.

요한계시록 21장 "새 하늘과 새 땅", "또 내가 새 하늘과 새 땅을 보니 처음 하늘과 처음 땅이 없어졌고 바다도 다시 있지 않더라"

새 하늘은 창조주의 신이 세상을 통치하게 되는 것을 비유한 것이고 새 땅은 창조주의 성령으로 거듭난 사람들을 비유한 것입니다. 처음 하늘은 마구니의 왕인 용왕이 치리하던 세상이고, 처음 땅은 마구니의 악령을 입은 백성들을 비유한 것입니다.

바다는 기성 종교세상을 비유한 것입니다. 이러한 동일한 내용을 설명한 것이 견보탑품의 내용으로 "위로는 보배 그물과 장막을 치고 여러 가지 보배 방울을 놓고, 다만 이 회중만은 그 가운데 머무르게 할 뿐, 하늘이나 인간들은 다른 땅으로 옮기었다"고 기록하고 있습니다.

이 때 보배는 성령을 비유한 것입니다. 하늘과 인간들이 다른 땅으로 옮기었다고 한 것은 새 하늘 새 땅으로 옮겼다는 말입니다.

"또 내가 보매 거룩한 성 새 예루살렘이 하나님께로부터 하늘에게 내려오니 그 준비한 것이 신부가 남편을 위하여 단장한 것 같더라"

거룩한 성은 하늘의 성령의 나라 곧 신의 나라를 비유한 것이고 그 신의 나라가 하늘에서 땅으로 내려옴을 시사하고 있습니다. 그리고 하늘의 성령을 남편으로 비유하였고, 땅의 사람들을 신부로 비유하였습니다.

이러한 상황을 법화경 견보탑품에서는 다음과 같이 기록하여 두었습니다. "여러 부처님은 각각 보배 나무 아래에 있는 사자좌에 앉으시어, 데리고 온 사자를 석가모니불께 보내며 보배꽃과 문안을 일러주었다."

보배 나무는 성령과 사람의 육체가 하나로 영육일체(靈肉一體)가 된 성불된 부처를 비유한 것입니다. 여러 부처님이라고 표현한 실체는 성령들입니다. 그 성령들이 사자좌에 앉으셨다는 말은 성령들이 육체에 앉았다는 비유입니다.

그리고 데리고 온 사자들은 요한계시록 14장에 추수 되어 온 알곡 사람들입니다. 이로서 기독교의 목적은 사람의 육체가 성령과 하나 되는 영육일체(靈肉一體)고 이것을 불교식으로 표현하면 사람이 부처로 성불(成佛)하였다고 할 수 있을 것입니다.

"내가 들으니 보좌에서 큰 음성이 나서 이르되 보라 하나님의 장막이 사람들과 함께 있으매 하나님의 장막이 사람들과 함께 있으매 하나님이 그들과 함께 계시리니 그들은 하나님의 백성이 되고 하나님은 친히 그들과 함께 계셔서"

하나님의 장막은 하나님께서 이끄시는 성령들입니다. 사람들은 요한계시록 14장으로 추수되어 온 알곡 사람들입니다. 이것은 이곳이 거룩한 하늘의 성령들과 사람이 함께 있다는 표현이고 이때 성령은 사람의 육체에 들어가 있습니다.

그곳에는 창조주이신 하나님의 영도 함께 와 계신다고 합니다. 그러므로 이곳의 사람들의 영은 성령이므로 성령의 근본체이신 하나님과 동일한 동류의 영을 가진 사람들로 구성되게 되어 있습니다.

그래서 그들은 하나님의 진짜 백성이 된 것이고 하나님은 그들의 아버지가 될 수 있는 것입니다. 아버지와 아들의 공통점은 씨가 같다는 것인데, 하나님도 성령이시고 사람들도 성령이니 씨가 같은 것입니다.

이러한 상황을 법화경 견보탑품에는 다음과 같은 내용으로 기록하고 있습니다.

"세존이시여, 무슨 인연으로 이런 보배탑이 땅으로부터 솟아났으며, 또 가운데 그와 같은 음성이 나오나이까. 그때 부처님께서 대요설보살에게 말씀하셨다. 이 보배탑 가운데는 여래의 전신이 계심과 같나니."

보배탑은 하늘의 일곱 부처님이 내려온 나라입니다. 그래서 그 보배탑 안에서는 여래의 전신이 계신다고 합니다. 여래의 전신은 법신불 부처님입니다. 법신불 부처님을 성서에서 창조주 하느님이라고 하였으니 이곳에 있는 대요설보살과 많은 보살들과 중생들은 창조주의 영과 함께 있는 상황임을 이해할 수가 있습니다.

법신(法身)이란 법의 몸이란 의미로 요한복음 1장53)에서 말씀이 곧 하나님이란 말과 연관을 시킬 수가 있습니다. 성서의 말씀은

---

53) 요한복음 1장 1절: 태초에 말씀이 계시니라 이 말씀이 하나님과 함께 계셨으니 이 말씀은 곧 하나님이시니라

곧 불경의 법과 통용되는 단어입니다. 법이란 곧 말씀이란 말이고, 그 말씀을 가진 분이 법신불(法身佛)입니다. 그 말씀은 곧 진리이고 진리는 곧 정법(正法)입니다. 그리고 진리는 곧 말씀이고, 하나님입니다. 법신(法身)이란 곧 말씀체(體)라는 말과 동의어입니다.

법신과 말씀체는 만물의 근본이며 모체를 말합니다. 그 모체가 계획하고 사고하고 행동하고 창조한 것이 우주만물입니다. 그 모든 것이 모체의 생각에서 나온 것이므로 그 생각을 법 또는 말씀이라고 하게 된 것입니다. 그 법과 말씀이 한 신격체(神格體) 같은 존재이므로 그를 법신불, 말씀체라고 한 것입니다.

"이 다보불은 마음에 깊은 소원이 있으니 만일 그의 보탑이 법화경을 위하여 우리 부처님 앞에 솟아나서 사부대중들에게 그 속에 있는 몸을 나타내 보이려고 할 때에는 시방 세계에 있는 내 분신의 모든 부처님을 설법으로 다 모은 뒤에야 보이느니라. …중략… 그때 부처님께서 백호의 한 광명을 놓으시니, 곧 동방 5백만 억 나유타 항하의 모래 같이 많은 국토에 있는 여러 부처님을 볼 수 있거늘, 그 여러 국토는 땅이 파려(수정)로 되고, 보배 나무와 보배 옷으로 장엄되었으며, 한량없이 많은 천만 억 보살이 그 가운데 충만하고, 보배 장막이 둘러쳐 있었다. 보배 그물을 위에 덮었고, 그 국토의 부처님들은 크고 미묘한 음성으로 법을 설명하여, 또 한량없이 많은 천만 억 보살이 국토마다 가득하여 중생을 위하여 설법하는 것도 보았으며, 남, 서, 북방과 사유, 상하 어느 곳이나 백호의 광명이 비치는 곳은 모두 이와 같았다."

이곳은 모든 세계의 모든 부처님들이 모두 모인 곳이라고 소개를 하고 있습니다. 이곳은 천상에 거하던 부처님들이 모두 내려온 곳이기 때문에 이곳을 보배 장막이라고 비유하였습니다. 그래서 이곳의 국토에는 여러 부처님을 볼 수 있고 만질 수도 있습니다. 세상에 이런 일이 생겼으니 보배 나무와 땅이 파려(수정)로 되고 장엄하게 되었다고 합니다.

요한계시록에서는 그 보배장막을 '하나님의 장막'으로도 '거룩한 성 새 예루살렘'으로도 표현하고 있습니다. 요한계시록 21장 2~3절에는 그 새 예루살렘이 하늘에서 땅으로 내려오고 있습니다.[54] 그 땅에는 사망도 애통할 일도 아픈 일도 없어진 나라라고 소개하고 있습니다.

"모든 눈물을 그 눈에서 닦아 주시니 다시는 사망이 없고 애통하는 것이나 곡하는 것이나 아픈 것이 다시 있지 아니하리니 처음 것들이 다 지나갔음이러라"

창조주 하느님께서 마구니에게 빼앗긴 세상과 사람을 되찾게 되니 그 동안 이를 위하여 땅에서 고생한 사람들의 눈물을 닦아주신다고 합니다. 그리고 사람 누구에게나 있는 영혼에 거룩한 성령이 임하여 영육일체(靈肉一體)가 되었으니 사람이 곧 천국이 된 것입니다.

사람의 육체에 창조주의 영인 성령이 임하였으니 다시는 사망도 없다고 합니다. 그리고 세상을 미혹하고 괴롭히던 마구니가 세상과 사람에게서 사라졌으니 애통할 일도 없게 된답니다. 그리고 사람이 더 이상 죽지 아니하게 되니 이별이 없으므로 곡하는 일도 없다고 합니다.

---

54) 계시록 21장 2~3절: 또 내가 보매 거룩한 성 새 예루살렘이 하나님께로부터 하늘에서 내려오니 그 예비한 것이 신부가 남편을 위하여 단장한 것 같더라 내가 들으니 보좌에서 큰 음성이 나서 가로되 보라 하나님의 장막이 사람들과 함께 있으매 하나님이 저희와 함께 거하시리니 저희는 하나님의 백성이 되고 하나님은 친히 저희와 함께 계셔서

그리고 사람들을 아프게 하던 마구니가 사람의 육체에서 빠져 나갔으니 아픈 것도 없어진다고 합니다. 눈물과 사망과 애통과 곡하는 것과 아픈 일은 모두 처음의 것들입니다. 이제 창조주의 나라 곧 성령의 나라가 회복된 새 하늘과 새 땅에는 생로병사(生老病死)가 없습니다.

생로병사가 없게 된 이유는 이 나라에는 부처로 성불한 사람만이 살고 있기 때문입니다. 성불한 부처는 무량수불(無量壽佛)의 수명을 가질 수 있으니 부처에게는 당연히 죽음이 없는 것입니다. 이런 나라가 바로 석존이 원하던 아미타불[55] 세상입니다.

그래서 새 하늘 새 땅은 바로 불국토가 되며 불국토는 결국 지상극락입니다. 이곳은 곧 법장보살이 아미타부처가 되기 전 서원하던 영원한 생명의 세계인 불국토입니다.

이러한 상황을 법화경 견보탑품에는 이렇게 기록하고 있습니다. "선 남자야, 너는 기사굴산의 석가모니불이 계신 곳에 가서 이렇게 말하라. 병도 없으시고 고뇌도 없으시어 기력이 안락하시며, 보살과 성문 대중도 모두 안온하시나이까"라고 말입니다. 이것을 계시록에서는 다시 '만물을 새롭게 한다'고 기록해 두었습니다.

"보좌에 앉으신 이가 이르시되 보라 내가 만물을 새롭게 하노라 하시고 또 이르시되 이 말은 신실하고 참되니 기록하라 하시고"

---

55) 아미타불(阿彌陀佛) 대승불교에서 서방정토(西方淨土) 극락세계에 머물면서 법(法)을 설한다는 부처. 아미타란 이름은 산스크리트의 아미타유스(무한한 수명을 가진 것) 또는 아미타브하(무한한 광명을 가진 것)라는 말에서 온 것으로 한문으로 아미타(阿彌陀)라고 음역하였고, 무량수(無量壽)·무량광(無量光) 등이라 의역하였다… 법장보살의 48원 중, 13번째의 수명무량원(壽命無量願)은 아미타불의 본질을 잘 드러내 주고 있으며, 18번째의 염불왕생원(念佛往生願)은 "불국토(佛國土)에 태어나려는 자는 지극한 마음으로 내 이름을 염(念)하면 왕생(往生)하게 될 것"이라고 하여, 중생들에게 염불(念佛)을 통한 정토왕생의 길을 제시해 주고 있다. (두산백과)

여기서 보좌에 앉으신 이는 창조주 하느님입니다. 이 분이 세상의 만물을 새롭게 개혁한다고 합니다. 법화경 견보탑품에서도 이곳을 이렇게 표현하고 있습니다.

"이 때 사바세계는 곧 청정하게 변하여, 유리로 땅이 되고 보배 나무로 장엄되며 황금줄을 드리워 팔도56)를 경계하고, 여러 가지 작은 촌락이나 성읍이나 큰 강, 내, 바다나 산이나 수풀이 없어지며 큰 보배의 향을 피우고 만다라꽃을 그 땅 위에 두루 덮고, 위로는 보배 그물과 장막을 치고 여러 가지 보배 방울을 놓고" 이것이 만물을 새롭게 한 실상입니다.

여기에서 사바세계는 곧 처음 하늘과 처음 땅을 시사하고 있습니다. 그러나 청정하게 변하여, 유리로 땅이 되고 보배 나무로 장엄되며 황금줄을 드리워 팔도를 경계하고, 여러 가지 작은 촌락이나 성읍이나 큰 강, 내, 바다나 산이나 수풀이 없어지며 큰 보배의 향을 피우고 만다라꽃을 그 땅 위에 두루 덮고, 위로는 보배 그물과 장막을 치고 여러 가지 보배 방울을 놓은 곳은 새 하늘과 새 땅임을 알 수 있습니다.

"또 내게 말씀하시되 이루었도다 나는 알파와 오메가요 처음과 마지막이라 내가 생명수 샘물을 목마른 자에게 값없이 주리니"

이것을 법화경 견보탑품에서는 "이 때 보배탑 가운데서 큰 음성으로 찬탄하여 말하기를 거룩하시고 거룩하시도다! 석가모니 세존이시여, 능히 평등한 큰 지혜로 보살을 가르치는 법이시며, 부처님께서 보호하시고 생각하시는 『묘법연화경』으로 대중을 위하여 설법하시니, 이와 같이 석가모니 세존께서 하시는 설은 모두 진실"

---

56) 조선 태종 때 확정된 경기·충청·전라·경상·강원·황해·평안·함경(永吉·咸吉) 등 전국의 지방행정구역

이란 것은 계시록에서 목마른 자에게 값없이 주겠다던 생명수 샘물로서 사람들에게 생명을 주는 진리의 말씀을 의미합니다.

여기서 법화경의 예언이 진실이라고 토로하는 이유는 그 예언이 예언대로 이루어졌기 때문입니다. 견보탑품에서 예언한 법화경의 실상은 이렇게 계시록을 통하여 실상으로 성취가 되니 법화경의 경명이 묘법(妙法) 즉 '묘한 법'이라고 감히 할 수 있지 않을까요?

"이기는 자는 이것들을 유업으로 얻으리라 나는 저의 하나님이 되고 그는 내 아들이 되리라"

여기서 이기는 자는 일곱 금 촛대교회에 올라온 용의 무리(마구니 세력)와 진리로 싸워 이기는 자를 말합니다. 미륵경에는 미륵보살이 미륵부처가 되기 위해서는 마구니의 왕인 마왕과 진리로 싸워 이기므로 미륵보살이 미륵부처님으로 성불[57]을 하게 된다고 경은 기록하고 있습니다. 마왕을 이기면 하늘의 창조주의 것들을 유산으로 상속받게 된다고 합니다. 그 유산은 바로 천국이요, 불국토요, 극락입니다.

"그러나 두려워하는 자들과 믿지 아니하는 자들과 흉악한 자들과 살인자들과 행음자들과 술객들과 우상 숭배자들과 모든 거짓말 하는 자들은 불과 유황으로 타는 못에 참예하리니 이것이 둘째 사망이라"

여기서 두려워하는 자는 요한계시록이 실상으로 이루어지는 일련의 사건을 두려워하는 자요, 믿지 아니하는 자들은 이렇게

---

57) 미륵불의 출현은 삼종법에 의함. 삼종법; 제 일종법 불선업(不善業), 제 이종법; 불선법(不善法), 제 삼종법; 감로법(甘露法) 즉 선법(善法) 곧 정법(正法). 이 삼종법이 곧 아뇩다라삼먁삼보리이다.

일어난 사실을 믿지 아니하는 자고 흉악한 자들은 이 역사를 방해하는 자들이고 살인자들이란 사람의 심령을 망령되게 하는 영적 살인자들을 의미합니다. 음행하는 자들이란 마구니와 하나 되는 영적 행음을 말하며 점술가와 거짓말하는 자들은 요한계시록과 법화경의 예언을 자의(自意)대로 점을 치듯 거짓으로 가르치는 자들을 말합니다.

이들은 둘째 사망자로서 영원한 지옥으로 떨어지는 자들이라고 합니다. 둘째 사망이란 육체가 죽은 후, 영혼마저 죽는 사망을 의미합니다.

법화경에도 이러한 일이 세상에서 일어날 때, 의심하는 자들이 많다고 예언하고 있습니다.

"그 나라에는 그 많은 보살들은 한량없고 가없고 헤아릴 수 없으며 숫자로나 비유로도 미칠 수가 없나니, 부처님의 지혜가 아니고는 알 사람이 없느니라 …중략… 이런 보살들이 그 나라에 가득하니라 그때 대요설이라 하는 보살마하살이 일체 세간의 하늘 인간 아수라 등이 마음에 의심하는 것을 알고 부처님께 여쭈었다."

인용문처럼 법화경과 계시록에서 이런 일이 실제로 일어날 때, 의심하고 두려워하는 자들이 있을 것을 예언하고 있습니다. 그 이유는 예언이 이루어지는 새 하늘 새 땅은 이전의 세상과 완연히 다르기 때문입니다. 그리고 완연히 다르게 되는 섭리가 완전히 영적인 원리로 이루어지기 때문입니다.

이럴 때, 법화경이나 계시록에 예언된 내용이 그대로 이루어진다고 믿을 수 있는 근거를 바로 법화경과 계시록이란 책에서 찾아야 하기 때문입니다. 그런데 사람이 법화경과 계시록의 기록을 믿기가 그렇게 쉽지가 않습니다. 그러나 법화경이나 계시록은 마치 건물을 지을 때, 설계도와 같은 의미이므로, 경전을 통하지 않고서는 이루어지는 일을 이해할 수는 없습니다.

그렇지만 계시록을 이룰 때는 천상에서 지상의 한 택한 자에게는 모든 것을 보여주고 들려준 후, 이루어가게 됩니다. 아래 인용문에서도 그것을 확인할 수 있습니다.

"일곱 대접을 가지고 마지막 일곱 재앙을 담은 일곱 천사 중 하나가 나아와서 내게 말하여 이르되 이리 오라 내가 신부 곧 어린 양의 아내를 네게 보이리라하고"

"성령으로 나를 데리고 크고 높은 산으로 올라가 하나님께로부터 하늘에서 내려오는 거룩한 성 예루살렘을 보이니.", "하나님의 영광이 있어 그 성의 빛이 지극히 귀한 보석 같고 벽옥과 수정 같이 맑더라"

여기서 신부란 진리로 거듭난 육체를 가진 사람을 비유한 것이며 하늘에서 내려오는 거룩한 성 예루살렘은 성령들의 나라를 비유한 것이며, 이들을 신랑으로 비유하였습니다. 신랑 신부와 결혼을 하는 것은 영과 육의 결혼을 의미합니다. 그리고 그렇게 된 나라를 보석과 수정 같다고 비유를 하였습니다. 법화경에서도 이를 이렇게 비유하였습니다.

"동방으로 한량없는 천만 억 아승지 세계를 지나서 보정(寶靜)이라 하는 나라가 있었으며, 그 나라에 부처님이 계셨으니, 그 이름이 다보(多寶)이었느니라 …중략…"

"그 여러 국토는 땅이 파려로 되고, 보배 나무와 보배 옷으로 장엄되었으며, 한량없이 많은 천만 억 보살이 그 가운데 충만하고, 보배 장막이 둘러쳐 있었다. 보배 그물을 위에 덮었고, 그 국토의 부처님들은 크고 미묘한 음성으로 법을 설명하여, 또 한량없이 많은 천만 억 보살이 국토마다 가득하여 중생을 위하여 설법하는 것도 보았으며, 남, 서, 북방과 사유, 상하 어느 곳이나 백호의 광명이 비치는 곳은 모두 이와 같았다."

이 때 보정(寶靜)이라 하는 나라에는 부처님이 있고, 그 이름이 다보(多寶)라고 하는 것을 봐서 그곳에는 미륵부처님이 오신 곳이며, 그곳에는 부처가 될 보석같은 보살들이 많다는 것으로 보정이란 나라는 곧 시두말성임이 유추됩니다. 그리고 그 시두말성은 곧 계시록의 새 하늘 새 땅으로 비견됨을 알 수 있습니다.

그곳에는 천상의 성령들이 내려오는 곳인데 그 성령들과 짝이 될 보살들이 천만 억이나 있다고 소개하고 있습니다. 그 보살들이 그 가운데 충만하고, 보배 장막이 보살들에게 둘러쳐 있다함은 그들에게 천상에서 내려온 거룩한 성령들이 임하여 있는 장면을 연출하고 있음을 알 수 있습니다.

보배 그물이란 천상의 성령들이고, 그 성령들이 보살들 위에 덮었으니, 그 국토에는 모든 중생들 보살들이 부처님들이 되어, 크고 미묘한 음성으로 법을 설명하게 됩니다. 또 이들 중에 많은 보살들이 국토마다 가득하여 중생을 위하여 설법하는 것도 보았다고 합니다.

그러니 새 하늘 새 땅 동, 서, 남, 북방과 사유, 상하 어느 곳이나 백호의 광명이 비치는 곳으로 보이고 있습니다.

이렇게 되니, 탁하고 죄악에 사무쳐 있던 처음 하늘 처음 땅인 사바세계는 사라지고, 새 하늘 새 땅으로 곧 청정하게 변하여 유리로 땅이 되고 보배 나무로 장엄되며 황금줄을 드리워 팔도를 경계하게 됩니다.

비로소 새 하늘 새 땅의 여러 작은 촌락이나 성읍이나 큰 강,

내, 바다나 산이나 수풀이 다시 새롭게 되어 큰 보배의 향을 피우게 됩니다.

그 새 하늘 새 땅에는 "크고 높은 성곽이 있고 열두 기초석이 있고 그 위에는 어린 양의 열두 사도의 열두 이름이 있더라"고 합니다.

이곳에는 올라보지 못할 크고 높고 존엄한 성곽이 있는데 그곳에는 예수의 옛 제자인 12성령이 그 성곽의 기초석이 되어 있다고 합니다. 이곳은 중생에서 성불한 사람들이 살게 되는 곳으로, 새 하늘 새 땅은 영적인 세계임을 나타내주고 있습니다.

그리고 그 12문도 영적인 문으로 12사도가 그 문이 된다고 하죠. "동쪽에 세 문, 북쪽에 세 문, 남쪽에 세 문, 서쪽에 세 문이니" 합하여 12문이 됩니다.

그리고 그 성곽의 규모와 형태를 측량하여 우리들에게 알려주고 있습니다.

"내게 말하는 자가 그 성과 그 문들과 성곽을 측량하려고 금 갈대 자를 가졌더라 그 성은 네모가 반듯하여 길이와 너비가 같은지라 그 갈대 자로 그 성을 측량하니 만 이천스다디온이요, 길이와 너비가 같더라"라고 합니다.

그 성과 문들과 성곽을 측량하니, 문은 12문이고, 성곽은 정사각형이고, 길이와 너비는 1만 2천 스다디온이라고 합니다.

문 12개의 기초석이 어린양의 12제자니, 어린양의 제자는 이미 육체는 없어지고, 성령으로 존재합니다. 그러니 새 하늘 새 땅의 성곽으로 들어가는 문은 곧 12성령임이 틀림없습니다.

문이 12성령이라면 성곽의 길이 또한 영적으로 1만 2천 성령임을 알 수 있습니다. 또 너비 또한 같다고 하니 1만 2천 성령임을 알 수 있습니다. 따라서 전체성은 12,000성령 곱하기 12,000성령이니 144,000성령들로 이루어졌음을 알 수 있습니다.

새 하늘 새 땅이란 성은 14만 4천 성령으로 골격이 되고, 그 성 안으로 들어가는 문은 12성령을 통하여 들어갈 수 있음이 파악됩니다.

요한계시록에서는 그 성곽을 보석으로 비유하여 설명하고 있습니다. 앞에서 법화경에서 다보탑은 부처가 될 보살들로 이루어진 불국토를 상징한다고 하였습니다. 그처럼 요한계시록 21장에서도 새 하늘 새 땅을 보석으로 이루어졌다고 표현하고 있습니다.

"그 성곽은 벽옥으로 쌓였고 그 성은 정금인데 맑은 유리 같더라 그 성의 성곽의 기초석은 각색 보석으로 꾸몄는데 첫째 기초석은 벽옥이요 둘째는 남 보석이요 셋째는 옥수요 넷째는 녹보석이요 다섯째는 홍마노요 여섯째는 홍보석이오 일곱째는 황옥이요 여덟째는 녹옥이오 아홉째는 담황옥이오 열째는 비취옥이요 열한째는 청옥이요 열두째는 자수정이라"

"그 열두 문은 열두 진주니 각 문마다 한 개의 진주로 되어 있고 성의 길은 맑은 유리 같은 정금이더라"고 합니다. 각 문이 성령이니, 그 문들을 각종의 보석으로 비유한 것입니다.

새 하늘 새 땅은 12문으로 들어갈 수 있으니, 각 문마다 보석색상이 다른 각각의 나라임을 알 수 있습니다. 그 나라는 옛 이스라엘이 12지파로 이루어진 나라였음과 연관을 가질 수도 있습니다.

또 우리의 옛 나라인 12환국에서 큰 나라 속에 작은 나라 12지국이 있었던 것에 비교할 수도 있겠습니다. 그 처럼 요한계시록 21장의 새 하늘 새 땅이 큰 나라라면 그 큰 나라 안에 분국이 12나라가 있다는 것으로 이해할 수도 있습니다.

이 성을 보석으로 비유하였지만 어린 양의 열 두 사도가 등장하는 것을 보니 사람과 성령을 이렇게 표현한 것임을 알 수가 있습니다. 어린양의 열 두 사도란 옛날 예수가 인간으로 화신(化身)되어 왔을 때, 함께 화신된 사람들이었으나 지금은 성령으로 존재합니다.

어린양의 열 두 사도가 이 성에 등장한 것은 성령으로 등장한 것이고 이를 불교식으로 표현하면 열 두 부처님이 이 성에 임하셨다는 의미입니다. 그리고 그 성이 네모가 반듯하고 길이와 너비가 같다는 것은 이들이 정한 숫자임을 말합니다.

그리고 그들을 벽옥과 정금과 맑은 유리로 비유한 것은 그들이 모두 진리를 가진 성령이고, 또 거기에는 성령이 임한 택함 받은 육체들이기 때문입니다. 그들은 장차 새 하늘 새 땅을 다스릴 지도자들로 정한 자들이며, 그 수는 14만 4천 성령과 14만 4천 육체입니다.

법화경에도 다음과 같이 이렇게 그 사실들을 나타내고 있습니다.

"이 때 여러 부처님들이 각각 하나의 큰 보살의 사자를 데리고 사바세계에 이르러, 보배 나무 아래마다 앉으시니, 그 하나하나의 보배 나무는 높이가 5백 유순이며, 가지와 잎과 꽃과 열매가 모두 차례대로 장엄되었다. 그 많은 보배 나무 아래에는 각각 사자좌가 앉으니, 그 높이가 5백 유순으로 큰 보배로 꾸며졌고, 오신 여러 부처님들이 이 자리에 가부좌를 틀고 앉으실 때, 이와 같이 전전하여 3천 대천세계가 가득 찼지만 석가모니불의 한쪽 방위 분신불도 못되었다."

"5천의 난간과 천만의 방이 있으며, 한량없이 많은 당번을 장엄하게 꾸미고, 보배 영락을 드리우고 보배 방울을 또 그 위에 수없이 달았으며 그 사면에는 다라마 발전단향을 피워 향기가 세계에 가득하고 모든 번개는 금 은 유리 자거 마노 진주 매괴 등 칠보를 모아 이루니 그 탑의 꼭대기는 사천왕궁까지 이르렀다."

"그의 보탑이 법화경을 위하여 우리 부처님 앞에 솟아나서 사부대중들에게 그 속에 있는 몸을 나타내 보이려고 할 때에는, 그때 부처님께서 백호의 한 광명을 놓으시니, 곧 동방 5백만 억 나유타 항하의 모래 같이 많은 국토에 있는 여러 부처님을 볼 수 있거늘, 그 여러 국토는 땅이 파려로 되고, 보배 나무와 보배 옷으로 장엄되었으며, 한량없이 많은 천만 억 보살이 그 가운데 충만하고, 보배 장막이 둘러쳐 있었다. 보배 그물을 위에 덮었고, 그 국토의 부처님들은 크고 미묘한 음성으로 법을 설명하여, 또 한량없이 많은 천만 억 보살이 국토마다 가득하여 중생을 위하여 설법하는 것도 보았으며, 남, 서, 북방과 사유, 상하 어느 곳이나 백호의 광명이 비치는 곳은 모두 이와 같았다"고 합니다.

"성 안에서 내가 성전을 보지 못하였으니 이는 주 하나님 곧 전능하신 이와 및 어린양이 그 성전이심이라", "그 성은 해나 달의 비침이 쓸 데 없으니 이는 하나님의 영광이 비치고 어린양이 그 등불이 되심이라", "만국이 그 빛 가운데로 다니고 땅의 왕들이 자기 영광을 가지고 그리로 들어가리라"

그 성에는 하나님과 어린양이 거하므로 그 성을 성전이라고 합니다. 그리고 그 성에는 진리이신 하나님이 계시므로 등불이 없이도 밝디 밝은 광명의 세계라고 합니다.

법화경에도 동일한 표현으로 이 성을 기록하고 있습니다.

"그 보배탑 안에서는 여래의 전신이 계신다고 합니다. 여래의 전신은 법신불입니다."

법신불은 곧 창조주 하느님의 다른 이름이니 법화경과 요한계시록에는 동일한 내용을 비유로 기록해 놓은 것입니다.

"그때 부처님께서 백호의 한 광명을 놓으시니, 곧 동방 5백만억 나유타 항하의 모래 같이 많은 국토에 있는 여러 부처님을 볼 수 있거늘."

그리고 그 성 안에는 부처님이 계신다고 합니다. "그의 보탑이 법화경을 위하여 우리 부처님 앞에 솟아나서 사부대중들에게 그 속에 있는 몸을 나타내 보이려고 할 때에…."

법화경과 요한계시록은 이렇게 같은 희망을 예언하고 있었고, 나타나면 그것은 하나라는 사실을 알게 됩니다.

"낮에 성문들을 도무지 닫지 아니하리니 거기에는 밤이 없음이라."

"사람들이 만국과 영광과 존귀를 가지고 그리로 들어가겠고."

"무엇이든지 속된 것이나 가증한 일 또는 거짓말하는 자는 결코 그리고 들어가지 못하되 오직 어린양의 생명책에 기록된 자들만 들어가리라."

이곳은 진리의 성읍이기 때문에 무지의 밤이 없다는 말입니다. 그 진리의 성읍으로 만국의 사람들이 그리로 들어간다고 합니다. 그러나 속된 것이나 가증한 것 또는 거짓말하는 자는 그곳에 들어오지 못한다고 합니다.

다음은 요한계시록 22장 생명나무의 나라 전문입니다.

"또 저가 수정 같이 맑은 생명수의 강을 내게 보이니 하나님과 및 어린양의 보좌로부터 나서 길 가운데로 흐르더라 강 좌우에 생명 나무가 있어 열 두가지 실과를 맺히되 달마다 그 실과를 맺히고 그 나무 잎사귀들은 만국을 소성하기 위하여 있더라"

수정 같은 생명수는 이 성에서 나오는 진리의 말씀을 비유한 말입니다. 그 진리의 강 좌우에 생명나무가 있다고 하니 생명나무는 성령과 하나 된 사람들을 비유한 것입니다. 불서에 보배나무가 부처로 성불한 사람이라면 생명나무는 성령으로 거듭난 사람을 비유한 것입니다.

생명나무라고 한 것은 비유적 표현이고, 나무는 사람이고, 성령은 생명이고 생명의 영은 생령(生靈)이기 때문입니다. 선악나무란 선에서 악이 된 나무입니다. 이는 곧 악령의 사람을 비유한 것입니다. 악령은 사망이고 사망의 영은 죽은 영인 사령(死靈)입니다. 사람이 죽는 이유는 사람 안의 영이 생령이 아니라, 사령이기 때문입니다.

생명나무는 영원한 생명력을 가진 사람을 나타내고자 합니다. 생명나무 열매는 생령을 가진 사람의 말입니다. 생령의 말은 사람들을 깨닫게 하여 사람에게 영생을 주는 진리의 말씀입니다. 아직 사람이 죽지 않고 영생하는 사람이 없다는 것은 아직 세상에 생명나무가 없다는 증거입니다.

이 생명나무는 아담이 하나님께 범죄 한 이후, 인간세상에서 사라진 나무입니다. 이 생명나무가 본 장에 다시 등장한 것은 생명이신 하나님과 예수님이 이 세상에 다시 오셨기 때문입니다.

생명나무는 열 두 가지인데 이는 화신된 구원자에게 소속된 열 두 제자를 비유한 것입니다. 이 열 두 제자는 말세에 화신 된 육체를 가진 사람이며, 이 제자들에게 옛날 예수의 제자의 영이 임하였다는 말이고 이 제자들의 영은 거룩한 영인 성령이며 생령입니다. 요한계시록 21장 4절에서 인간 세상에 사망이 없다고 한 이유는 생명나무가 세상에 등장하였기 때문입니다. 이 생명나무의 열매를 먹는 자마다 사망이 없어지고 영생하게 됩니다.

"다시 저주가 없으며 하나님과 그 어린 양의 보좌가 그 가운데에 있으리니 그의 종들이 그를 섬기며 그의 얼굴을 볼 터이요 그의 이름도 그들의 이마에 있으리라 다시 밤이 없고 등불과 햇빛이 쓸 데 없으니 이는 주 하나님이 그들에게 비치심이라 그들이 세세토록 왕 노릇 하리로다"

다시 저주가 없다는 것은 저주의 생산자인 마귀가 없어졌기 때문이고 하나님과 어린양은 영체인데 그 얼굴을 볼 수 있다는 것은 그들이 성령으로 거듭났기 때문입니다. 햇빛이 쓸 데 없는 이유는 자연의 햇빛이 아니라 하나님께서 진리의 빛을 비추신다는 말입니다.

"또 그가 내게 말하기를 이 말은 신실하고 참된지라 주 곧 선지자들의 영의 하나님이 그의 종들에게 결코 속히 될 일을 보이시려고 그의 천사를 보내셨도다"

선지자의 영이란 것은 요한계시록과 법화경을 이루기 위하여 일해 왔던 성령들(부처님들)이고, 그 영들의 하나님이 그 종들에게 속히 이룰 일을 보이시려고 그의 천사를 세상에 보내셨다고 합니다.

"보라 내가 속히 오리니 이 책의 예언의 말씀을 지키는 자가 복이 있으리라 하더라 이것들을 보고 들은 자는 나 요한이니 내가 듣고 볼 때에 이 일을 내게 보이던 천사의 발 앞에 경배하려고 엎드렸더니"

"저가 내게 말하기를 나는 너와 네 형제 선지자들과 또 이 책의 말을 지키는 자들과 함께 된 종이니 그리하지 말고 오직 하나님께 경배하라 하더라 또 내게 말하되 이 책의 예언의 말씀을 인봉하지 말라 때가 가까우니라"

이는 창조주가 속히 지상에 오신다는 말이고 온다고 하신 이 말을 듣는 자가 있는데, 그 이름을 요한이라고 합니다. 그리고 두루마리 곧 요한계시록의 말은 원래 봉함된 비밀인데, 이 예언이 이루어질 때가 가까웠으니 이제 인봉하지 말고 그 뜻을 펼쳐 전하라고 하시는 것입니다.

여기서 하나 주목해야 할 것은 지금까지 신학자들은 다들 사람이 죽어서 하나님 계신 천국에 가는 것으로 가르치고 배웠습니다. 그러나 위 인용문은 분명히 하나님이 이 지상에 내려온다고 합니다. 이 처럼 계시가 이루어질 때, 알게 됨을 알 수 있습니다.

그렇게 가르친 자들이 기성 종교가들입니다. 그렇게 배운 자들은 기성 신앙인들입니다. 이런 종교가들이 거짓말쟁이고, 그런 거짓말에 미혹된 자들은 기성 신앙인들입니다. 그런 종교가들과 신앙인들에게 천국이 지상에 세워진다고 하면 믿지 않게 되겠죠?

"불의를 하는 자는 그대로 불의를 하고 더러운 자는 그대로 더럽고 의로운 자는 그대로 의를 행하고 거룩한 자는 그대로 거룩되게 하라 보라 내가 속히 오리니 내가 줄 상이 내게 있어 각 사람에게 그의 일한대로 갚아 주리라 나는 알파와 오메가요 처음과 나중이요 시작과 끝이라"

이런 때가 와도 사람들은 깨닫지 못하고 불의를 행하는 사람이 있고 행위가 더러운 자들은 그대로 더러우나 의로운 자들과 거룩한 자들은 의롭게 한다고 합니다. 그리고 그들의 행위에 따라 상을 주시겠다고 합니다. 그리고 창조주는 시작과 끝을 반드시 이루신다고 합니다.

"그 두루마기를 빠는 자들은 복이 있으니 이는 저희가 생명나무에 나아가며 문들을 통하여 성에 들어갈 권세를 얻으려 함이로다 개들과 술객들과 행음자들과 살인자들과 우상 숭배자들과 및 거짓말을 좋아하며 지어내는 자마다 성밖에 있으리라"

두루마기는 자신의 행실을 비유한 것이고 두루마기를 빠는 것은 자신의 행실을 진리로 깨끗이 한다는 의미입니다. 자신의 행실을 진리로 깨끗이 하는 이유는 성에 들어가기 위하여서랍니다.

개들이란 언약을 배신하는 목자들을 비유한 것이고 점술가란 예언의 말씀을 자의로 해석하여 퍼뜨리는 행위를 의미합니다. 음행자는 마귀니와 하나 된 자를 비유한 말이고 우상 숭배자는 거짓 목자를 숭배하는 행위를 비유한 말입니다. 이런 사람들은 성 안에 들어가지 못한다고 합니다.

"나 예수는 교회들을 위하여 내 사자를 보내어 이것들을 너희에게 증거 하게 하였노라 나는 다윗의 뿌리요 자손이니 곧 광명한 새벽별이라 하시더라 성령과 신부가 말씀하시기를 오라 하시는도다 듣는 자도 오라 할 것이요 목마른 자도 올 것이요 또 원하는 자는 값 없이 생명수를 받으라 하시더라"

예수는 영으로 존재합니다. 그 영이 교회들을 위하여 사자를 보낸다고 합니다. 사자를 보낸다고 함을 천상에서 땅에 있는 어떤 육체를 택하여 보낸다는 것입니다. 성령과 신부는 천상의 성령과 땅에서 택함 받은 육체를 각각 지칭합니다. 생명수는 진리를 비유한 말입니다.

"내가 이 책의 예언의 말씀을 듣는 각인에게 증거 하노니 만일 누구든지 이것들 외에 더하면 하나님이 이 책에 기록된 재앙들을 그에게 더하실 터이요 만일 누구든지 이 책의 예언의 말씀에서 제하여 버리면 하나님이 이 책에 기록된 생명나무와 및 거룩한 성에 참예함을 제하여 버리시리라"

이 예언의 책인 요한계시록의 내용을 더하거나 빼지 말라고 합니다. 더하는 것은 없는 내용을 덧붙이는 행위요, 빼는 것은 그 내용 중 일부를 제하거나 그 안의 뜻을 알지 못하거나 무시하는 행위입니다.

"이것들을 증거 하신 이가 가라사대 내가 진실로 속히 오리라 하시거늘 아멘 주 예수여 오시옵소서 주 예수의 은혜가 모든 자들에게 있을찌어다 아멘"

이 증가를 하시는 이가 진실로 속히 지상에 오리라고 약속을 합니다. 오시면 예수의 은혜가 세상 만민들에게 있게 된다고 합니다. 왜냐하면 그가 와서 세상 사람들에게 구원과 천국을 주기 때문입니다. 그리고 예수는 곧 구원자고 불교에서 말하는 미륵부처이기 때문입니다.

이상과 같이 법화경을 보는 시각에서 이웃종교 경전인 요한계시록을 살펴보았습니다. 요한계시록은 신구약 성서 66권을 총망라한 핵심내용이며 결론입니다. 이상의 내용만으로 성서의 모든 목적은 모두 충족 할 수 있게 합니다.

성경전서가 66권이라고 하나 나머지 65권은 계시록을 이루기 위한 과정에 불과합니다. 따라서 계시록을 알지 못하는 것은 성경 66권의 목적을 모르는 것이라고 할 수 있습니다.

또한 법화경은 모든 불서를 총 망라한 핵심내용이며 결론입니다. 팔만대장경은 법화경의 목적을 이루기 위한 과정의 이야기들입니다. 따라서 불교의 목적을 이해하는 측면에서는 법화경 한 권을 온전히 이해하는 것으로 족할 것입니다. 그리고 법화경의 목적이 달성되려면 미륵경을 핵심경전으로 이해할 필요가 있습니다.

기독교의 목적과 불교의 목적은 천국과 극락입니다. 그 천국과 극락은 지상에 새 하늘과 새 땅과 불국토가 세워지는 것으로 완성되게 됩니다. 그 새 하늘 새 땅에는 악령이 없으며, 성령으로 거듭난 사람만 살게 됩니다. 불국토에는 마구니로부터 해탈하여 성불한 부처들만 들어가 살게 됩니다.

성령으로 거듭나려면 신약에서 약속한 목자가 세상에 출현해야 그를 통하여 성령으로 거듭날 수가 있습니다. 또 법화경의 목적인 성불을 이루려면 먼지 미래불인 미륵부처님이 지상에 하생해야 합니다. 그리고 그에게 정법 곧 아뇩다라삼먁삼보리을 배워 깨달아야 합니다.

그런데 법화경의 예언이 실상으로 이루어지는 것은 최종 요한계시록을 통하여 이루어집니다. 그래서 법화경과 요한계시록의 예언이 서로 동일한 핵심내용으로 같은 장소 같은 시대에 이루어진다는 사실을 깨닫기 위하여 계시와 법화란 책을 기록하게 됐습니다.

이러한 놀라온 사실을 만민들이 깨달아야 합니다. 그렇게 되면 세상 종교는 더할 나위 없는 큰 소망을 얻게 됩니다. 이것은 예언으로 있던 종교의 목적이 모두 이루어지는 큰 획을 긋는 계기가 될 것입니다.

이렇게 결론에 도달할 때, 법화경과 요한계시록의 결론인 천국과 극락과 구원이 이 세상에서 이루어져 세상은 새로운 시대로 운명을 맞이하게 될 것이며 모든 종교는 통일되게 될 것입니다.

제 3권에서 만나겠습니다.

계시와 법화 제2권

일합상 세계
(새 하늘 새 땅)

2020년 5월 5일 인쇄
2020년 5월 15일 발행

감수 / 나옹 대종사
지은이 / 천봉
펴낸이 / 연규석
펴낸곳 / 도서출판 고글

서울특별시 용산구 한강로 40길 18
등록 / 1990년 11월 7일(제302-000049호)
전화 / (02)794-4490, (031)873-7077

값 15,000 원

※ 잘못된 책은 판매처에서 교환해 드립니다.